직지소설문학상 수상작가
남북한문제 천착 회심의 역작

정다운 장편소설

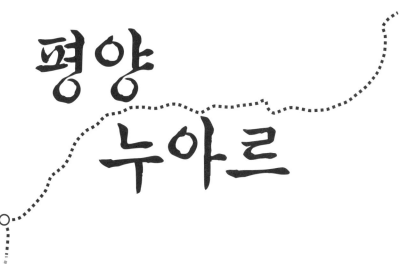

평양
누아르

도서출판
청어

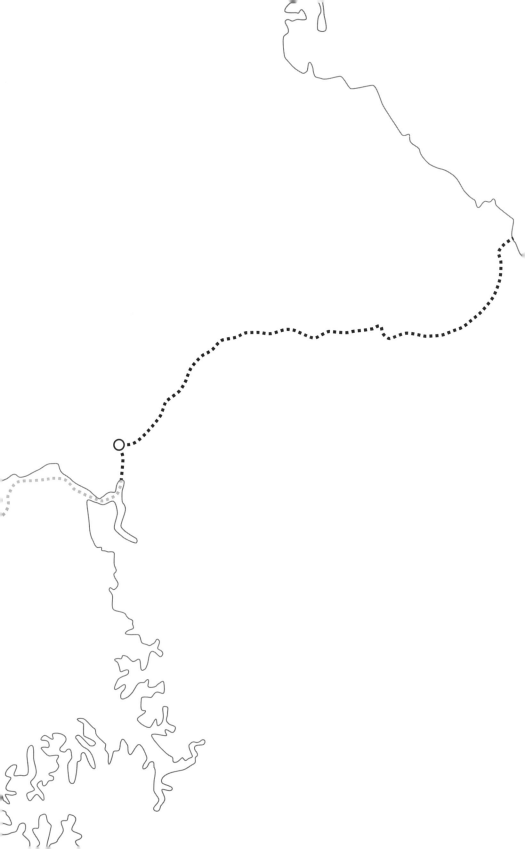

평양 누아르

정다운 장편소설

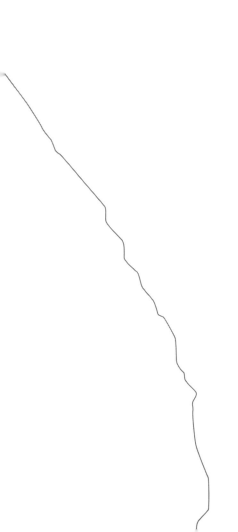

작가의 말

　2019년 10월 중순, 30년 만에 다시 찾은 지리산 의신마을은 달라도 너무 많이 달라져 있었다. 빨치산의 원혼이 깃들어 있을 것이라고는 상상도 못할 곳이 되어 있었다. 도로변에는 제법 규모가 큰 모텔들과 식당들이 늘어 서 있었다. 관광지로 변한 그곳은 빨치산의 주요 활동무대, 옛날 빨치산이 토벌대에 쫓기며 최후를 맞이하던 무렵 남부군 사령관 이현상이 의문의 시체로 발견된 빗점골 주변 지역으로서 씻을 수 없는 민족의 아픔을 품은 현장이었다. 그러나 원한이 깃들인 어두운 역사의 그림자를 뒤로 한 채 연면히 이어져 온 대립과 갈등은 민족의 수치요 자기 부정이 아닐 수 없다.

　과거 독립투쟁 세력의 분열과 오늘 날 통일 주장 세력의 분열 양상은 어딘지 닮은꼴을 하고 있다. 지나간 역사와 현재의 남북 분단 상황을 자세히 들여다보면 밖으로 내세우는 주장과 명분은 나라를 구하고 민족의 활로를 찾는다지만 실은 민족세력과 공산주의세력의 권력다툼이 바탕에 흐르고 있다. 안타깝게도 국내에서도 이러한 분열의 세력다툼이 계속되고 있음을 볼 때 보다 큰 틀에서 역사의 흐름을 꿰뚫어 보고 한반도의 명운 전도에 접근하지 않으면 안 될 것 같다.

　이러한 때에 문단에서는 남북문제에 대한 관심과 접근을 거의 찾아볼 수 없을 만큼 관련 작품이 드물게 모습을 드러낸 지 오래 되었다. 이제는 남북문제라면 마치 식상한 메뉴가 되어버리지 않았는가, 우려하지 않을 수 없다.

　세계적인 인류의 대재앙을 가져온 2차 대전이 끝난 후 인간의 실존에 관심을 가진 실존주의문학이 등장했다. 그렇게 무자비한 대재앙을 겪고 난 뒤 인간이 뼈아프게 반응한 결과였다. 그 후 냉전시기를 거쳐 오늘날에 와서는 아프가니스탄을 비롯 시리아 등 중동지역, 동남아시아지역에서 발생하는 난민문제가 큰 화두로 등장했다. 1990년대 중반 이후 기근과 아사, 억압적 반인권 탄압을 피해 강을 건너기 시작한 탈북 난민들도 이 대열에 합류했다. 이런 난민시대에 탈북 현상은 세계적인 문제가 아닐 수 없게 되었다. 날이면 날마다 북한에서의 뼈아픈 고난과 국경 연선에서의 인신매매, 탈북과정에서의 위기를 겪은 탈북민들의 호소와 소망 방송을 들을 수 있지 않은가. 그들의 탈북 동기와 고난의 행로를 보면 다시 실존문학 차원에서 작품을 다루어야 할 것으로 생각한다. 그런데도 이런 현실과 동떨어진 문단의 경향을 볼 때 굳이 앙가쥬망(참여문학)을 들먹이지 않더라도 작가의 사회적 사명과 역할이 무엇인가, 한번쯤 돌아보아야 할 것이다.

한민족의 분열과 대립 앞에 선 필자는 10여 년 간 단편들을 통해 미약하나마 한민족이 당면한 오늘의 현실에 대한 관심을 끌어 보려했으며(소설집 동토의 탈주자들), 이제 그 동안의 남북문제 천착 끝에 결과물로서 이 작품을 조심스럽게 세상에 내놓는다.

남부군 사령관 이현상은 1953년 9월 17일 밤 지리산 빗점골 너덜바위에서 군 토벌대에 의해 사살된 것으로 결론이 내려졌었다. 그러나 이 결론을 둘러싸고 지금까지도 풀리지 않고 있는 몇 가지 의문점과 이현상과 박헌영, 이현상과 김일성 간의 미묘한 관계에서 작품의 모티브를 가져오게 되었다. 해서 역사적 사실을 바탕으로 하되 작품의 성격상 빨치산 지도자 이훈상과 관련된 내용 중 많은 부분이 창조된 것임을 밝혀 둔다. 작품에 활용된 자료들은 말미에 있는 참고문헌을 참고하기 바란다.

『평양 누아르』는 살인마가 된 빨치산 후손 사내의 정체를 통해 1950년대 초 남한 빨치산 지도자의 최후를 둘러싼 북한 권력층의 음모와 배신, 그리고 빨치산 역사를 다시 조망해 보는 작품이라고 할 수 있다. 해서 다시 쓰는 빨치산 문학이라고도 감히 자부하고 싶어지는 것이다. 아울러 오늘날 3대 세습체제의 출범을 계기로 삼아 북로당계와 남로당계의 권력암투가 빚은 어두운 그림자를 오늘 우리 앞으로 끌고 와서 과거와 현재를 관통하여 흐르는 반민족적 분열적 요인을 꿰뚫어 보고, 한민족의 후손인 오늘을 사는 세대가 민족의 통합을 위해 무엇을 할 수 있을까, 자문해 보지 않을 수 없다.

바라건대 저 남만은 물론 북만을 넘어 연해주와 시베리아, 그리고 멀리 중앙아시아까지 유랑생활을 해온 한민족의 후손들이 한반도로 몰려 올 희망의 새벽을 위해서 여명을 우리 앞으로 앞당겨 와야만 할 것이다.

끝으로 이 작품이 나오기까지 여러모로 협조해 주신 출판사 청어 편집진에게 감사를 드린다. 특히 이영철 대표의 이 작품에 대한 열성, 즉 문장 하나 하나, 표현의 정확도를 위해 시간과 관심을 쏟은 것을 볼 때 출판인으로서 단순한 관심을 넘어서 작가의 산고를 함께 겪는 것 같은 모습에 새삼 놀라움과 함께 감사를 드린다.

평양 누아르

프롤로그

1

뜻이 있는 곳에 과연 길이 있는 것인가.

심양으로 가는 비행기에서 작가 정대성은 새삼스레 그런 생각을 떠올렸다. 평소 북한관계 자료를 찾으려 나설 때면 늘 따라다니던 그 생각이 지금 서해 상공을 날아가는 비행기 창밖으로 내다보는 순간 문득 고개를 들이밀었다. 탈북 작가 최지영이 소개해준 사람을 만나러 가면서 희망 섞인 기대감에 의구심이 버무려졌다. 상대방이 지하활동을 하는 사람이라는데 다소 불안감이 섞여 그런지도 몰랐다.

정대성은 날이면 날마다 탈북과 관련한 소식에 눈독을 들이며 탈북자단체 홈페이지를 두루 살폈다. 이들 단체가 적지 않아 주로 뉴스 사이트나 방송 사이트에 들어가 봤다. 새로운 북한 관련 소식은 물론 북한 인권 또는 민주화, 흔히 있는 탈북자 자활문제 등을 살펴보는 것이 일과가 되었다. 그런데 어느 날 우연히 탈북자 관련 블로그에서 북한 내 소식을 전하는 잡지를 발행한다는 것을 알게 되었다. 잡지의 제호는 '두만강'이었다. 블로그에 잡지를 소개하는 내용을 올리고 끝에 구매 희망자는 다음 전화로 연락하라는 안내문이 있었다. 구미가 당겨서 '두만강'을 구매해볼 생각으로 적혀 있는 전화번호로 연락을 했다. 신호는 가는데 받지를 않았다. 실망을 피하고 싶어 몇 번 전화를 했으나 신호만 갈뿐 끝내 응답이 없었다. 아쉬운 마음에 문자를 보냈다. 혹시 무슨 일이 있어서 못 받았을 경우 문자 답신이 오리라 기대했다. 만약 잡지가 등록되었다면 잡지협회 회원 명단에서 '두만강'을 찾을 수 있을 것이다. 해서 협회 사이트에 들어가 봤으나 '두만강'이라는 잡지는 나오지 않았다. 아마 폐간된 모양이었다. 희미하나마 자신의 기대에 빛을 비추어 줄 수 있을 것으로 생각했던 잡지 관계자와 접촉할 수 없게 되었다. 아쉬움이 컸으나 어쩔 수 없었다. 무엇인가가 손에 잡힐 듯하다가 끝내 손에 잡히지 않고 마는 경우처럼 미련 같은 여운을 남겼다.

계절은 봄이 되어 주변이 생동감으로 반짝이기 시작할 무렵 정대성은 새로운 작품을 구상하고 있었다. 그런데 전에 구상하던 분단 상황에서 빚어진 트라우마와 탈북자관계에 접근할 수 있는 자료 취재가 문제였다. 며칠 고심하던 그는 다시 그 북한민주화운동팀을 찾아볼까, 하고 생각했다. 우선 연락처를 알아보는 것이 급했다. 이리저리 궁리 끝에 북경주재 한국 대사관 공사 출신 인사를 만나러 외교통상부로 향했다. 전철을 타고 광화문역에서 내려 막 지상으로 올라오던 중이었다. 이순신 장군 동상 쪽으로 나가는 계단을 몇 발짝 디디었을 때 전화가 왔다. 휴대폰 화면에 전화송신자가 '두만강 발행인'이라고 떴다.

'아니 이 사람이!'

그는 혼자 깜짝 놀란 듯 소리를 질렀다. 그리고 전화가 끊어질세라 얼른 대꾸했다.

"여보세요, 정대성입니다."

"거기 정대성 선생님입네까? 저 최지영이라고 합네다. 두만강…"

그는 토라져 달아났던 애인을 만난 듯 가슴이 벌렁거렸다.

"아 두만강 발행인이십니까. 반갑습니다. 남북관계에 관심을 가진 작가인데요."

"아 네. 내레 사무실 리모델링 때문에 연락을 못했시오. 죄송합네다."

"네 오늘이라도 연락되어 다행입니다. 두만강을 몇 부 사고 싶은데요."

"네 기러시라요. 몇 부나 필요합네까?"

이렇게 해서 최지영을 만난 정대성은 그녀가 평양에서 작가 활동을 한 소설가라는 사실을 알게 되었고, 어렵게 지하잡지를 발행하고 있는 것을 격려하면서 창간호와 최근호까지 몇 부 사고 금일봉을 건넸다. 책값이 아니라 격려금을 주었기 때문에 금일봉이라고 했다. 이에 고무된 그녀는 그가 궁금해 하는 점을 자상하게 알려주었다. 그의 중국 동북지역 취재활동에도 협조를 아끼지 않겠다고 다짐했다.

그녀는 심양에 있는 북한 연락책을 소개한 후 날을 잡아 현지에서 만나도록 조치해주었다.

2

정대성은 벌써 10년을 남북관계에 관심을 가지면서 한민족 통합의 길을 찾는데 일조가 되고자 고심했던 입장에서 그녀와의 관계가 그렇게 우연히 맺어져 희망의 싹이 트는 느낌이었다. 그동안 주로 탈북자 문제를 천착해왔으나 자료의 한계는 물론 남북관계의 진전이 별로 없어 보다 새로운 시각에서 참신한 작품을 구상하기에 어려움을 겪었다. 해서 현장감을 공유하기 위해 중국 동북지역을, 그것도 북중

국경지역을 몇 차례 답사한 뒤 내린 결론은 보다 신빙성 있는 자료를 얻기 위해서는 현지에서 직접 부딪쳐 보는 것이 가장 바람직하다는 것이었다. 그러나 단순히 작가로서 그런 정보원을 접촉한다는 것이 거의 불가능해 보였다.

먼저 머리에 떠오른 사람이 탈북 안내자, 즉 탈북 브로커였다. 그들은 북한 주민을 안내하여 탈북의 길을 열어주는 일을 하는 만큼 일차적으로 탈북자를 만날 수 있었다. 다음으로 떠오른 사람은 북한과 중국 간에 물품을 불법, 혹은 비합법적으로 은밀히 거래하는 밀수꾼이었다. 이들은 탈북 브로커와는 달리 물품거래를 통해 상거래관계라든지, 장마당을 중심으로 한 시장 거래 관계 측면에서 북한 주민의 생활상과 경제상황에 관한 정보를 입수할 수 있는 위치에 있었다.

작가 정대성은 몇 번 연길과 심양 등지를 들락거리며 탈북 브로커와 밀수꾼을 소개 받고 현지 취재를 해봤다. 국내에 들어온 탈북자들을 상대하는 것보다 다양하고도 은밀한 이야기를 들을 수 있었다. 그러나 여기에도 한계를 느끼지 않을 수 없었다. 브로커의 안내로 도강한 사람을 상대로 하는데 적지 않은 제약이 따랐다. 우선 신변 안전에 신경을 써야 하므로 브로커와 타협이 되었다 해도 탈북자 본인의 심리상태가 문제였다. 또 밀수꾼은 그들대로 밀수를 계속해야 하는 형편이라서 섣불리 협조 요청에 응하지 않으려 했다.

이런 현지 경험을 가진 정대성은 보다 은밀하면서도 깊이 파고들 수 있는 루트를 찾는데 심혈을 기울였다. 이전에 만났던 탈북 브로커와 밀수꾼을 통해 그들 나름대로 알고 있는 인맥과 접촉하여 북한 사정을 잘 알 수 있는 정보원이 누구인지 수소문했다. 그러던 중 심양 서탑거리 조선족 식당에서 뜻밖의 얘기를 들었다. 그 식당에 단골로 드나들던 한국 남자가 있었는데 가까운 곳에서 무역상을 했다고 알려주었다. 식당 주인 얘기로는 그 무역상 남자가 조선족은 물론 북한 주민들과도 상거래를 하는 것 같더라는 것이었다. 그 사람을 만나보면 무슨 얘기라도 들을 수 있을 것 같았다. 얘기를 들은 김에 만나보고 싶다고 했더니 요즘은 한국에 들어갔는지 식당에 오지 않는다고 했다. 무역상 사무실이 어디 있는지 물었다. 그는 잘 모른다면서 중앙 광장 쪽으로 가면 간판이 있을 것이라고 알려주었다.

정대성은 그날 무역상 간판을 찾아 광장 부근을 헤매고 다녔으나 허탕을 쳤다. 그 무역상이 단순히 한국으로 들어간 것이 아니라 아예 짐을 싼 것이 아닌가, 하는 의구심이 들었다. 아마 그들이 1998년부터 국경연선에서 북한민화운동을 했던 사람들일 수도 있을 것이었다. 그러나 무슨 무역상이라는 간판 자체가 눈에 띄지 않았던 것이다. 그는 낙담한 채 서울로 발길을 돌렸다.

그로부터 1년이 지난 2013년 9월 작가 정대성은 심양으로 가는 비행기에서 내내 한 가지 생각을 떨쳐 버리지 못한 채 어떤 기대감에 부풀었다.

'뜻이 있으면 길이 있다고 했는데 이번 길이 그런 길이 될 것이 아닌가.'

그는 우연히 만나게 된 북한판 사미즈다트(지하매체)인 '두만강' 발행인을 통해 심양에서 활동하는 북한 연락책인 지하 활동가를 소개받고 가는 길이었다. 지하잡지의 발행인 최지영을 만난 것은 그에게 천재일우의 기회를 준 것처럼 가슴을 뛰게 만들었다.

그는 1년 전 북한민주화운동 팀이 중국에서 풀려나왔으나 그들과 접촉에 실패한 뒤 한동안 망설이고 있었다. 그렇다고 손 놓고 있기에는 그의 집념이 그를 가만 두지 않았다. 그런 만큼 마음은 늘 국경연선을 맴돌았다. 그런 그에게 최지영 같은 작가의 존재는 뜻이 있는 곳에 구세주가 나타난 격이었다. 그녀는 뜻하지 않게 매우 협조적이어서 내심 놀라기까지 했다. 심양에서 만나기로 한 북한 연락책 박기복 일만 해도 그랬다. 전화번호만 알려 주면 가서 만나겠다고 했는데도 굳이 그에게 공항까지 마중 나가도록 했던 것이다. 박기복은 60대 초반으로서 그와 말 상대가 될 것이라고 했다. 다만 안전을 위해 변장을 하고 다니기 때문에 항상 60대가 아니고 50대가 되기도 하고 70대가 되기도 한다고 일러주었다. 그와 공항에서 만날 때는 알기 쉽게 60대로 나가도록 하겠다고 말했다.

알고 보니 최지영은 일찍이 북한 세습체제에 회의를 느끼고 탈북한 전후세대였다. 박기복을 만나 봐야 알겠지만 최지영의 인격을 믿을 수 있는 만큼 초면에도 깊이 있는 얘기를 나눌 수 있는 사람처럼 느껴졌다. 만나면 우선 북한 쪽 연계통로를 알아보고 접촉 가능한 인물을 소개 받을 작정이었다. 회심의 여로에 피로한 줄도 모르고 여기 오기까지 경과를 돌이켜 보다가 어느 듯 심양 공항에 도착했다. 출구에 나가니 관광객과 친지를 맞이하는 사람들이 팻말을 들고 서서 손님맞이를 하고 있었다. 혹시나 박기복이 자신의 이름을 쓴 팻말을 들고 있지 않나 둘러보았지만 그런 팻말은 보이지 않았다. 아마 사람들 뒤쪽에 서 있겠지, 짐작하며 한쪽으로 비켜 나갔다. 공항청사 복도로 나와서 몇 발짝 걸어가는데 누군가 어깨를 스치듯 지나쳐갔다. 약간 불쾌한 기분을 느끼며 그 사내의 뒤통수를 노려보는 순간 고개를 돌려 따라오라는 듯 눈짓을 했다. 사내는 그 길로 곧장 택시 정류장으로 가서 대기 중인 택시에 올랐다. 정대성은 직감으로 그의 의도를 알아차리고 뒤따라 탔다.

단동으로 가는 동안 박기복은 자기소개를 한 후 심양 생활에 관해 가벼운 얘기를 들려주었다. 정대성은 여러 가지 묻고 싶은 것이 있었지만 택시 기사를 의식해서 그의 얘기에 관심을 나타내는 정도로만 말을 했다. 그가 안내하여 들어 간 곳은 뒷골목 조그마한 식당이었다. 식당 간판을 보니 한글로 '무산식당'이었다. 아마 조선족 식당 같았다. 박기복은 식당 주인과 잘 아는 사이처럼 보였다. 식사를 시키며 주고받는 대화가 자연스러웠다. 식사 후 박기복의 숙소로 갔다. 거기도 조선족 집인 것 같았다. 대로를 벗어난 지점에 있는 그 집은 단층 주택이었다. 그는 정대성과 함께 잠을 잔 후 다음날 연길로 갔다. 북한에서 자료를 가지고 나오는 내부 취재자를 만나러 간다고 했다. 늦으면 내일 아침에 오겠지만 그렇지 않으면 저녁때쯤 돌아 올 것이라고 하면서 혼자 멀리 가지 말고 압록강 연선 지역에만 돌아보라고 일러주었다.

정대성은 그가 없는 동안 먼발치에서나마 북한쪽, 특히 신의주를 한번 보고 싶었다. 해서 택시를 타고 철교 부근에 내렸다. 압록강 철교 입구에 중공군 항미 원조 전쟁 참전기념 조형물이 서 있었다. 당시 팽덕회 사령관이 지휘한 것을 부각한 것이었다. 조형물을 보고 있노라니 1950년 10월19일 압록강을 건너던 중공군이 눈앞에 어른거렸다. 그들 때문에 다 된 밥에 코 빠트리듯 혜산까지 갔던 국군과 유엔군이 다시 밀려나서 결국 흥남철수를 감행하지 않으면 안 되었던 급박한 전황이 잠시 머릿속을 어지럽혔다. 어두운 상념을 털어버리고 철교로 다가갔다. 압록강 단교라고 안내된 곳에 이르러 신의주 쪽으로 바라보았다. 다리 중간을 넘은 지점이 끊어져 있었다. 남쪽으로는 다리가 없는 채 텅 빈 공간만이 을씨년스럽게 보였다. 마치 다리 하나를 잃은 전상자 모습이었다. 그런데 저녁이 되자 압록강 철교에 이은 그 불구의 모습은 사라지고 그 자리에 아예 암흑이 드리워졌다. 캄캄한 수역을 넘어 신의주 쪽은 김일성 동상 부분만 빛이 비칠 뿐 도시 전체가 어둠에 잠겨 있었다. 철교가 절단된 곳으로부터 신의주까지 어둠에 묻힌 강, 검은 강에는 수많은 원혼이 수면 아래 가라앉아 울부짖고 있을 것이었다. 조선조 인조 때 병자호란을 맞아 청국으로 끌려가 노예가 되거나 성 노리개가 된 여인들과 환향녀들, 일제 때 조선총독부의 마수를 벗어나려고 도강하다가 잡혀 죽은 이주민들과 독립운동가들, 독재세습체제의 잔혹성을 견디지 못하고 탈북의 도강을 시도하다가 총살된 탈북민들, 그들의 원혼이 대대손손 어두운 밤이면 검은 강위를 맴돌 것 같은 음산한 분위기였다. 섬뜩한 기분을 느낀 그때 언뜻 머리를 스치는 것이 있어서 뒤를 돌아보았다. 단동 시내는 고층건물에 네온사인이 휘황찬란하게 비쳐 전혀 딴 세상이 펼쳐져 있었다. 압록강을 사이에 두고 북중의 모습이 이렇게 대조적일 줄 미처 몰랐다. 6·25전쟁 이후 63년 세월이 흘렀는데도 이 모양이라니… 정대성은 혀를 끌끌 차며 발길을 돌렸다.

숙소에 돌아와서도 무거운 마음이 풀리지 않은 채 명상에 잠겨 있는데 인기척이 났다. 박기복이 돌아온 모양이었다. 가면서 일러주었던 암호 식 노크를 했다. 한번 딱 두드린 후 잠깐 사이를 뒀다가 두 번 똑똑 두드렸다. 이어 다시 쉰 뒤 세 번 두드렸다. 그제야 정대성이 일어나서 문을 한번 두드렸다가 잠시 쉰 뒤 두 번 똑똑 두드렸다. 밖에서 반응이 왔다.

"정 선생 잘 쉬셨습네까? 지금 도착했시요."

정대성은 박기복의 목소리를 확인하고 문을 열었다.

그는 손에 든 보따리를 힐끔 쳐다 본 후 정대성에게 내밀었다. 의아해서 물었다.

"박 선생 이게 뭡니까?"

그는 얼른 대답을 하는 대신 다시 한 번 보따리에 시선을 주고는 예상치 않은 말을 했다.

"이거 한 번 보시라요. 우리 '두만강'의 특종감인데 잡지에 싣기에 분량이 너무 많아요."

그것이 무엇인지 말해주지는 않고 뜬금없이 특종 운운하는 바람에 호기심이 더욱 솟구쳤다. 그가 건네준 보따리를 열어보니 수첩 배 크기의 잡기장 같은 것이 세 권 들어 있었다. 그는 이것을 입수하게 된 경위를 설명하며 정대성에게 요긴한 것이 될 것이라고 일러주었다. 그가 평소 북한 취재요원으로 만나던 사람으로부터 급히 만나자고 하여 연길로 갔더니 이 보따리를 주더라고 했다. 그가 들려주는 이 보따리의 입수 경위는 극적인 데가 있었다.

박기복이 취재요원을 만났을 때 그는 몹시 주변에 신경을 쓰며 보따리를 건넸다. 무슨 물건인가고 묻자 입술에 손가락을 갖다 대고 가만가만 보따리의 내력에 대해 설명했다. 취재요원에게 보따리를 갖다 준 사람은 탈북 브로커였다. 브로커는 달포 전 평양에 있는 브로커로부터 김대(김일성종합대학) 교수 일행의 탈북 안내를 의뢰 받아 일행의 두만강 도강을 무사히 안내했다. 연길로 온 그들은 예정대로 탈출 여정에 올랐다.

그 탈북 브로커는 그들이 무사히 라오스 국경을 넘었을 것이라고 생각하고 있을 무렵 김대 교수로부터 전화가 왔다. 그러니까 일주일 전이었다. 급히 만나자고 해서 허름한 조선족 집에서 만난 그가 내놓은 것이 이 보따리였다. 때 묻은 보자기에 싸인 수첩들이었다. 부상을 입어서 무척 힘들어 하는 김대 교수가 귀중한 자료가 될 것이라며 꼭 남조선 사람에게 전해 달라고 부탁했다는 것이었다.

정대성은 식사 후 휴식을 취하는 동안 김대 교수의 수첩을 훑어보기 시작했다. 박기복의 말로는 탈북자 교수가 탈북과정에서 겪은 경험을 수기 형식으로 남긴 비망록 같은 것이었다. 탈북 현장의 이야기인 만큼 보다 생생한 내용일 것이라고 짐작하며 점점 비망록 속으로 빨려들어 갔다.

작성자는 이교민이라는 사람으로서 김일성대학 교수 출신이었다. 잠자리에서도 자지 않고 읽어가던 정대성은 이 비망록이 단순히 김대 교수 개인의 이야기가 아니라 여러 사람, 더 정확하게 말해서 몇 개 팀이 탈북여로에서 엮어낸 아주 보기 드문 로드 무비 같은 얘기임을 알 수 있었다. 더군다나 뜻하지 않게 살인 사건이 일어나는 등 미스터리 요소까지 곁들여 긴장감을 더했다. 서울로 돌아가기 전에 비망록 작성자인 이교민 교수를 만나보아야 할 것 같았다.

1. 하얼빈행

정대성은 이교민의 비망록을 찬찬히 훑어가며 그들의 행적을 따라가기 시작했다. 탈출과정에서 경황이 없었을 것 같은데도 수첩에 매일 매일의 일들을 꼼꼼하게 기록해 놓은 것을 보고 내심 감탄했다. 김대 교수라는 그 분의 성격과 성향을 알 수 있을 것 같았다. 교수라는 직위를 가진 사람의 일가족 탈북도 호기심을 끌었지만 그의 비망록 자체가 어딘가 흡인력을 가지고 자신을 끌어들이는 것 같아 한 페이지씩 넘길 때마다 관심을 가지고 바짝 다가앉아 기록된 내용을 훑어보게 되었다.

나라와 나라 사이를 가로 지르는 국경, 그 경계를 뛰어넘어 가야 하는 탈출 과정은 단순한 흥미를 넘어 손에 땀을 쥐게 하는 긴장과 스릴을 내포하는 것이었다. 그 이후의 탈출여정은 또 고난의 길이 될 것이었다. 그런데 내부로부터 쫓김을 당한 북한 인민의 앞에는 압록강과 두만강이라는 자연 하천의 경계가 가로막고 있었다. 압록강 8백6킬로미터와 두만강 5백47킬로미터, 3천리가 넘는 긴 장벽이었다. 탈북자, 그들은 야밤에 이 강을 넘어 낯선 땅 중국 동북지방으로 가야 했다.

물은 물이로되 두 강물은 예사 물이 아니었다. 국경 연선에 펼쳐진 두 강에서 소리 없이 넘실대는 검은 강물은 비탄의 강물이자 희망의 강물이었다. 검은 강물, 그것은 온갖 역사적 비극을 안고 흘렀고, 이제는 억압의 굴레에서 벗어난 자유에의 갈망을 품어주고 있는 것이다. 그러나 강 넘어 국경 저쪽에는 탈북자들을 기다리는 사악한 무리들이 도사리고 있었다.

국경 연선은 나라의 경계를 짓는 곳이지만 그곳에는 역사적으로 삶의 터전을 공유하는 무리들이 있었다. 이른바 조선말이라는 언어를 공유하는 집단이었다. 조교(중국 거주 북한인)를 비롯 조선족, 북한 화교가 그들이었다. 그러나 이들 중 일부는 자유를 찾아 조국을 탈출한 이들에게 반인권적 횡포를 서슴지 않는 자가 있었다. 탈북자들에게 일차적으로 다가드는 위험한 존재였다. 거기에 중국 공안이 더불어 반인권 작태를 자행했다. 폭압적 탄압에 쫓겨 가든지, 굶어 죽기 전에 이판사판으로 달아나든지, 자유를 찾아 나선 탈북자들에게 난민 지위를 인정하지 않고 그들을 붙잡기만 하면 다시 사지로 강제 북송을 서슴지 않고 있었다. 아프리카의 내전을 피해 유럽으로 탈출하는 사람들과 아프가니스탄전쟁에 주눅 들어 탈출하는 사람들이 난민 인정을 받아 새로운 보금자리를 얻는 것과 딴판이었다.

그때문에 김대 교수 일행이 국경의 강을 불법 도강하는데 성공한 후 그들이 목표를 향해 가고 있던 행선지에로의 여정이 초반부터 긴장감을 돋우었다. 흔히 탈북자가 겪는 고난의 길일 것이라는 짐작은 이야기 속으로 빨려 들어 갈수록 제풀에 녹아드는 눈사람마냥 허물어져 갔다. 김대 교수 일가족만의 탈출이 아니었다. 제삼자가 끼어드는 우연이 눈길을 끌었다. 우연이 계속되어 쌓이면 하나의 사건이 되고 사건은 필연으로 이어질 것이었다.

1

광대한 대륙 만주, 일제에 맞서 말 달리던 선구자, 독립군들이 민족의 자주독립을 위해 누비며, 일부는 소련으로 넘어갔다가 참변을 당하기도 하던 비통의 대륙, 그곳에 오늘도 한민족의 후예가 손에 손을 잡고 어둠을 헤치며 자유의 여명을 밝히고자 고난의 여정에 오르고 있었다. 1880년대 밀어닥친 흉년과 기근으로 이래도 죽고 저래도 죽을 바에야 옥토가 널려 있다는 청나라로 가서 땅이라도 파 보아야 되겠다며 두만강을 건넜던 선조들을 따라 일제 강점기에 남부여대 일가 권솔을 몽땅 데리고 이주한 조선인들이 곳곳에 터를 닦고 수전(논)을 개간했던 광활한 대지. 애국심과 정의감에 불타 독립운동가들이 모여들어 독립투쟁을 벌였던 거친 들판. 이제 고난의 행군 속에 아사자가 속출하고, 인권이 무지막지하게 짓밟히던 땅에서 탈출, 자유의 땅을 찾아 나선 사람들이 삼삼오오 무리를 지어 그 역사적 곡절이 아로새겨진 만주 벌판을 누비기 시작하는 시간이 다가오고 있었다.

무사히 연길에서 하얼빈행 열차에 오른 일행은 일단 한 숨을 돌렸다. 1차 목적지가 하얼빈이었으므로 열차를 탄 것만 해도 목적지에 가까이 간 느낌이었다. 일제시대 할아버지의 생활 근거지였던 하얼빈으로 우선 가기로 한 이교민은 자리를 잡자 몸이 불편한 아내에게 편히 쉬도록 배려하는데 신경을 썼다. 다행히 40대 여성인 강난희 동무가 동참하여 아내를 돌보고 있어서 한결 마음이 놓였다.

"강 동무가 우리 안까이를 보살펴 주니까네 고맙수다레."

"교수 동지 내레 도와드리고 싶은데 머이 도움이 될 거인지 모르겠시요."

"동무가 옆에 있는 것만 해도 도움이 되지 않간."

이교민은 강난희의 존재 자체만으로도 앞으로 긴 여정에서 아내가 심적인 부담을 들 수 있게 되어 감사한 마음이었다. 낯선 외국에서 탈출을 강행해야 하는 판에 한 사람이라도 더 있으면 짐이 될 터이지만 강 동무는 여성이어서 그녀의 동참이 이교민 편에서는 오히려 잘된 일이었다. 도문에서 그녀를 만났을 때 이미 잘 아는 사이처럼 느껴졌던 것도 예사로운 것이 아니었다.

도문에 도착한 일행은 조선족 식당으로 찾아들었다. 그는 여기서 용정으로 나가 연길에서 기차를 탈 계획이었다. 아버지에게서 들은 바로는 연길에서 장춘으로 가서 하얼빈행을 갈아타면 된다고 했다. 도문에서 일박하며 앞으로 헤쳐 나갈 일을 살펴보고 차편을 알아보기로 했다. 조선족 식당 주인에게 민박집을 물었다. 숙박료를 넉넉하게 줄 테니 세 사람이 잘 수 있는 방을 구해달라고 부탁했다. 마음씨 좋은 주인은 자기 집이 가까운데 있으니 거기로 안내해 주겠다고 했다. 그러면서 자신을 소개했다.

"내레 조동만이라고 합네다. 보니까니 아주마이가 편찮으신 것 같으니까니 편안하게 쉴 수 있도록 하갔습네다."

조동만을 따라 도문 중심지를 조금 벗어난 곳으로 갔다. 일반 주택가인 것 같았다. 그의 집 안쪽 방 한 칸을 빌려 들었다. 그는 물을 데워 세수를 하라고 한 후 식당에 갔다가 오겠다고 나갔다. 이교민은 자리를 펴고 아내를 눕혔다. 여기까지 온 것만 해도 한숨 놓였다. 이제 내일 장춘행 기차만 타면 탈출 여정이 제대로 진행될 판이었다. 이교민은 연길—장춘—하얼빈—수이펀허 노선에서 위험이 닥칠만한 곳은 어디인지, 수이펀허에서 국경을 넘을 때 위험은 없는지, 지도를 펴들고 곰곰이 검토했다.

　밖에서 잠깐 소란이 이는 것 같더니 조동만이 어떤 여인을 데리고 들어왔다. 두 사람의 표정은 긴장된 상태였다. 이교민은 본능적으로 경계심이 발동하기 시작했다. 조동만의 옆에 붙어선 여인의 얼굴에는 땀이 배어 불빛에 번쩍였다. 거친 숨소리가 그녀의 신경 줄이 팽팽한 것을 말해 주고 있었다. 조동만은 이교민을 보고 자기 방으로 가자고 했다.

　"선생님, 부탁이 있으니까니 같이 내 방으로 가시자요."

　얼떨결에 따라 나선 그는 여인에게 무슨 일이 있음을 직감했다. 조동만은 자기 방에 들어서자 말자 그 여인을 이교민에게 소개했다.

　"이 아주마이가 선생님처럼 평양에서 왔시요. 혼자 오다가 쫓기다 나니 우리 식당에 뛰어 들어오게 됐는데 할 수 없이 이리 데리고 올 수밖에요. 선생님이 좀 지도해 주시라요."

　보아하니 40대 초반쯤 되는데 교양이 있는 여인 같았다. 평양에서 왔다니 혼자 탈북한 모양이었다. 조동만이 차를 가져와서 담화를 나누기 시작했다.

　"내레 평양에서 왔는데 반갑수다. 같은 처지니까니 마음 놓고 이야기하기요."

　여인은 살짝 미소를 띠는 듯하더니 고개를 숙여 인사했다.

　"내레 강난희라고 합네다. 혼자 낯선 곳에 왔으니까니 잘 지도해주시라요. 부탁합네다."

　"아 그래요. 난 이교민이라고 해요. 김일성종합대학 교수로 있다가 반탐 망에 걸려 조국을 등지게 됐수다. 참 어처구니없는 지경이외다. 흠흠."

　그의 소개를 듣고 강난희는 한 순간 눈빛이 반짝였다. 반가운 김에 자신도 서슴없이 소개했다.

"교수 동지 성함을 많이 들었습네다. 반갑습네다. 저는 평양연극영화대학을 나와 영화연출을 해보려고 했으나 엉뚱하게 몰려 이 지경에 이르렀습네다."

지옥에서 탈출하여 사지로 빠진 기분에 착잡했던 심정이 다소 누그러지는 것 같았다. 더군다나 이교민 교수라니 지인을 만난 것이나 다름없었다. 그녀는 그녀대로 이 교수는 그대로 서로 잘 아는 사이였던 것처럼 친근감을 느꼈다. 강난희는 이 교수가 왜 행선지를 하얼빈으로 잡았는지 궁금했다. 통상 탈북자들은 심양을 거쳐 운남성 쿤밍까지 간 후 동남아 지역으로 가는 것으로 알고 있었는데 이 교수는 동북쪽으로 행선지를 잡았다.

"교수 동지, 우리는 쿤밍으로 가지 않고 하얼빈으로 가는 특별한 이유라도 있습네까?"

"아 당연히 궁금하겠지요. 내레 설명을 좀 해야겠네요. 개인적으로 할아버지가 활동하던 곳이기도 하고, 최종 목적지를 우수리스크로 할까 해서 하얼빈으로 가려고 해요."

"네… 그런데 우수리스크는 연해주에 있는 도시 아닌가요?"

"맞아요. 사실은 연해주로 이주하려고 그래요."

"기럼 로시아로 이민 가시려는 겁네까?"

"뭐 간단히 말하면 기렇지요."

"로시아로 가시려는 이유가 궁금합네다."

이교민은 강난희의 궁금증에 답하기 위해 나름 생각해 오던 바를 털어 놓기 시작했다.

그의 역사 지식으로 봐서 그 지역의 과거와 현재가 한민족사에 커다란 전기를 마련해 줄 수 있는 땅이었다. 그곳은 바로 일찍이 우당 이회영 선생이 고종황제를 모시고 가서 망명정부를 세우려 했던 곳이었다. 우당 선생은 결국 고종의 서거로 뜻을 접고 말았지만 그 후 사실상 망명정부라고 할 수 있는 조직이 탄생했다. 이른바 애국지사들이 그곳으로 가서 대한의군부를 출범시켰던 것이다. 그리고 최재형, 안중근, 이범윤, 이상설, 이위종, 이동휘, 유인석 등 기라성 같은 애국지사들이 수십 년을 두고 독립운동에 일생을 바쳤다.

1920년 경신참변으로 쫓기게 된 독립군은 저 위쪽 밀산으로 해서 이만을 거쳐 자유시(스보보다)로 갔다. 그러나 소련 적군에 영합하거나 동조한 한민족 후손들에 의해 자유시 참변이라는 잊지 못할 비극을 맞게 되었다. 우선 자유시참변 그 자체는 소련 측의 흉계에 의한 것이라고 할 수 있었다. 소련의 극동공화국군이 이르쿠츠크파 공산당계와 상해파 공산당계 조선인 세력 간의 알력을 이용, 독립군을 치게 함으로써 독립군의 피가 제야강과 아무르강을 물들이는 참극을 빚게 되었다. 소련 측은 무기 등을 지원하여 주겠다고 해놓고는 독립군을 해체하여 적군에 편입시키려는 흉계에 반대한 독립군을 무차별 살상한 것이다. 1921년 6월 그날 쫓기며 저항하던 독립군 병사들은 슬라세프카 역전 물탱크 부근에서 벌어진 교전에서 많은 사상자를 내고 아무르강(흑하) 쪽으로 내달렸다. 강 건너 흑하시로 탈출하기 위해서였다. 수많은 독립군 병사들이 흘린 피가 제야강을 물들이고도 모자라 아무르강까지 물들이니 중소국경지대 주변 강은 비탄의 강이 되고 말았다.

이때 무기를 확보하기 위해 자유시로 가자고 주장했던 대한독립군의 홍범도가 자신의 부대만 공격 대상인 특별의용대에서 빠져나오게 하고 독립군의 학살을 막는 데는 어떤 역할을 하지 않았다. 오히려 결과적으로 독립군을 단죄하는데 가담했던 것으로 밝혀졌다. 기록에 의하면 홍범도는 독립군 장교들의 재판에서 재판관(혹은 재판장설도 있음)을 맡아 그들을 단죄하는데 참여했다고 한다. 그 후 그는 소련 빨치산부대장 까란다스 윌리부대와 함께 이르쿠츠크로 가서 적군 제 5군 산하 조선려단 제 1대대장으로 임명되었다고 한다. 홍범도와 가까웠던 작가 김기철은 이를 두고 그가 단순한 의병대장이 아니라 국제주의(인터내셔날을 말함) 기치 하에 집결된 적위병 붉은 빨치산 대장이었다고 기술하고 있었다.

이때 독립지사들은 보로시로프(나중 우수리스크로 개칭)와 블라지보스톡을 독립운동 근거지로 삼았던 것이다. 수이펀허에서 국경을 넘어 내려가면 바로 우수리스크가 있는데 그곳을 찾아가려는 것이 이교민의 계획이었다. 그는 그곳에서 독립지사들의 숭고한 얼을 되새기면서 이회영 선생의 꿈을 오늘에 실현시키고자 하는 복안을 가지고 있었다. 20세기 후반에 와서도 분단되어 있는 조국을 올바른 한민족 공동체로 복원하려면 제2의 독립운동 차원에서 해외 망명정부를 수립하지 않으면 안 될 것이라고 판단하기에 이르렀다. 그가 굳이 탈출로를 연해주로 정한 것도 이러한 연유에서였다.

이교민이 과거로 상념을 날려 보내고 있을 때 강난희가 의아한 듯 물었다.

"교수 동지, 무슨 생각을 기렇게 골똘히 하십네까?"

"내레 니런 만주 벌판에 오니까니 일제시대 유랑하시던 할아버지 생각이 나구레."

강난희가 호기심을 비쳤다.

"교수 동지, 할아버지께서는 만주에서 무엇을 하셨는데요?"

"사실 그분은 남조선 경상도 분이었는데 독립운동하러 오신 증조

할아버지 따라 만주에 왔었지요. 기리니까 안동 출신 독립지사로 유명한 석주 이상룡 선생의 가까운 친척인 증조할아버지가 1911년 이 선생 일가와 역시 유명한 김동삼 선생 일가와 함께 독립운동을 위해 서간도 유하현 삼원포로 와서 독립운동기지를 만들었다고 해요."

"기럼 훌륭한 분의 자제였군요."

"기렇지. 기런데 청산리 전투 이후 왜놈들이 독립군을 추격하며 조선인을 못살게 굴어 북간도로 이주하게 되어 하얼빈 근처로 왔지요. 할아버지는 취원창이라는 제2 독립운동기지로 불리던 곳에서 자라다가 일제 말 무렵 조선 청년들이 조직한 조선의용군 제3지대에 소속하여 항일 투쟁에 나섰지요. 그 후 북조선이 수립되면서 그곳으로 넘어가서 인민군에 편입되고 6·25전쟁에 참전하게 된 거이고."

이야기를 듣고 있던 강난희는 이교민 선생이 새삼스럽게 가깝게 다가오는 것 같았다.

다음날, 강난희도 함께 4명이 연길로 나가서 장춘행 기차를 타려고 했으나 아내가 신열로 기동하기가 어려웠다. 마침 강난희가 옆에서 간호를 하며 하루 더 머물다가 떠나기로 했다. 그 사이 이교민은 조동만의 안내로 도문시내를 돌아보게 되었다. 그는 조동만으로부터 두만강 국경 연선지역의 최근 사정을 소상하게 들어 알게 되었다. 북한 측은 세습체제를 굳히기 위해 핵개발에 안간 힘을 쓰면서 인민은 돌보지 않는 바람에 두만강을 건너는 사람들이 꾸준히 이어져 오고 있다고 했다.

헌데 생사를 건 탈북자들 앞에 두 가지 함정이 있었다. 하나는 중국 공안이 수시로 탈북자가 숨은 곳을 덮쳐 그들을 북송시키는 것이다. 다른 하나는 탈북자의 약점을 노린 인신매매범의 손길이다. 이교민은 여기서 대국이라는 중국의 입장이랄까, 대북정책에 문제가 있음을 발견했다. 중조협약에 따라 탈북자를 잡아 북송한다는 것과 탈북자를 팔아 돈벌이를 하는 인신매매 행위를 묵과하거나 방치하고 있는 것이 스스로 대국의 체통을 허물어뜨리는 일이다. 아니 체통 문제가 아니라 국제사회의 일원으로서 유엔 안보리 이사국인 중국이 공공연한 인권 침해 행위를 방조하거나 묵과하는 것이야 말로 자신에게 해악으로 돌아오리라는 것을 깨닫지 못하는 것이 답답했다. 그가 보기에 저 멀리 청나라 때부터 압록강을 건너 수많은 조선인질을 데리고 가서 종노릇이나 노예로 부려 먹고, 인신매매를 한 역사적 고질이 오늘날에도 남아 있는 것으로 해석할 수 있는 여지가 있었다. 거기다가 십 수 억이나 되는 인구 팽창에다가 자유로운 남녀관계와 얼나이(정부)를 두는 남성사회의 관행으로 인해서 여성의 인신 다루기를 상식 이하로 하는 관념이 밑바탕에 도사리고 있으면서 탈북여성의 인권 유린쯤이야 예사로 생각하는 것으로 볼 수 있었다. 여기에는 북조선 경비대 병사와 보위원, 그리고 중국 공안이 한몫을 한 것이 사실이었다. 즉 공식기관의 요원과 조선족을 중심으로 한 부랑자 집단의 합작으로 21세기에 걸맞지 않은 인신매매 업이 성행하고 있는 중이었다. 옛날에 조공을 바치며 배알했던 조선 조정과 조선 여인들을 끌고 가서 노예로 삼았던 청나라 조정처럼 북조선과 중국의 노동당 세력이 이를 방치하거나 조장하고 있는 일이 벌어지고 있었다. 이 교민은 사회주의 국가들이 이런 것인가, 혀를 끌끌 차며 조동만에게 물었다.

"조 사장, 어드래요? 탈북 여성을 팔아먹고 사는 작자들의 사고방식 말이오."

"그 놈들은 탈북여성을 물건 다루듯 하잖고요."

이교민 일행은 도문에서 탈출 여정에 오를 차비를 한 다음 연길로 떠났다. 한 가족으로 처신하며 기차를 타고 가는 그들은 이제 막 탈출 여정에 올라 긴장감이 더 했다. 혹시 공안이 나타날까봐 고개를 들기가 어려웠다. 그러나 어색한 행동과 표정은 금물이었다. 천연덕스럽게 구는 것이 상책이었다. 이교민은 숙박 집을 떠나기 전 일행에게 이미 기본 행동 수칙을 단단히 일러두었다. 그러나 막상 현장에서 부딪히는 입장은 또 달랐다. 특히 도문에서 탈출을 감행한 강난희가 더 긴장했다. 그나마 이교민 아내 옆에서 간호하는 역을 맡아 긴장감을 묻어 둘 수 있었다.

　이교민은 일단 연길로 가서 장춘행 기차를 알아볼 참이었다. 연길에는 지인이 있었다. 연변대학 학술 발표회에 참석했을 때 만난 교수였다. 역사학 전공인 조용문 교수는 그와 이야기가 통했다. 발표회 후 술 자리에서 중국 측의 동북공정 문제를 놓고 담론을 벌일 때 의기가 통하는 것을 알았다. 그 후 서신 왕래를 통해 친교를 쌓아 온 터였다. 탈북여정이 끝날 때까지 무슨 복병을 만날지 몰라 그에게 조언을 구하려는 속셈이었다.

　연길역 앞 대주호텔에 방을 잡은 후 조 교수에게 연락했다. 연길에 온 것은 연구자료 수집 목적이라고 둘러댔다. 호텔 현관에서 만난 두 사람은 조 교수의 안내로 시내로 향했다. 택시를 타고 연길대교를 지나 오른 쪽으로 백산호텔을 바라보며 사거리에 미치자 왼쪽으로 연변일보 사옥이 보였다. 택시는 곧장 직진해 가는데 왼쪽으로 시공안국 청사가 보였다. 가슴이 뜨끔해지는 것 같았다. 하필이면 공안국 앞을 지나가다니, 참 얄궂은 길이었다. 처음에는 조 교수가 오랜만에 만났으니 이름난 단고기 거리로 가자고 했으나 이교민이 반대했다. 거기는 북조선, 남조선 할 것 없이 조선 사람들이 많이 모여 드는 장소라서 정탐원의 눈길이 많을 터였다. 그냥 일반인이 많이 모이는 장소가 눈에 띄지 않을 것이었다. 몇 분 동안 그대로 달리다가 해방로 사거리에 이르러 우회전하여 돌았다. 이 거리는 해방로 옆 거리로서 왼쪽 구역에 서시장, 오른쪽 구역에 동시장이 있는 서민 거리였다. 해방로와 인민로를 중심으로 한 구역은 상가 밀집지역으로서 연길의 중심부였다. 그곳을 조금 피해서 어느 술집으로 들어갔다. 조 교수가 있으니 마음이 든든할 수밖에 없었다.

둘이서 오랜만에 우정을 나누며 술잔을 기울이니 한결 푸근한 분위기였다. 이런 때 이교민은 연길에서 장춘 가는 기차 편과 장춘에서 하얼빈 가는 기차 편을 물었다. 그러면서 경상도와 충청도 출신이 많이 사는 흑룡강성 일대 실정에 대해 이야기를 나누었다. 조선족이 많이 사는 마을 이름이며, 그곳 인심과 생활 상태 등을 확인했다. 더 나아가 화제가 무르익자 하얼빈을 거쳐 수이펀허로 가는 교통편이라든가, 수이펀허에서 연해주, 특히 우수리스크로 가는 교통사정을 물었다. 그는 속으로 우수리스크를 목표로 삼아 탈출로를 점검하고 있었던 것이다. 조 교수는 수이펀허로 가려면 연길로 올 필요 없이 도문에서도 바로 갈 수 있다고 알려주었다. 도문에서 왕청과 영안을 지나 목단강에 도착한 후 수이펀허행으로 갈아타면 된다고 했다. 하지만 그는 하얼빈을 거칠 일이 있었다.

이교민 일행은 다음날 연길역을 출발하여 장춘으로 향했다. 장춘으로 가는 길은 그야 말로 만주 벌판을 동남에서 서북으로 가로 질러 가는 만주횡단 길이었다. 가도 가도 끝이 보이지 않는 만주벌이 차창 밖으로 펼쳐져 있는 것을 보고는 만감이 교차하지 않을 수 없었다.

일본이 만주에 꼭두각시 정권을 세워 동북아 일대에서 만행을 저지르던 때가 새삼 떠올랐다.

노일전쟁 승전 이후 요동반도를 99년간 조차한 것을 계기로 70만을 자랑하는 대륙방위군으로서 위용을 떨치던 관동군, 황군의 꽃이라며 그 사령관을 천황의 변신처럼 우러러 보았던 관동군, 그 관동군이 노도처럼 몰아닥친 소련군 25군 앞에 추풍낙엽 꼴이 된 지 거의 70년. 속전속결을 감행해 오는 소련군 전차 앞에서 맥을 출 수가 없게 된 천황의 군대는 흔적도 없이 사라지고 벌판에는 무심한 새들만 날아다녔다. 그런 운명을 모른 채 그들이 구가하던 만주국의 노래가 이제 만가가 되어 떠도는 것 같았다.

천지에 신만주가 있도다
신만주는 곧 신천지로니
신천지의 무고무우(無苦無憂)함이여

순간 이교민의 귀에는 이 노래를 짓누르고 독립군이 부르는 우렁찬 군가가 들려왔다.

신대한국 독립군의 백만 용사야
조국의 부르심을 네가 아느냐
…나가 나가 싸우러 나가 나가 나가 싸우러 나가
독립문의 자유종이 울릴 때까지 싸우러 나가세

이교민은 1920년 청산리대첩 후 일본군이 조선 주둔군까지 동원하여 독립군을 쫓던 것이 엊그제 같았다. 독립군의 항일 운동이 바로 눈앞에 파노라마가 되어 말 타고 달리는 모습이 중첩되었다. 쫓기는 형편이어서 병사들은 발이 불어 터지고 며칠을 굶어 허기진 배를 움켜잡고 허덕이고 있었다. 눈보라마저 광야를 덮을 듯이 쏟아지는 날 그들은 오로지 재기를 위해 연해주 연해주로 내달리는 데만 급급했다. 이교민에게는 1920년대가 독립군에게 이렇게 고된 시련의 시기로 점철되어 다가왔다.

　하얼빈에 도착한 일행은 러시아인 여관을 찾았다. 조선족이 많이 왕래하는 곳이라 조선족 여관들이 있었으나 신변 안전을 생각해 피했다. 이곳은 일찍이 러시아가 진출하면서 개발한 도시라 만주 벌판에 유일한 서구식 도시였다. 과거 러시아 공산혁명 당시 적군에 쫓겨온 러시아인 후손들이 지금도 자리를 잡고 살고 있었다. 물론 조선족도 적지 않게 살고 있었다. 이들은 연해주 이민들로서 러시아 공산혁명을 피해 이곳으로 이주해 왔었다. 러시아인 여관에서는 신변안전 문제가 없을 뿐만 아니라 과거 일본 관동군의 횡포에 대한 자료도 수집할 수 있을 것으로 기대했다. 이교민은 바로 이 점을 노리고 하얼빈에 왔던 것이다.

2

　이강석은 과거 친했던 보위원들과 연락, 부대 탈출을 숨기고 특수작전 목적으로 압록강 침투훈련에 참가하러 간다면서 가는 곳마다 협조를 구했다. 그는 원산을 출발하여 고원을 지나 단천으로 갔다. 기차에서는 특수부대원이라고 밝히고 특수작전 중이라 통행증 같은 것은 없다고 하여 통과했다. 그는 단천역에서 내려 다시 지선으로 바꾸어 홍군리행 기차를 탔다. 길주까지 가서 혜산행 기차를 타면 편리하지만 풍계리 핵 실험장 부근을 통과하는 데는 그만큼 위험이 따르기 때문에 길주까지 가기 전에 샛길로 빠질 작정이었다. 홍군리역에서 내린 후에는 걸어서 준령을 넘어 갑산 쪽으로 방향을 잡아나갔다. 첩첩산중 심심산골이라서 어디가 어딘지 방향 잡기가 어려웠다.

산을 타고 가다가 뜻하지 않게 고사포부대를 만나 임기응변을 발휘했다. 특수훈련 중이라고 둘러대고는 병사의 전우애를 자극하여 식량을 얻었다. 식량이라야 옥수수 가루 1 킬로그램과 통 옥수수 몇 개 정도였다. 그나마 허기를 면할 수 있어서 민가가 나타날 때까지 걸을 수 있었다. 때는 여름을 지나고 가을로 접어들 무렵이라 밤에는 서늘한 기운이 산악에 감돌았다. 부대를 탈출한 후 벌써 열흘째 음식을 제대로 먹지 못한 채 압록강으로 달음질치느라 기진맥진 상태였다. 그나마 옥수수 가루를 풀어 따끈한 풀죽을 끓여 먹으니 한결 기운이 솟았다. 앞으로 개마고원을 넘는 것이 가장 큰 문제였다. 삼수갑산 일대는 산 짐승들이 많이 출몰할 뿐만 아니라 굶주림에 지친 사내들이 날강도로 변해 떼를 지어 산 고개를 지켰다. 가능한 한 이런 방해꾼들이 없으면 좋지만 재수 없이 그들을 맞닥뜨리는 날이면 할 수 없이 힘을 쓸 수밖에 없었다. 그러노라면 필요 없이 시간을 지체하는데다 힘까지 뺏겨 탈출에 장해가 되었다. 다행히 산언덕을 넘는데 한 떼의 사람들을 만났다. 보아하니 산나물이나 버섯을 채취하러 온 자력갱생 조 같았다. 마주 보며 걸어가서 물었다.

"동무들 반갑수다레. 내레 특수작전 중인데 갑산으로 넘어가려면 어디메로 가야 됩네까?"

"언덕을 넘어서면 마을이 보이디요. 거기 입구에 팻말이 있수다. 갑산은 오른쪽으로 꺾어 갑소."

그는 고맙다고 인사하고는 발걸음을 재촉했다. 아직 날이 어둡기 전이라 잰걸음으로 가면 갑산 가까이 갈 수 있을 것이라고 판단했다. 앞만 보고 열심히 가고 있는데 어디선가 여자의 비명소리가 들리는 것 같았다. 깊은 산골에 무슨 여자 소리냐며 무시하고 지나려는데 분명히 여자 소리가 들렸다. 헌데 그 소리가 이상했다. 처음엔 비명 같더니 귀를 기울여 들어보니 비명이 아니라 암내를 물씬 풍기는 소리였다. 갈 길이 바쁜데 그 소리가 자극이 되어 엉거주춤 섰다. 여자 소리는 점입가경으로 암캐가 발정하는 것 같았다. 동시에 아랫도리가 불끈했다. 도저히 그냥 지나칠 수 없었다. 가만히 엎드리다시피 하여 다가갔다. 우람한 상수리나무 밑 낙엽이 푹신한 곳에 남녀가 엉켜 몸부림을 치고 있었다. 옆에는 망태 두 개가 놓여 있었다. 살금살금 다가가서 망태를 살폈다. 산나물과 송이버섯이 있었다. 요기 거리가 될 만했다. 둘이서 거북 춤추듯 몸놀림이 빨라질 때 산나물과 송이버섯을 적당히 훔쳐 배낭에 넣고 나왔다. 그는 그 순간 저것들이 분명히 남남끼리인데 산골에 온 김에 해방된 기분으로 부화질을 해대는 것이라고 여겼다. 얼마나 인민을 억압했으면 산속에서 저렇게 막무가내로 남녀가 붙어 욕정을 불태우는 자유에 매달리는 것인가. 쓸쓸한 기분에 젖은 채 발걸음을 재촉했다.

그는 갑산을 거쳐 가까스로 혜산에 당도하여 안전부를 찾았다. 혜산에서 보천 쪽으로 가는 길을 물었다. 중국군과 협력하여 특수작전 훈련을 하러 간다는 것을 강조했다. 안전요원들은 군사비밀이라니까 물어볼 엄두도 내지 않은 채 보천 가는 길을 가르쳐 주었다. 일단 차를 얻어 타고 장백현이 마주 보이는 강변으로 나갔다. 강폭이 2, 3백 미터쯤 되어 보였다. 거기서 걸어가야 한다면서 차에서 내린 후 보천 쪽으로 가기 시작했다. 왼쪽으로 보이는 장백에는 제법 큰 건물들이 늘어서서 도시다운 모습이었다. 걸어가면 불과 몇 분밖에 걸리지 않을 만큼 빤히 보이는데도 건너가지 못하고 몰래 도강을 하기 위해 은밀한 곳을 찾아가는 것이 왠지 이상한 느낌이었다. 이쪽에도 사람들이 오가고 저쪽에도 사람들이 오가건만 그냥 건널 수 없는 세상이 안타까웠다. 그만큼 사람의 왕래를 가로막는 눈에 보이지 않는 벽이 있다는 말이었다. 벽, 벽, 사람 사이에 가로놓인 그 벽 때문에 조국을 등져야 하는 것이 새삼스레 원망스러웠다. 감상에 약해지는 심기를 추스르며 길을 걸었다. 한동안 걷다보니 고갯마루가 나타났다. 높은 자리에서 내려다보는 압록강 주변은 을씨년스런 분위기를 자아냈다. 혜산 시내를 벗어난 시골의 풍경은 겉보기에 여느 시골과 다름없었다. 그러나 정든 땅을 등지려는 이강석에게는 무수한 사연을 품은 한 많은 땅으로 보였다. 한 숨을 푹 내쉰 그는 도강 지점을 찾기 위해 산속으로 숨어들었다. 한 30분쯤 지나서 강변으로 접근했다. 장백은 왼쪽으로 멀리 보였다. 비닐박막에 옷이니 먹을거리를 챙겨 넣고 압록강에 들어섰다. 이미 날이 어두워졌기 때문에 사위는 캄캄했다. 가끔 돌에 미끄러지기는 해도 큰 문제없이 중국 땅에 닿았다. 다만 강폭이 생각보다 넓어 도강 시간이 많이 걸리는 바람에 추워서 몸이 떨리고 피로가 몰려왔다. 그동안 걸어오느라 체력이 바닥나서 갈대숲에 드러누웠다. 무사히 지옥을 탈출했다는 안도감에 젖어 들 무렵 자신이 왜 여기 누워 있어야 하는지 참 어처구니없다는 생각이 들었다. 돌이켜 보면 다 그 놈 때문이었다. 썩어빠진 충성심으로 자리를 지탱하려는 놈이 특수부대에 잠복해 있었다는 사실을 떠올리자 손바닥을 펼쳐 풀을 한 움큼 불끈 쥐고 힘을 주었다. 자신으로 하여금 조국을 등지도록 한 작자들이 무슨 애국자연하며 체포령을 내리고 호들갑을 떨 일을 생각하니 분노가 치밀었다.

이제 남조선으로 갈 길을 재촉하는 일만 남았다고 다짐하며 일어서려던 그는 어디선가 인기척이 들리는 것을 느꼈다. 소곤거리는 소리라잘 들리지는 않았지만 여자의 말소리 같았다. 갈대숲을 헤치며 엉금주춤 가노라니 여자들이 말을 주고받고 하는 것이 들렸다. 몇 사람인지 모르지만 다급하게 호소하는 소리에 진정시키는 소리가 겹쳤다. 바짝 긴장을 하고 다가갔다.

"흑흑, 우리 아이가 없어졌어라요. 니 걸 어떻게 한다요, 어흐 흑흑…."

"동무 가만, 소리 내면 안 되지비. 아이가 물에 빠졌나? 고럼 떠내려 갔잖고…."

우는 여인은 한 손에 또 다른 아이를 붙잡은 채 강으로 뛰어들 자세를 취했다. 옆에 있던 여인도 아이 둘을 양손에 잡은 채 당황하고 있었다. 두 여인은 남편도 없이 더 이상 조국에서 살 수 없다고 판단하여 아이들을 데리고 도강 길에 올랐던 터였다. 아이 하나를 물에 빠트린 여인은 한명숙이었고, 그녀 옆에서 어쩔 줄 모르는 여인은 고민옥이었다.

그녀들보다 먼저 도강한 이강석은 그곳으로 접근하다 말고 차 소리에 땅에 엎드렸다. 그리고 지척에서 벌어지고 있는 사태를 똑똑히 보았다. 어떻게 손을 쓸 수가 없었다. 두 놈이 여인네들을 잡아가는데 차에 몇 놈이 있는 줄 몰라 기습할 엄두를 내지 못하고 말았다. 중국 공안이 맞는다면 여인네들은 다시 강제 북송될 것이 틀림없었다.

이교민은 하얼빈에 와서 만감이 교차하는 순간을 맞았다. 그가 새삼스레 이 도시에 오게 된 것은 탈출로를 검토하면서 결정한 것이다. 과거 할아버지와 아버지가 살던 곳이었다. 개인적인 용무도 있었지만 역사학자로서 이 지역의 내력을 잘 아는 그로서는 예사로운 발걸음이 아니었다. 흑룡강성 중에서도 이 지역 일대가 독립군의 제2근거지가 된 역사를 가지고 있었다. 안중근 의사의 하얼빈 의거를 역사적 배경으로 하여 연면히 흐르는 독립정신이 깃든 곳이었다. 1920년 경신참변 후 일본군에 쫓긴 독립군은 만주벌판을 횡단하여 목단강—밀산—호림을 거쳐 소련 이만으로 건너갔지만 서간도에 신흥무관학교를 설립했던 독립지사들은 길림시를 거쳐 하얼빈으로 갔다. 이른바 석주 이상룡 선생(경북 안동시 법흥동)의 가까운 인척과 의병장이었던 왕산 허위 선생(동대문에서 청량리까지 도로명이 왕산로이다)의 후손인 임은 허씨(경북 구미시 임은동) 일가는 하얼빈시 외곽 취원창에 자리를 잡고 마지막 독립 혼을 태웠던 곳이었다. 취원창은 국내에 잘 알려지지 않았으나 예사로운 곳이 아니었다.

함께 신흥무관학교를 설립, 운영했던 독립지사 이회영, 이시영 형제는 상해로 가서 만주와 사실상 결별했다. 신흥무관학교는 문을 닫았고, 독립운동의 터전이 메말라 임시정부로 가게 된 것이다.

일본 관동군은 이런 곳에 역사적으로 가장 악랄한 세균전쟁기지를 건설했었다. 하얼빈에서 남쪽으로 한 시간 거리, 관동군방역급수본부라는 명칭을 지닌 731부대가 이 기지였다. 교오토제국대학 의학부에서 세포학을 전공한 이시이시로오 소장이 본부장으로 그 악역을 주도했다. 그는 3천명이나 되는 본부 요원을 거느리고 2천명이나 되는 죄수들을 '살찐 마루타'로 만들어 생체실험을 감행하는가 하면 쥐와 벼룩을 무더기로 배양하여 세균전을 수행했다.

이교민은 하얼빈에 들어서면서 일제의 패악과 이에 맞선 독립지사와 투사들의 옹골찬 투쟁정신이 얽혀 있는 곳이라는데 주목했다. 오늘 날에도 이런 역사적 배경이 제2의 한민족 독립을 위한 살아 있는 무대를 제공해 주리라 기대했다. 이곳과 관련하여 그에게는 말 못할 사연이 있었다. 할아버지가 아버지에게 전한 유언 때문이었다. 할아버지는 당시 하얼빈 제3국민고등학교 교사였다. 중국인 학교이기는 해도 조선인 학생이 많았던 학교였다. 할아버지는 학교에서 밀정으로 의심되는 조선인 명단을 비밀리에 숨겨두었다가 잃어버렸다. 어디까지나 민족주의자였던 할아버지는 민족의 독립이 이념보다 앞선다는 신념을 가지고 있었다. 밀정은 여러 군상에 숨어 있었다. 직접 일본 경찰에 투신한 자 외에 첩자노릇을 하여 독립군에 피해를 주는 경우가 허다했다. 밀정은 친구들이나 직장 동료들 사이에서도 있었고, 떠돌이 장수, 술집 작부, 식당 일꾼 등 주위에 누가 누구인지 분간할 수가 없었다.

이교민이 이런 할아버지의 애국애족 정신을 가슴 깊이 품고 있었기 때문에 아픈 아내를 대동하여 고국으로부터 탈출을 강행할 수 있었다. 이교민 일행이 이렇듯 탈북 여정에 오르게 된 것은 1990년대 중반부터 탈북자가 늘어나기 시작한 시대적 배경도 한몫 했다. 말하자면 강권통치로부터 내몰린 강요된 탈향이었다. 낯선 나라와의 경계를 이루는 국경을 불법 도강하는 것은 정든 고향 땅을 외면하고 새로운 생명의 길, 자유의 길로 나서기 위함이었다.

이교민 일행은 그믐날 어두운 밤에 두만강 변 회령시 종성노동자구 변두리 으슥한 곳을 택해 강물에 뛰어들었다. 몇 번이고 탈출 코스를 검토한 끝에 내린 결론은 이랬다. 허허실실전법을 차용해 공개된 장소에서 아무도 의심하지 않는 곳을 여유롭게 통과하기로 한 것이다. 사실 처음에는 탈출코스를 잡기 무척 어려웠다. 이교민은 역사학자라 국경 연선 지역의 역사를 바탕으로 탈출에 무난한 코스를 선택할 작정으로 두만강 유역 지방을 검토한 끝에 두 개 코스로 범위를 좁혔다. 첫 번째 검토한 코스는 회령시 종성노동자구에서 선구촌으로 건너는 것이었다. 이곳은 역사적으로 간도라는 지명의 유래와 깊은 관련이 있는 곳이었다. 두 번째 코스는 역시 회령시 두만강 변 마을인 세천에서 인계리와 학포리 중간쯤 지점에 와서 건너편 강역 촌으로 건너는 곳이었다. 첫째 코스는 강변을 따라 도문까지 가는 길이라서 무난해 보였다. 하지만 시골 길이라 교통편이 좋지 않아서 문제였다. 두 번째 코스는 강역 촌에서 상류 쪽으로 학성동과 북흥촌을 지나 삼합을 거쳐 용정으로 가는 길이라 교통편이 좋은 편이었다. 그러나 이 길은 용정―회령 간 탈북자의 북송 길로서 이미 저승길로 알려져 있었다. 말하자면 그만큼 중국 공안과 북한 보위원의 눈에 띄기 쉬운 위험이 있었다. 이교민은 자신의 역사적 감각을 발휘하여 옛날 선조들이 농사 지으려 다녔던 선구마을을 탈출 기점으로 이용하기로 했다. 그가 고려한 것은 선구마을 주변은 예부터 조선인에 대한 친밀감이 있는 전통적인 우호지방이라는 점이었다.

달마저 뜨지 않는 칠흑 같은 밤이라 국경 경비병의 눈에 띌 염려는 없었다. 하지만 눈앞에 보이는 것이 없어 사위를 분별하기 어려웠다. 이교민 팀은 그 선구마을이 빤히 보이는 지점에서 출발한 만큼 암흑 속에서도 목표지점을 가늠할 수 있었다. 다만 몸이 성치 않은 아내를 떠밀다시피 하고 강물을 헤쳐나가기는 힘이 벅찼다. 마침 아들 종수가 앞에서 제 어미 손을 잡고 이끌어가므로 아내의 허우적거림이 덜했다.

"여보, 종수 하고 내가 앞뒤로 보호하고 가니 힘내요."

이교민의 속삭임을 들은 아내는 그나마 마음이 놓이는 모양이었다. 보이지는 않지만 고개를 끄덕이는 기척을 느꼈다. 병약한 아내에게는 미끄러운 차돌맹이라든지, 강물 중간에 불쑥 솟은 바위가 가장 위험한 것들이었다. 자칫 중심을 잃은 아내가 정적을 깨고 외마디 소리라도 지르는 날에는 큰일이었다. 그는 이렇게 병약한 사람을 자신의 의지 하나만 믿고 두만강 물로 끌어 들인 것이 죄스럽기도 했다. 하지만 그를 둘러싼 평양의 실정이 어쩔 수 없이 아내를 끌고 오도록 만들었다. 60평생을 북한에서 살아오면서, 그것도 대학 교수로서 연구생활을 해오면서 그 끝이 이렇게 돌아갈 줄이야 어떻게 알 수 있었단 말인가. 그는 회한과 분노가 버물어진 착잡한 심경에 빠져 들었다.

역사학 교수로서 김일성과 관련된 항일투쟁 부분은 외면할 수 없는 절체절명의 연구 분야였지만 그는 애써 독립 운동사를 피하고 문화예술사에 집중해왔다. 그러나 이 분야에서도 함부로 건드릴 수 없는 부분이 있다는 것을 안 이후로 역사연구에 회의를 품기 시작했다. 특히 해방 이후 남조선에서 북으로 온 월북 작가들, 예컨대 이기영이나 한설야, 홍명희 등 정권에 붙어 출세 가도를 달리며 문학계를 좌지우지 하던 인물들의 작품 활동에 대한 평가에서 역사학자로서 양식을 뛰어넘는 아킬레스건에 부딪쳐 곤혹스러울 때가 한 두 번이 아니었다. 그럴 때마다 당에 대한 충성은 물론 어버이 수령과 지도자 동지에 대한 충성 앞에 무릎을 꿇지 않으면 안 되었다. 그가 김대 교수로서 자리를 굳히고 있었던 사실이 이러한 현실에의 영합을 말해주는 증거였다.

이교민은 아들 종수가 대학을 다니게 되면서 자신의 존재감을 더 이상 훼손시켜서는 안 되겠다는, 때늦은 각성에 눈을 떴다. 아니 오늘 이렇게 암흑을 뚫고 자유를 찾아 나서게 되었다는 의미에서 때마침 눈을 떴다고 할 수 있을 것 같았다. 종수가 그에게 일생일대 결단의 계기를 만들어 주었다.

대학에 다녀온 종수가 하루는 침통한 표정으로 자기 앞에 섰다. 전에 없던 석연찮은 예감에 시선을 꽂고 물었다.

"너, 오늘 무슨 할 말이 있간?"

종수는 바로 대답을 하지 않고 머뭇거렸다. 그래서 다그쳐 물었다. 무엇을 숨긴 애처럼 종수는 입을 열기가 힘 드는 표정이었다. 무슨 곡절이 있음을 직감한 이교민은 종수에게 의자를 내밀며 앉도록 권했다.

"아버지, 놀라지 마세요. 학교에서 떠도는 소문에 김대 역사학과 교수가 반동혐의로 걸렸다는 이야기가 있어요."

놀란 이교민은 아들의 말을 반신반의하면서 따지듯 물었다.

"기거이 무슨 말이네? 누가 기런 소리 했간?"

"소문이지만 사실인 것 같아요. 내레 친구 아버지가 보위부 간부인데 친구가 아버지로부터 들은 니야기야요."

사실은 종수가 친구로부터 너의 아버지가 걸린 것 같다는 얘기를 들었는데 차마 그대로 말할 수 없어 둘러대고 있었다. 보위부 간부가 그런 얘기를 했다면 예사 일이 아니라고 판단했다.

"알았어. 함부로 니야기 하지 말라우, 알간."

이교민은 아무도 눈치 채지 못하게 소문의 진실을 캐볼 작정이었다. 노동당 조직부 부부장과 가까운 친구를 만나 사정 얘기를 하고 은밀히 알아 봐 줄 것을 부탁했다. 한동안 소식이 뜸하던 그 친구가 김대 방문 핑계를 만들어 이교민의 방으로 찾아 왔다. 연구실에서는 사무적인 얘기만 늘어놓다가 갔다. 그 친구는 나가면서 메모지를 슬쩍 넘겨주었다. 메모지를 몰래 읽은 그는 자초지종을 알게 되었다.

김정일에 이어 김정은까지 3대 세습이 이루어지는 것을 보고 그가 회의를 품게 된 것이 화근이었다. 은퇴한 노 작가 박정만 선생을 만난 자리에서 그가 세습체제에 대한 불평을 얘기했던 것이 도청 당했던 것이다. 새로운 체제를 굳히기 전에 불평불만 반동분자를 색출하던 정탐 반에 걸려 정치범수용소행이 결정되는 단계에 와 있다는 것을 알게 되자 얼굴이 새파랗게 질렸다. 일이 이쯤 되면 막다른 길에 몰린 것이라는 사실을 누구보다 잘 알았다. 이교민은 그날로 탈출계획에 착수했다. 이때 정찰총국도 나름대로 역할을 하기 위해 구 남로당계 후손에 대한 반탐망을 펼치고 있었다. 이들의 촉수가 자신에게 뻗치고 있는 줄은 이교민은 모르고 있었다.

이교민 일행은 무사히 선구마을에 도착한 즉시 산기슭으로 숨어들었다. 아내가 너무 힘들어 해서 잠시 쉬었다. 일단 중국 공안의 경계선에서 벗어나기 위해 산을 타고 두만강 하류 쪽으로 방향을 잡았다. 마을에서는 이따금 개 짖는 소리가 들려왔다. 그때마다 몸을 숨기고 동정을 살핀 후 출발했다. 환자가 있으니까 마음만 급했지 산길이 쉽게 줄어들지 않아 애가 탔다. 상백룡—백룡촌—하백룡 등 시골 마을을 거치는 동안 조선족 노인네를 찾아 잠자리를 얻어 잤다. 조선족 노인은 아내가 아픈 몸인 것을 알고 약초를 달여 주었다. 고마운 나머지 이교민이 중국 돈을 주었다. 노인은 안 받겠다고 몇 번 손 사례를 쳤다.

"우리 동포가 쫓겨 왔는데 잠자리라도 도와야지 무시기 돈임둥. 아픈 사람 약값이나 하기요."

"아닙네다. 니거이 얼마 안 되는데 받아 두시라요. 참으로 고맙습네다."

이리하여 통성명을 하고 두만강 연선의 소식을 들었다. 요즘은 김정일이 때보다 좀 덜하지만 그래도 며칠이 지나지 않아 강을 넘어오는 부녀자들이 많다고 했다. 남자들보다 여자들이 많은 것은 가족을 먹여 살리기 위해 중국으로 와서 돈벌이를 하려고 하기 때문이라고 알려주었다. 그러나 조선족이라고 잘못 찾아들었다가 인신매매 꾼에게 걸려 오지로 팔려 가는 부녀자가 적지 않다고 안타까워했다. 어쩌면 중국 공안보다 조선족 인신매매꾼이 더 나쁘다고 혀를 찼다. 이 마을에도 불량한 사내들이 그 짓을 하는 경우가 있어 노인네들에게 눈총을 받는다고 했다.

노인의 후의로 이틀이 지나 아내가 몸을 추스르자 길을 나섰다. 이교민은 조급할수록 실수가 생긴다는 것을 유념하여 자신의 인내심을 시험했다. 사흘째 되던 날 버스를 타고 도문에 도착했다. 이 도문시는 옛날에 붉은 먼지가 날아드는 것으로 유명하여 회막동(灰幕洞)으로 불렸던 곳이다. 두만강 가에 있지만 본래 한적한 한촌이었다. 경도선(서울―도문)이 개통되자 사람들이 몰려들기 시작하고, 소금 밀수꾼 등이 왕래하여 한 때는 인구가 6만 명이나 되었다. 그러나 만주사변 이후 밀수가 어려워진데다 도가선(도문―가목사)이 개통되어 시장 경기가 가목사로 옮겨 가는 바람에 인구는 4만 명(당시 연길은 3만 명)으로 줄어들었다. 도문은 또 독립투사들이 넘나들던 곳으로서 역사적인 도시였다. 여기서 유명한 '눈물 젖은 두만강'이 잉태된 곳이기도 했다. 이런 곳이 지금은 탈북자의 강제북송을 위한 수용소가 있고, 북한 쪽 남양을 잇는 도문교가 강제북송 길이 되어 있었다.

3

박대홍 일행은 옆 칸에서 이교민 일행의 동정을 살피느라 여념이 없었다. 오는 내내 번갈아가며 지켰지만 별 다른 특이 사항이 없었다. 드러누워 있는 아내를 중심으로 간호를 하는 모양이었다. 하한식은 옆 칸에 탄 일행 중 강난희가 있는지 확인하기 위해 문을 열고 들어섰다. 통로를 걸어가며 보니 옆에 앉은 여자가 누운 여자에게 무엇이라고 말을 하고 있었다. 지나가면서 그들이 앉아 있는 자리를 힐끗 보았다. 누워 있는 여자는 60대로 늙어 보였고, 옆에 앉은 여자는 50대로 보였다. 맞은편에는 남편으로 보이는 60대 남자와 아들로 보이는 20대 후반의 남자가 앉아 있었다. 네 사람 중 남자 둘을 빼고 나면 여자는 두 명인데 누워 있는 아내를 빼면 남는 여자는 하나 밖에 없었다. 그런데 그 한 사람은 50대 여인으로 강난희가 아닌 것 같았다. 일단 지나친 후 문을 열고 나갔다. 화장실에 들렀다가 다시 되돌아와서 지나갔다. 이번에는 50대 여인을 유심히 바라봤다. 아무리 봐도 사진으로 본 강난희는 아니었다.

밀수꾼 박대홍은 조선족 인신매매업자인 민봉석으로부터 하한식을 소개 받아 함께 강난희의 추적에 나섰다. 민봉석은 부하인 브로커가 강난희를 탈북 브로커로부터 인수 받아 수송하던 중 탈출하여 놓친 것에 분노하여 그들로 하여금 그녀를 납치해 오도록 지시했던 것이다. 부하의 휴대폰 사진을 통해 그녀의 미모를 본 그는 욕정이 발동하여 한시 바삐 자기 앞에 데려오라고 닦달 중이었다. 강난희는 그것도 모른 채 이교민을 만나 안도감을 느끼며 일행과 함께 하얼빈까지 왔다.

사실 강난희는 엄연히 남편과 자식이 있고 학식이 있는 인텔리였다. 거기다가 빼어난 미모로 소문이 났다. 이런 인텔리 여성도 북한에서는 당의 눈 밖에 나게 되면 하루아침에 낙동강 아니라 대동강 오리

알이 되고 말았다.

두만강 연선지역 도시인 남양을 지나서 가자니 만감이 오갔다. 그 동안 선조들이 이 남양교를 통해 도문 방향으로 얼마나 많이 건너 갔던가. 청로전쟁에 젊은 사람들이 징발되어 사지로 간 것은 물론 1800년대 후반 대기근에 직면한 농민들이 이리 죽으나 저리 죽으나 죽기는 마찬가지라며 봉금정책(국경 도강 금지)을 무시하고 남부여대 하여 두만강을 건넜다. 그들이 만주벌판에 수전을 개간하여 삶터를 잡았고, 잇달아 한일합방에 절망한 애국지사와 애국심에 불탄 청년들의 망명행렬이 줄을 이어 독립군 기지를 구축했다. 여기에 선만척식회사의 유인으로 농업 이주민 행렬이 겹쳤다.

강난희는 무엇보다 두만강 하면 떠오르는 가요의 애달픈 가락이 강물 위로 울려 퍼지는 것을 느꼈다. 한동안 저 건너 도문을 바라보면서 '눈물 젖은 두만강'을 웅얼거렸다. 대학시절부터 좋아 부르던 노래였다. 그 노래를 지금 다시 부르는 심사는 착잡하기 이를 데 없었다. 애달픈 젊은 여인의 얼굴이 노래 가락에 실려 다가오는 것 같았다. 1930년대 중반쯤 독립군 남편이 일본군에 잡혀 죽은 지도 모른 채 도문여관에서 기다리던 여인의 애절한 사연이 담긴 노래가 '눈물 젖은 두만강'이었다.

남양을 지나서 강물에 들어섰다. 심야에 강물을 헤치며 가자니 별의 별 생각이 다 들었다. 경비병에게 들켜 강을 건너보지도 못한 채 잡혀 정치범 수용소로 가는 것이 아닌가, 아니면 탐조등에 비쳐 쏟아지는 총탄에 거꾸러지지는 않을까, 하는 생각에 다리가 후들거렸다. 순간 누군가가 눈앞에 어른거렸다. 두만강을 건너는 나그네로 하여금 눈물 젖게 만든 그 여인이었다. 그녀는 힘내라고 부추기고 있었다. 이를 악 물고 다리에 힘을 주었다. 때마침 안내인이 딴 생각

말고 자기 뒤를 바짝 붙어 오라고 재촉했다. 십년감수한 끝에 당도한 곳이 도문시내를 벗어난 시골이었다. 양수천자라는 곳으로서 충북 출신 조선족 마을인 정암촌이 있었다. 1938년 선만척식회사의 부추김에 속아서 180세대가 남양으로 와서 100세대는 왕청현 하마탕향으로 가고 나머지 80세대와 자유이민 20세대가 합쳐 왕청현 서백림툰에 자리 잡았다. 나중에 이 마을을 도문시 정암촌으로 불렀다.

강 언덕으로 올라가니 사내 둘이 승용차를 대놓고 있었다. 그 차를 타고 도문시내 어디로 갔는데 안내인은 그들과 소곤거린 뒤 떠났다. 자기 임무는 끝났으니 그들의 안내를 따라 한국 행 길을 가라고 했다. 헌데 사내 하나는 어디론가 가고 남은 하나가 이층집에 가둔 채 시간을 보냈다. 조선족이라 말은 통했지만 통 말을 할 생각을 하지 않는 것 같았다. 며칠 기다리라고만 하고 문을 잠가 두었다. 불안한 느낌을 지울 수 없었던 그녀는 밖에서 인기척이 나서 귀를 기울였다. 누군가 소곤거리는 소리에 '몇 천 위안 못 받겠다, 아이 돼 6천 위안은 내라'는 말이 섞여 들렸다. 도무지 무슨 소린지 모를 소리였다. 잠시 후에 문이 벌컥 열렸다. 남은 사내가 돈을 주머니에 구겨 넣으면서 낯선 사내에게 그녀를 인계했다. 그때야 그녀는 사태를 파악했다.

'아! 내레 팔려 가는구나.'

가슴이 뜨끔해진 그녀는 침을 삼키며 달아날 궁리에 바빴다. 밖으로 나오자 사내는 그녀에게 조수석에 앉도록 하고 차를 출발시켰다. 그녀는 차가 채 시내를 빠져 나가기 전 갑자기 몸을 비틀었다. 그리고 하소연했다.

"내레 죽갔시오. 지금 막 나오려 해서… 아 빨리 차 좀 세워 주시라요."

그렇게 해서 그녀는 일단 차에서 내렸다. 사내가 보라고 사타구니를 싸잡고 뱅뱅 돌다가 골목으로 뛰어들었다. 있는 힘껏 내달려 조선 글 간판이 있는 식당으로 들어갔다. 마침 조동만 사장의 식당이었다. 운이 좋은 편이었다.

이교민과 강난희 사이에 허물없는 이야기가 오간 끝에 서로의 정체를 알게 되고, 피차 사정을 이해하게 되었다. 예술을 사랑하는 인생은 재물은 궁핍할지 모르지만 영혼은 풍요한 삶을 살 수 있을 것이라고 기대했던 젊은 날의 꿈이 사라진 지금 그녀에게는 무엇보다 자신의 정신세계를 이끌어 줄 멘토가 필요했다. 그녀는 그 멘토를 찾고자 하는 욕망이 내면 깊숙이 뿌리내린 잠재의식에 꿈틀거리고 있는 형국이었다. 그런데 문예사를 전공한 교수를 만났으니 무엇이라고 표현해야 좋을지 몰라 설레는 가슴을 달래고 있었다. 이교민은 이런 그녀를 두고 밤새 생각한 결과 문예에 관심을 가진 사람끼리 운명을 개척하는 탈주여정에 동참하는 것이 당연하다고 결론을 내렸다.

무산에 집결한 일행은 두만강 변 칠성을 지나 강을 건너기로 했다. 박대홍은 탈북 알선 브로커에게 선불로 한 사람당 3백 위안 씩 세 사람 몫 9백 위안을 주었다. 40대 후반인 박대홍은 먼저 20대인 장민애와 강성옥을 브로커에게 소개했다. 브로커는 두 사람의 면면을 훑어 본 후 부담감이 없는 표정으로 안내 얘기를 하기 시작했다.

"동무들 나이도 많지 않고 여자 둘이니까네 무리 없이 강을 건널 수 있음둥. 이자부터 내레 앞장 설거이니까네 날래 따라 오지비."

그는 박대홍과 잘 아는 사이처럼 자주 말을 주고받으며 두만강 변 쪽으로 향했다. 안내자는 처음에 회령으로 들어가서 세천에서 강을 건너 개산툰 가까운 천진으로 가기로 했다가 방향을 바꾸었다. 천진에서 선구마을을 거쳐 도문으로 가려고 했으나 요즘 도문 쪽에 비상이 걸렸다면서 행로를 바꾸었다. 그는 무산 인근 칠성에서 남평 쪽으로 안내를 했다. 남평에 세관이 있는 것 같았지만 물이 얕은데다 인근에 자주 다닌 경험이 있어서 지리를 잘 알았다. 강을 건널 때도 바위나 미끄러운 나무 둥치를 피해 별 탈 없이 갈 수 있었다. 일행은 그만큼 속도가 붙었다. 맨 앞에 안내인, 그 다음에 박대홍, 뒤에 강성옥, 장민애 순으로 갔으므로 안전한 도강이 가능했다. 잔뜩 긴장한 두 처녀만 이따금 낮은 숨소리를 냈을 뿐이었다.

건너편 중국 땅에 발을 디디는 순간 모두 한숨을 푹 쉬는 소리가 들렸다. 박대홍이 나섰다.

"여기서 지체하지 말고 빨리 민가 연락소로 가서 젖은 옷부터 갈아입고 요기를 하기오. 이 보라우 동무, 이자 내레 아는 연길 동무한테 연락하가서. 연락소 가서 손 전화 좀 써가서."

"아 네, 알았슴둥. 날래 가기오."

북조선에서 인사할 때 박대홍이 밀수업자라더니 정말 중국 사정을 잘 아는 것 같았다. 강성옥, 장민애 두 처녀는 아직도 촌 닭장에 갖다놓은 듯 잔뜩 움츠린 채 고개를 들 줄 몰랐다. 안내인이 강변을 벗어나서 산 쪽으로 붙더니 조그만 언덕을 넘어섰다. 그러자 저 밑에 마을이 있는지 여기저기 불빛이 비쳤다. 안내인이 잠시 앉아 쉬라고 말하고는 혼자 마을 쪽으로 갔다. 때맞춰 개 짖는 소리가 들렸다. 두 처녀는 개 짖는 소리에 몸을 한껏 움츠렸다. 그들은 걱정하는 투로 말했다.

"개가 저렇게 짖어대믄 일 없갔시오?"

박대홍이 퉁명스럽게 되받았다.

"저 동무가 다 알아서 할기니까 걱정 말기오."

20분쯤 지난 후에 안내인이 돌아왔다. 쉴 준비가 다 되어 있으니 내려가자고 했다. 일행은 마을에 못 미쳐서 따로 떨어져 있는 농가에 들어갔다. 50대 쯤 되어 보이는 조선족 주인이 일행을 반갑게 맞아들였다.

"동무들 어두운 밤에 강을 건너오느라 고생했슴둥. 우리 동포끼리니 걱정 마시고 편히 쉬시지비."

미리 준비했던지 남녀 옷들을 가져다주었다. 품이 잘 맞지는 않아도 입을 만했다. 처녀 둘은 아낙네가 입는 옷이라 어색한 듯 서로 옷매무새를 살피고 투덜거렸다. 박대홍이 예의 퉁명스런 소리를 했다.

"에미나이들이 옷 타령이나 하간? 밥이나 먹자우."

일행이 밥을 먹고 한 숨 돌리는 사이 안내인이 박대홍과 나갔다. 주인도 뒤따라갔다. 한동안 수군거리더니 박대홍과 주인만 들어왔다. 박대홍은 나머지 안내비를 모아 안내인에게 전해주고 들어왔다. 안내인은 자기 할 일을 다 했으니 돌아가는 것 같았다. 잠시 담배를 피우던 박대홍은 무엇이 바쁜지 주인과 다른 방으로 갔다. 방구석에 오도카니 앉아 있던 처녀들은 앞으로 일이 걱정이었다.

"동무는 이자 어카가서?"

"돈 벌러 가야지."

"중국에 아는 사람이 있간?"

"연길에 가믄 조선족이 많아 취직할 수 있다던데…."

자신 없는 말을 하고 있었다. 나이 어린 20대 처녀들이 무작정 낯선 땅에 와서 어떻게 사는지, 신변 안전이 걱정이었다.

강성옥은 스물한 살로 원산에서 고등중학교를 마쳤으나 대학을 가지 못했다. 그렇게도 가고 싶던 대학 진학을 포기하자 될 대로 되라는 자포자기식 생활을 하게 되었다. 인민군에 입대하면 입에 풀칠은 할 수 있었으나 7년이나 병영에서 썩어야 하니 가고 싶지 않았다. 해서 예술선전대에 들어가서 농촌으로 다니며 농사철 선전활동을 했다. 그러나 집에 와보니 피대 죽을 끓여 먹던 아버지와 어머니, 남동생 모두 심한 변비로 대변을 보지 못한 채 고생하고 있었다. 약 한 첩 구하지 못하고 발만 동동 구르다가 병약한 어머니가 먼저 사망한 후 남동생 아버지도 항문이 막혀 사망했다. 이제 자신도 죽을 차례가 되었구나, 하고 절망에 빠졌다. 그때 장사를 하고 다니는 이웃집 아주머니에게서 중국 가면 밥은 굶지 않고 살 수 있다는 얘기를 들었다. 그 아주머니를 따라나서 무산까지 오게 되었다. 거기서 안내인이라는 남자에게 인계되어 강을 건너게 되었다.

장민애도 사정은 비슷했다. 이제 스물 세 살인 그녀는 이원 출신으로서 돌격대에서 일하면서 식구들 먹여 살리느라 애를 썼다. 집에는 할머니와 어머니, 여동생이 있었다. 세 여자들은 두릅나무 껍질을 말려서 가루를 내고 산나물 같지도 않은 풀에 버물어 풀 버무리를 해먹으며 연명했다. 그러나 동네 사람들이 뒷산에서 두릅나무 껍질을 벗겨 가는 바람에 그것조차도 구하기 어려운 형편이었다. 설상가상으로 군에 입대했던 남동생은 어느 날 부대차로 집으로 실려 왔다. 중환자가 되어 온 동생은 영양실조에 파라티푸스 병에 걸려 있었다. 그 소식을 듣고 눈앞이 캄캄해진 장민애는 자기 한 몸 희생해서 가족들을 살릴 수 있으면 무엇이든지 해볼 참이었다. 중국에 가면 돈벌이를 할 수 있다는 소문에 이원역으로 갔다. 여기도 소문대로 역 광장에는 먹을거리를 파는 노파와 아주머니, 꽃제비들이 우굴 거렸다. 대합실로 들어서니 발 디딜 틈이 없을 정도였다. 먹은 것도 없이 걸어 다니자니 맥이 없어 주저앉을 판이었다. 빈자리가 있는가, 두리번거렸으나 앉을 자리라고는 돈 주고 사려고 해도 없었다. 대합실 바닥에도 가마니나 누더기 같은 것을 깔고 누워 숫제 수용소 같았다. 장민애는 할 수 없이 의자 옆에 털썩 주저앉았다. 좀 있다가 정신을 차리고 보니 맞은 편 의자에 자기 또래 에미나이들이 보였다. 자기와 같은 처지이겠거니 하고 바라봤다. 유달리 눈에 띄는 것이 있었다. 다시 한번 쳐다봤다. 분명히 입술에 빨간 연지를 칠한 것이었다. 모두 굶어 죽을 판인데 이것이 무엇인가, 의아했다. 그녀들 하는 수작이 무엇 하는 에미나이들인지 짐작하게 했다. 그 에미나이들은 남자만 나타나면 연신 그쪽으로 시선을 던지기가 바빴다. 남자에게 몸을 주고 돈을 벌려는 것이었다. 그녀는 빨리 중국에 가서 돈을 벌어야겠다고 다짐하고 일어섰다. 매표창구로 가려는데 옆얼굴에 시선을 느꼈다. 돌아보니 50대쯤 되는 아주머니가 싱긋 웃는 체 했다. 마주보자 말을 걸었다.

"돈 많이 버는데 안 갈라우?"

호기심이 댕겨 물어보고 이야기를 나눈 결과 무산에 가면 도강 안내인을 만나게 해준다고 했다. 중국으로 가려고 나서기는 했지만 초행에 막연했다. 헌데 이렇게 고마운 사람이 있는가 싶었다. 장민애는 그녀를 따라 무산으로 와서 안내인을 만났다.

자기 자리에 돌아 와 앉은 하한식은 관찰한 바를 이야기했다.

"이교민 일행 중에 강난희가 없슴메. 어떻게 된 노릇이지비?"

유종만이 놀라며 반문했다.

"성님 기거이 무시기 소리오? 기럼 그 에미나이가 하얼빈으로 오지 않았단 말임둥?"

세 사람은 한 여자를 두고 엇갈리고 있었다. 저 일행 중에 강난희로 보아야 할 사람은 50대 여인 하나뿐인데 그 사람이 40대 강난희가 아니라면 강난희는 이 차에 없다는 말 아닌가. 그러니 황당할 수밖에. 그래서 하한식은 유종만에게 눈으로 확인해 보라고 지시했다. 자

기 차에 태우고 간 사람이 육안으로 봤으니까 확실하리라 믿었다. 유
종만은 서둘러 옆 칸으로 갔다. 하한식처럼 통로를 지나며 살폈지만
50대 여자 뿐인 것은 분명했다. 일이 이렇게 돌아가자 결국 박대홍이
일어섰다. 시간이 지난 후 돌아온 박대홍은 50대 여자가 강난희인지
잘 모르겠다고 했다. 유종만이 바로 강난희를 수송하다가 놓친 장본
인이었다. 그는 자신의 실수로 죽을 고비에서 겨우 목숨을 건지고 강
난희 추적조에 동참하고 있었다.

4

　하한식은 두목의 지시로 강난희를 놓친 운반책을 지하실로 데리고
갔다. 그 운반책은 삼합에서 개산툰 일대를 담당하는 고참이었다. 하
한식과 보조를 맞추어 온 지도 벌써 10년이 다 되었다. 그 만큼 그로
서는 운반책을 함부로 다룰 수 없는 관계였다. 헌데 두목이 노발대발
하는 것을 봐서 큰 실수를 한 모양이었다. 일단 두목이 노래방 지하
실에 가둬 두고 그가 실수한 경위를 들은 후 처단하라고 해서 데리고
왔다. 10평 정도 되는 지하실은 예사로운 방이 아니었다. 입구에서
정면으로 바라보이는 곳에 간이침대가 있고 그 옆에 쇠사슬들이 늘
여져 있었다. 천장에는 쇠줄이 달려 있고, 그 밑에는 발판이 놓여 있
었다. 벽 쪽으로는 전기 충격기 등 고문 도구들이 늘려 있었다. 그뿐
이 아니었다. 침대 옆 구석에는 물통이 있었다. 하한식은 운반책을 굳
이 이런 데로 데리고 올 필요가 있나 고개를 갸우뚱거렸다.
　"동무, 어드렇게 된 것임둥?"
　자기도 진상을 몰라 궁금했다. 운반책은 잘 아는 사이라 별 크게 걱

정을 하지 않는 눈치였다.

"아 에미나이가 오줌이 마렵다고 해서리 잠시 변소에 가라고 했시오."

"고럼 오줌을 누고 기냥 달아났단 얘기쟎고."

"하 그거 재수가 없어 기렇게 됐구만이오."

말을 들어 보니까 실수는 실수지만 큰 문제는 아닌 것 같았다. 잠시 쉬든지, 월급을 깎든지, 하면 될 일이었다. 자기가 알기로 운반책은 성실한 편이었다. 헌데 인정에 쏠리는 것이 흠이라면 흠인데 그것 때문에 문책을 당하게 생긴 것이다. 그래서 가벼운 마음으로 담배도 권하고 두목에게 보고해서 마무리 지으려고 했다. 그때 험상궂은 사내가 들어왔다. 평소 아는 녀석이었지만 상대할 일이 없어서 만나는 일이 없었다. 그런데 뜻밖에 그가 나타났다. 인상이 좋지 않을 뿐만 아니라 아주 거치른 깡패였다. 의아해서 물었다.

"동무는 어드렇게 여기 왔습둥?"

"두목이 한 놈 처리할 놈이 있다고 가보라고 해서 양."

'두목이 가보라고 했다?'

그는 속으로 왜 두목이 이 녀석을 보냈는지 궁금했다. 두목에게 전화했다. 두목은 전화에 대고 고함을 치며 윽박질렀다. 그는 전화를 놓기가 무섭게 온 몸이 굳어지는 것을 느꼈다. 말투로 봐서 예삿일이 아닌 것 같았다. 두목이 그렇게 나올 때는 옆에 누구도 어쩌지 못한다는 것을 그는 잘 알았다.

'단칼에 처단하라우!'

듣던 중 최악의 상황임을 직감했다. 두목의 명령대로 험상궂은 사내에게 운반책을 맡기고 나중에 마무리하러 와야 했다. 문을 닫고 나서는데 운반책의 단말마 같은 고함소리가 애처롭게 들려왔다. 깜짝 놀란 그가 다시 문을 열고 들어섰다. 험상궂은 사내가 운반책의 목을 발로 누르고 면상을 후려치고 있었다. 그를 밀치고 따졌다.

"동무, 누가 기 따위 짓을 하라고 했씀? 응!"

"니 거 와 이레. 내레 두목 명령을 받들고 있소 양."

"무시기 두목 명령?"

참 기가 막혔다. 설마 두목이 운반책을 고문하라고 그랬을까? 사내의 멱살을 잡고 다그쳤다.

"두목이 기런 명령을 했슴, 덩말이가?"

"간섭 말고 전화해 보라!"

그가 두목에게 전화했다가 단마디에 혼이 나서 지하실을 나갔다. 지시대로 30분이 지나서 지하실로 다시 갔다. 마무리를 하기 위해서…. 그런데 이것은 마무리가 아니라 사내의 뒤치다꺼리밖에 없었다. 사내는 사라지고, 운반책이 피멍이 든 채 바닥에 널브러져 있었다. 시멘트 바닥은 피로 물들어 비린내가 진동했다. 운반책의 목덜미에 얼른 손을 갖다 댔다. 겨우 박동이 느껴졌다. 도대체 그 험상궂은 사내가 어떻게 사람을 모질게 조졌기에 이 지경이 됐는가, 시체나 다름없는 몸뚱이를 살폈다. 손목과 발목에 전기 충격기 흔적이 있었다. 충격기로 지져 댄 모양이었다. 다리는 시커멓게 멍이 들어 있었다. 전기충격을 주어도 불지 않자 몽둥이로 팬 자국이었다. 가슴으로 와서는 역시 전기충격 흔적을 보였다. 또 다시 충격요법을 쓴 것이다. 잔인한 놈. 입 주변에는 음식물을 토해 범벅이 되어 있었다. 물고문을 한 것이다. 냉혹한 놈. 얼굴은 몰라 볼 만큼 흉측하게 일그러져 있었다. 주먹으로 샌드백 치듯 마구잡이로 친 모양이었다. 야수 같은 놈. 하나하나 살펴보자니 이러고도 어떻게 목숨이 붙어 있는가 싶었다. 곧 죽을지 몰라 팔을 잡고 흔들었다.

"이 놈 종간나 새끼가 사람을 니렇게 고아댔슴. 야 종만아 종만아 덩신 차리라 야!"

그는 이제야 운반책의 이름을 불렀다. 공식적으로는 운반책으로 통했고, 사적인 관계가 드러나지 않도록 평소에는 이름을 부르지 않았다. 그가 유종만과 관계를 갖게 된 것은 5년 전 해방로 뒷골목을 가다가 한 남자가 몰매를 맞고 있는 장면을 보고서였다. 폭력질이 너무심하다 싶어 말리려다가 싸움이 붙었다. 두 놈이 사납게 달려드는 것을 평소 단련한 격술로 쫓아버렸다. 길바닥에 나뒹굴어진 남자를 일으켜 세웠다. 몰매를 맞게 된 사유를 물었다. 아내의 병원비 때문에 빚을 져서 당했다고 했다. 성실한 사람 같아서 두목에게 말하고 탈북녀를 실어나는 일을 시켰다. 종만은 자기를 궁지에서 구해 준 한식을 은인으로 생각했다. 한식은 그를 동생처럼 여겼다. 그가 저지른 실수로 이렇게 반죽음이 된 것을 보자 연민의 정이 솟구쳤다. 그의 얼굴에 귀를 바짝 대었다. 숨소리만 가냘프게 들렸다. 그대로 두면 언제 변고를 당할지 몰랐다. 급히 병원으로 데리고 가야겠다고 그의 몸을 껴안아 올렸다. 그때 휴대폰이 울렸다. 두목이 찾는 것이었다. 그는 두목의 전화를 받고 말문이 막혔다.

'세상에 어찌 그럴 수 있슴둥!'

눈앞이 캄캄해지는 것 같았다. 민봉석이 자기를 구해주던 때가 떠올랐다. 인정이 있어 보이던 그가 이처럼 냉혹한 면이 있었단 말인가. 하한식은 입술을 깨물며 인사불성인 종만을 바라보았다. 죽을 사람을 죽여야지 생사람을 죽이라니 반발심이 일어났다. 그는 종만을 압록강에 던져버리라는 두목의 거친 말이 귀에 거슬렸다. 해 질 녘까지 기다리다가 축 늘어진 종만을 차에 태우고 압록강 변으로 나갔다. 인적이 드문 갈대숲으로 들어갔다. 시간이 지나자 어느 정도 의식을 회복한 종만에게 사태가 심각함을 일깨워줬다.

"종만아, 여기 있으모 죽어 알간. 멀리 사라져. 내 마지막 부탁이지비."

"성님, 내레 기렇게… 기렇게 죽을 죄를 지었시라요? 으흐흐."

그는 울컥하는 마음을 가라앉혔다. 그리고 낮에 찾아 놓은 현금을 건네주었다. 갈대숲을 나서는 그는 강 건너편 산을 바라보았다. 저기 저 땅 어디에 아버지, 어머니가 묻혀 있는데 자기는 왜 여기 낯선 데서 이 짓을 하고 있는지…. 꽃제비로 굶어 죽는 줄 알았다가 가까스로 살길을 찾았는데 이런 짓을 하고 다녀야 하다니 아버지, 어머니의 영혼이 가만히 있지 않을 것 같았다. 고향을 두고 온 쓸쓸한 나그네가 되어 깊은 시름에 잠긴 채 무거운 발걸음을 디디고 있었다. 그는 다음날 왜 두목이 종만을 죽이고 싶도록 분이 솟았는지 알아 봤다. 그의 옆에 붙어 있다시피 하는 미연이로부터 두목의 속내를 들었다.

두목은 며칠 전 도문지점 책임자로부터 뜻밖의 소식을 들었다. 40대 초반의 탈북녀가 브로커의 안내로 도강해 왔는데 미모가 뛰어나다는 것이었다. 중개인이 나이는 많지만 미모로 봐서 돈을 더 내라고 승강이 중이라고 했다. 북조선 에미나이들이 얼굴이 반반하다는 것은 익히 들어서 다 아는 사실이었다. 그런데 특별히 미모를 두고 보고해온 것을 보면 별종이 하나 걸린 모양이었다. 해서 민봉석은 구미가 당겼다. 에미나이가 생각나면 노래방이나 술집 에미나이들을 데리고 놀지만 그저 심심파적일 뿐이었다. 급한 김에 휴대폰으로 얼굴을 찍어 보내라고 지시했다. 그는 휴대폰에 뜬 강난희의 얼굴을 보고 첫눈에 반해 버렸다.

'어! 이 간나 영화배우 아니간.'

아닌 게 아니라 그녀의 미모는 대학 다닐 때부터 알아 준 미모였다.

영화제작소 당 비서는 말할 것도 없고 책임 보위원까지 그녀를 노리고 수중에 넣지 못해 안달을 하던 인물이었다. 그런 그녀를 본 민봉석도 안달이 났다. 다시 계산툰 책임자에게 전화해서 그녀의 전신은 물론 뒤태와 각종 얼굴 표정 등을 찍어 갤러리에 담아 보내라고 지시했다. 그것도 모자라 밤중에라도 데리고 올라오라고 당부를 잊지 않았다. 그런데 그것이 화근이 될 줄은 몰랐다.

사업상 어려움에 부딪힌 민봉석은 처음에 평양 영화배우 뺨칠 만큼 미모가 뛰어난 강난희를 연길 공안국장에게 갖다 바칠 작정을 했다. 물론 그날 밤 그녀가 도착하는 대로 먼저 시식을 해보고 공안국장에거 바칠 생각이었다. 열이 잔뜩 올라 그녀가 도착하기만을 기다리고 있는데 계산툰에서 전화가 걸려왔다. 강난희를 태우고 가던 운반책이 도문에서 그녀를 놓쳤다는 것이었다. 그 좋은 물건을 놓치다니 기가 찰 노릇이었다. 사업에 막대한 지장을 초래한 놈을 그냥 둘 수 없다고 판단했다. 일벌백계로 처단하기로 작심했다. 그런 놈은 처단 외에 어떠한 벌도 통할 수 없다고 단정하고 제거하도록 지시했던 것이다.

5

하한식은 두목의 지시로 하얼빈으로 향했다. 남평에서 데리고 온 탈북녀들을 흑룡강성 오지에 팔아넘기기 위해서였다. 그런데 그의 하얼빈행 목적이 하나 더 있었다. 보물 같은 강난희를 어떻게 해서든 찾아오라는 명령이었다. 어디로 달아났는지 모르지만 우선 출장길에 정보를 캐보라는 것이었다.

하한식은 박대홍과 함께 먼저 도문으로 보냈던 처녀 둘과 두 번째로 도강한 처녀 둘을 데리고 하얼빈을 거쳐 목단강으로 갔다. 목단강 인근에는 해림시와 영안시 일대에 조선족 마을이 널려 있었다. 이 일대에는 주로 경상도 출신 밀집 마을이 많았다. 국경지역으로부터 멀 뿐만 아니라 오지여서 탈북녀를 찾는 한족이 많았다. 근년에 와서는 조선족마저 탈북녀를 찾았다. 두 명은 영안 쪽으로 가서 중개인을 만나 흥정을 했다. 20대 초반은 값을 비싸게 쳐서 6천 위안을 받았으나 20대 후반은 인물도 시원찮고 해서 중개인이 주겠다는 대로 4천 위안을 받았다. 중개인은 이들을 차에 싣고 경박호 부근 경박향 농촌으로 갔다. 하한식 일행은 다시 목단강으로 와서 해림으로 갔다. 그곳에서는 중개인이 둘 다 4천 위안만 주겠다고 해서 약간의 승강이를 벌였다. 하한식은 둘이 합쳐 1만 위안을 달라고 주장하다가 9천 위안을 받았다. 이들 둘은 신안 조선족 진으로 데리고 가서 조선족 남자에게 팔았다.

하한식은 일단 4명을 처분한 김에 박대홍과 함께 목단강에서 일박을 할 작정이었다. 그는 단순히 박대홍을 대동하고 인신매매를 하러 온 것이 아니라 민봉석의 지시에 따라 일정 부분 몫을 주기로 되어 있었다. 여관에 들어가서 여자들을 판 돈을 배분할 예정이었다.

하한식은 다음날 강난희의 행방을 알아 볼 예정이었으나 그녀가 이렇게 먼데까지 혼자서 올 리가 없지 않을까, 의구심이 생기기도 했다. 하나 여기 온 김에 중개인 등을 통해 수소문해 보고 연길로 갈 참이었다. 장백에서 보고 온 여자들을 어떻게 처리할지 두목과 상의해야 할 일 때문이었다. 저녁에 일대 중개인들과 술 한 잔 하며 잡담하던 도중 뜻밖의 얘기를 들었다. 탈북자인지 모르나 북조선 인민 같은 사람들이 어제 하얼빈에 왔다는 것이었다. 중개인 중 하나가 하얼빈역에서 그들을 봤는데 행색이 좀 수상했다고 했다. 하한식은 말이 나온 김에 어떤 점에서 수상했는지 물었다.

"고거이 가족들 같은데 떼를 지어 온 것이 마음에 걸리더라요."

"가족이니까네 무리지어 다니겠지비."

"기래도 감이란 게 있쟎간. 내레 사람을 많이 겪어 척 보믄 삼턴리 아니간, 흐흐흐."

하한식은 별로 무게를 두지 않고 넘겨버렸다. 그런데 여관에서 박대홍이 뜬금없이 중개인 얘기를 들추어냈다.

"아까 그 동무 말이요. 눈썰미가 좋은 것 같은데 내일 하얼빈에서 한 번 알아 보기오."

"기래요? 술자리에서 잡담하는 소리는 별 거 아이쟎고."

그러면서도 미심쩍든지 휴대폰 갤러리를 열고 강난희 얼굴을 들여다봤다. 두목이 찾으라니까 휴대폰에 사진을 받아오기는 해도 별 관심을 갖고 싶지 않았다. 유종만이 그렇게 구사일생 목숨을 붙이고 쫓겨 간 것이 마음에 걸려 그녀를 찾는 일이 썩 내키지 않았다. 두목이 찾아보라고 했으니 찾아야겠는데 막막했다. 그래서 사진을 들여다보며 한숨만 내쉬었다. 그러자 박대홍이 옆에서 사진을 들여다보더니 감탄하듯 한마디 했다.

"야 이 에미나이 영화배우 아니간. 고거이 삼삼하게 잘 생겼네."

"잘 생기고 말고, 내레 이 에미나이 까타네 골치가 아프오."

"사진이 있는데 먼 걱정이간. 공안에게 보여 주면 그걸로 끝이 아니겠소."

하한식은 무르팍을 쳤다. 공안 인맥을 활용하면 강난희 하나 잡는 데는 어려움이 없을 것이다. 덕택에 잠은 편히 자게 되었다.

다음날, 하한식과 박대홍은 목단강역으로 나가기 위해 여관을 나섰다. 골목을 빠져 나올 무렵 건너편에 얼른 보이는 얼굴이 눈에 익었다. 유종만이 아닌가. 하한식은 반가운 김에 소리를 질렀다.

"야 종만아, 니레 종만이 아니간!"

종만이는 길 건너 누가 자기를 아는 체 하는가 싶었다. 다리를 절뚝거리며 도로변으로 다가서던 그는 아! 소리를 질렀다.

"성님, 내레 종만이 맞아요. 여긴 어드렇게….”

둘은 마주 다가가서 손을 잡았다. 많이 상하기는 해도 웬만큼 회복되는 중이었다. 하한식은 그 정도로 다행이라며 종만이 어깨를 두드려주고 함께 목단강역으로 갔다. 그녀의 사진만 보고 식별하는데 자신이 없었는데 직접 본 종만이를 만났으니 천만 다행이었다. 종만이를 구슬려서 함께 하얼빈으로 가서 강난희를 찾아보기로 했다. 하한식은 하얼빈역에 도착하자마자 공안을 찾았다. 휴대폰 사진을 보여주며 물었다.

"니 거이 탈북녀 사진인데 본 적이 없시오?"

"어! 미인이네. 이 여자가 탈북녀 맞아?"

"어저께 역에 내렸다는데 못 봤어라요?"

"사람들이 너무 많이 몰려오는 바람에 못 봤지. 이 정도 미인이면 눈에 안 띌 리가 없는데….”

이들은 그녀가 도강해서 갓 올라 왔을 때 사진을 가지고 헛물을 켜고 있었다. 더군다나 빼어난 미모의 여인이 내가 여기 있소 하고 맨얼굴을 드러낸다는 것은 있을 수 없었다. 유종만이 직접 봤다고 해도 소용없었다. 옆에 있던 박대홍은 싱긋 웃고는 별 관심이 없는 것 같았다.

이교민은 서둘러 수이펀허로 가기로 하고 하얼빈역에 나왔다. 기차 시간이 되지 않아 대합실 한쪽 편에서 기다리기로 했다. 강난희는 하얼빈으로 올 때부터 힘들어 하는 이교민의 아내를 부축하여 옆에 앉았다. 50대로 분장을 한 그녀는 마치 부인의 동생이나 되는 것처럼 보였다. 평양연극영화대학을 다닐 때 분장술을 배웠기 때문에 그녀의 분장술은 보통 솜씨가 아니었다. 어디로 가나 역에는 사람들이 우글거렸다. 해서 특별한 분장술이 아니더라도 사람들 틈에 끼어 있으면 은신에 편리했다. 사실 그녀는 영화예술에의 정열이 대단했다. 웬만했으면 탈북까지 강행하지 않았을 것이다. 할아버지나 할머니의 애잔한 내력이 깃든 조국에서 버티어 보려고 했지만 운명의 여신은 그녀에게 손을 내밀어주지 않았다.

강난희는 하얼빈으로 오는 동안 간간이 창밖을 내다보며 자신이 지금 이 시간 이 자리에 있게 된 신세가 되었음을 실감하고 있었다. 먼 유럽에 있어야 할 사람이 엉뚱하게도 만주 벌판을 달리는 기차에 타고 있다니…. 생각해 보면 할머니만큼이나 기구한 운명에 밀려가고 있는 느낌이 다가들었다. 사람의 운명이란 예측할 수 없는 것 같지만 어떤 경우에는 예측할 수 있기도 하고, 예측할 수 있을 것 같지만 예측할 수 없게 되는 경우도 없지 않은 것 같다. 외할머니만 해도 그렇다. 해방이 되고 온 사회가 들떠 있던 때 누구나 없이 무엇이라도 이루어질 것 같은 희망에 부풀었던 때였다. 일본으로부터 36년의 굴레를 벗어 나섰으니 그 해방감은 말해 무엇하랴. 하물며 이제 사회에 막 발을 들여 놓은 학교 초년생에게는 앞으로 살아가야 할 길이 푸른빛으로 비치고 있었을 것이다. 그때 외할머니는 패기 찬 한 청년을 보게 되었고, 그 청년에게서 연정을 느꼈으니 청춘의 가슴은 얼마나 뜨겁게 달아오르기 시작했을지, 짐작이 가고도 남았다.

그러나 그 뒤 전개된 그들의 삶은 보통 사람이 갈 수 없는 험난한 길을 가게 되었고, 그 끝에 한 점으로 남은 존재인 자신은 엉뚱하게도 선열의 피와 땀과 한이 어린 이 만주 벌판을 달리고 있으니, 누가 이것을 예측할 수 있었을까? 지금 가고 있는 하얼빈이라는 곳도 예사로운 곳이 아니다. 하얼빈역은 안중근 의사의 순국 현장이요, 그곳에서 불과 몇 십분 거리에는 제2의 독립기지로 삼으려던 취원창이 있었다. 그리고 동쪽으로 가면 수이펀허에서 밑으로 국경지대에 있는 김좌진 장군이 일본군에 쫓겨 궁지에 몰린 독립군의 모병기지였던 동령이 있는 북만 일대로 다가고 있었다. 강난희로서는 이곳에 있는 자신의 존재 자체가 어쩌면 역사와의 부조화로 말미암아 제 갈 길에서 떨어져 나온 역사의 방랑자가 아닐까, 의구심을 떨쳐 버리지 못했다.

이 시간에 박대홍은 하한식과 함께 역사로 들어섰다. 유종만은 조금 떨어져 그들의 뒤를 따랐다. 하한식은 문턱을 넘어서자 유종만을 가까이 불렀다. 그는 팔을 들어 이곳저곳을 가리키며 살펴보라고 지시를 하고 있었다. 박대홍은 옆에서 이를 지켜보며 못 마땅한 표정이었다. 그는 이미 어제 저녁 이교민 일행의 동태를 파악해 놓은 터였다. 평양에서는 이교민이 며칠이 지나도록 소식이 없자 종적을 감춘 것으로 결론을 내리고 보위부에 보고했다. 보위부는 즉각 김대 교수 이교민의 탈출 감시 지령을 하달했고, 이 지령은 연길 일대 정탐원들에게도 전달되었다. 이런 가운데 연변대 조용문 교수가 이교민을 만났다는 소문이 나돌기 시작했다. 이런 판에 엎친 데 덮친 격으로 또 다른 지령이 떨어졌다. 조선영화연구소 연구원 강난희 또한 탈출 감시를 철저히 하라는 것이었다. 박대홍은 무엇보다 조용문 교수에게 접근하여 이교민의 동태를 알아내는데 성공한 정탐원의 소식을 들었다. 이교민 일행이 하얼빈에 있는 것만은 틀림없었다. 그런데 두 사람의 탈출을 감시하라는 지령이 동시에 떨어진 것을 볼 때 년 놈이 동반 탈출을 기도하는 것이 아닌가, 하는 생각이 퍼뜩 들었다. 고약한 인간들! 조국을 등지다니…. 그는 밀수꾼답지 않게 흥분했다.

이미 정보를 입수한 박대홍이 여유를 부리며 하한식의 움직임을 지켜보고 있을 때 가까이에서 아! 하는 소리가 들렸다. 순간적으로 돌아본 그는 유종만의 손길이 어디로 뻗치고 있음을 직감했다. 그의 시선이 머문 유종만의 손끝에는 50대로 보이는 여인 하나가 걸려 있었다. 하한식이 유종만을 보고 뭐라고 말하는 모습이 보였다. 박대홍은 서둘지 않고 50대 여인의 주변을 살폈다. 그 여인이 껴안다시피 하고 있는 60대 노파가 거의 널브러진 상태로 있었고, 그 앞에 60대 노인이 서 있었다. 그 옆에는 또 젊은이 하나가 걱정스런 듯 노파를 내려다보고 있었다. 노인들은 부부 같았고, 옆에 부축하고 있는 여인은 가까운 친척처럼 보였다. 강난희와는 별 상관없는 사람들 같았다. 그런데 왜 50대 여인을 가리키고 있는 것일까? 의문을 가지고 다시 보는 순간 개찰이 시작되었다. 갑자기 출구가 혼잡해지더니 그들은 인파에 묻혀 플랫폼 쪽으로 사라졌다.

하한식과 유종만은 그들을 놓칠세라 부리나케 개찰구로 향했다. 박대홍은 얼른 그들의 뒤를 좇았다.

이교민은 아내의 상태를 보고도 손을 쓸 수 없는 자신이 원망스러웠다. 지금 수이펀허를 통해 연해주로 가려는 다급한 사정 앞에서 말로만 위로하고 있는 것이다. 단 하루라도 병원에 입원시켜 편히 쉬도록 해줘야 하는데 그렇게 하지를 못하니 할 짓이 아니었다. 남편으로서 도리를 제대로 하지 못하는 주제에 연해주로 가서 무엇을 해보겠다고…. 부질없는 꿈속에 헤매는 것 아닌가. 환자를 병원에 데려가서 치료를 받도록 해주어야 하는 현실 앞에서 그 현실을 외면해야만 하는 형편. 이 비정한 비현실성을 어떻게 극복해야 하는가, 고민할 여유조차 없었다. 당장 수이펀허에 도착하면 연해주로 넘어갈 일이 급선무였다.

이교민 일행은 그의 아픈 아내 때문에 신경을 쓰지 않을 수 없었다. 하얼빈에서 수이펀허로 가는 동안 내내 강난희가 옆에서 간호를 하기는 했지만 상태가 좋지 않아 주변 사람들의 애를 태웠다. 긴장이 풀려서 그런지 며칠 사이 음식을 제대로 들지 못하고 물로써 겨우 연명하고 있었다. 강난희는 이따금 환자가 맥을 놓고 있는 것 같아서 될수록 관심이 갈만한 얘기를 들려주려고 노력했다. 차창 밖으로는 청명한 하늘에 새 떼가 날아가는 모습이 보여 손가락으로 가리키며 말을 했다. 광활한 하늘을 나는 새들의 자유에 빗대어 일행이 자유롭게 다닐 수 있는 세상이 곧 가까워질 것이라고 일러주었다. 지금 가고 있는 하얼빈이라는 도시에서 수이펀허로 가게 되면 철길을 건너 자유를 찾게 될 것이라며 조금만 더 힘내라고 격려해 마지않았다. 그 말을 듣는 순간 부인의 눈에 생기가 도는 같았지만 곧 눈을 감았다. 그녀는 그런 모습을 측은하게 바라보며 자유 세상으로 갈 때까지 버티기가 어렵지 않을까, 걱정했다.

앞에 보이는 아내의 용태에 마음을 뺏겼던 이교민은 어느새 수이펀허역에 도착했다는 안내방송을 듣자 긴장감을 느꼈다. 우선 출구를 별 탈 없이 빠져나가는 것이 중요했다. 수이펀허에서 하루 머물며 국경지역 상황을 살펴볼 작정이었다.

시간이 좀 지나자 박대홍은 왠지 태도를 바꾸어 강난희가 있는 것 같다고 말했다. 하한식은 유종만을 보고 힐난했다.

"야, 아까 무시기 보고 그 에미나이가 없다고 했지비?"

"앉아 있는 여잔 하나 밖에 없쟎고. 기런데 그 여잔 딴 사람 맞슴."

박대홍이 껄껄 웃었다. 그는 휴대폰 사진으로도 강난희 얼굴을 보고 유종만이 직접 봤다는 얘기도 들었다. 사진과 목격담을 조합해서 살핀 결과 강난희에게서 어떤 특징이 발견되었다. 목에 조그만 사마귀가 있는 것을 그는 눈여겨보았던 것이다. 그런데도 그는 웃기만 할 뿐 그 여자가 강난희라는 것을 알려주지 않았다. 하한식은 유종만의 부정하는 소리를 듣고 박대홍에게 의견을 묻는 듯 고개를 돌렸다. 눈치를 챈 박대홍이 일부러 자신 없게 말했다.

"직접 본 사람이 아니라는데 내레 어드렇게 알겠슴."

하한식은 그들 일행 중 의심 가는 여자가 하나뿐이라면 그 여자가 강난희가 아니고 누가 강난희란 말인가, 자문자답하고는 고개를 갸우뚱거렸다. 유종만에게 한 번 더 확인하도록 하는 것이 확실한 방법이었다.

"종만아, 있다가 한 번 더 확인해 보라."

이들이 그러고 있는 사이 수이편허에 도착했다는 안내방송이 나왔다. 셋은 얼른 일어나서 출구로 나갔다. 이교민 일행을 바짝 뒤따라가기 위해서였다. 다행인 것은 그들이 자기들을 모르고 있는 것이었다. 여유를 두고 그들이 나가는 것을 보며 거리를 좁혔다. 젊은이가 환자를 업고 가느라 걸음이 늦었다. 거기에 보조를 맞추어 가노라니 조급증이 났다. 강난희가 뒤에서 환자를 부축하며 따라가는 것이 가까이 보였다. 짐을 보따리 채 이고지고 가는 사람들이 몰려들어 출구가 비좁아지기 시작했다. 셋은 엉거주춤 속도를 줄이며 행렬을 따르다가 앞에서 갑자기 소란이 일어나는 것을 봤다. 술 취한 사내가 환자를 업은 젊은이를 밀치고 앞지르려다가 시비가 붙은 것 같았다. 그 바람에 행렬이 멈추었다. 환자를 부축하던 50대 여인이 사내의 가슴을 밀며 삿대질을 하기 시작했다. 그러자 화가 난 사내는 여인의 뺨을 후려 갈겼다. 동시에 여인의 고함소리가 들리더니 난장판이 벌어졌다. 여인의 모자가 땅바닥에 떨어지고 안경마저 벗겨져 공중으로 날았다. 박대홍이 재빨리 끼어들어 사내를 박치기로 제압했다. 순간 여인은 감사하다며 모자를 주어들고 일어섰다. 바로 그 사이 박대홍은 여인의 목덜미에 난 사마귀를 확인했다. 동시에 유종만은 그녀의 생 얼굴을 정면에서 볼 수 있었다.

이교민은 그녀를 대신해 고맙다고 인사를 했다.

"덩말 고맙습네다. 보아하니 조선족이신 것 같은데 어디 가십네까?

"네, 수이펀허에 장사하러 왔시요."

"안 바쁘시면 같이 갑시다레. 가서 차 한 잔 합시다요."

"감사합네다."

이교민 일행은 아내를 아들이 업고 먼저 가고 박대홍은 절뚝거리는 강난희를 부축하여 뒤를 따랐다. 옆얼굴을 슬쩍 보니 꽤 잘 생긴 얼굴이었다. 안경 뒤에 감춰진 서글서글한 눈매는 제대로 볼 수가 없었다. 이들을 지켜보던 하한식과 유종만도 거리를 두고 뒤를 밟았다.

평양, 정찰총국장실에서는 총국장을 찾아온 국가보위부 해외정보국장의 말 때문에 긴장감이 돌고 있었다. 김영철 총국장은 화가 난 듯 뚱한 표정을 지은 채 말이 없었다. 명색 정찰총국장이 보위부 국장 앞에서 언짢은 기색만 보이며 말을 못하고 있는 것은 무엇인가, 중대한 잘못이 있다는 것을 말해 주는 것 같았다. 조동호 해외정보국장은 보위부장의 지시에 따라 정찰총국이 침투시킨 반탐 공작원의 행보에 대해 경고하러 온 것이다.

"총국장 동지, 부장 동지 말씀은 그런 특수 공작원을 몰래 그들과 동행하도록 한 것은 우리 해외정보국 활동에 저촉된다는 것입네다. 기리니까니 지금이라도 소환시키라는 말씀이 아닙네까."

김영철은 그를 멀거니 쳐다보고 있다가 입맛을 다시며 한마디 툭 내뱉었다.

"그 부장 동지레 와 기레 말이 많네. 내레 알아서 하지 않간."

"기게 정찰총국 동무레 우리 동맹국인 중국에서 무슨 문제를 니르키든 우리 보위부가 다치니까니 말씀이디요."

"걱정 말라우. 내레 문제없도록 할 거이니까니."

"어캐 걱정 안 합네까? 그 공작원이레 문제 사내 아닙네까? 기러지 마시구 부장 동지 말대로 소환 하시구레."

"머이 어드레? 조 국장 동무, 부장 동지께 전하라우. 내레 책임진다고. 기러구 위원장 동지의 지도방침에 따라 그 동무를 침투시킨 거이라고 알려 주라우."

위원장 동지 이야기 나오자 움찔 놀란 표정을 지은 조동호 국장은 얼른 자세를 바로잡은 후 대꾸했다.

"알갔습네다. 부장 동지께 기대로 전하갔습네다."

사실 김영철 총국강은 김정일 국방위원장의 사후 새로운 세습체제를 굳히기 위해 각계 반동반혁명 분자를 색출하는 임무 중 과거 남로당계 잔존세력을 정탐, 제거하는 임무를 맡았다. 남로당계 처형 관련 서류를 검토하다가 1990년대 중반에 남로당계 후손이 반역을 꾀한 사건이 있었다는 기억을 떠올렸다. 그 사건 관련 파일을 찾았다. 박헌영 등 중요 인사의 후손 몇 사람이 작당한 사건이었다. 물론 당시 관련자들은 적발되어 처형을 당했다. 그러나 그들의 후손 등 잔존세력이 있다면 문제가 될 것이었다. 한동안 잔존세력을 추적하느라 시간을 보냈다. 탈북했는지, 그들의 흔적을 찾기가 어려웠다. 그러던 중한 사람을 찾아냈다. 이교민이라는 자가 남로당계는 아니지만 어떤연유에서인지, 그 반역사건에 연루되었다는 기록이 있었다. 반탐조가추적한 결과 김대 교수라는 사실을 알아냈다. 헌데 그 교수가 가족과함께 조국을 탈출했다는 보고를 받았다.

조동호 국장이 문을 열고 나가자 김영철 총국장은 총국장실 서기를불러 중국에 나가 있는 공작원에게 긴급 전문을 보내도록 지시했다.그 전문 내용은 짤막한 것이었다.

─동무 니번 작전은 예사로운 거이 아니야 알간. 재량껏 행동하라우.

특수 공작원은 신분을 숨기고 몰래 탈북 일행에 숨어들었다. 이제막 공작을 시작하고 있는데 새삼스레 평양으로부터 연락을 받았다.어제 밤에 몰래 휴대폰으로 수신한 총국장의 지령은 단호했다. 무슨일이 있든지 무조건 '개탕치기작전'을 고수하라고 했다. 이 지령은 단순한 총국장의 지령이 아니라 위원장 동지께서 친히 내리는 명령이라고 못을 박았다. 이교민 일행의 탈출 저지 임무가 보다 엄중한 것이었다.

2. 암거래 되는 여성들

압록강과 두만강, 한민족의 젖줄인 이 강을 통해 어제도 오늘도 생업을 위한 발길이 끊이지 않고 있었다. 이런 원초적 본능의 움직임에 곁들여 욕망의 그림자가 함께 드리웠다. 일제 강점기에 소금장수들이 이 강을 건너 밀수를 하는 일이 잦았다. 이에 곁들여 보따리장수들이 강을 넘나들었다. 일제의 수탈에 생업을 잇기 어려웠던 시절에 우리 동포가 생존을 위해 국경연선에 할 수 있는 일이 이런 것이었다. 한민족의 연명에 필요한 최소한의 몸부림이었다. 국경 연선의 주민들은 지금도 불법적인 생업 수단에 매달리고 있다. 그런데 광물의 밀수나, 소금이나 아편 등속을 몰래 거래하는 군상 속에 민족의 젖줄을 오염시키는 무리가 등장했다. 이른바 여인의 인신 자체를 거래하는 혼탁한 물이 뒤섞여 흐르고 있었다. 1990년대 중반 이후 탈북자가 늘어나면서 인신매매가 하나의 사업으로 등장하기 시작한 것이다.

1

압록강 변에서 중국 공안에 잡힌 고민옥과 한명숙 일행은 캄캄한 밤중에 어디로 가는지도 모르고 차 뒷자리에 앉은 채 끌려갔다. 고민옥은 밀수하며 국경 경비대나 중국 공안들을 다루어 보았기 때문에 기회를 봐서 뇌물로 고일 생각에 몰두했다. 하지만 전혀 이런 경험이 없는 한명숙은 부들부들 떨고 있었다. 공안에 잡히면 십중팔구 강제 북송될 것이고, 북송되면 보위부에서 고아대다가 결국 관리소로 보내게 될 것이다. 그렇게 되면 딸애를 제대로 키우지 못할 뿐만 아니라 평생 일상생활을 못할 것이 뻔했다. 보따리에 든 독약 봉지를 만지작거렸다. 죽느니만 못한 삶을 살아갈 자신이 없었다. 아니 자신 문제가 아니라 차라리 눈을 감는 것이 편안할 것 같았다. 딸을 껴안은 채 사지를 움츠리고 불안에 떨고 있는 사이 차는 장백 시내로 접어들었다. 중국에는 무슨 가게들이 그렇게 많은지 불이 여기저기서 번쩍이고 있었다. 차들도 많이 다니고 있어서 거리는 눈이 부셨다. 밝은 거리를 지나 어둑한 골목으로 들어 간 차는 어느 2층집 앞에 도착했다. 2층에 올라간 그들은 중국 공안 사무실이 아니라는 것을 깨달았다. 40대 중반쯤 되어 보이는 사내가 앉아서 그들을 맞이했다. 한참 동안 그들을 세워둔 채로 바라보고 있었다. 날카로운 눈이 차츰 게슴츠레해지는 같더니 고민옥과 한명숙을 번갈아 비교해 보고 있었다. 그러더니 한명숙의 얼굴에 시선을 내리꽂듯 고정시킨 채 움직이지 않았다. 그녀는 그 눈살에 고개를 숙이며 어쩔 줄 몰랐다. 이윽고 10분이 지나자 그는 굳은 표정을 풀며 입을 열기 전 미소가 살며시 입술을 스쳐갔다.

"고생했수다. 우리는 같은 동포로서 보살펴 주려고 하오. 그러니 걱정 마오."

고민옥은 그제야 공안을 가장한 인신매매 조직임을 직감했다. 뇌물로 고이고 말고가 없었다. 그녀가 밀수로 오가며 들은 얘기로는 공안을 가장한 조선족 폭력배가 악랄하기 그지없다는 것이었다. 앞에 앉은 저 사내도 겉으로는 점잖게 얘기하지만 어느 정도 악랄한 인간인지 두고 보아야 할 것이었다.

"야 다들 수고했으니까네 오늘 밤에 한잔들 하라우. 용길이는 이 사람들 잘 방을 정해주고 식사도 챙겨 주라우."

사내는 강변에서 그녀들을 잡아온 동무를 용길이라고 부르면서 돌봐주라고 했지만 사실은 감시꾼이었다. 용길이는 그녀들을 뒤쪽 방으로 데리고 가서 쉬도록 하고 식사를 하도록 주선해 주었다. 그 방은 10평 정도로 작은 텔레비전도 있고 그런대로 지낼 만했다.

그녀들의 자리를 잡아주고 얼마 지나지 않아 밖에서 인기척이 났다. 용길이가 문을 열고 한 사내를 데리고 들어왔다. 그를 본 40대 사내는 벌떡 일어났다. 그리고 고개를 푹 숙이며 맞이했다.

"아이구, 한식이 성님이 때맞춰 오셨꼬망. 어서 오시기오."

그는 하한식의 손을 맞잡고 반갑다기보다 호들갑스럽게 인사를 했다. 이미 연길 두목한테서 연락을 받은 터였다.

"아 그래 장백조가 한 건 잘 했다문서? 박 사장 수완이 좋구먼. 에미나이들 한번 보자우."

하한식은 앉지도 않고 선걸음에 그녀들을 보자고 했다. 그는 미연이 생각에 마음이 급했다.

"여기까지 오셨는데 차나 한잔 하시구서 보시라요."

"안 돼. 빨리 두목한테 보고해야 하니까네 날레 보자우."

"네, 바쁘시모 그게 좋소 양. 용길아 그 에미나이들 데리고 오라우."

용길이는 뒷방으로 가서 그녀들을 데리고 왔다. 엉거주춤 들어서는 그녀들의 행색은 말이 아니었다. 그러나 하한식은 우선 얼굴과 나이에 관심이 있었다. 상품 가치가 중요한 것이다. 긴장한 그녀들에게 물었다.

"아주마이 나이가 몇이오?"

고민옥부터 먼저 말했다. 40대 후반. 한명옥은 40대 초반. 얼굴도 한명숙 쪽이 고민옥보다 반반했다. 상품 가치가 꽤 괜찮아 보였다. 애들은 10대 미만으로 거래만 잘 하면 꽤 높은 가격에 팔릴 만했다. 하한식은 이번 사업이 평균 작 이상은 되리라고 확신하고 오늘 밤 한잔하고 갈 생각이었다.

"박 사장, 수고했어. 늦은데 저녁이나 먹자우."

"아 고럼요. 성님 오기를 기다리고 있는 데가 있잖고. 삼삼한 에미나이가 성님을 모시겠다고 안달이 났지비. 용길아 성님 모시고 가자우."

박 사장은 하한식에게 미스 나를 안겨준 후 용길에게 한명숙을 데리고 오라고 일렀다. 자주 가는 제일반점 5층에서 그녀를 기다렸다. 40대 초반이라 잘 닦아 놓으면 쓸모가 있을 것 같았다. 우선 자기부터 시험을 해봐야 가치를 알 수 있다고 생각했다. 한명숙이 방에 들어오자마자 옷부터 벗으라고 했다.

"일자리 소개하려면 깨끗이 해야 되니까니 옷 벗고 샤워부터 하기오."

그녀는 무엇을 하라고 하는지 몰라 주춤거렸다.

"와 그란? 샤워가 뭣인지 모르간. 이리 와 보라우."

그는 그녀를 데리고 샤워실로 가서 물을 틀고 몸에 끼얹는 법을 가르쳐 주었다.

"날레 하라우. 내레 바빠."

그녀는 마지못해 돌아서서 옷을 벗은 후 샤워실로 들어갔다. 처음 해보는 샤워라 어색하기만 하고 제대로 때를 씻을 수 없었다. 그러니 시간이 걸릴 수밖에. 기다리던 박 사장이 짜증을 내며 샤워실 문을 두드렸다.

"니 보라우, 내레 샤워하라고 했잖고. 목욕하라고 한 게 아이지비."

그녀는 어리둥절하다가 대충 몸을 닦고 나왔다. 시키는 대로 하면 일자리를 마련해 주리라 기대했다. 박 사장은 그녀에게 다가와서 생뚱맞게 와락 끌어안고 입을 맞추었다. 질겁을 한 한명숙이 반항을 하자 거세게 나왔다.

"이 에미나이 보위원에게 데려다 줘야 알간. 내레 공안보다 보위원이 더 가까워 양."

그녀는 보위원이란 말에 몸을 움츠렸다. 그 사이 약점을 놓치지 않은 박 사장은 이중전략을 썼다.

"말 잘 들어야 좋은 데를 보내주지 양. 딸애도 잘 보살펴 주고….""

그러면서 그녀를 억지로 침대로 끌어다 눕히고 몸에 걸친 목욕 타월을 벗겼다. 욕정에 들뜬 그는 사정없이 그녀를 농락해 들어갔다. 주머니에 감춘 독약 생각이 간절했으나 옷을 벗은 상태라 어쩔 수 없었다. 피동적으로 누워 있던 그녀는 딸의 얼굴이 어른거려 마음이 괴로웠다. 딸의 안전을 생각해서 그가 하는 대로 몸을 맡길 수밖에 없었다. 그의 남근이 그녀의 샘에 깊이 파고 들 때마다 그녀는 본능적인 소리를 지르면서 동시에 눈물을 삼켰다. 모성과 여성이 뒤엉킨 처절한 순간이었다. 고향을 등진 일이 이렇게 꼬이고 있는 가운데 정신이 혼미해졌다. 두만강을 건너던 때가 눈앞에 어른거렸다.

한명숙은 남편이 시름시름 앓다가 약 한 첩도 제대로 써보지 못하고 죽자 세상이 원망스러웠다. 잘 먹고 못 먹고는 둘째고 아픈 사람 약도 한번 먹여 볼 수 없는 이런 세상을 살 자신이 없었다. 거기다가 어버이 수령이니 위대한 지도자니 하던 당과 정부는 무엇을 하는 기관인지 알 수 없었다. 남편은 당에 대한 충성심 때문에 가정도 돌보지 않고 애쓰던 당 일꾼이었다. 그런 그가 어느 날 굶고 있던 이웃 할머니가 불쌍해서 면당 창고에서 배급미를 훔쳐 주었다가 체포되었다. 반당 분자로 혹독한 고문 끝에 폐인이 다 되어 집에 온 지 나흘 만에 사망하고 말았다. 한명숙은 겨우 다섯 달 밖에 안 되는 아들과 일곱 살짜리 딸이 있었다. 옥수수도 구하기 힘들어 모두들 소나무 껍질을 벗겨 송기떡을 해먹었으나 그것마저 어려워지자 벼 뿌리를 잘라 풀과 섞어 풀죽을 해먹었다. 그 바람에 변비가 심해져 피똥을 쌌다. 이런 판에 갓난 애 젖이 나올 리가 없고, 딸에게 줄 먹을거리가 없었다. 날이면 날마다 생각하는 것이라고는 죽음뿐이었다.

이때 구세주처럼 고민옥이 나타났다. 평소 밀수를 하느라 압록강을 자주 드나들던 그녀가 한명숙에게 동반 탈북을 제의했다. 자신도 사정이 다급해져 애 둘을 데리고 압록강을 건너려고 하니 함께 가자고 했다. 고민옥은 사실 국경초소 병사들과도 친면이 있을 정도로 전문 밀수꾼이었다. 항상 중국으로 가서 물건을 가져오면 초소 장에게 적당히 뇌물을 고이고 와서 장마당에서 비싸게 팔아 이문을 남겼다. 해서 생활이 괜찮은 편이었다. 살만 하니까 남편이 부화질을 해서 철직되고 혁명화사업을 가게 되었다. 그런데 설상가상으로 국경초소에서 문제가 생겼다. 초소 장이 뇌물을 받아 상납을 하지 않고 혼자 챙기고는 술집 에미나이와 노닥거리다가 검열에 걸렸다. 초소 장은 조사 받는 과정에서 고민옥의 이름을 댔다. 국경 경비대 보위원이 그와 함께 그녀에게 국경 무단 침범으로 인한 이적 죄를 걸어 체포령이 떨어졌다. 다음 밀수를 위해 초소 병사를 접촉하는 과정에서 그 사실을 알게 되었다. 평소 그녀에게서 뇌물을 받아먹던 병사가 잔뜩 겁에 질린 채 도피를 종용했다.

고민옥으로부터 전후사정을 들은 한명숙은 국경 사정을 잘 아는 그녀와 함께 가기로 했다. 동네에서부터 같이 가면 눈에 띈다면서 이원에서 따로 출발하여 혜산 못 미쳐 운흥에서 만나기로 했다. 날짜는 보름 후로 잡았다. 일차 목적지는 백암으로 하되 일주일 후에 여기서 만나지 못할 경우를 대비해서 최종 목적지로 운흥을 잡았다. 고민옥은 이원에서 혜산 가는 길이 익숙했지만 한명숙으로서는 처음이라 몹시 불안했다. 고민옥이 가르쳐준 대로 갈 수밖에 없었다. 지도와 먹을거리를 배낭에 챙겨 넣고 어린애를 업고 딸은 한손을 잡고 나섰다. 이원에서 김책을 지나 금천리역에서 내렸다. 길주역에서 내리면 풍계리 핵 실험장 때문에 검문이 심하므로 그 전역에서 내리라고 고민옥이 일러주었다. 그녀는 애 둘을 데리고 길주에 들어섰다. 꽤 넓은 시내를 지나 장마당 노점 식당에서 점심을 먹고 대흥으로 향했다. 이제부터 걸어가는 노정이어서 단단히 각오를 하지 않으면 안 되었다. 길주에서 혜산까지 걸어서 며칠이 걸릴지 알 수 없었다. 넉넉잡아 열흘 정도 걸릴 것으로 보고 잠자리며 먹을거리 마련에 신경을 써야 했다. 지도를 보니 운흥보다 백암에서 고민옥을 만나면 그래도 고생을 좀 덜 할 것 같았다. 해서 가능한 한 그녀가 일러준 날 자에 백암에 도착할 수 있도록 길을 재촉할 작정이었다. 하지만 하루 이틀 가다가 자꾸 제자리에 주저앉고 싶은 유혹에 마음고생을 했다. 개마고원을 넘을 때는 신발이 허물어서 발가락이 밖으로 삐어져 나왔고, 밑창이라고는 너덜너덜하여 흙이랑 잔돌이 배겨서 발바닥이 피로 범벅되었다. 절뚝거리며 1미터라도 거리를 단축시키려는 집념은 그녀를 산짐승처럼 거친 야성녀로 만들었다. 칭얼거리는 딸을 가다가는 안고 가기도 하고, 등에 업힌 어린 아들은 옴짝달싹 못해 몸이 굳어버릴까 봐 한 번씩 내려서 얼러주며 생기를 돋워주었다. 보따리에 싼 음식이

동이 나서 지나오는 동네에 들러 구걸을 하여 옥수수 가루와 통 옥수수 몇 알을 구했다. 옥수수 가루는 물에 묽게 타서 아들에게 죽처럼 먹이고, 통 옥수수는 딸에게 주었다. 자기는 먹을 수 있는 양이 있었지만 애들을 생각해서 가능한 한 먹지 않고 견디어냈다. 이따금 허기가 질 때만 요기를 해서 넘겼다. 하루에 두 끼나 한 끼 먹는 때도 있었다. 끼니를 잇는 사이에 산나물을 뜯어 먹기도 하고 돌배나 복숭아 같은 산열매로 공복을 채웠다. 개마고원에 들어서는 산짐승이 가장 두려웠다. 그래서 어두운 시간에는 마을 근처까지 가서 노숙을 하거나 인심 좋은 집에서 하룻밤을 신세졌다.

백암에 다다랐을 때는 발바닥이 너무 헐어 걸을 수가 없었다. 할 수 없이 변두리 노인네가 사는 집을 찾아갔다.

"오마니, 혜산에 친정 오빠가 병으로 죽어서리 가는 중입메. 하루밤 쉬고 가게 해줍소꼬망."

거지같은 행색을 본 노파가 얼른 오라고 손짓을 했다.

"우찌 그리 힘들게 감둥? 애 아바이는 없음 둥? 날레 오라."

노파에게는 적당히 둘러대어 하룻밤 쉬며 따뜻한 물로 발을 찜질한 후 깨끗이 닦아내고 된장을 발랐다. 다음날, 백암 시내로 들어갔다. 고민옥과 약속한 장소는 백암을 벗어나는 길목에 있는 식당이었다. 식당 이름이 얼른 기억나지 않아 한참 망설였다. '백암식당' 같기도 하고 '백양식당' 같기도 했다. 어쨌든 가보면 비슷한 식당을 찾을 수 있을 것이다. 그 생각에 힘이 나서 바쁘게 걸었다. 마을 가운데를 관통한 길을 따라가다가 시내를 벗어나는 길목에 다다랐다. 식당은 오른쪽에 하나 있었다. 나무판자에 백양식당이라고 적혀 있었다. 주머니 깊숙이 간직한 지갑에 넣어 둔 비상금을 만져보며 식사를 주문했다. 너무 지쳐서 많이 먹지 못 하는데다가 기름진 것을 먹으면 바로 설사가 난다는 것을 알기 때문에 두부찌개를 시켜먹었다. 모자라는 것은 물로 배를 채웠다. 딸아이도 배가 고파서 잘 먹었다. 품에 안은 아들한테는 따뜻한 물에 옥수수 가루를 타고 설탕을 섞어 먹였다. 이들은 생기를 찾아 주변을 살펴보았다. 한명숙은 주인 아주머니에게 고민옥 일행이 오지 않았느냐고 물었다. 이야기를 듣고 있던 아주머니는 어제 애 둘을 데리고 온 여인이 그녀처럼 애 둘을 데리고 온 여자를 보지 못했느냐고 물었다고 했다. 그 여인은 한참 누군가를 기다리는 것 같더니 고개를 갸우뚱하며 애들을 데리고 나갔다는 것이었다. 그제야 그녀는 길이 어긋난 줄 알았다. 날짜 계산을 잘못하여 출발하는 날 하루를 빼고 생각했던 것이다. 그러니까 그날이 일주일째가 아니라 여드레째였다. 고민옥은 한명숙이 제때에 도착하지 못한 것을 알고 운흥으로 가버렸다.

고민옥은 압록강 변 갈대숲에서 한명숙과 만나 도강하던 과정을 되돌아보았다. 백암에서 그녀를 만나지 못하고 운흥으로 왔던 고민옥은 그곳에서 그녀가 오기를 기다렸다. 하루 이틀 늦더라도 기다려서 함께 갈 작정이었다. 역시 그곳에서도 식당에서 만나기로 했다. 애를 데리고 있는 여자들이 식당에 밥 먹으러 오는 것은 자연스런 일이었다. 고민옥은 다음날 오후 늦게야 한명옥이 발을 절뚝거리며 식당에 들어서는 것을 봤다. 너무나 반가워서 자기도 모르게 소리를 질렀다.
"아! 왔네 왔어! 용민이네가 왔구나."
한명숙은 마주 소리치지 못하고 울컥하는 바람에 눈물이 핑 돌았다. 그런 그녀를 고민옥이 일어나서 팔을 잡아끌었다.
"여기 앉으라요. 고생했습네다."
식사를 한 후 식당 아주머니에게 부탁하여 민박집을 구했다. 아주머니 여동생 집에 빈방이 있어서 돈을 주고 두 식구가 일박을 했다. 그 사이 도강준비를 끝냈다. 고민옥이 강 건널 자리를 알기 때문에 안내를 맡고, 짐도 간편하게 꾸렸다. 애들이 둘씩 딸려서 짐은 많이 챙길 수 없었다. 비닐 박막에 먹을거리와 독약 봉지, 칼 등을 넣었다. 독약은 경비대나 중국 공안에 잡히면 죽기 위해 마련한 것이었다. 그들은 아침 식사 후 혜산으로 출발했다. 애들을 데리고 걸어가는 만큼 이틀은 걸리는 일정이었다. 여기서부터는 고민옥이 자주 다니던 길이라 별문제가 없었다.

다음날 오후 늦게 혜산으로 들어간 그들은 변두리 식당에서 저녁 식사를 마친 후 보천 쪽으로 방향을 잡고 걸었다. 고민옥은 역시 밀수꾼답게 주변 지리를 잘 아는 것 같았다. 애들을 데리고 힘은 들었지만 도강 지점으로 가기 위해 산길을 택했다. 산위에서 바라보는 건너편에는 불이 휘황찬란할 정도로 시가지가 밝았다. 거기가 아마 장백인 모양이었다. 어두워 나무를 헤치며 가노라니 조그만 언덕에 다다랐다. 엉금엉금 기다시피 하며 애들을 안고 언덕을 내려갔다. 철길 주변에서 주위를 살핀 다음 강물에 발을 담갔다. 강변에서 벗어나니 물이 허리에 닿았다. 한명숙은 딸과 보따리를 안고 가고, 고민옥은 작은 아들을 업은 채 큰 아들의 손을 잡고 가다가 물이 깊어지자 들어안았다. 둘은 등과 가슴에 무게를 느끼며 힘겹게 물살을 헤쳐 나갔다. 가면서 몇 번 휘청거리기는 바람에 온통 물을 뒤집어썼다. 지친 한명숙은 썩은 나무둥치에 걸려 넘어졌다가 가까스로 일어났다. 애들을 보호하느라 두 여인은 안간힘을 썼다. 초소 쪽에서 무슨 소리가 날까 봐 조마조마하던 그들은 중국 땅에 발을 내딛자 그 자리에 쓰러졌다. 한 숨을 돌린 한명숙은 등에 업은 아들이 아무 소리 없자 걱정이 되었다. 빨리 내려서 젖은 옷을 가라 입히려고 했다. 그런데 손에 잡히는 것이 없었다. 한 순간 손바닥에 빈 느낌이 오자 소스라치게 놀랐다. 어디로 갔는지 아들이 없어진 것이다. 그녀의 울먹임을 들은 고민옥이 확인하다가 생각났다. 아까 물살이 센데서 한명숙이 넘어졌을 때 등에 업힌 아이가 빠져나가 버린 것 같았다. 너무 긴장했던 탓에 그녀는 아이가 물에 떨어지는 줄도 모른 채 허겁지겁 달려왔던 것이다. 사태를 깨달은 한명숙은 아들을 구하러 간다며 강으로 뛰어들었다. 기겁을 한 고민옥이 그녀의 허리를 낚아채 뒹굴었다. 북한 초소에서 도강 사실을 알고 총소리를 내게 되면 이쪽에서 공안이 들이닥칠 것이 뻔했다. 한시 바삐 이 자리를 벗어나야 할 판이었다. 넋을 놓고 앉아 있는 한명숙과 씨름을 했다. 그래도 그녀는 이미 제정신이 아니라서 말을 듣지 않았다. 다섯 사람의 안전이 문제였다. 이일을 어떻게 해야 할지, 눈앞이 캄캄해졌다. 고민옥이 다시 한명숙을 일으켜 세우려고 할 즈음 차 소리가 들렸다. 그러더니 곧 헤드라이트가 그들에게로 비쳤다. 동시에 남자들의 소리와 함께 발자국이 요란하게 울렸다.

"거기 뉘기요? 꼼짝 마라, 공안이다."

남자 두 명이 다가오더니 우악스럽게 팔을 붙잡았다. 고민옥이 나섰다. 혹시 아는 공안인지도 몰라 뇌물을 고일 참이었다. 그러나 그들은 아는 얼굴이 아니었다. 작업복을 입기는 했어도 정식 공안복은 아니었다. 하지만 공안이라며 체포하는데 어쩔 수 없었다. 고민옥은 잡혀가며 적절한 기회에 뇌물을 고일 작정을 하며 순순히 지시에 따랐다.

2

박대홍과 주인은 자기네끼리 이야기가 끝났는지 다시 방으로 들어

왔다. 주인이 처녀들 표정을 물끄러미 보더니 말했다.

"동무들 일자리를 알아 봐 놓았으니 함께 가기오."

"네 일자리요?"

두 처녀는 놀란 듯 반문했다. 그렇잖아도 취직 걱정을 하던 참인데 주인이 먼저 이야기를 해주니 그렇게 반가울 수가 없었다. 밤중에라도 가자면 갈 작정이었다. 둘은 엉거주춤 일어서려 했다. 그때 밖에서 인기척이 나더니 사내 하나가 문을 열고 얼굴을 들이밀었다. 주인이 벌떡 일어섰다.

"아 동무 여기 이 에미나이들이오. 이 동무 따라 가라우."

주인이 처녀 둘을 데리고 나갔다. 지금 온 사내의 차가 집 앞에 대기하고 있었다. 그 사내는 주인을 차 트렁크 쪽으로 데리고 가더니 무엇인가를 그에게 건넸다. 그것은 돈 봉투였다. 주인은 잠깐 봉투를 열어 보는 듯하더니 상의 안주머니에 집어넣고 사내와 악수를 했다. 그리고 처녀들에게로 다가와서 차를 타라고 했다. 멋모르는 처녀들은 취직자리가 생긴 줄 알고 주인에게 연신 고개를 숙이며 고맙다고 인사하기에 바빴다. "돈 많이 벌라우." 인사조로 한마디 던진 주인은 방으로 들어왔다. 그는 싱글거리며 박대홍에게 돈 봉투를 건넸다. 박대홍은 당연히 받을 것을 받는 듯 두 말 없이 봉투를 받아 주머니에 넣었다.

"동무 수고했어. 에미나이들이 내일이나 또 올 거이오."

이틀이 지나자 주인과 박대홍은 밤에 두만강 변으로 나갔다. 한 시간쯤 지난 후 먼저 안내인과 여자 두 명이 그들과 함께 나타났다. 여자 두 명을 방에 있게 한 후 그들은 밖에 나가서 한동안 수군거리고 있었다. 이윽고 안내인은 가고 두 사람만 들어왔다. 박대홍은 이전처럼 봉투를 상의 주머니에 넣고 있었다. 왜 저자가 봉투를 챙기는지 궁금했다. 두 여자는 먼저 처녀들보다 나이 들어 보이기는 했지만 역시 20대 같았다. 잘 해야 스물일곱 전후쯤 되었다. 아직도 어리둥절한 표정이었다. 장마당에 갖다 놓은 시골 닭처럼 웅크린 것이 딱해 보였다. 박대홍은 담배를 뻑뻑 빨며 그런 여자들을 빤히 쳐다보았다. 마치 잡아다 놓은 새를 보듯 먹이 감을 탐하는 표정이었다. 그는 나가려다 말고 다시 돌아섰다. 그리고 키가 커 보이는 처녀를 가리키며 따라오라고 손짓했다. 무슨 영문인지도 모르고 그녀는 그를 따라 방을 나섰다. 혼자 남은 처녀는 눕지도 않고 한 쪽 구석에 웅크리고 앉아 있었다. 불려 나간 동행자를 기다리는 눈치였다. 얼마 후에 여자의 흐느낌이 들려왔다. 웅크리고 앉았던 그 처녀는 아까 그 자세로 잠이 든 듯 보였다. 문밖에서 남자 소리에 섞여 여자의 흐느낌이 들려왔다. 웅크리고 있던 처녀가 벌떡 일어난 후 문에 바싹 붙어 동정을 살폈다. 박대홍의 목소리가 겁주듯 윽박질렀다.

"에미나이 밤중에 와 울고 기레. 조용히 못 하간!"

불려나간 처녀가 웬일인지 울고 있었고, 박대홍이 그런 처녀를 달랠 생각은 하지 않고 위협하고 있었다. 처녀는 뭔가 잘 못 된 듯 항의조로 말했다.

"내레 어더렇게 해요. 일자리 구해준다 해놓고 몸부터 뺏다니…."

"뭐야 이 간나 보위원에게 데려다 주면 좋겠나! 탈북한 주제에 와 말이 많간!"

보위원 소리에 그녀는 아무 소리도 못했다. 박대홍이 문으로 다가왔다. 엿듣던 처녀는 얼른 몸을 돌려 이부자리로 갔다. 문을 획 열어젖힌 박대홍은 이불을 뒤집어쓰고 있던 방안 처녀에게 퉁명스런 한마디를 던졌다.

"에미나이 이리 나와! 이 에미나이와 같이 옆방에 가서 자라우! 내일 아침 일찍 갈 거이니까니, 알간."

사실 두목은 요즘 뜻하지 않은 궁지에 몰려있었다. 연길 노래방을 중심으로 술집카페, 식당 등을 운영하면서는 밀무역을 하느라 바빴다. 이렇게 사업 확장을 하는 데에 하한식이 행동대장으로서 한몫을 한 것은 말할 필요도 없었다.

민봉석과 하한식은 바늘에 실과 같은 관계였다. 두목으로 불리는 민봉석은 하한식에게는 친 형님 이상의 끈끈한 끈이 매달려 있었다. 한식이가 20년 전 부모를 다 잃고 두만강을 넘어 왔을 때 거지꼴도 말이 아니었다. 꽃제비치고는 나이가 많고, 건달치고는 나이가 어려 어중간한 놈이었는데 민봉석이 그를 키우다시피 해서 한 몫을 할 수 있게 해주었다. 민봉석이 그때 연길 건달 노릇을 하며 폭력배 하수인 노릇을 하고 다닐 때였다. 남조선에서 굶어 죽는 사람이 길바닥에 널리기 시작했다는 소문을 들었다. 조선족으로서 동포애가 발동하지 않을 수 없는 상황이었다. 유흥가에서 주먹을 쓰며 돈을 뜯던 보스의 지시로 탈북녀를 낚으러 가던 중이었다. 압록강이며 두만강을 넘어오는 도강 자가 자꾸 늘어난다는 소문에 쓸 만한 탈북녀가 있는지 알아보라고 해서 도문으로 갔다. 시장을 한 바퀴 둘러보고 나오다가 쓰레기통에 엎드려 있는 거지를 봤다. 그냥 지나치는데 갑자기 거지가 일어나서 바지를 잡았다.

"내레 바쁜데 와 이레!"

손길을 떨쳐 버리고 획 돌아섰다. 그때 거지가 다시 한 번 바짓가랑이를 붙들었다.

"아바이 배가 고파 죽겠슴둥. 밥 좀 사줍소꼬망."

그제야 얼굴을 봤다. 때가 시커멓게 묻은 몰골이기는 하지만 이목

구비가 뚜렷했다. 왠지 인상이 나쁘지 않았다. 체구가 작기는 해도 나이로 봐서 심부름은 할 만하다고 생각했다. 그는 거지 아이를 데리고 국밥집에 가서 요기를 시켜주었다. 무산에서 왔다는 거지 아이는 하한식이라고 했다. 아이는 게 눈 감추듯 국밥 한 그릇을 후딱 먹어치웠다. 생기가 돌기 시작한 한식이는 묻지도 않은 말을 했다.

"잘 먹었꼬망. 고맙지비요. 성님이 에미나이에 관심 있슴둥? 내가 올 때 저기 남양 가기 전에 두만강을 건너오는 에미나이들이 여럿 있었슴메다."

봉석은 귀가 번쩍 띄었다. 그렇잖아도 탈북녀를 낚으러 가던 참이었는데 잘 됐다 싶었다. 한식을 따라 간 그는 도문으로 오는 탈북자들의 탈북 루트를 확인했다. 뿐만 아니라 한식이가 봤다는 탈북녀들이 있을 만한 곳을 뒤져서 찾아냈다. 노래방 같은 데를 수소문한 결과 일자리를 구하러 왔었다는 정보를 입수했다. 봉석은 한식이를 데리고 연길로 가서 보스에게 자초지종을 얘기했다. 보스는 봉석이가 한식이로부터 영양가 있는 정보를 가져왔다고 좋아라고 했다. 봉석에게 한식이를 데리고 가서 목욕을 시키고 옷도 한 벌 사주라고 일렀다. 봉석은 그때부터 한식이와 함께 탈북녀 사냥에 나서게 되었다. 두만강 변에서 기다리다가 북조선에서 건너오는 부녀자들을 하나 둘씩 잡아다가 유흥가로 넘기며 생활비를 벌었다. 그러다나니 탈북 브로커와 얼굴을 익히게 되고 그들 간에는 거래선이 트였다. 말하자면 탈북녀 거래에도 단골이 생겨난 것이다. 사실 이들도 초기에는 사업이라고 할 것 없이 애꿎은 탈북녀들을 낚아채어 유흥업소에 팔아넘기는 뚜쟁이에 불과했다. 그는 차츰 사업적인 수완을 발휘하면서 거래선을 다양화했다. 우선 탈북녀를 단순히 유흥가에만 넘기는 것이 아니라 오지의 한족 남자에게도 파는 길이 열렸다. 북조선의 탈북녀를 거래한다는 소문이 나자 한족 남자들의 요청을 받은 브로커가 접근해왔다. 오지 농촌이나 산촌에서는 시집 올 여자들이 나이 고하를 막론하고 모두 도시로 나가는 바람에 살림과 자손 번식을 맡을 여자들이 귀하게 되었다.

　한족 남자들은 그런 수요 말고도 밤잠자리에 여자가 필요했을 뿐만 아니라 일손도 필요했다. 좀 무리가 되더라도 돈을 주고 탈북녀를 사오면 여러 가지로 쓸모가 있음을 알아차린 한족 남자들은 떠돌이 사내에게 부탁했다. 그 결과 필요를 충족시킬 면이 많을수록, 다시 말해 쓸모가 많을수록 여자의 몸값은 비싸게 쳐주었다. 예컨대 같은 처녀라도 20대 초반과 후반의 값은 차이가 났으며, 30대와 40대는 그만큼 더 많은 차이가 났다. 떠돌이 사내들이 도시, 즉 연길이나 도문으로 나와서 적당한 값에 탈북녀를 사서 오지 한족 남자에게 넘길 때는 두 배 세 배 씩 부풀려 돈을 받았다. 이런 거래가 2000년대에 들어와서 중국 동북 3성 일대에 일반화되기 시작했다. 북조선에서 탈북행렬이 길어질수록 탈북 안내에 돈을 받고 나서는 탈북 브로커가 비공식적인 직업으로 발전했고, 이들을 상대로 탈북녀를 거래하는 브로커도 직업화되었다. 비윤리적이며 반인권적인 인신매매가 이제 전염병처럼 국경연선 지역을 중심으로 퍼져나가서 동북3성은 탈북자의 인권사각지대가 되었다.

　민봉석은 인신 매매업으로 재미를 보자 탈북 브로커와 짜고 거래를 조직화했다. 국경연선 일대에 나가서 탈북브로커를 통해 탈북녀들을 수집하는 수집책과 운반책에다 거래를 주도하는 매매 책으로 조직을 짰다. 이 조직은 단선조직으로 운영하는 것이 아니라 각 지역별로 지점형태의 조직을 두고 체계적으로 운영했다. 연길을 중심으로 도문, 훈춘, 돈화, 장춘, 길림, 장백 등 지역을 확대해 가던 중인만큼 세력이 커졌다. 이제는 흑룡강성까지 거래 선을 넓혔다. 그는 이 세력을 활용하여 밀수에도 손을 댔다. 국경 연선 지대를 오가는 사람들은 그들만 있는 것이 아니었다. 이따금 강변에 나갔다가 밀수꾼들도 심심찮게 만났다. 봉석은 이들과도 친하게 되자 밀수에도 눈을 떴다. 북조선에서 가져오는 밀수품을 거래상에게 넘겨주는 중개상을 겸하게 되었다. 수입원이 두 가지로 늘어나자 일손도 필요해 거느리는 애들을 늘렸다. 기관의 눈을 의식해서 인맥을 형성하는 일도 게을리 하지 않았다. 주로 광물을 밀수하지만 2000년대 초까지만 해도 골동품과 그림을 취급하여 재미를 봤다. 그러나 이 부분은 평양 당국에서 문화재 반출로 말썽이 나자 시들어졌다.

봉석이를 형님처럼 따르며 잔심부름을 하던 한식이도 그 바닥에서 잔뼈가 굵어졌다. 봉석은 어느 듯 건달세계를 벗어나 독자적인 사업계에서 자리를 잡았다. 심복인 한식은 행동 책을 맡아 이에 걸맞게 사업을 키우는데 한몫을 톡톡히 해냈다.

헌데 최근 무슨 일이 있었는지 모르지만 두목이 매우 궁색한 처지임을 직감했다. 이런 일은 전에 없었다. 자기도 모르게 일을 저지른 모양이었다. 두목은 하한식에게도 내색을 하지 않고 벼르는 일이 있었다. 남조선 사업를 유치해서 연길뿐만 아니라 연변자치주 내에 제대로 된 사업 망을 만들 작정이었다. 말하자면 연변그룹이랄까, 복합기업체를 만들어 회장에 앉고 싶은 욕망에 들뜨고 있었다. 겉으로 보기에 가당찮은 그런 꿈을 꾸게 된 것은 우연히 남조선 사업가를 만나고 난 뒤부터였다.

사업가들이 잘 가는 신식 요정에서 친구 몇 사람이 술을 한잔 하는 자리에 그 남조선 사업가가 있었다. 친구의 소개로 알게 된 그 사업가는 프랜차이즈란 희한한 사업망으로 남조선에서 떼돈을 벌었다고 했다. 켄터키 치킨이라나 뭐라나 하는 프랜차이즈 회장이었다. 이병호 회장은 마당발로 성공한 사람답게 연길에 와서도 단 시일 내에 사업가들과 교분을 갖기 시작했다. 이 과정에서 한창 사업이랍시고 맛을 보기 시작한 민봉석을 만나 바람을 잔뜩 넣어 놓은 것이다. 연변 쪽은 아직 자본주의 물이 덜 든 데가 많이 눈에 띄었다. 이 회장의 눈에는 천지가 돈 벌이 투성이로 보였다. 마케팅 조사를 하나마나였다. 중국인과 조선족 사이에 소비 바람이 일어나고 있는 마당에 수요 창출은 누워서 떡먹기였다. 미국 펩시콜라나 코카콜라, 맥도날드 햄버그처럼 침투해 들어가면 한번 입맛 들인 후 수요는 저절로 따라 올 것이라고 장담했다.

민봉석은 이 회장의 말을 듣고 야심을 키워 보기로 했다. 자기도 이 회장처럼 민 회장으로서 위상을 갖고 싶었다. 어느 정도 재력이 있겠다, 기관에 인맥이 있겠다, 수하에 일꾼들이 있겠다, 못할 이유가 없어 보였다. 나름 화룡, 통화, 장백, 장춘, 길림, 훈춘 등지를 다니며 시장 조사를 해왔다. 기존 인맥을 바탕으로 하여 일단 시작을 해놓고 차근차근 정돈해가면 문제가 없을 것 같았다. 그래서 제 딴에는 이른바 마스터플랜 같은 것을 구상 중에 있었다. 그런데 문제는 엉뚱한 곳에서 터졌다. 평양 쪽에서 마수가 뻗쳐 온 것이다. 장성택이 가고 난 뒤 될수록 평양 쪽과는 거리를 두고 지냈다. 그는 동북 3성에서 손꼽히는 장성택 맨이었다. 해서 자칫 잘못 하면 눈엣가시가 될 수도 있었다. 장성택이 간 후로도 잇달아 칼을 휘두르는 김정은의 등쌀에 무슨 변을 당할지 모를 처지였다. 누구보다 이런 상황을 잘 아는 그로서는 북조선을 상대로 한 밀수도 최소한으로 그쳤다. 그러다가 프랜차이즈사업을 시작해 보려고 밀수도 본격적으로 하기 위해 회령 보위부장을 구워삶으려던 참이었다.

북조선 동북지방의 각종 광물 밀수를 위해서는 회령해관이 중요한
거점이었다. 하지만 북핵문제로 중국이 유엔의 제재조치에 동참하게
되자 밀수 자체가 어려워지게 되었던 것이다. 그 뿐만 아니라 탈북자
단속이 강화되어 인신매매사업마저 위축되기에 이르렀다. 전전긍긍
하던 민봉석은 '개탕치기작전'에 적극 협조하지 않으면 안 되었다. 어
떻게 보면 그런 비밀작전 음모가 추진되는 바람에 솟아날 구멍을 찾
은 격이 되었다. 그러나 정찰총국에서 극비사항으로 전달된 만큼 누
구에도 발설해서는 안 되는 일이었다. 심복인 하한식마저 따돌린 채
평양에서 오는 지시대로만 움직이고 있었다. 누군가가 작전에 투입
되어 탈북자들을 유인하거나 제거하는 공작을 하게 된다는 것만 알
지 과연 그 공작원이 누구인지는 알 길이 없었다.

　하한식은 다음 거래에 대해 지시를 받으려고 두목 사무실로 들어
갔다. 화장실에 갔는지 민봉석은 자리에 없었다. 기다리고 있다가 우
연히 책상 위로 눈길이 갔다. 거기에는 메모장이 놓여 있었다. 두목을
기다리는 사이 심심파적으로 메모장을 들추어 보려고 했다. 그런데
메모장을 들추자마자 눈에 들어온 것이 있었다. 첫 면에 휘갈겨 쓴
글자가 보였다.

　'개탕치기작전'

　개탕이라면 개판치거나 허탕 치는 것을 말하는데 뚱딴지 같이 왜
이 말이 여기 쓰여 있을까? 휘갈겨 쓴 것을 보면 그가 신경 쓸 일 하
고 관련이 있는지 몰랐다.

3

고민옥은 인신매매 브로커에게 뇌물을 고이고 그나마 식당에 일자리를 얻은 것이 다행이라고 여겼다. 아이들도 함께 있으면서 고생시키기보다 차라리 좋은 사람 만나 잘 자라 주는 것이 서로 좋은 일이라고 자위했다. 그러나 식당에서 하루 이틀 지나자 아들 생각이 나서 못 견딜 것 같았다. 잠시 틈을 내서 밖으로 나왔다. 공중전화가 있는 데까지 살금살금 다가갔다. 평소 거래하던 연길 밀수꾼에게 전화를 했다. 브로커들이 하는 일이라 아이의 행방을 찾을 수 있으리라는 기대로 응답을 기다렸다. 상대방이 바로 받지 않아 기다렸다. 무심코 고개를 들었다. 창밖에 어떤 사내가 오고 있었다. 응답을 기다리느라 미처 창밖에 신경을 쓰지 못하는 사이 사내는 어느새 뒤에 와서 섰다. 인기척을 느끼고 돌아보는 순간 사내는 그녀의 뒷덜미를 낚아챘다. 그는 중국 공안이었다.

"이 보라우 같이 좀 가야겠어."

고민옥은 그때야 잘못 걸렸다는 것을 깨달았다. 식당에서 누가 고자질한 모양이었다. 그녀 때문에 일자리에서 밀려날까 신경을 쓰던 복무원 에미나이가 불러들인 것이 틀림없었다. 그것도 조선족 에미나이가 아닌가. 조교(중국 거주 북한 인민)보다 못한 조선족은 조선동포가 아니라 중국 공안 앞잡이였다.

한명숙은 차에 실려 가는 대로 몸을 맡겼다. 연길에서 몇 시간을 달려가는지, 어디로 가는지, 시간관념과 거리관념도 없는 채로 가자니 막막할 뿐이었다. 그녀를 싣고 가는 사내는 담배만 뻑뻑 피워대며 달렸다. 길림시에서 서란시를 거쳐 흑룡강성 오상시로 간 뒤 국도에서 밖으로 나갔다. 거기서 그리 멀지 않은 곳에 민락조선족향이라는 곳이 있었다. 차는 이 조선족마을을 거쳐 서쪽으로 한참 들어가더니 옥수수 밭이 넓게 뻗친 산골 마을에 닿았다. 마을 뒤쪽으로는 제법 큰 산이 높다랗게 솟아 있었다. 그녀가 팔려 간 곳은 60대 사내가 노모와 함께 사는 집이었다. 노모는 며느리 감이 왔다고 좋아하면서 싱글싱글 웃었다. 사내도 나이가 들기는 했지만 자식이 없던 판에 자식 낳아 줄 여자라고 반기는 눈치였다. 중개인은 그녀를 내려놓고 주인과 밖에서 잠시 이야기를 나눈 뒤 사라졌다.

한명숙은 점심도 먹지 않은데다가 하루 종일 먼 길을 오느라고 곤죽이 되어버렸다. 그것을 알아차린 노모가 방에 데리고 들어가서 쉬게 했다. 우선 식구도 별로 없고, 두 사람의 까다롭지 않은 응대 태도로 그냥 지낼 만할 것 같았다. 한숨 돌린 후 실내를 둘러보았다. 누렇게 뜬 벽지 하며 파리똥이 촘촘히 박힌 천정, 찢어진 곳을 잇대어 놓은 장판, 낡은 종이로 발라놓은 문이 전형적인 시골 방이었다. 얼마 지나지 않아 노파가 차려온 저녁을 먹는 둥 마는 둥 먹고 기력이 돌아온 뒤에 세수를 했다. 너무 피곤해서 이부자리부터 먼저 깔았다. 노파가 히죽 한번 웃음을 흘리고 나갔다. 잠자리에 들어 잠을 청하는데 사내가 문을 열고 들어왔다. 첫날이라 바짝 긴장했다. 과연 이 남자가 어떻게 나올 것인가, 몸이 얼어붙었다. 그녀가 촌닭 마냥 움츠리고 있는데 사내는 다짜고짜 이불을 들추고 들어왔다. 그리고 발정 난 수컷이 되어 덤벼들었다. 말이 통하지 않아 손짓 발짓으로 오늘은 피곤하니 잠을 자게 해달라고 했으나 소용없었다. 나이치고는 건장한 그는 일방적으로 옷을 벗기고 욕심을 채웠다. 한명숙은 울음을 삼키며 돌아누웠다. 서글프기도 하고 기가 막히기도 하여 울분이 솟구쳤다. 이제 와서 선택의 여지가 없어 더욱 가슴이 아려왔다. 잠을 자는 둥 마는 둥 하며 밤을 새우는데 무엇인가 가슴을 눌렀다. 답답해서 눈을 떴다. 또 그 사내가 덮치고 있었다. 두 팔을 뻗어 힘껏 밀쳐냈다. 그 바람에 옆으로 나뒹굴어진 사내는 버럭 고함을 질렀다. 아이를 낳아야 할 것 아니냐고 다그치는 소리였다. 그렇게 밤새 실랑이를 치며 첫날을 보냈다.

다음날, 눈을 떴을 때 그녀의 손목에는 튼튼한 끈이 매여 있었다. 낮에 밭에 일하러 갈 때는 손목 끈을 풀고 사내가 동행했다. 해 질 녘까지 일을 시키고는 돌아와서 또 손목을 묶었다. 저녁 식사를 할 때 잠시 풀어주었다가 또 손목을 묶었다. 아예 노예취급이었다. 잠자리에서 마음대로 안 되자 분풀이를 하는 것 같았다. 어차피 남의 집 후손을 잇기 위해 팔려온 바에야 몸을 아낀다는 것이 의미가 없는 짓이었다. 하루는 잠자리를 가리키며 손목 끈을 풀어 달라고 했다. 사내의 욕구에 응해줄 테니 자유롭게 해달라고 요구했다. 그는 싱긋 웃더니 손목 끈을 풀어주었다. 뿐만 아니라 미리 사두었던 듯 화장품을 몇 개 건네주었다. 그의 환심을 살 작정을 한 한명숙은 그날 밤 적극적으로 응해주었다. 그로부터 그녀는 한 가족으로서 대우를 받게 되었다. 하지만 도망을 걱정해서 대문은 늘 잠가 두고 방문만 이따금 열어 주었다. 그녀의 자유로운 행동반경은 기껏 앞마당이 한계였다.

고민옥은 그길로 도문 입구에 있는 탈북자수용소로 호송되었다. 그녀는 여기서도 뇌물로 구어 삶으려 했지만 손을 쓸 수가 없게 되었다. 공안 심사부에서 수중에 있는 모든 것을 내놓으라고 윽박지르는 바람에 돈을 털어 놓았던 것이다. 두만강을 건너 장사하러 다니다가 밑천을 잃어버려 고향에 갈 여비를 마련하려고 식당 일을 보게 되었다고 설명했다. 공안은 그렇다면 걱정할 것 없다고 했다. 고민옥은 그 말에 풀어 줄 것으로 기대했다.

"고럼요, 장사하는 사람이 무슨 죄가 있습네까? 나가면 바로 북조선으로 갈 거이오."

"그러니까 남양으로 가서 고향으로 가시오."

그녀는 별 수 없이 남양수용소로 가기 전 며칠 동안 갇혀 지냈다. 탈북자들이 많이 잡혀 와 있었다. 한국과 중국의 관계 변화에 따라 공안의 탈북자 단속이 들쑥날쑥했다. 한국에서 친중 정책 방향으로 나가면 단속을 느슨하게 하고, 반대로 가면 인정사정 볼 것 없이 탈북자들을 잡아 들였다. 대국다운 인권정책을 볼 수 없었다.

고민옥이 도문수용소에 있는 동안 그렇게 고생하지는 않았다. 방이 그리 크지는 않았지만 그런대로 몸을 가눌 수 있었다. 식사도 입쌀이 섞인 데다 생선국에 나물반찬을 주었다. 고민옥이 나이 들어보여서 그런지 조선족 공안이 가끔 관심을 가지고 불편한 것이 없는지 물었다. 장사하러 왔다가 잡혔으니 큰 문제는 없을 것이라며 위로까지 해주었다. 조선동포라고 기대려 했던 일반 조선족보다 오히려 공안인 조선족이 동포애가 있는 것 같았다.

북송대상은 수용소에 오래 두지 않는다더니 고민옥은 사흘 만에 남양수용소로 보내졌다. 출발 전에 그녀는 돈과 소지품을 돌려받았다. 의심받을 만한 것을 버리고 돈은 얇은 비닐박막에 넣어 꼬깃꼬깃한 뒤 사타구니에 깊숙이 쑤셔 넣었다. 수송 차량을 타고 도문교를 지나 해관에 당도하니 보위원 같은 사내가 나와 탈북자들을 인수했다. 명단을 훑어본 보위원은 탈북자 일행을 세워놓고 겁박했다.

"조국을 버리고 도망친 간나들 맞 좀 보기오."

그는 막대기를 들고 손바닥을 쳐가며 앞뒤로 한 바퀴 돌았다. 그러더니 갑자기 고함을 질렀다.

"간나새끼들 끌고 가라우!"

사무실 뒤쪽 수용소로 끌려간 그들은 현관으로 들어서기 무섭게 남녀로 나뉘어 큰 방으로 밀려들어갔다. 여성 인솔자가 지시했다.

"모두 옷들 벗어라우 알간!"

영문도 모른 채 윗도리만 벗고 엉거주춤 서 있자 또 다시 고함이 터졌다.

"몽땅 벗어! 사타구니에 끼어 있는 것까지 내놓아!"

할머니나 어린 소녀들까지 옷을 훌훌 벗어 제치고 선 모습이 무슨 신체검사장 같았다. 고민옥은 아차 싶었다. 사타구니에 끼어 놓은 것까지 뺏길 판이었다. 얼른 사타구니에 손가락을 넣었다. 눈치를 보다가 비닐박막을 끄집어낸 후 기침을 하는 체하며 입속으로 털어 넣었다. 목숨보다 더 귀한 비상금을 사생결단 지키지 않으면 안 되었다. 그 돈으로 위기를 모면할 수 있는 것이 아닌가.

50대로 보이는 여성 검사원은 발가벗은 여성들의 몸매를 감상하듯 쭉 훑어 본 후 소리쳤다.

"동무들 가랑이를 벌리고 그 자리에 드러누워!"

노쇄한 할머니가 기가 막힌 듯 쳐다보고만 있자 불호령이 떨어졌다.

"거기 할마이 동무 와 꾸물거리간! 날레 눕기오."

그녀는 여성마다 벌리고 있는 가랑이 사이에 가느다란 꼬챙이를 쑤셔 넣고 뱅뱅 돌렸다. 그럴 때마다 여기저기서 들려오는 신음 소리가 어지럽게 교차하여 처절한 분위기를 자아냈다. 한 할머니는 난생 처음 사타구니를 까발리는 짓을 못 하겠다고 버티다가 여우같은 검사원에게 호되게 욕을 먹었다.

"늙은 할마이 동무가 조국을 버리고 도망간 반동 죄를 저질러놓고

도 큰 소리 치간! 위원장 동지의 은혜를 배반하구서리 살아날 줄 알아서!"

그녀는 할머니 엉덩이를 사정없이 발로 차서 눕혔다. 여기저기서 원성이 들렸다.

'애미도 없는 년', '여우같은 년', '썩어 죽을 년', '독사 같은 년'

몇 사람의 사타구니에서 비닐박막이 나오자 검사원은 혼자 중얼거렸다.

"요런 냄새나는 것을 사타구니에 끼어 넣고 다니면 남자들이 싫어하잔. 위생상 돛지 않지."

그녀는 히죽 웃더니 봉지에 싸서 가져갔다. 다른 인솔자가 나타나서 방 배정을 시작했다. 명단을 점검한 후 10평 남짓한 방에 40명에서 50명씩까지 들어갔다. 방이 너무 비좁아 터질 것만 같았다. 앉아서를 몇 번 반복한 후 제자리에 앉게 했다. 그런데 그 자리라는 것이 말이 아니었다. 옆에 앉은 사람과 사이에 빈틈이 없었다. 앞뒤로도 마찬가지였다. 감방생활 지침을 말해 줬다. 저녁 9시 취침 전에는 설 수도 누울 수도 없다. 일체 말을 해서는 안 되며, 꼭 할 말이 있으면 반장을 통해서 선생님에게 전달해야 한다. 여기서 선생님이라고 하는 사람은 당직 복무원을 가리키는데 반드시 선생님이라고 불러야 한다. 대소변은 뒤쪽에 있는 통에 누어야 하고, 하루 종일 앉아서 총화시간을 가져야 한다. 만약 서거나 눕거나 하면 밥을 안 준다. 이 지침을 어길 때는 단체 벌을 받아야 한다.

고민옥은 하루 종일 앉아서 옴짝달싹 하지 못한 채 생활해보니 지옥이 따로 없었다. 차라리 죽었으면 죽었지 이 짓은 할 수가 없었다. 사람의 몸은 수시로 움직여서 혈액순환이라든가 신경활성화 같은 기본적인 것을 유지해야 하는데 그것이 안 되니 몸이 굳어질 수밖에 없었다. 열악한 환경에 운동부족, 거기다가 소금물에 옥수수 가루 죽이나 통 옥수수 몇 알 가지고 버티어 낼 수가 없는 상태였다. 하루 이틀 지나면서 노인이나 어린애들이 죽어나가는 것을 보아야 하는 신세는 따분한 것을 넘어 절망적이었다. 그녀는 목구멍으로 삼킨 돈을 토해내야 함은 물론 도망 갈 기회를 엿보기 위해 잔꾀를 냈다. 일부러 점심 저녁을 굶고 있다가 배가 아파 죽겠다고 고함을 쳐댔다. 옆에 사람들이 당직 복무원이 와서 단체 벌을 받는다고 말려도 막무가내였다. 오히려 한술 더 떴다.

"아이구 배야, 배가 아파 죽겠네. 아이구 아이구 배야!"

온 감방이 떠나갈 듯 했다. 그러자 복무원이 달려왔다. 그 바람에 그녀는 더 난리를 피웠다. 당황한 복무원이 힘센 여자를 골라 그녀를 엎고 나오라고 했다. 수용소의무반에 가서 진찰을 받고 안정을 취했다. 탈출 방법을 곰곰이 생각하고 있는데 누군가 소리를 지르며 들것에 실려 왔다. 누가 또 자기 흉내를 내는 사람이 있는가 싶어 유심히 봤다. 젊은 여자가 들것에 누운 채 발을 동동 구르고 있었다. 가운데 배 부분이 볼록 솟아 있는 것이 눈에 들었다. 아하! 해산달이 됐구나, 이 형편없는 수용소에서 아이를 낳는다면 산모고 아이고 다 견디지 못할 것인데 어쩌나, 안타까움이 앞섰다. 고민옥은 고개를 들어 복무원의 행동을 지켜보았다. 여자를 침대에 눕히고 주사를 놓았다. 진통제를 주는가, 희한해서 눈을 깜박거리고 있었다. 그런데 그게 아니었다. 얼마 안 있어서 여자는 다시 고함을 지르기 시작했다. 그러더니 그녀의 사타구니에서 무엇이 떨어지자 복무원이 얼른 받아 비닐박막에 집어넣었다. 그제야 사태를 깨달았다. 확인해보려는 듯 여자의 복부를 봤다. 그사이 복부가 푹 꺼져 있었다. 복무원이 비닐박막을 들고 나가면서 중얼거렸다.

"되놈 아 반동 새끼를 와 여기서 낳네? 재미는 중국에서 보구서리…."

그날 밤, 고민옥은 목구멍을 헤집어 돈을 토해내고, 그 돈으로 보위원에게 뇌물을 고이고 도망칠 궁리를 했다. 그녀는 수용소에서 눈여겨 봐 둔 처녀를 데리고 나가려 했다. 나이 열아홉 살 고영림이었다. 처녀라기보다 소녀티가 나는 애였다. 영림이는 강계고등중학을 나오고 굶주리는 가족을 보다 못해 돈벌이를 해보려고 친척이 있는 남양으로 왔다가 소문을 듣고 강을 건넜다. 아직 사회 경험이 없는데다가 천성이 순박해 무엇을 어떻게 해야 하는지 엄두를 내지 못했다. 꽃제비 나이로는 늙은 축에 들어가는 늦깎이 꽃제비로 떠돌다가 붙잡혀 왔다. 그동안 그 애를 보고서 탈북해서 중국으로 가게 되면 동생 삼아 데리고 살 생각을 했다. 성도 고씨라 친자매 행세를 해도 될 일이었다. 그녀는 이제 의지 가지할 데가 없는 몸이라 외로움을 달래기에 안성맞춤이었다.

다시 두만강을 건너 탈북을 감행한 고민옥은 영림이를 데리고 조선족 노인네를 찾았다. 밀수할 때 가끔 신세를 지는 선구 할아버지 집이었다. 할머니는 몸살이 났는지 몸져누워 있었다. 이 선구일대에는 조선족이 제법 살았다. 물론 중국 공안에 고자질하는 족속이 있기는 하지만 밀수꾼들에게는 방해가 되지 않았다. 다만 탈북자들을 고자질해서 공안이 뜨면 간접적으로 귀찮을 뿐이었다. 할아버지에게는 시골에서 구하기 힘든 가전제품 같은 것을 선사해서 잘 통하는 편이었다.

"어 고민옥 동무 어서 와. 이즘에 뜸해서리 궁금했는데…."

"아바이 잘 계십네까? 장사가 잘 안 돼 좀 놀았슴메."

고민옥은 영림이를 소개하고 이틀만 묵고 가게 해달라고 부탁했다. 할머니가 편찮아서 걱정했으나 영림이랑 둘이서 간호를 하고 할아버지 조석을 봐 드린 후 가겠다고 했더니 할아버지의 얼굴이 활짝 펴졌다.

"손님에게 폐를 끼치는 꼬망. 편히 있다가 가지 양."

"염려 놉소꼬망. 딸이나 손녀로 생각하시면 되겠슴."

할아버지가 둘이 든 방이 차갑다며 군불을 때는 바람에 매캐한 연기가 감돌았다. 고민옥은 방문을 닫고 이부자리에 널브러졌다. 영림이도 피곤한지 옆에 눕더니 곧 코를 골기 시작했다. 잠결에 문을 두드리는 소리를 듣고 그녀가 몸을 일으켰다. 할아버지가 배고플 테니 저녁을 먹지 않겠느냐고 물었다. 그제야 시장기를 느꼈다. 할아버지와 할머니 저녁상도 차려 드려야 했다. 곤히 자고 있는 영림이를 깨웠다. 둘이서 부엌으로 가서 식사를 준비했다. 할머니는 자기가 차려야 할 것을 손님에게 시켜 미안하다고 했다. 미음을 끓여 드리고 아무 부담감을 갖지 마시라고 위로했다.

다음날, 할아버지와 작별한 후 고민옥은 영림에게 남조선으로 가자고 권했다. 그러자 영림이는 남조선에는 뭐하러 가느냐고 의아해 했다. 그녀는 속으로 어처구니없는 애라고 혀를 찼다. 남조선에 왜 가다니…. 모두들 남조선에 못 가서 야단인데 이 애는 아직 이쪽 사정을 잘 몰라서 그런 줄 알았다.

"야 이 간나야, 남조선을 몰라서 그런 소리 하지비."

"남조선을 와 모르겠슴. 남조선이라몬 미제 앞잡이에다 거지가 길바닥에 우글거리는 반동의 나라 아니간."

"야 철부지야, 남조선, 아니 한국은 그런 나라가 아닙메. 거기는 이밥 천지지비."

이밥이라는 소리에 영림은 순간 눈을 반짝거렸다.

"이 밥이 고렇게 많은 데가 어디메 있간?"

"어디메는 어디메야. 한국에 있지. 서울에는 자동차도 많이 다니고 돈만 주면 택시 타고 못 가는 데가 없지비. 남조선이 아니라 한국에 가자우."

"내레 그 반동의 나라엔 안 가오다."

"머이 어드레? 몰라도 한참 모르는 에미나이 아님둥. 한국은 자유 조국이쟎고. 고럼 자유가 있는 나라지비. 빨리 가몬 빨리 갈수록 살맛 이 난다 니 말 아니겠슴."

"언니는 반동 물이 단단히 들었슴. 사회주의 조국을 지키지 않구서 리…."

"사회주의 조국에서 밥 멕여 주나? 북조선에 가몬 굶어 죽는다 야."

"굶어 죽는 것도 다 제 팔자지비. 내레 여기서 돈 벌어 북조선으로 갈 거이오다. 언니는 남조선으로 가오."

세뇌교육 탓에 남조선에 대한 부정적 고정관념과 사회주의 조국에 대한 맹목적 충성심에서 조금도 벗어나지 못하는 영림이가 가여웠 다. 앞날이 어떻게 될지 뻔히 알면서도 그 애의 고집을 꺾지 못하는 것이 안타까웠다. 아직도 이런 애가 북조선에 있는 한 거꾸로 탈북자 는 자꾸 자꾸 늘어날 것이다. 제 갈 길이라면서 고집을 부리고 가는 어린 영림이의 뒷모습이 눈에 밟혔다.

쓸쓸하게 발걸음을 내딛고 있는 그녀를 보고 있던 고민옥은 자신이 저 나이만 할 때면 어떻게 했을까, 하는 의문이 솟구쳤다. 마음속으 로부터 피어오르는 회색 안개가 눈앞을 가리는 것 같았다. 영림이 또 래였다면 그녀처럼 같이 가자는 사람을 뿌리치고 돌아서 갈 엄두를 내지 못했을 것이다. 벌써 그 이전부터 조선에서 살아가는 일이 수월 하지 않다는 것을 은연 중 터득하고 있었던 것 같았다. 해서 일단 탈 북을 하겠다는 사람을 따라 나섰을 것이다. 강을 비법 도강하는 것이 두렵기는 했어도 무엇인가 새로운 기회에 대한 기대감을 가지고 말이다. 아니 그렇게 단정지울 일이 아닐지도 몰랐다. 평소 어머니의 불안해하던 모습에서 할머니의 고생살이 그늘이 어른거리는 것을 보아온 만큼 섣불리 도강을 감행할 엄두를 내지 못했을 것이라는 생각에 주춤거렸다. 할머니와 어머니의 체취가 감도는 땅을 어떻게 감히 내칠 수 있었겠는가? 해서 일시적인 유혹에서 벗어나 그냥 주어진 대로 살아갈 자세였을 것이다. 헌데 다른 편에서 보면 주변에서 굶어 죽는 사람들이 날이면 날마다 늘어나고 있다는 소식쯤은 모르는 사람이 없었는데도 그대로 주저앉으려고 했을까? 그러나 그때는 그런 생존 문제보다 더 본질적인 문제가 있음을 어렴풋이나마 느끼고 있었다. 이를테면 그녀는 어릴 적부터 왜 외할아버지나 외할머니의 존재 자체가 기피되고 있는지 모른 채 외로움을 혼자 달래며 사는 소녀여야 했다. 말하자면 그녀로서는 정체성의 문제에 시달림으로써 오히려 어른들이 묻힌 땅을 떠나고 싶지 않다는 잠재의식이 그녀의 발목을 잡았을 것이다. 석연찮은 가족사에 얽매여 함부로 행동을 결정하지 못했을 것이라고 스스로 인정했다.

그런데 지금은 자신을 따르지 않고 가버리는 영림을 이해하지 못하고 이런 생각에 머뭇거리고 있었다. 어둠이 짙어가는 두만강 변 마을에서 개 짖는 소리가 들렸다. 또 탈북자가 어둠을 타고 검은 강을 도강하여 오고 있는지 모를 일이었다. 고민옥은 개 짖는 소리에 고개를 흔들고 정신을 추슬렀다. 그리고 탈출로를 찾아 나섰다.

3. 연해주 구상의 좌절

1

이교민 일행은 역시 러시아인이 경영하는 모텔에 여장을 풀었다. 방을 두 개 잡아 남자용과 여자용으로 나누었다. 함께 온 박대홍 일행도 같은 모텔에 들었다. 이들이 숙박 수속을 마친 후 엘리베이터를 탈 무렵 하한식 일행도 막 현관에 들어섰다. 엘리베이터 문이 닫히는 것을 본 하한식은 엘리베이터가 몇 층에서 서는가, 지켜보았다. 강난희를 감시하려면 가까운 거리에 있어야 했다. 2층에서 서는 것을 보고 접수대에 가서 3층 방을 달라고 했다.

이교민은 아내의 일이 걱정되어 강난희에게 밤새 각별한 간호를 부탁했다. 이틀 동안 머물면서 탈출루트를 알아보고 연해주로 건너가서 우수리스크로 갈 계획이었다. 그동안 아내에게 무슨 일이 없기를 바랐다. 일단 우수리스크에 가면 병원에 입원시켜 치료를 받을 수 있을 것이었다. 그는 식사 후 박대홍을 만나 가까운 커피숍으로 갔다. 식사를 대접하고 싶었으나 몸이 불편한 아내 때문에 결례가 될까 싶어 커피를 대접하기로 했다. 사실 커피라면 김대에서 특별한 경우에나 마셔보았던 귀한 것이었다. 하지만 박대홍은 모텔 밖에 나와 있는 것이 불안했다. 아니 불안했다기보다 꺼림칙했다. 혹시 그사이에 하한식이 무슨 일을 저지를 지 알 수 없었다. 강난희를 노리고 있는 그를 믿을 수 없었다. 이교민은 그것도 모르고 커피 맛을 음미하며 이런저런 얘기에 몰두했다. 그는 인사를 나누면서 이들이 탈북자라는 사실을 알고 난 뒤부터 동병상련으로 신뢰감을 갖게 되었다. 혹시나 이들로부터 수이펀허 일대 사정을 들을 수 있지 않을까, 하는 기대가 있었다. 그러나 30분이 지나자 박대홍은 참지 못하고 일어섰다. 연길에 연락할 일이 있다며 양해를 구했다.

이교민은 그가 수이펀허역에서 일어난 불한당의 횡포 현장에 나타나는 바람에 알게 되었지만 아직 신상에 관해서 모르는 것이 많았다. 탈북자라고 지레 짐작은 했지만 국내에서 무엇을 하던 사람인지, 어디로 가려는 것인지, 믿을만한지, 궁금한 것이 많았다.

침실로 돌아온 그는 이제 막다른 탈출로에 왔음을 깨달았다. 이틀만 기다리자, 이틀만…. 회령 쪽에서 선구로 건너 도문을 거쳐 하얼빈에서 여기까지 큰 탈 없이 오게 된 것만도 다행이었다. 아내의 병환만 아니라면 연해주에서의 활동계획에 아무런 지장이 있을 것이 없었다.

'아 이제 국경을 넘으면 자유를 찾게 되는구나.'

그는 국경을 넘기 전 수이펀허에 와서 감회가 새로웠다. 수이펀허 옆으로 흐르는 강을 수이펀강으로 부르게 된 유래가 생각났다. 청나라 때인지, 우리 한민족 선조들이 이 강에서 오랑캐들에게 당해 붉은 피가 강물에 넘쳐 강 이름마저 슬픈 강이라 해서 수이펀강으로 불리게 되었다는 곳이다. 바로 건너편이 연해주로서 지척에 둔 그 지역은 역사적으로 우리에게 예사로운 지역이 아니었다.

아침부터 모텔 내에는 소란이 일어났다. 이교민이 연해주로 넘어가는 교통편을 알아보려고 일찍 일어났다. 외지에서 혼자 다니기가 불안해서 아들 종수를 불러 함께 시내로 나가려고 차비를 하던 중 밖이 소란한 것을 알았다. 접수부에 전화로 물었다. 현관에서 소란한 소리가 전화기를 통해 들려왔다. 직원이 무엇이라고 말을 하는 것 같았으나 잘 들리지 않았다. 아들 보고 현관으로 내려가서 확인 해보라고 일렀다. 얼마 후 아들이 돌아왔다. 그는 매우 당혹스런 표정을 짓고 있었다. 이교민은 의아해 하면서 아들에게 물었다. 아들은 말하기가 거북한 듯 쭈뼛거리더니 뜻밖의 말을 했다. 간밤에 중소국경 경비대 간에 충돌이 생겨 국경이 폐쇄되었다는 것이다. 국경이 폐쇄되다니…. 이것이 무슨 변고인가 싶었다. 그는 강한 충격으로 몸을 부르르 떨었다. 당장 현관으로 달려 내려갔다. 직원으로부터 사건의 자초지종을 들은 그는 몹시 낙담했다. 중국과 러시아 경비대 간에 충돌이 생겨 국경이 폐쇄된 것이 확실했다. 다시 방으로 올라가서 텔레비전을 켰다.

중무장한 군인들이 수이펀허 철도 주변을 철통 같이 둘러싸고 있었고. 철로에는 바리케이드를 치고 전차가 포문을 러시아 쪽으로 돌리고 서 있었다. 전시를 방불케 하는 긴박한 상황이었다. 정말 야단이었다. 언제까지 이 사태가 지속될지 알 수 없었다. 하루 종일 방송을 통해 사태를 주시했으나 사태가 진정될 기미를 보이지 않았다. 국제적 분쟁이 발생한 만큼 이 판에 국경 탈출이란 엄두도 못 낼 지경이 되어 버린 것이다.

이교민은 밤에도 잠이 오지 않아 이리저리 뒤척이고 있었다. 방에만 들어 앉아 자신의 처지를 곱씹어도 뾰족한 수가 없었다. 밤이 되면 생각이 정리되겠지, 막연한 기대를 했으나 마찬가지였다. 이런 갑작스런 사태가 발생할 줄은 꿈에도 몰랐다. 나름대로 평소 구상해 왔던 바를 실현시킬 기회가 왔다고 은근히 희망을 가졌었는데 이런 어처구니없는 사태에 부딪치고 보니 난감한 정도가 더 했다. 하늘이 내리는 시련인지 몰랐다. 참자, 참는 수밖에 없었다. 그는 웅크렸던 몸을 펴고 반듯이 누웠다. 자정이 넘어서야 잠이 들었다. 늦게 든 잠이라 꿈도 꾸지 않고 깊이 잤다.

이교민은 다음날 아침 산책이나 할까 하고 현관으로 나갔다. 박대홍이 거기서 어떤 사내와 얘기를 나누고 있었다. 그에 대한 궁금증이 생겨 호기심 어린 눈으로 바라보고 있을 때 마침 자신을 알아보고 이쪽으로 왔다.

"선생님, 안녕하십네까?"

그의 인사에 응답했다.

"아 박 동무, 잘 잤소?"

서로 인사를 주고받은 뒤 가벼운 대화를 했다.

"박 동무, 저기서 니야기하고 있던 사람은 아는 사람인가요?"

순간 박대홍의 표정이 굳어지는 것을 느꼈다. 이교민은 예민한 관찰력으로써 그 순간을 놓치지 않았다. 박대홍은 사업 관계로 저 사람을 알고 있는데 이름은 하한식이라고 하며, 사업차 여기 오게 됐다고 했다. 그러면서 수이펀허에 있는 거래 선을 만나 러시아 호피를 사려고 하는 모양이더라고 묻지도 않은데 구체적인 얘기를 했다.

둘이서 환담을 하고 있는데 엘리베이터가 위에서 내려오고 있었다. 곧 문이 열렸다. 내리는 손님은 강난희였다.

"아 강난희 동무, 어드렇게 내려오오?"

"선생님이 안 오셔서 궁금해서 왔시요."

"기렇다면 다시 타고 가자요."

두 사람은 엘리베이터를 타고 올라가서 이교민의 방으로 들어갔다.

아들 종수는 강난희 대신 아내를 간호하고 있었다. 연해주를 바로 눈앞에 두고 사건이 터져 조짐이 좋지 않았다. 한숨을 푹 내쉰 이교민은 자신의 연해주 구상을 짤막하게 얘기한 후 그녀의 의사를 물었다. 단순한 탈북이 아니라 독립운동 하는 심정으로 동행할 의향이 있는지 알고 싶었다. 앞으로 눈앞에 닥칠 난관을 함께 뚫고 나갈 각오가 되어 있어야 단순한 동행을 넘어서 동반자로서 생사고락을 할 수 있을 것이었다. 그만큼 그녀의 존재가 그에게는 예사롭지 않게 다가왔던 것이었다. 강난희는 그의 의도를 알아차린 듯 서슴없이 대답했다.

"선생님 저는 선생님의 숭고한 뜻을 받들겠시오. 가족과 조국을 버려야 할 만큼 조국이 저를 내몰았지만 저는 참된 조국을 다시 찾으려는 선생님의 차원 높은 조국 독립운동에 기꺼이 동반자가 되고 싶어요."

강난희는 이제 친근감을 느끼고 이교민에게 '선생님'이라는 호칭을 쓰기 시작했다. 말투도 평양 사투리에 표준말을 섞어 가며 자유롭게 얘기하게 되었다. 시간이 지나면서 마음으로부터 존경할만한 분으로 받아들이게 된 결과였다.

이교민은 자기도 모르게 그녀의 손을 덥석 잡았다. 이제부터 그녀를 동지이자 동반자로서 운명을 함께 할 작정이었다. 그는 우선 강난희와 박대홍, 종수 등 넷이서 앞으로 할 일에 대해 의논을 했다. 박대홍은 이제 그들 일행에 합류한 것이나 마찬가지였다. 박대홍은 자칫 탈출 길이 막힐까 봐 걱정된다며 수이펀허에서 연해주행이 어려울 경우 다른 루트를 찾자고 제의했다. 강난희는 그 말에 동의하지 않는 표정으로 이교민을 바라보았다. 그는 어떤 경우에도 수이펀허에서 연해주 가는 것을 포기할 의사가 없었다. 수이펀허에서 건너가지 않다니 천부당만부당한 일이었다. 그의 연해주 구상은 만난을 무릅쓰고 추진해야 될 절체절명의 민족적 과제가 아니던가.

"이 시점에서 그 문제는 더 이상 얘기하지 말기오. 연해주로 가려고 여기 왔지 다른 데로 가려고 온 것은 아니잖간."

그는 단호하게 잘랐다. 지금 심정으로는 다른 어떤 변수가 자신의 의지에 끼어드는 것을 용납할 수 없었다. 모두들 자리를 털고 일어섰다. 강난희가 주춤거리며 이교민에게 다갔다. 둘이만 남게 되자 그가 말했다.

"강난희 동무, 내레 강 동무를 여동생이자 동지로 생각하니까니 흔들리지 말라요."

"네, 선생님 염려 마시라요. 내레 선생님 뜻에 따르갔시오."

이교민은 만약 수이펀허에서 연해주로 넘어가는 것이 어렵다면 차로 40분 거리에 있는 동령시로 내려가서 길을 찾아보자고 했다. 동령시 옆에는 조선족마을인 삼차구가 있어서 길을 찾기가 더 쉬울지도 모른다고 알려주었다. 그 마을에는 조선족이 2천 7백호가 넘을 정도로 많이 사는 곳이었다. 더군다나 이 마을은 김좌진 장군이 대한독립군 사령관으로서 본부를 두고 연해주와 만주지역 모병을 통해 병력을 보강하던 뜻 깊은 곳이었다.

차라리 거기로 가면 우수리스크로 가는 길이 가장 짧았다.

강난희는 다시 제자리로 돌아갔다. 종수와 교대로 선생님의 부인을 돌보았다. 먼 길 여독에다 조석을 제대로 챙겨 먹지 못해 탈진상태였다. 국경폐쇄도 걱정이지만 부인의 병세도 만만치 않은 변수가 될 수 있었다. 그녀는 선생님의 원대한 포부에 지장이 없어야 할 텐데 걱정스러웠다. 이마를 짚어보고 팔며 다리를 마사지해 드렸다. 간호하는 마음 한편에는 선생님도 돌봐 드려야 할 것이 아닌가, 하여 연민의 정이 솟았다. 내일 또 무슨 일이 있을지 몰라 오늘은 일찍 자기로 했다.

　이 시간에 이교민은 박대홍에게 동령시 쪽 삼차구 마을 동정을 알아 봐 달라고 부탁했다. 사업하는 사람이니까 그곳에 수소문 하는 요령은 알 수 있을 것이라고 짐작했다. 아닌 게 아니라 두 시간이 채 못돼 소식을 전해왔다. 동령시 일대도 수이펀강과 가까워서 국경이 폐쇄된 상태라고 했다. 그렇다면 간단한 문제가 아니었다. 그로서는 이 문제를 어떻게 헤쳐 나가야 할지 몰랐다. 국제분쟁이라는 것이 국가 간 체면이 걸려 있는 만큼 그렇게 쉽게 풀리지 않는 것이 관례였다. 내일은 내일로서 대처해 나가야 할 것이다. 기다리다 보면 의외로 쉽게 풀릴지도 모르는 일 아닌가. 지금으로서는 의연한 태도가 마땅한 것이다. 방으로 들어온 종수는 수심어린 아버지의 표정을 보고 말없이 자리에 누웠다. 그 애도 엄마 때문에 고생하고 있다고 생각하니 측은했다. 젊은 애가 한창 일할 나이에 조국에서 탈출해야 하는 현실을 아버지로서 어떻게 하지 못해 미안하기 짝이 없었다. 저 애 같은 젊은이들이 활기차게 살아갈 수 있도록 새로운 조국을 건설하는 일이야 말로 긴급한 시대적 과제라는 사실을 새삼 깨닫는 순간이었다. 잠든 종수의 얼굴을 쳐다보는 그의 눈에는 어느덧 이슬이 맺혔다.

　잠이 든 이교민은 강난희와 둘이서 손을 잡고 수이펀허 철로 위를 달려가고 있었다. 웬일인지 종수와 아내는 따라 오지 않고 뒤에 쳐진 채 돌아오라고 손짓하고 있었다. '종수야 엄마 업고 어서 오라!' 고함을 지르자 중국 전차병이 포문을 그들에게로 돌렸다. 갑자기 강난희가 '안 돼욧!' 하고 외쳤다. 그 순간 포문에서 붉은 불덩어리가 용혓바닥처럼 날름거리며 날아왔다. 그녀가 '앗!' 하는 순간 잠에서 깨었다. 꿈자리가 뒤숭숭했다. 다시 잠을 청하는데 노크 소리가 났다. 밤중에 누가 노크하는가, 문 쪽으로 고개를 돌렸다. 강난희의 다급한 목소리가 들렸다.

"선생님, 문 열어 주시라요!"

얼른 일어나서 문을 열었다. 그녀의 표정이 심상치 않았다. 다그쳐 묻기도 전에 서둘러 전했다.

"사모님, 사모님이 의식이 없어요."

이교민은 더 묻기 전에 옆방으로 뛰어들었다. 축 쳐진 아내의 모습을 보고 맥이 풀렸다. 뒤 따라 들어온 아들과 강난희는 비틀거리는 이교민을 부축하여 의자에 앉혔다. 아들은 엄마의 팔을 잡고 흔들고, 강난희는 물 한 컵을 선생님에게 드렸다. 그녀가 끓인 물에 수건을 적신 후 사모님의 얼굴을 닦아주고 손바닥도 문질렀다. 어느 정도 시간이 지나자 의식을 회복한 사모님에게 물 한 컵을 드렸다. 임시방편으로 몸을 따뜻하게 하여 주무시도록 했다.

다음날, 아무래도 병세가 호전될 것 같지 않아서 아내를 병원에 데리고 갔다. 이번에도 박대홍이 나서서 환자를 업고 갔다. 병원에서 검진을 받은 결과 급성폐렴에다 심근경색증이 있어서 입원하라는 처방이 나왔다. 이교민은 난감한 처지에 몰리는 것을 느꼈다. 한시 바삐 연해주로 넘어가야 입원 치료를 받을 수 있을 텐데 당장 넘어 갈 수 없어 문제였다. 그렇다고 병이 위중해질 때까지 기다린다는 것은 말이 아니었다. 일단 입원시키고 볼 일이었다. 입원 수속을 끝낸 일행은 강난희와 아들을 병원에 남도록 하고 숙소로 돌아갔다.

하한식은 모텔에 방을 정한 후 연길 두목에게 자초지종을 보고했다. 강난희 같은 여자를 발견하여 뒤쫓고 있는데 그녀가 자꾸 숙소를 옮겨 다녀 귀찮다고 짜증 섞인 하소연을 했다. 멋모르는 민봉석은 연길에 앉아 강난희를 발견했다는 얘기만 좋아라 하고 있었다. 하한식은 콧방귀를 끼었다.

'흥 좋아하고 있음메. 강난희 하모 죽는 시늉을 하꼬망.'

두목은 이쪽 형편을 모른 채 강난희만을 데려오기를 바라고 있었다. 혼자서 처리해야 할 일이 여간 부담스러운 것이 아니었다. 유종만이 있기는 하지만 두목 몰래 빼돌린 사람이라서 그에게 알릴 수도 없었다. 더군다나 이교민의 아내 때문에 모두 몰려다니고 있어서 강난희 문제는 엄두를 낼 수 없었다. 현재로서는 섣불리 대들 수가 없었다. 두고 보면 어디엔가 빈틈이 생길 것이다. 적절한 때를 기다려 볼참이었다.

2

홀로 탈북에 성공한 이강석은 여인 둘이 애들과 낯선 사내들에게 잡혀 가는 것을 본 후 긴장을 풀지 않았다. 일단 강변부터 먼저 벗어나야 했다. 옷을 갈아입은 후 비닐박막에 든 젖은 옷가지와 다른 용품들은 산에 가서 파묻으려고 가지고 갔다. 개 짖는 소리를 듣고 인근 마을 뒷산에 올랐다. 흙을 파서 비닐박막을 묻은 후 준비해온 엿을 꺼내 먹었다. 입에 넣어 단맛을 빨아가며 먹고 난 후 일어섰다. 기력이 어느 정도 돌아온 것 같았다. 거리가 멀지 않아 장백 쪽으로 걸었다. 시내로 들어가서 우선 식당을 찾아 식사부터 먼저 했다. 마침 조선족 식당이라서 말이 통했다. 연길에서 사업하러 온 사람으로 행세하며 주인과 이야기를 나누다가 방금 생각난 듯 조선족 민박집을 물었다. 마침 주인이 아는 데를 소개하며 위치를 약도로 그려주었다. 장백시장 부근 장사꾼들이 모이는 곳이었다. 민박집에 방을 정한 이강석은 동정을 살필 겸 장사꾼들이 모일만한 술집으로 갔다.

시장 중앙을 가로지는 길을 지나서 골목 어귀에 있는 술집에 자리를 잡았다. 밤중이라 손님들이 술에 취해 떠들고 있었다. 청도 맥주를 마시며 주위를 둘러보았다. 자리마다 두서너 명이 모여 앉아 있었다. 그런데 언뜻 시선이 가는 곳에 혼자 앉아 있는 사람이 있었다. 나이는 50 전후로 보였다. 30대 후반인 이강석은 나이 좀 든 사람을 만나고 싶었다. 탈출을 위한 정보를 얻으려면 세상물정에 밝은 사람이 필요했다. 그는 의도적으로 그 사람이 보라는 듯 미소를 보냈다. 그러자 그쪽에서도 알은 체를 했다. 그러나 섣불리 접근할 수는 없었다. 이쪽에서 가볍게 미소를 보내는데 대한 답례일수도 있고, 무료하게 혼자 술 마시는 중에 알은 체를 해주니 반가워서 그럴 수도 있었다. 아니면 북조선 보위원이나 중국 공안의 끄나풀일지도 몰랐다. 낯선 사람은 일단 조심해서 접근하는 것이 나쁠 것은 없었다. 그는 시선을 거두어들이고 혼자 자작 술잔을 들었다. 그 사이 머릿속에서는 어떤 생각이 돌고 있었다. 술잔을 들고 그 사내 자리로 갔다. 가볍게 웃으며 눈인사를 했다. 그의 반응이 무난하다고 생각하며 말을 걸었다.

"자리에 앉아도 괜찮겠습네까?"

사내는 싱긋 웃으며 앉으라는 손짓을 했다. 악수를 청하고 이름을 소개했다.

"내레 이강석이라고 합네다."

"아 기레요. 반갑수다 양. 워째 혼자 왔시라요?"

"연길에서 사업하러 왔습네다. 우선 한잔 합소."

그리하여 두 사람은 몇 순배 술이 돌자 이물 없는 사이가 되었다. 이강석은 그를 형님이라고 불렀고, 그는 그를 동생이라 부르며 화답을 했다. 알고 보니 그 사람은 장백에서 오래 산 조선족으로서 국경

연선에서 밀수를 하다가 그만두고 물건을 떼다 시장에 공급하는 도매상을 하고 있었다. 이강석은 심양으로 갈 예정인데 그곳 사정이 어떤지 물었다. 그는 어디 가면 조선족이 많이 있고, 그들을 만나 거래하려면 어떻게 해야 한다는 요령을 알려주었다. 특히 서탑거리는 한국 사람들이 많은 거리라면서 거기는 북조선과 아주 다르며 중국 안에서도 중국답지 않을 정도라고 일러주었다. 서탑거리가 그렇게 유명한지 꼭 한번 가보고 싶었다.

이강석은 자연스럽게 사업하러 다니면서 겪은 공안의 단속문제에 대해 물었다. 장백 일대는 물론 단동이나 심양 쪽은 어떤지 궁금했다. 그의 말로는 중국 공안도 별수 없이 뇌물에는 약하다고 했다. 높은 놈은 큰 것, 낮은 놈은 작은 것 하나만 찔러주면 만사형통이라는 것이었다.

"고럼 큰 거이 얼마나 됩네까?

"아 큰 거이라 해도 걱정할 것 없소 양, 허허허."

그는 엄지손가락을 펴서 천 위안이라고 알려주었다. 또 작은 것은 몇 백 위안인데 단돈 백 위안이면 되는 수도 있다고 했다. 참말로 가관인 세상이었다. 사회주의 한답시고 북조선과 나란히 붙어 들썩대는 나라에서 뇌물로 고이면 안 되는 것이 없다니…. 심양으로 가는 교통편에는 무슨 문제가 없겠는가 물었다. 그는 그것도 시비를 걸기 전에 몇 백 위안만 주면 된다고 했다. 이강석은 헤어지며 고맙다고 인사했다. 그는 언제 떠나느냐며 떠나기 전에 한 번 더 만나자고 했다. 말을 해보면 조선족 나름으로 인정미가 있는 사람이 없지 않음을 알게 되었다.

그는 다음날, 심양 남역에서 내려 서탑거리로 향했다. 거리 입구부터 분위기가 달랐다. 이 거리는 1킬로미터 되는 거리 양쪽에 각종 상점들이 쭉 늘어서서 번화가를 이루고 있었다. 한국어 간판이 많이 눈에 띄었으며, 중국어 간판도 섞여 있었다. 여기는 남북한이 공존하는 곳이다. 여기서 압록강 쪽으로 쭉 내려가면 있는 강변도시 단동에 비해 한국 상점들이 훨씬 많아 서울에 온 것 같았다. 민박, 찜질방, 사우나는 물론이고 할매 곰탕까지 있었다. 이런 가운데 북한 식당은 평양관과 모란관 정도 밖에 없었다. 이강석은 서울 어느 거리에 온 느낌에 당혹스럽다기보다 황홀한 기분에 사로잡혔다. 배가 고픈 김에 할매 곰탕집에 들어갔다. 자리에 앉자 말자 여성 복무원이 물 잔과 휴지를 갖고 와서 주문을 받았다.

"어서 오세요. 뭘 드시겠습니까?"

말씨가 생소하게 들렸다. 아마 서울 말씨인가 싶었다. 곰탕집에 왔으니 곰탕을 시켰다.

"곰탕 한 그릇 줍소."

여성 복무원은 빤히 쳐다보다가 돌아서 갔다. 틀린 말 한 적이 없는데 왜 보는가. 혹시 남조선 사람만 오는데 잘못 왔는가 싶었다. 남조선으로 가려고 여기까지 왔으니 잘 못 될 것이 없었다. 시간이 되어 곰탕을 가져오는데 아까 그 여성 복무원이 아니었다. 나이 든 남자였다.

"곰탕 시키셨죠. 여기 나왔어요. 소금을 약간 치고 드시면 맛이 깔끔해요."

"네, 알았습네다."

그는 시장한 김에 그저 얼른 먹을 생각만했다. 소금을 치는데 남자가 한마디 했다.

"말씨가 한국 말씨 아니던데 혹시 북한에서 오셨나요?"

북한 사람들도 가끔 곰탕 먹으러 오는 경우가 있었다. 손님으로 오는데 물리칠 이유가 없었다. 그러나 그 순간 그는 아차 싶었다. 말투 때문에 정체가 탄로 난 모양이었다. 남조선 반탐원인지 모를 일이었다. 숟가락을 들다가 말고 물었다.

"내레 잘못 들어왔습네까?"

"아네요. 식사하러 오시는데 상관없어요. 북한 말씨 같아서 물어본 것뿐이에요."

"네, 알았습네다."

그제야 마음이 놓였다. 곰탕을 먹으면서 머리를 굴렸다.

'남조선 식당이니 한국 갈 길을 알 수 있을지 모르잖간.'

여성 복무원이 빈 그릇을 가지러 왔다. 물어 볼 말이 있으니 아까 그 남자를 불러달라고 부탁했다. 호기심이 어린 표정으로 다가온 그는 식탁 앞에 우뚝 섰다. 이강석은 주위를 유심히 둘러보았다. 수상한 눈초리가 번득이지 않는가, 살폈다. 다들 식사하느라 다른 데를 보는 사람은 없었다. 남자를 손짓으로 불러 입에 손을 대고 가만히 물었다.

"동무 내레 남조선으로 가려고 왔는데 길잡이 할 사람 알 수 있소까?"

"네? 그럼 탈북하신 거요? 조용히 이쪽으로 오세요."

그 남자는 이강석을 데리고 주방을 지나 뒷방으로 갔다. 거기서 잠시 앉아 기다리라고 하고 어딘가 전화를 했다. 그래서 달려온 사람이 심양 제일교회 선교사 홍성식이었다. 선교사는 그의 행적을 대충 묻고는 앞으로 할 일에 대해 의견을 교환했다. 자신이 돈 주고 고용한 브로커가 아니기 때문에 일방적으로 따를 수도 없었고, 일방적으로 요구할 수도 없었다. 서로 사정을 살펴가며 탈출로를 모색해야만 했다. 이강석으로서는 빠른 시일 내에 별 탈 없이 한국으로 가는 것이 목적이었다. 그 점을 선교사에게 주지시키고 구체적인 방법은 그에게 일임했다. 선교사는 탈북자들이 잇달아 도강해 오는 만큼 늘 긴장해 있어야 한다고 했다. 그런 만큼 한시도 방심할 수가 없어서 우연한 기회에 만나게 된 사람 때문에 일정을 함부로 바꿀 수 없다고 고충을 말했다. 그래서 이삼일 기다려 보기로 했다. 그 사이 탈북자가 오게 되면 함께 움직여야 하는 것이다. 만약 사흘이 지나도록 탈북자가 오지 않으면 그때는 이강석 혼자 찾아 갈 수 있는 길을 알려주겠다고 약속했다. 할매 곰탕집에서 차를 타고 2, 30분 거리에 있는 어느 2층집에 대기실이 있었다. 그 동안에 그는 대기실에서 기다리며 텔레비전을 시청하는 것이 일이었다.

남조선 텔레비전이 여기서 이렇게 잘 나오다니 놀랄 일이었다. 소문으로 남조선 텔레비전이 굉장하다는 것을 듣고 있었지만 실제로 보니 입이 딱 벌어졌다. 화려한 의상은 물론이요 호화찬란한 조명에 선녀 같은 여배우들의 자태는 눈길을 사로잡고 놓아주지 않았다. 특히 드라마가 사람을 홀리게 했다. 남녀관계라든가, 직장생활, 가정생활 등등이 상상을 초월한 자유스런 분위기에 인권을 존중하는 내용이 참 잘 되어 있었다. 그런데 특히 그의 눈을 끈 것이 따로 있었다. 드라마가 진행되는 동안 화면에 보이는 시가지 장면이었다. 마치 자동차 공장에 온 것처럼 쏟아져 다니는 자동차 행렬들, 산뜻한 옷차림에 생기발랄한 표정으로 활발하게 걷고 있는 사람들, 길가에 하늘 높이 솟아오른 건물들, 이런 것들은 한국사회가 북조선과 차원이 다른 사회라는 것을 가르쳐주고 있었다. 그러니까 한국 텔레비전은 단순한 오락거리를 보여 줄 뿐만 아니라 사회적 교육 기능까지 하고 있었다. 남조선 사회에 대한 교육을 받고 있는 느낌이었다. 혼자 거실에 앉아 텔레비전 리모컨을 돌리고 앉아 있는 것만 해도 시간 가는 줄 몰랐다. 이렇게 시간을 보내는 사이 사흘이 지나갔다. 이제 혼자라도 어디론가 길을 찾아 나서야 할 때였다. 그런데 선교사가 아직 나타나지 않고 있었다. 아침부터 서둘러야 할 텐데 소식이 없었다. 기다릴 만큼 기다리고 있는데 선교사가 처녀를 하나 데리고 들어섰다.

"오래 기다렸지요. 이 아가씨를 데리고 오느라 시간이 좀 걸렸어요."

선교사는 문여정이라는 그 처녀가 탈북하려고 왔다고 소개했다. 이강석은 속으로 놀랐다. 이런 도시에서 어떻게 탈북녀가 나오는지 궁금했다. 선교사 말로는 그녀는 서탑거리 북한 식당 복무원인데 소환령을 거부하여 도망 나왔다는 것이다. 처녀가 용감하다는 생각이 들었다. 일행과 합류한 문여정은 식당에서 노래도 부르고 홀 서비스도 하며 열심히 일했다. 복무원으로서 지켜야 할 규칙이 엄격했지만 고난에 빠진 부모님을 돕기 위해 참아냈다. 이제 3년째가 되어 귀국할 날만 기다리며 일하던 중 날벼락 같은 소식을 들었다. 아버지가 생활총화 자리에서 노동당 지시를 제대로 외우지 못했다고 산골 오지로 혁명화사업을 떠나게 되었다고 했다. 그 바람에 어머니는 몸져누워 있다가 아무도 돌보는 이가 없어서 굶어 죽었다는 것이다. 그녀는 그 후로도 소식을 못 듣고 있다가 3개월이 지난 뒤에 식당 지배인을 통해 알게 되었다. 슬픔에 빠진 그녀가 통곡하며 보위부를 원망한 것이 화근이 되어 그녀마저 소환령을 받게 되었다. 소환을 앞둔 그녀는 고민 끝에 조국을 탈출하기로 결심했다. 조국에는 아무도 자신을 기다려 줄 사람이 없는 것은 물론 그녀 자신도 무슨 죄목으로 관리소로 갈지 알 수 없었던 것이다.

선교사는 여기저기 전화를 한 후에 다른 여성 하나와 함께 모두 3명으로 한조를 만들어 대련으로 가게 될 것이라고 말했다. 대련으로 가려는 것은 거기서 배편으로 밀항하도록 할 계획 때문이었다.

시간이 지나자 한 사내가 40대로 보이는 여성을 데리고 들어왔다. 거실에 있는 세 사람을 둘러 본 후 여성을 소개했다. 어제 연길 제일교회에서 보낸 탈북 희망자라고 했다. 요즘 조선족들도 한국에 갈 욕심에 탈북자라고 속이는 경우가 종종 있어서 교회 탈북 안내 팀은 조심스러웠다. 타지 교회에서 탈북자가 있다고 연락이 오면 일단 교회에 데려다가 사실 여부를 확인했다. 탈북자가 확실하면 이 대기실로 데려오도록 되어 있었다. 지금 온 여성도 교회에서 확인한 후 데리고 온 것이다.

"모두 인사들 하세요."

고개를 숙여 인사를 나누는데 새로운 여성은 고민옥이라고 자기소개를 했다.

선교사는 오늘은 출발 준비를 하고 내일 대련으로 출발하자고 했다. 자신은 대련까지 안내한 후 돌아올 예정이라고 말했다. 이강석 일행은 스스로 밀항선을 구해 타고 밀항해야 한다고 일러주었다. 대련에서는 중국 공안의 감시가 심하기 때문에 안전을 위해 탈북과정에 개입하는 것을 제한하고 있다는 것이다. 그는 1인당 최소한의 용돈으로 2백 위안씩 주고 양말과 수건 등 용품도 나누어 주었다.

이교민은 수이펀허 탈출이 어려울 경우 제3지대를 통해 연해주로 넘어가는 방안을 놓고 고심 중이었다. 동령 쪽 삼차구 조선족마을을 직접 찾아가서 협조자를 물색하는 것이 지금으로서는 가장 바람직해 보였다. 오늘 중 아내의 상태를 보아 큰 문제가 없으면 가보려고 했다. 아무래도 이쪽 철길이 열리지 않으면 그쪽에 가서라도 길을 찾아야 될 것이다. 거기가 우수리스크로 가는 지름길이 아닌가. 삼차구로 갈 차비를 해야겠다고 생각하는데 강난희가 급히 들어섰다.

"선생님 사모님이 상태가 좋지 않시요. 심장 발작을 일으켰는데 응급처치를 해서 안정을 취하고 있지만 잘못 하면 위독하게 된다고 해요."

"기럼 어드렇게 해야 좋지?"

"병원에선 목단강 병원으로 옮겨야 한다고 했시요."

이교민의 얼굴에는 어두운 그림자가 드리웠다. 연해주를 눈앞에 두고 되돌아가야 한다니 내키지 않았다. 그러나 사람의 생명이 중요한데 다른 생각을 할 여지가 없었다. 그는 결국 결단을 내리지 않을 수 없었다.

"자 그럼 서둘러 가자요. 기왕 목단강으로 가는 김에 더 큰 도시로 가는 거이 나을 기요. 하얼빈으로 가요."

그는 하얼빈으로 가서 아내의 용태가 나아지기를 기다려 다시 수이펀허로 올 작정이었다.

다시 하얼빈에 온 이교민 일행은 먼저 묵었던 러시아인 모텔에 들었다. 그는 수속을 마치자 서둘러 아내를 데리고 종합병원으로 달렸다. 이번에도 박대홍이 아내를 업고 택시에 태우는 등 적극적으로 도왔다. 감사한 마음이 솟구쳤다. 응급실을 통해 입원한 아내는 종합검진을 받기 위해 대기실에 있었다. 이교민은 강난희와 아들을 아내 곁에 두고 박대홍을 데리고 응접세트로 갔다. 수이펀허역에서 우연히 만난 사이이기는 해도 이렇게 자기를 도와주는 것이 고마웠다. 같은 탈북자끼리 동병상련일 수도 있겠지만 일이 있을 때마다 나서주는 성의가 친형제처럼 느껴졌다.

"박대홍 동무… 아니 박 선생 덩말 고맙시오. 내레 동생처럼 생각하고 있으니까니 어려운 일이 있을 때 바로 말하라요."

"아 네 선생님 고맙시다요. 뭘 기걸 개지구서리…."

"아니야 머나먼 타국 땅에서 큰 힘이 되어주는 거이 고맙지 않구."

이들이 정겨운 얘기를 나누고 있는 동안 하한식은 부랴부랴 같은 모텔에 방을 잡아 놓고 뒤따라 와서 대기실 쪽을 지켜보고 있었다. 종합병원이라서 사람들이 붐비는 틈을 타서 멀찍이서 감시하듯 하고 있는 그의 눈은 날카롭게 빛나고 있었다. 그가 노리는 것은 강난희 그 여자뿐이었다. 그녀가 환자의 종합검진을 마친 후 나올 때를 기다려 문에서 시선을 떼지 않았다.

강난희는 종합검진을 마친 환자를 휠체어에 태우고 입원실로 올라갔다. 5층 507호실로 간 그들은 검진 결과가 나올 때까지 며칠 기다리기로 했다.

이교민은 아내의 용태가 호전되지 않고 악화되자 우울한 기분에 사로 잡혔다. 다섯 사람의 탈북도 문제지만 한 사람의 생명도 그에 못지않게 중요한 사안이었다. 자기 가족이 아니더라도 아무리 중요한 일이라 할지언정 사람의 목숨만큼 귀중한 것이 어디 있는가. 그런데 그 귀중한 생명이 자유를 향한 여정에서 풍전등화처럼 꺼져가고 있는 것이다. 힘겨운 여정이지만 우수리스크까지만이라도 함께 갈 수 있었으면 얼마나 좋을까, 혼자 염원해 보지만 사람의 목숨이라 섣불리 예단할 수 없었다. 거기에 스스로 자임한 역사적 과업은 또 앞을 내다보기에 수월찮은 문제에 부딪혀 있었다. 평양에서 여기까지 얼마나 먼 길을 왔던가. 회령까지 철길, 두만강, 도문에서 장춘을 거쳐 하얼빈까지 철길-여행의 길이 아닌 탈출의 길을 따라 온 곳, 독립군과 선조의 얼이 새겨진 이 만주 벌판 한 곳에 머무르며 지금 자신이 서 있는 자리가 새삼 지탱하기 어려운 무게로 느껴졌다.

3

박대홍은 모텔로 돌아와서 쉬었다. 자리에 누워 쉬게 되자 하한식의 행동이 눈에 거슬리던 것을 떠올렸다. 그가 병원 복도에서 서성거리는 것을 봤을 때 신경을 곤두세웠다. 유종만을 앞세워 강난희를 추적하는 것을 눈치 챘지만 여기까지 와서도 수상한 행적을 보이고 있었다. 그의 두목이 그녀를 어떻게 하라고 했는지는 말해주지 않았다. 해서 탈북녀들을 팔기 위해 온 김에 그녀가 나타난 것을 알고 다시 납치하려는 것이 아닌가, 의심했다. 그로서는 강난희를 보호하고 싶은 생각에 그의 동태에 신경을 쓰게 되었다. 하한식의 휴대폰에서 그녀를 본 이후 자꾸 그의 머리에 강난희의 환영이 어른거렸다. 그렇게 예쁜 여자가 바로 곁에 있다는 것만으로도 성적인 흥분이 일어나는 것 같았다. 자고나면 그녀가 나타나는가, 기웃거리게 되고, 잘 때면 그녀의 환영이 눈앞에 어른거려 잘 수가 없었다. 그녀를 생각만 해도 사모의 정이 사지에 스며드는 것 같았다. 이교민의 아내가 아픈 것이 그런 그에게는 요행처럼 느껴졌다. 그녀를 업고 갈 때 강난희가 뒤따르며 부축해주곤 하는 것이 마치 두 사람의 합작으로 환자를 구원하는 기분이었다. 둘이서 환자를 보살펴 준다는, 그 느낌으로 같은 배를 탄 사람처럼 여겼다. 그러니까 환자가 아프면 아플수록 그녀와 함께 있을 시간이 늘어나는 즐거움을 맛보게 되었다. 그런데 하한식이 터무니없이 그녀를 노리고 있는 것이 아닌가. 자기와 강난희 사이에 끼어드는 그가 좋을 리가 없었다. 그리하여 자신에게 할 일이 또 하나 생겼다. 그의 행동을 감시하는 것이다.

하한식은 병원에서 돌아와서 오늘의 상황을 종합해 봤다. 이교민의 아내가 위독하자 긴급 치료를 위해 하얼빈 종합병원으로 옮기고 종합검진 결과를 기다리기 위해 입원했다. 그 과정에서 박대홍이 환자를 업고 강난희가 환자를 부축해 갔다. 이 두 사람은 결과적으로 환자의 지근거리에서 도와주는 사람임이 드러났다. 그리고 아들이 자식으로서 가까이에 접근했다. 나머지 이교민은 거리를 두고 모텔에 머물렀다. 이런 정황을 볼 때 강난희와 박대홍이 불가피하게 가까운 거리에 있기 때문에 두 사람의 동선이 가장 중요한 관찰 요소가 될 것이었다. 나머지 사람에 대해서는 우연적인 요인이 발생할 경우에 대비해야 한다고 생각했다. 자신은 환자의 가까이에 있는 두 사람을 감시해야 하고 나머지 사람에 대해서는 다른 사람이 감시해야 효과적일 것이다. 혼자 두 사람만 감시하다가는 나머지 사람들과 관련하여 우연적인 요인이 발생할 경우 어떻게 손 쓸 수가 없게 된다. 머리를 싸잡고 고민하던 그는 두목에게 전화했다. 이곳 정황을 그대로 알려주고 강난희를 납치하려면 사람이 더 필요다고 증원을 요청했다. 두목은 다른 일은 신경 쓰지 말고 납치에만 몰두하라고 지시했다. 무슨 일이 있든 하얼빈에서 꼭 해치우라는 말도 했다.

강난희는 저녁이 되자 잠자리에 필요한 옷가지와 세수 용품을 가지러 모텔로 갔다. 그 사이 아들이 대신 환자를 지켰다. 그녀는 옷을 가지러 왔다가 환자의 용태도 이야기할 겸 선생님의 건강도 보살필 겸 이교민 방을 찾았다. 침대에 누워 착잡한 심기를 달래고 있던 그는 문을 열고 들어서는 그녀가 반가웠다.

"어서 와요. 매일 고생시켜 미안하구만."

"아닙네다 고생은 무슨…. 선생님은 괜찮으십네까?"

두 사람은 부녀지간이랄까, 사제지간이랄까, 친밀한 관계를 그대로 드러내며 서로 위로했다. 사실 이국 만리에서 뜻이 맞는 사람을 만나기란 하늘의 별 따기만큼 어려운 일인데 그런 상대를 만났으니 말해 무엇 하랴. 강난희에게는 그가 서슴없이 기댈 수 있는 선생님으로 다가왔으며, 이교민에게는 그녀가 따뜻한 정감을 전해주는 여성으로서 다가왔다. 창 밖에는 초가을이지만 을씨년스런 기운이 감돌고 있었다. 벌써 낙엽이 떨어져 나무들이 겨울채비를 하는데 이들의 가슴에는 따스한 기운이 감돌고 있었다. 아주 추운 겨울이 오면 오히려 두 사람의 가슴에는 더욱 뜨거운 정열이 솟구치게 될지 모를 일이었다. 탈출 여정이 언제 끝날지 모르지만 언젠가는 이 고난의 여정이 끝날 때까지 동반자로서 끈끈한 끈이 이들의 관계를 지탱시켜 줄 것이다.

강난희는 잠깐 옷을 가지러 왔다가 시간을 끌었다 싶어 이교민에게 인사한 후 병원으로 향했다. 택시를 타고 가면서 마음속으로 선생님의 장도에 행운이 깃들기를 빌었다. 뜻 밖에 그런 분을 만나게 된 것이 자신에게 축복인 것 같아 뿌듯했다. 선생님을 봐서라도 사모님이 쾌차하시기를 기원하며 병원으로 들어섰다. 그런데 병원 분위기가 이상했다. 꺼림칙한 기분으로 입원실 복도로 가는데 간호사가 막아섰다. 아까 사모님이 입원해 들어왔을 때 병실을 안내해주던 간호사였다. 그녀의 표정이 흥분상태로 일그러져 있었다.

"507호실 환자 간호하던 분이지요. 큰일 났어요. 사고가 발생했어요."

그녀는 불길한 예감이 들어 간호사에게 물었다.

"뭐 사고라고요?"

"네 환자가 돌아가셨어요. 보호자를 찾으니까 보호자도 없고…. 입원기록에 있는 보호자 전화로 전화를 했는데 모텔에 계시더라고요."

강난희는 가쁜 숨을 몰아쉬며 507호실로 달려갔다. 문에는 커튼이 쳐지고 쇠줄로 막아 놓았다. 뒤따라온 간호사가 문 앞에 선 경비 경찰에게 보호자라고 말해서 병실로 들어갔다. 사모님의 시신은 흰 천으로 덮여 있었고, 간호하던 아들은 보이지 않았다. 다급한 심정에 어쩔 줄 몰라 하던 그녀는 선생님에게 전화했다. 간호사의 전화를 받고 지금 병원으로 오고 있는 중이라고 말했다. 잠깐 옷을 가지러 갔다가 선생님과 이야기를 나누는 그 사이 사단이 벌어진 모양이었다. 그런데 아들은 어디로 가고 보이지 않을까? 한꺼번에 의문이 쏟아져 어느 것부터 먼저 물어야 할지 몰랐다. 우선 사모님이 어떻게 돌아가셨는지 물었다. 간호사는 저녁 왕진 시간이 되기 전에 환자를 보러 왔다가 아들이 없는 것을 발견했다. 환자에게 물어 보려고 고개를 숙일 때 산소마스크가 벗겨져 있는 것을 알았다. 환자의 팔목을 눌러 봤더니 이미 심장박동이 멈춘 상태였다. 간호사와 이야기를 나누고 있는 사이 이교민이 헐레벌떡 들어섰다.

"아니 니거이 어드렇게 된 거이야? 응?"

이교민은 강난희에게 급하게 묻고는 답도 기다리지 않고 아내의 시신에 덮인 천을 거뒀다. 이미 저승으로 간 아내의 얼굴은 눈을 감은 채 오히려 평안해 보였다. 지금이라도 부르면 일어날 것 같았다. 그러나 임종을 하지 못해 말 한마디 못하고 간 아내가 가여웠다.

"니보라우 종수 엄마, 말 좀 해보라우!"

그는 불귀의 객이 된 아내를 붙잡고 통곡했다. 강난희도 덩달아 울먹이기 시작했다.

다음날, 아내를 화장하고 온 이교민은 마음을 가다듬은 후에 사람들을 자기 방에 불러 모았다. 일차로 사건의 전모를 종합 정리한 후 대책을 논의하기 위해서였다. 아내는 용태가 나빠져 언제 가도 갈 사람이라고 하더라도 아들은 생떼 같은 젊은 애가 어디로 갔는지 흔적도 없이 사라졌으니 귀신이 곡할 노릇이었다. 병원에서 들은 것을 종합해 보면 강난희가 옷을 가지러 가기 위해 자리를 비운 사이 누군가가 병실로 침입했다. 그리고 옆에서 간호하던 아들을 제압한 후 환자의 입에서 산소마스크를 제거하고 아들을 납치해 갔다. 병원 측에서 추가로 알려준 정보에 의하면 늙은 의사 하나가 화장실에서 의사복이 벗겨진 채 쓰러져 있는 것이 발견되었다. 그렇다면 이 의사가 가장 유력한 목격자일 것이다. 그러나 그 의사는 소변을 보는 도중 누군가가 뒤에서 목덜미를 치는 바람에 기절해 버렸다고 한다. 범인은 의사의 옷을 뺏어 입고 모든 일을 감행했지만 아무도 의심하지 않았다. 젊은 사람을 납치해 가는데도 목격자가 없다는 것이다.

이교민, 강난희, 박대홍 순으로 앉은 사람들은 순서대로 한마디씩했다. 무심코 앉다가 보니까 첫 자리인 이교민으로부터 그와 갖는 친근감의 정도에 따라 앉는 순서가 정해진 형국이었다.

"여러분 내레 할 말이 없수다. 가족에게 불행이 닥쳐 여러분이 가는 길에 지장이 주지 않을까 걱정입네다."

강난희가 받아 위로의 말을 전했다.

"무어니 해도 선생님의 슬픔이 가장 클 것입네다. 우리 다 같이 위로를 드리시자요."

박대홍이 격려의 말을 했다.

"선생님의 불행을 우리의 불행과 같이 생각하고 심기일전 합세다. 소생이 힘은 없지만 앞장서서 도우겠습네다."

당면 과제가 무엇인가를 살펴 본 후 대책을 강구해야만했다. 이교민이 방향을 잡았다.

"에— 앞으로 해결해야 할 과제는 아들의 실종문제 아니갔소. 아들을 찾는 것은 내가 해야 하니 여러분이 도와주시라요."

박대홍은 이교민의 요청에 부응하여 적극적으로 나왔다.

"선생님 자제분의 실종은 참으로 유감스럽습메다. 하지만 생사 여부가 밝혀지지 않은 만큼 아직 속단할 때가 아니쟪습네까. 내레 힘닿는 한 아드님을 찾아 보겠습메다. 어드런 놈이 장난을 쳤는지 꼭 범인을 잡아야 하쟪고요."

강난희가 실종사건의 해결방법을 제안했다.

"생사를 모르는 경우 일단 살아 있다는 가정 아래 범인에게 접근해야 합네다. 헌데 범인을 모르니까니 문젭네다. 이 경우 시간이 오래 걸릴 우려가 있습네다."

"알고 있소. 우리의 형편으로는 오래 기다릴 수가 없잖간. 실종자가 며칠 내에 소식이 없으면 수사가 어려울 거이오. 그럴 경우 우리의 탈출 여정을 어드렇게 조정해야 하는지, 걱정스럽소."

이교민은 난감한 표정을 짓고 있었다. 연해주를 눈앞에 두고 국경분쟁이 일어나더니 자꾸 발목을 잡는 사건이 터져 나와서 무슨 저주가 붙은 것인지 알 수 없었다. 하지만 사건은 사건이고 여기서 주저앉을 수는 없는 노릇이었다. 아내를 잃은 마당에 자식마저 실종된 처지에서 아버지로서 길을 가느냐, 조국을 탈출하여 연해주 구상을 추진하려는 역사학자로서 길을 가느냐, 기로에 서 있었다. 자신이 선택하는 길이 이들의 길이 될 수밖에 없도록 설득력과 지도력을 발휘하는 것이 급선무였다. 이제 결단을 내릴 필요가 있었다.

"그럼 우리는 한배를 탄 탈북자로서 같은 길을 가는 것이 바람직할 것이오. 따라서 내레 내 자식이지만 소식이 없으면 죽은 것으로 알고 가슴에 묻고 연해주로 가려고 합네다."

강난희가 마무리 발언을 했다.

"선생님이 어버이로서 저런 말씀을 하시니 우리는 그 말씀에 따르도록 하시자요."

박대홍은 고개를 끄덕이고는 목에 힘을 주어 말했다.

"내레 선생님의 뜻에 따르갔시오. 기럼요, 선생님의 그 높은 뜻을 살리셔야지요. 살리구 말구요. 강난희 동무 우리 함께 힘을 모읍시다레."

강난희는 그 말을 듣고 한 시름 놓은 기분으로 자기 방으로 갔다. 선생님이 저렇게 대범하게 나오시니 곁에서 너무 신경을 쓰는 것이 결례가 될 것이었다. 혼자 남은 이교민은 아들의 침대를 우두커니 바라보고 서서 침통한 표정을 짓고 있었다. 이제 자유세계로 가서 새로운 활동무대를 열어보려던 애가 없어졌으니 무슨 할 말이 필요하랴. 그저 애비로서 자신을 탓할 뿐이었다. 그는 이날 한꺼번에 들이닥친 충격에 심한 고통을 느꼈다. 아내와 아들, 가까이 있던 가족이 변을 당하다니 무슨 말로도 그 슬픈 감정을 표현할 길이 없었다. 그러나 자유를 찾아가는 탈출여정에 한 치의 착오도 있어서는 안 될 일이기에 슬픔을 밖으로 드러낼 수 없었다. 처음 만난 사람들 앞에서 어떻게 사사로운 가족 일로 슬퍼할 수 있겠는가, 꾹 누르고 있었다. 그런데 곁에 있던 강난희가 나가고 혼자가 되자 가슴 저 밑바닥에서 꿈틀대던 슬픔이 북받쳐 올랐다. 그는 아들의 침대에 쓰러졌다.

"아들아 종수야! 너 지금 어디 있나? 이 애비를 두고 어디로 갔간?"

한없이 쏟아지는 눈물 사이로 아내의 원망스런 얼굴이 떠올랐다. 화장하여 이국 땅에 흩뿌려진 아내, 그녀의 넋은 지금 아들을 찾아 헤매고 있을 것이다.

"여보, 모두가 내 탓이야 내 탓! 으흐흐흐…."

그는 가슴을 치며 지아비로서, 애비로서 할 일을 못한 자괴감에 떨었다.

강난희는 그동안 내내 환자 옆에서 간호하느라 한시도 편히 있지를 못했다. 이제 그럴 필요가 없어지고 나니 공허한 느낌이 먼저 왔다. 한 사람의 생명을 지키기 위해 간호한다는 것이 여간 어려운 일이 아니라는 것을 새삼 깨달았다. 그러한 노력이 헛되이 끝나 허탈했다. 그녀는 몸을 뒤척이다가 피곤한 김에 골아 떨어졌다. 얼마나 잤을까, 잠결에 무슨 소리가 들린 것 같았다. 귀를 기울여 들어 봤다. 바로 옆방에서 흐느끼는 소리가 들리고 있었다.

'아니 선생님이?'

그녀는 바로 달려가려다가 주춤 섰다. 이런 때 불쑥 들어가면 선생님이 얼마나 무참하게 생각하실까, 염려되었다. 한동안 오열이 가라앉기를 기다렸다. 시간이 지나면 선생님을 찾으려는 속셈이었다. 방에 들어가면 선생님의 손을 꼭 잡고 잠을 편히 주무시도록 해드릴 것이다.

이교민은 지금 눈앞에서 일어나고 있는 일들이 자신의 원대한 꿈이었던 연해주 구상에 어두운 그림자를 드리우는 것 같아 불안감을 느꼈다. 수이펀허 월경이 막히고, 도저히 잃어서는 안 될 가족까지 잃은 것은 나쁜 징조였다. 그 꿈이 없었더라면 아픈 아내를 데리고 이렇게 강행군을 하지 않았을 것이다. 어느 날 아들 종수의 귀띔으로 조국을 떠나려 작심했던 것도 그런 버팀목이 있었기 때문이었다. 그렇다. 그때 불길한 얘기를 듣고, 이것이야 말로 나의 원대한 꿈을 찾으러 가도록 떠미는 것이구나 하고 긍정적으로 받아들이게 되었다.

이전에 만주에서 태어난 아버지에게서 들은 바가 있었다. 하얼빈에서 교사를 하며 만주 독립군을 지원했던 할아버지가 아버지에게 국경연선에서 하얼빈까지의 경로를 알려주었다. 그는 하얼빈을 중심으로 러시아행을 구상하게 되었다. 평소 이념대립으로 풍비박산 나다시피 한 한민족공동체를 복원하려면 분단 상황에 매몰되어 있는 한반도를 떠나야 한다고 생각했다. 만주와 더불어 독립운동의 근거지였던 연해주에서 제2독립운동을 전개하는 것이 바람직할 것이었다. 이른바 연해주 구상이었다. 보위부가 자신에게 검은 손길을 내밀고 있는 사태는 이를 계기로 연해주로 가도록 부추기는 효과를 가져왔다. 해서 하얼빈에서 만추리를 통해 치타로 넘어가는 코스와 하얼빈에서 수이펀허를 통해 우수리스크로 넘어가는 코스를 두고 장단점을 검토했다. 아무래도 고려인이 많이 사는 연해주 쪽으로 가려면 치타를 경유하는 것보다 수이펀허를 경유하는 것이 유리했다. 두만강을 건너고 할아버지가 활동하시던 경로를 탄 후 우수리스크를 목표로 탈출을 감행하기에 이르렀다.

그런데 목표를 코 앞에 두고 꿈을 접어야 할 처지로 몰리고 만 것이다. 북한을 진정한 내 조국으로 태어나도록 하기 위해 제2독립운동을 전개하려던 꿈 말이다. 그 꿈을 꾸도록 의욕을 북돋우어 주었던 선각자 선생들의 야망을 새삼스레 돌이켜 보았다.

1997년 황장엽 선생이 망명길에 오르면서 연해주에 망명정부를 세울 구상을 가진 바 있다고 했었다. 그때 역사를 연구하는 사람으로서 황 선생의 구상에 각별히 주목했다. 북한 망명정부 구상은 황 선생 이전에 1970년대에도 이상주 전 주소 대사와 박갑동 전 남로당 서울지하당 총책에 의해서도 거론된 바 있었다. 그 후 2010년대에는 유럽에서 일부 탈북자들을 중심으로 북한망명정부 수립 얘기가 나돌았던 적이 있었다. 1904년 나라가 풍전등화 같은 때에 비롯된 독립운동 정신의 소산인 망명정부 수립 기도가 그 후 조국 분단의 운명 앞에서 몇 차례 계승되려 했다가 무산되고 말았다. 이교민은 이 대목에서 한숨을 푹 쉬었다.

'아, 결국 과거 사례처럼 연해주 구상이 좌절되고 만다는 것인가.'

스스로 꿈의 좌절을 인정하기에는 아쉬움이 컸다. 아니 단순한 아쉬움이라기보다 미련이 남았다. 아직 시간이 남아 있는 만큼 다른 변수를 고려해 봐야 할 것이었다.

4. 얼렌하우트행

    정대성은 정말 놀라지 않을 수 없었다. 일행의 탈주여정에서 일어나게 된 일들이 이렇게 엄청난 살인과 납치사건(?)으로 발전할 줄은 미처 몰랐다. 그저 고난의 탈주극일 것이라는 기대가 무너지는 충격을 느꼈다. 해서 사건에 관심을 갖기 시작하지 않을 수 없었다. 단순한 비망록 독자로서 관심이 아니라 일종의 참여 관찰자로서 보다 적극적인 행적 추적에 들어갔다.

    탈출자들을 이끌고 있는 이교민 선생의 아내와 아들이 변을 당한 사실을 놓고 곰곰이 생각했다. 어째서 그런 불상사가 생겼는지, 따져봐야 할 일이었다. 자칫 사건이 미궁으로 빠질 가능성이 충분했다. 지금까지 이교민의 비망록을 읽어 본 후 며칠 동안 그의 행적과 강난희의 행적을 놓고 어떤 단서가 나올까, 종합적으로 검토를 해봤다. 그러나 그들의 관계는 기본적인 관계를 벗어나지 않고 있었다. 하지만 하얼빈에 도착한 이후의 행적에서 무엇인가, 수상쩍은 그림자가 잇달아 드리워지는 것을 느꼈다.

    첫째로 그들이 수이펀허역에 도착할 때 벌어진 소동으로 박대홍을 만난 일이었다. 겉으로 보기에 그들과 만나게 되는 과정이 자연스러워 보이지만 다른 어떤 동기가 숨어 있을지 몰랐다.

    둘째로 중국 국경경비대와 러시아 경비대 간의 충돌로 국경이 폐쇄된 직후 같은 모텔에 묵었던 하한식이라는 사내와 또 한 사내, 그들을 알고 있는 박대홍의 관계가 아리송하다는 것이다.

셋째로 이교민의 아내가 중태에 빠져 큰 병원, 즉 종합병원이 있는 하얼빈으로 되돌아간 후 아내가 살해되고 아들마저 실종된 사건이 발생한 것이다.

이상의 드러난 사실들을 종합해 볼 때 무엇인가 어두운 동기가 사건의 배후에 있지 않을까 하는 추론이 가능했다.

이교민 일행이 사실상 북한 보위원에 쫓기는 입장에서 탈출을 모색하는 입장이었다. 따라서 사건이 해결되기를 기다릴 수 없이 사건 현장을 될수록 빨리 벗어나지 않으면 안 되었다. 여기서 범인을 쫓을 단서를 놓친 것 같았다.

한편 이른바 연해주 구상이란 원대한 포부를 가슴에 품고 가족을 잃어가며 탈출을 시도하던 이교민의 입장에서 이 사건들을 어떻게 보는가, 하는 점 또한 중요한 참고가 될 것이었다. 공교롭게도 부인의 병환으로 수이펀허를 출발하여 하얼빈으로 다시 온 뒤까지 사건이 잇달아 발생하여 많은 어려움에 부딪혔을 것이다. 특히나 부인과 아들을 동시에 잃어 상심이 이만저만이 아니었을 것이다. 살인사건이 일어나고 납치가 있었는데도 왜 그런지 비망록에서는 범인의 윤곽이 전혀 나타나지 않은 것에 대해 이렇다 할 언급이 없었다. 부인과 아들 사건에 어떤 원한관계나 우발적 범행 같은 동기를 생각해 봤을 것 같은데 아무 말이 없어 궁금증을 더 했다.

이교민 일행의 탈출에 몇 가지 변수가 끼어들어서 장소를 이동하지 않으면 안 되는 유동적 상황이 추리에 방해요소가 되었다. 그 때문에 그와 강난희의 탈출 과정에서 어떤 단서를 찾으려던 자신의 구상이 빗나간 것인지 모를 일이었다. 그렇다면 다시 처음부터 살펴봐야 할 것이었다.

이교민은 사실 나이도 나이지만 그때 받았던 정신적 충격으로 기억력이 많이 감퇴된 것 같았다. 아니 자연히 감퇴한 것이라기보다 그가 아꼈던 가족의 기억을 무의식중에 의식의 뒤편으로 묻어버렸다고 해야 옳을 것이다. 그는 사실 이제 와서 기쁘지도 않은 이야기를 자꾸 되새기는 것이 좋을 리가 없었을 것이다. 기억의 저편에 가두어버린 일을 또 들먹여야 하다니. 그래서 그냥 덮어두고 있었는지 모를 일이었다. 이교민은 아내와 아들을 잃고서도 범인을 잡기는커녕 단서 하나 제대로 밝혀내지 못하자 하루 빨리 하얼빈을 떠나기로 결심했을 것이다. 무엇보다 그의 원대한 구상이 그를 사건에 매달려 슬퍼할 겨를이 없도록 만들었다고 보는 것이 맞을 것 같았다. 사건의 핵심을 파고들려면 비망록을 통해 앞으로 전개되는 사태를 검토해 봐야 될 것 같았다. 그가 하얼빈을 떠나 새로운 탈출로를 찾아 고난의 행군을 계속하던 때 이야기를 살펴보기로 했다.

1

이교민 일행은 경찰의 수사를 며칠 지켜보다가 실종 아들의 생사 여부가 확인되지 않더라도 탈출여정을 계속하기로 의견을 모은 후 수사 결과를 기다리고 있었다. 이제부터 강난희가 이교민 상대 파트너가 되어 매사에 그를 도왔다. 부인이 없는 빈자리를 메우는 역할까지 맡아 더욱 친근한 사이가 되었다. 박대홍도 홍역을 치르고 난 뒤부터 측근 행세를 할 정도로 그의 신임을 받았다. 그리고 보니 그의 옆에는 모두 믿을만한 사람들로 진을 친 셈이었다. 비 온 뒤에 땅이 굳어진다더니 불행 후에 일행은 더욱 단단한 관계로 변했다.

하한식은 연길로부터 증원이 오기를 기다리며 애가 탔다. 지금까지 우여곡절이 진행되고 있는데 혼자서 감당하기 벅찼다. 누구든지 빨리 와 줬으면 했으나 생각만큼 빨리 오지 않았다. 그런데 느닷없이 환자는 죽고 아들은 실종되어버렸다. 강난희의 동선을 파악하기가 더 어려워졌다. 그녀는 이제 이교민의 애인이라도 되는 양 그의 옆에 거의 붙어 있다시피 했다. 둘 사이에 틈이 생겨야 비집고 들어 갈 여지가 있지만 틈이 생기지 않으면 어려웠다. 더군다나 혼자서는 엄두를 낼 수 없었다. 유종만은 있어 봐야 함부로 내세울 수 없었다. 두목에게는 이미 사라진 사내가 되어버렸다.

하한식은 이교민 일행의 동정을 파악하기 위해 박대홍의 방으로 갔다. 그는 방에 들어서며 박대홍에게 물었다.

"사건이 났다던데 무시기 어드렇게 됐슴둥?"

박대홍은 그에게 사건의 내용을 대충 알려주었다. 하한식은 이야기를 듣고 어처구니가 없다는 표정을 지었다. 어떻게 한꺼번에 모자가 변을 당했단 말인가? 누가 무엇 때문에 그 모자를 노렸단 말인가? 그가 봐도 얼른 납득이 가지 않았다.

"고럼 그 집엔 초상이 겹치기로 낫쟁고."

그는 알 수 없다는 듯 투덜대며 방을 나갔다. 하얼빈에 올 때부터 박대홍을 만나 둘이서 실마리를 풀어 보려 했으나 여의치 않았다. 일행에게 너무 밀착하는 것 같아 마음대로 접근하기조차 어려웠다.

이교민은 아들 소식을 물어보려고 병원으로 갔다. 물론 강난희도 동행했다. 하한식은 이들을 놓칠세라 뒤쫓아 미행했다. 오늘부터는 이 두 사람 뒤를 쫓아다니는 것이 가장 중요한 일과가 되었다. 병원까지는 택시를 타고 가니까 별 문제가 없었다. 병원에 들어가서 미행이 까다로웠다. 복도를 걸어가는 사람들 눈에 띄기 십상이었다. 가다가 숨고 가다가 숨고 하는 그를 누구나 수상하게 여길 것이다. 그렇다고 바짝 뒤에 붙어 갈수도 없는 노릇이었다. 연길 조폭생활에 이런 일은 처음이었다. 깡패집단에서 미행 요령을 가르쳐 주지도 않았거니와 자신도 그런 일을 해본 적이 없었다. 해서 그는 연신 그들의 뒤를 쫓아가며 진땀을 흘렸다. 병원 원장실로 가는지, 윗 층으로 올라갈 때는 긴장이 더 했다. 사람의 발길이 뜸해 그의 행동이 눈에 잘 띄었다. 수하 조직원들이 도착했으면 이런 번거로운 짓은 하지 않을 텐데 짜증마저 났다. 어쨌거나 행동 책으로서 강난희를 수중에 넣어야 하는 과업을 소홀히 할 수는 없었다. 하한식은 그들을 놓칠세라 눈을 부릅뜬 채 인도견이 아니라 사냥개처럼 코를 벌름거리고 허둥대며 뒤를 따랐다. 그 바람에 옆 병실에서 나오던 수간호사와 부딪혀 충돌 사고가 났다. 그는 자빠지면서 하필 수간호사의 젖가슴을 그의 머리로 들이 받았던 것이다. 수간호사가 놀라 고함을 꽥 질렀다.

"어마! 왜 이래욧!"

그도 깜짝 놀라 멈춰 섰다. 고개를 숙일 수 있는 대로 아래로 깊이 숙이고 사과했다.

"간호사님, 저 시골에서 온 촌놈이라 길을 잘 몰라서 그만 귀중한 곳을 상하게 해서 미안하꼬망."

수간호사는 듣도 보도 못한 이상한 함경도 사투리에 그만 웃음이 절로 나오는 것 같았다.

"하꼬망이 뭐야 내참 기가 막혀서…."

그러고는 휙 가버렸다. 아뿔사! 하한식이 미행 임무를 깨닫는 순간 그들은 어디로 갔는지 사라져 버리고 없었다. 미행의 '미' 자도 모르는 문외한이 그만 일과를 그르쳐 버리고 말았다.

하한식은 닭 쫓던 개처럼 될 수가 없어서 그들이 나오는 길목을 지켰다. 병원 정문 근처를 서성이며 현관을 노려보고 있었다. 얼마 안 있어서 이교민과 강난희는 현관에 모습을 나타냈다. 바짝 긴장하여 노려봤다. 그들은 주위 사람들을 아랑곳하지 않고 병원 밖으로 나와 택시를 잡아탔다. 으레 모텔로 가겠거니 하고 그도 택시를 타고 뒤를 따랐다. 한동안 앞서 달리던 택시가 방향을 꺾더니 중앙대가로 들어 섰다. 어디로 뭐 하러 가는가, 궁금했다. 중앙대가에는 러시아인들이 많이 다닐 뿐만 아니라 상점이니 술집 등 유흥시설도 많았다. 이교민 과 강난희는 뜻하지 않은 일로 바쁘게 움직이다가 하얼빈 시가지 구 경을 못해 봤다. 해서 병원에 들른 김에 중앙대가로 나왔다. 오랜만에 러시아식당에서 외식을 하고 싶었다. 택시에서 내려 식당을 찾으려 가는데 이동 공안차가 눈에 띄었다. 강난희가 얼른 이교민의 팔을 잡 았다.

"선생님, 그쪽으로 가지 마시라요."

그녀가 왜 자기 팔을 잡았는지, 알아차린 그는 그녀를 따라 잰걸음 으로 다른 길을 택했다. 역시 짐작한 대로 중국인보다 러시아인이 더 많이 다니고 있었다. 서구식 건물까지 서구 도시의 분위기를 풍기고 있었다. 정신없이 걷다 보면 여기가 유럽 어디쯤인가, 착각하기 십상 이었다. 이런 분위기에서 안전문제에 대한 경각심이 끼어들어 강난 희는 자기도 모르게 이교민의 팔짱을 끼게 되었다. 불안의식이 오히 려 두 사람의 물리적 거리를 가까이 함으로써 심리적 거리마저 가까 워지게 되었다. 그렇게 팔짱을 낀 그녀는 모처럼 데이트를 즐기는 사 람처럼 그와 가벼운 대화를 나누기 시작했다.

"선생님, 이런 서구식 거리에서 여인과 걷는 기분이 어떠십네까?"

갑자기 산보하는 한 쌍이 된 듯한 말에 멋쩍게 웃었다. 둘이서 담소 를 나누며 걸어가노라니 간간이 한글 간판이 눈에 들어왔다. 불고기 집이라든가, 아바이 순대라든가, 명동칼국수 등 한국 음식점들이 나타나기 시작한 것이다. 그러나 이 식당들이 모두 한국 식당일 수는 없었다. 한국 식당뿐만 아니라 조선족 식당에 북조선 식당도 있었다. 심지어 조교 식당도 있을지 몰랐다. 강난희는 한글 간판을 보고 반가워서 아무 식당이나 들어가 보고 싶은 충동이 일었다. 이교민은 그녀의 심정을 헤아려 말렸다.

"우리는 러시아 식당으로 가기오."

그들을 미행하던 하한식은 러시아 식당에서 둘이서 즐거운 대화를 나누며 식사를 하는 것을 보고 화가 났다. 혼자 하루 종일 환영 받지 못하는 짓을 하고 다니는 자신이 못마땅해 배알이 꼴린 것이었다.

그날 저녁, 두목이 보낸 요원 한 명이 도착했다. 30대 초반의 젊은 이였다. 아직 경험이 적은 초년생들인 것 같았다. 이교민 일행에게 들킬세라 그를 자기 방에 함께 머물도록 했다. 강난희를 중심으로 한 동태를 알려 준 후 행동지침을 내렸다. 자기가 이교민과 강난희의 사이에 빈틈이 생기는 기회를 잡아서 행동 개시 신호를 보낼 때 착오 없이 임무를 완수하도록 하라고 당부했다.

하한식은 30대 초반의 사내에게 밤중에 강난희의 동선을 감시하라고 지시했다. 밤 시간을 택한 것은 증원이 되고 난 뒤 시간을 오래 끌 필요가 없는데다 납치하기에 유리하기 때문이었다. 30대 초반은 처음에 모텔 현관을 서성이다가 그만두었다. 여자가 밤중에 무슨 볼 일이 있어서 모텔을 나가겠느냐고 자문자답한 결과였다. 그 자문자답 때문에 이 녀석은 행동 책한테서 곤욕을 치르기는커녕 자기 목숨을 걸게 될 줄은 몰랐다.

그가 현관을 떠나간 곳은 다른 데가 아니라 러시아 아가씨들이 반나체로 춤을 추며 사내들을 유혹하는 뒷골목 삼류 맥주홀이었다. 휘황찬란한 조명등 아래서 옷을 걸친 둥 마는 둥 하고 무대에 등장한 무희는 백러시아계인지 뽀얀 살결에 늘씬한 몸매를 과시하며 춤을 추어댔다. 연길에서 놀다가 온 이 풋내기 조폭은 맥주를 마시는지, 염치없이 솟아오르는 욕망을 마시는지 모를 정도로 흥분의 도가니로 빠져들었다. 생각건대 그냥 무대로 뛰어 올라 그녀를 끌어안아 뒹굴고 싶었다. 그러나 처음 온 외지에서, 그것도 외국인들이 꽉 찬 홀에서 함부로 몸을 굴리지 못해 죽을 맛이었다. 바로 이때 용감한 사내 하나가 무대로 뛰어올랐다. 사내는 무대 위에서 무희를 끌어안고 희롱을 하기 시작했다. 순간 기름통에 불이 붙듯 폭발한 30대 초반은 무대 위의 사내에게 달려들어 면상에 주먹을 날렸다. 그는 러시아 조폭을 잘못 건드렸다. 난폭한 사내들에게 몰매를 맞아 기절했다.

하한식 부하가 강난희를 감시하기는커녕 러시아 조폭들에게 린치를 당하던 시간에 모텔에서는 난투극이 벌어지고 있었다. 박대홍이 하한식 패와 육탄전을 벌이는 중이었다. 하한식 패라고 해봐야 유종만과 둘 뿐이었다. 격투에서는 자신이 지나친 박대홍으로서는 이들 두 명을 상대하는 것이 몸 풀기에 지나지 않았다. 그는 여유 있는 격투를 하고 있는 셈이었다.

강난희는 이교민으로부터 갑자기 부탁을 받고 약방에 가던 중이었다. 러시아 식당에서 기름진 음식을 먹은 탓인지, 밤중에 복통을 호소해서 달려가고 있었다. 물론 현관에 있어야 할 30대 초반의 사내는 뒷골목 맥주홀에서 노닥거리고 있을 때였다. 하한식은 하얼빈에 처음 온 30대 초반이 감시를 잘 하고 있는가, 확인하려고 나왔다가 혼자 가고 있는 강난희를 발견했다. 현관에는 30대 초반은 물론 다른 사람도 없어 조용했다. 그는 이때다 싶었다. 순발력을 발휘해 그녀를 덮쳤다.

"놓아욧! 왜이래요."

강난희의 날카로운 비명소리가 들리는 것과 동시에 박대홍이 현관으로 들어섰다. 저녁을 먹고 밤거리 구경을 나갔다가 오던 중이었다. 갑자기 그들 앞에 벌어진 사태를 보고 위기를 직감했다. 그는 불문곡직 하한식에게 달려들었다. 그러자 하한식은 허리춤에서 단도를 빼들어 강난히의 목에 갖다 대고 협박했다.

"거기 섯! 가까이 오면 가차 없이 여자의 목을 그으버리겠슴."

이때 유종만이 앞에 나섰다. 박대홍은 번개같이 날아 그의 면상을 후려쳤다. 그가 갑작스런 기습에 뒤로 밀리자 한 치의 틈도 없이 그의 목줄기를 조였다. 유종만은 캑캑거리며 주저앉았다. 그 사이 하한식이 강난희를 끌고 밖으로 나가고 있었다. 박대홍은 그를 놓칠세라 뒤쫓아 가서 앞을 가로막았다. 하한식은 눈알이 튀어나올 만큼 온 힘을 쓰서 왼팔로 그녀를 꼭 껴안았다. 그리고는 잽싸게 오른쪽으로 방향을 바꾸었다. 줄달음칠 것을 미리 직감한 박대홍은 하단 옆차기로 그의 하복부를 가격했다. 잠시 억! 하며 주춤하던 하한식은 강난희를 버팀목으로 하여 몸을 붕 띄우더니 두 다리로 박대홍의 가슴팍을 냅다 질렀다. 예상치 못한 공격에 화가 난 박대홍은 다시 자세를 가다듬었다. 그와 대각선으로 몸을 트는 순간 현관 응접세트에 있던 화분이 눈에 띄었다. 얼른 집어 들어 하한식의 정수리를 내리쳤다. 그는 아이쿠! 비명을 지르면서 그 자리에 무너졌다. 박대홍은 이때를 놓치지 않고 달려들어 강난희를 구했다. 하얼빈까지 따라 붙어 강난희를 납치하려던 연길 조폭들은 그렇게 가버렸다. 이 시간에 뒷골목 맥주홀 바닥에 널브러진 하한식의 부하는 러시아 청년들에게 들려나갔다. 그들은 그를 송화강변으로 가서 강물에 던져버렸다.

강난희는 현관에서 곤욕을 치른 후 방에 올라와서 서글픈 감정에 사로잡혔다. 이역만리 낯선 땅에 와 있는 자신의 존재가 믿기지 않았다. 남도 아니요 북도 아닌 이곳, 먼 곳까지 오게 될 줄은 꿈에도 몰랐다. 외할아버지의 혼이나마 묻힌 평양에서 외손녀가 커서 제 갈 길을 가고 있다는 것을 보여주고 싶었다. 그런데 엉뚱하게 하얼빈에 머물고 있었다.

강난희의 외할아버지는 유명한 빨치산이었다. 한국 경북지방에서 남도부 다음으로 높은 지위에 있었던 박동근은 휴전 후 군경 토벌대에 쫓기다가 어디서 사살되었는지 시신을 찾지 못했다. 그러나 북한 신미리 열사릉에 시신 없는 묘를 설치했다는 소식을 듣고 노모와 함께 평양에 갔다. 빨치산 간부의 가족이라는 말을 듣고 안내자는 친절하게 안내하며 평양 생활을 도왔다. 그 바람에 강난희는 어머니를 독일로 보내고 자신은 평양에 머물며 영화 공부를 하고자 했다. 그러나 얼마 있지 않아 보위부에 불려갔다. 당에 대한 충성심이 없다고 트집을 잡던 보위부는 그녀에게 금족령을 내렸다. 발이 묶인 그녀는 눈물을 머금고 일생일대 결단을 내렸다. 적지 않은 돈을 주고 도강 안내인을 따라 탈북을 시도했다.

그런데 느닷없이 불한당에 쫓기는 신세가 되어 곤욕을 치르고 나니 신세기 한탄스러웠다. 침대에 누워 천정을 멀거니 바라보고 있었다. 그때 마침 노크 소리가 들렸다. 누군지 물어보려고 몸을 일으키는 순간 이교민의 목소리가 들렸다.

"강난희 동무, 내레 궁금해서 왔소."

"네, 잠깐만요."

잠긴 문을 열었다. 그러자 문을 밀치고 들어선 이교민의 표정에 연민의 정이 어려 있었다.

"강 동무, 많이 놀랐지요? 이 먼 곳에서 봉변을 당했으니 내레 걱정이 돼서리…."

두 사람은 서로 마음을 열어 버팀목이 되어 주려 애썼다. 그러다가 얘기 끝에 고향 이야기를 하게 되었다. 이교민은 경상도 출신 할아버지가 석주 이상룡 선생 인척으로서 그들 일가와 함께 망명길에 올랐던 이야기를 해주었다.

강난희는 그의 얘기 중 할아버지가 경상도 출신이었다는데 남다른 관심을 가졌다.

"할아버지께서 경상도 고향이 어디셨는데요?"

"아 기거이 경상북도 안동이라고 들었는데…"

"어머 그러셔요. 저도 경북 출신인데요. 고향이 안동에서 멀지 않은 의성이라고 해요."

"기거이 반가운 소식이네. 기런데 강 동무는 어드렇게 니렇게 멀리 오게 된 거이오?"

"이야기 하자면 길어지는데요. 저의 외할아버지가 남로당 도당 간부로 빨치산이 되었다가 불의에 돌아가시는 바람에 홀로 된 외할머니 밑에서 자란 어머니와 함께 조국을 떠나게 된 거에요."

"기럼 남조선에서 살기가 어려워 기렇게 됐나요?"

"아니 뭐 꼭 그런 것이 아니고요, 독일로 유학 갔어요. 그런데 뮨헨이라는 곳에서 공부하다가 보니까 한국 민주화운동에 참여하게 되었어요. 그때가 군부정권 시절이라 독일에서 반정부적인 분위기가 짙은 때여서 저도 정부에 비판적인 입장이 되었어요."

강난희는 독일 유학 시절 민주화그룹에 참여해서 활동하던 얘기며, 일부 광부와 간호사가 함께 어울려 독서회에서 열띤 토론을 하던 추억을 더듬었다. 그러던 중 서울에서 발행되던 잡지에 외할머니 얘기가 보도되고, 그것이 계기가 되어 외할머니가 북한 측의 초청으로 평양을 방문하여 외할아버지 묘소를 참배하게 되었다는 것. 그 후 외할머니의 참배 얘기를 내내 잊지 않고 있다가 외할아버지 묘소에 가보기 위해 독일에서 평양으로 갔던 것이 잘못 되어 여기까지 오게 되었다고 자신의 약사를 소개했다. 이에 이교민은 무척 흥미를 느끼며 선대들의 공산주의 활동으로 후손이 아직도 유랑 길에 헤매고 있는 사실을 어떻게 이해해야 될지 몰랐다. 사실 자신도 할아버지가 일제 말기 만주 조선인들에게 번져 있던 공산주의 경향 때문에 조선의용군 제3지대에 참여한 후 북조선 인민군으로 편입되는 바람에 평양에서 살다가 이렇게 떠나오게 된 것이 아닌가.

2

이강석은 대련에 도착하자마자 밀항 수단을 찾아 나섰다. 선교사가 여기까지 동행하여 무사히 도착하도록 도와주었다. 그는 탈북 브로커를 통하면 안전을 보장할 수 없다고 자력으로 밀항 준비를 하라고 일러주었다. 대련에는 인천항으로 들락거리는 보따리장수가 많기 때문에 이들을 이용한 첩보공작이 빈번히 행해진다는 것이었다. 공작원들은 손쉬운 타깃으로서 보따리장수와 탈북 브로커를 꼽기 때문에 이들에게 접근하는 것은 위험하다고 했다. 이강석은 고민옥과 문여정을 조선족 민박집에 남겨두고 해안가로 나갔다. 대련항에서 떨어져 어선들이 정박해 있는 곳으로 다가갔다. 세 사람이 탈 수 있는 조그마한 어선을 골랐다. 어선 주인은 중국인이어서 필담으로 겨우 대화를 했다. 돈을 넉넉히 줄 테니 배를 빌리자고 했더니 좋다고 했다.

그는 작은 배로 공해까지 나갈 수 있을지 몰라 주인에게 문제가 없겠느냐고 물었다. 그는 돈 욕심 때문인지, 문제가 없다며 염려 말라고 했다. 2, 3일 후에 떠날 예정으로 약속을 했다. 정확한 날짜는 알려주겠다고 말하고 헤어졌다. 일이 이렇게 쉽게 풀릴 줄은 몰랐다. 마음 한쪽에는 미심쩍은 면이 없지 않았으나 일단 믿어보기로 했다.

민박집으로 돌아온 이강석은 두 여인에게 밀항 편을 구했다고 알려주었다. 2, 3일 후 떠날 테니 그 동안에 준비를 단단히 하라고 일렀다. 그는 잠시 방에 들렀다가 다시 나왔다. 준비에 필요한 물건을 살 겸 조선족을 만나 요즘 대련항의 사정을 알아보려고 했다. 우선 시장통을 찾아갔다. 거기 가면 장사하는 조선족을 만날 수 있으리라는 기대를 갖고 갔으나 얼굴로 봐서는 누가 누군지 분간하기 어려웠다. 해서 노점들이 늘어선 구역을 천천히 걸으며 장수들이 이야기하는 소리에 귀를 기울였다. 얼마쯤 가다가 와자지껄하며 떠드는 소리를 들었다. 노파와 아낙네들이 무슨 흥정을 하다 말고 시비를 하고 있었다. 거리를 두고 들어 보니 조선족 말이었다. 노파가 아낙네 일행에게 돈을 너무 깎으려 한다고 욕설을 하는 바람에 시비가 붙었던 것이다. 이럴 때 노파 편을 들어 주는 것이 환심을 사기에 좋았다. 이강석은 좌판 쪽으로 성큼 다가갔다. 노파에게 공손하게 인사를 했다.

"할머니, 안녕하십네까? 속 상하셨겠네요."

노파는 공손한 말투에 분이 풀리는지 누그러진 표정으로 쳐다봤다. 좌판에는 삶은 옥수수와 콩고물 떡, 두부 등이 널려 있었다. 콩고물 떡이 먹음직스러워 얼마냐고 물었다. 두 개 1위안이란다. 한 개를 집어 먹으며 할머니의 손맛을 제대로 느꼈다. 민박집에 있는 여자들에게 갖다주면 좋아할 것이었다. 콩고물 떡 5위안 어치, 통 옥수수 5위안 어치를 샀다.

할머니는 기분 좋은 눈치였다.

"할머니, 참 맛 있습네다. 잘 먹겠시요."

"아이고, 고맙지라요. 이거 갱핀이오양."

이강석은 비닐 박막을 들고 좌판을 떠났다. 시장 내 이곳저곳을 돌아보고 다시 그 좌판을 찾았다.

"할머니, 많이 팔았습네까?"

할머니는 고개를 들어 그를 보고는 무척 반가워했다. 이강석은 주저앉아 할머니 손을 잡았다.

"우리 오마니 같습네다. 고생하시지요."

"아이, 또 왔꼬망. 넘 고마워서리…."

이강석은 할머니의 다정한 반응을 보고 슬며시 물었다.

"소개해 줄 만한 조선족 아바이 없습네까?"

할머니는 무엇이든 도와주고 싶다는 표정으로 무슨 일로 그러느냐고 물었다. 그는 한국 사람을 알 만한 사람을 찾는다고 했다. 그랬더니 아들이 근방에서 장사를 하는데 데리고 오겠다고 하고는 자리를 떴다. 5분쯤 지나자 할머니가 40대쯤으로 보이는 남자와 함께 나타났다. 아들은 시장에서 중개인 노릇을 하고 있었다. 서로 인사를 나눈 후 용건을 말했다. 할머니가 어떻게 얘기했는지 아들은 아주 친절했다. 자기도 가끔 한국 사람을 만나는 경우가 있으나 아는 사람은 없다고 밝혔다. 시장 내에 그런 사람들이 있으니 찾아서 알려주겠다고 했다. 저녁 때 다시 만나기로 하고 헤어졌다.

그가 민박집에 가까이 가는데 뒤에서 인기척이 느껴졌다. 무심코 뒤를 돌아보니까 고민옥이 저만치서 손을 흔들고 있었다. 자기 보고 오라는 것이었다. 왜 가까이 오지 않고 거기서 오라고 하나, 의아해하면서 다가갔다. 그녀가 얼른 그의 팔을 잡아 골목으로 이끌었다.

"고 동무, 와 그라요?"

그녀는 손을 입에 대고 쉿 하더니 조그맣게 말했다. 문여정이 공안에게 잡혀갔다는 것이었다. 그가 오기를 둘이서 기다리고 있었는데 문여정이 심심하다며 잠깐 밖에 나갔다가 왔다는 것이다. 그런데 화장실에 갔다가 소란해서 문틈으로 보니 공안이 문여정을 데리고 나가더라는 것이다. 두 사람은 그길로 다른 숙소를 찾지 않고 시내를 다니다가 할머니 노점으로 갔다. 할머니는 다시 가서 아들을 데리고 왔다. 얘기를 나누다가 숙소에서 나온 것을 알고 할머니가 자기 집으로 가자고 했다. 어차피 숙소를 정해야 하니까 숙박비를 주기로 하고 따라갔다.

할머니는 며느리에게 두 사람을 소개하고 며칠 머물도록 하라고 일렀다. 저녁 식사를 마친 후 아들과 얘기를 나누었다. 그는 시장 중개인을 하면서 많은 사람들을 접촉해서 정보가 밝았다. 관심사는 한국 사람을 만나서 한국행에 도움을 받는 것인데 그렇게 쉬운 일이 아닌 것 같았다. 그동안 많은 탈북자들이 대련으로 와서 으레 밀항루트를 찾는데 대부분 실패하더라는 것이었다. 무엇이 어려워 그렇게 되었느냐니까, 무엇이 어렵다기보다 공안의 감시가 심한데다가 탈북 브로커를 사칭한 사람의 농간 때문이라고 알려주었다. 혹시 한국 화물선에 몰래 들어가서 인천으로 갈 수 없을까, 했는데 기대할 수 없었다. 결국 어선을 사서 밀항하는 방법 밖에 없었다. 아들의 얘기로는 돈을 넉넉하게 주면 배는 구할 수 있을 것이라고 했다. 문제는 공해를 빠져나갈 수 있을 만큼 배가 튼튼해야 하고, 무엇보다 선장이 믿을 만해야 한다고 일러주었다. 이미 알아본 배 얘기를 듣고는 잘 모르는 사람과 약속은 믿을 수 없다는 것이다. 자기가 배를 구해 볼 테니 며칠 기다려 달라고 했다.

그 사람 덕택으로 이틀 만에 배를 구해 출항했다. 조그마한 어선이지만 모두 세 사람이 타고 가기에는 별 문제가 없어 보였다. 다만 선장이 60대로 나이가 든 것이 좀 걸렸다. 반면에 수더분해서 믿음성이 있었다. 이강석과 고민옥은 드디어 꿈에 그리던 대한민국 인천을 향해 간다는 것이 믿기지 않았다. 항구 영역을 벗어난 곳에서 출발하여 해변이 점점 멀어져 가자 그때야 자유를 향한 여정이 실감났다. 그는 한 번 크게 숨 호흡을 한 뒤 망망대해를 응시했다. 옆에 있던 고민옥은 멀미가 나는지, 입을 털어 막고 쭈그리고 앉았다. 배는 해변이 보이지 않을 거리에 다다르자 물결에 흔들리기 시작했다. 그녀는 여전히 앉은 자세로 불편한 표정이었다. 한동안 흔들리며 가던 배가 크게 요동치는 순간이 왔다. 이른바 앞뒤로 피칭하는가 하면 좌우로 롤링하고 있었다. 꼿꼿하게 서 있던 이강석마저 몸을 가누지 못할 지경이 되었다. 그야 말로 검푸른 파도위에 일엽편주가 되어 위태롭게 떠가는 배는 한치 앞을 가늠할 수 없게 만들었다. 이강석과 고민옥이 점점 불안해질 무렵 배 밑바닥에서 물이 새들어오기 시작했다. 선장이 물을 퍼내느라 애를 먹었다. 두 사람도 물 퍼내기를 거들었다. 그러나 역부족이었다. 배는 점점 물의 무게를 견디지 못하고 수면 아래로 내려가고 있었다. 이런 상태로는 도저히 공해상을 빠져나가기가 힘들었다. 결국 밀항을 포기하고 배를 되돌릴 수밖에 없었다. 그러나 언제까지 배가 지탱할 수 있을지 알 수 없었다. 고민옥은 배가 뒤집어질까 봐서 지례 겁을 먹고 있었다. 거친 파도에 세찬 바람까지 불어오자 선장은 어쩔 수 없다며 더 이상 항해를 포기하는 눈치였다. 세 사람이 풍랑을 만난 배 위에서 낙엽이 떠내려가 듯 표류하고 있을 때 어디선가 뱃고동 소리가 뿌웅 하고 들려왔다. 이강석과 선장이 동시에 고개를 들어 봤다. 3백 톤쯤 되어 보이는 어선이 지나가고 있었다.

두 사람은 옷을 벗어 들고 흔들며 힘껏 외쳤다.

"여기요 여기이―. 사람 살려요오―."

이런 위기의 순간에 부딪치자 이강석은 자신이 황해 수면에 떠서 표류하는 신세가 된 것이 어처구니없었다. 공화국을 위해 일반 인민군 전사가 아니라 특수군 전사로서 충성을 바치려 했는데 이것이 무슨 꼴이냐, 반발심이 솟구쳤다. 탈북을 결심하게 된 동기가 그의 심기를 어지럽혔다.

그는 특수부대 출신답게 지금까지 무탈하게 조선으로부터 탈출 길에 오르게 되었다. 그러나 대련에서부터는 본격적인 탈북 모험에 들어가는 것 같았다. 37년을 살아온 조선에서 자리를 잡지 못하고 이렇게 새로운 세계를 찾아 나서게 된 것이 새삼 마음을 무겁게 눌러왔다. 아버지의 보살핌으로 별 탈 없이 강동혁명학원을 마치고 인민무력부에서 나라를 지키는 군사요원으로서 활동하려 했는데 조국을 등지고 탈출을 해야만 했다니 어처구니가 없었다. 아버지의 얘기로는 혁명 유자녀라고 해서 아버지는 물론 고모들이 정무원이나 노동당 중앙위원회에서 한 자리씩 했다지만 믿기지 않았다. 만약 그런 직위가 믿을 만한 것이었다면 자기가 한 말이 어떻게 지도자 동지를 비난하는 말로 들씌워 반동분자로 몰려고 했을까? 이 이강석을 어떻게 보고 그런 무고한 조작을 시도했는지 이해가 되지 않았다.

공화국이 수령님 중심에서 지도자 중심으로 권력축이 바뀌면서 선군정치 노선을 선택한 것을 알고 인민무력부에서 당에 대한 충성을 바치려고 했다. 과거 할아버지가 활동했던 것처럼 말이다. 아버지가 보기에 할아버지를 닮았다는 강석이 무사 기질을 타고나서 대학에 가기보다 무력부가 어울린다고 했다. 자기가 생각하기에도 무기를 다루는 일이나 무력으로써 적군을 무찌르는 일이 적성에 맞았다. 그래서 특수부대를 자원했다. 부대에서 특수훈련은 자신의 기를 발휘할 수 있도록 해주었다. 고공낙하훈련이라든가, 산악 침투훈련, 야간 잠행훈련 등을 하는 날에는 자기도 모르게 신이 났다. 어떤 곳에서 복병이 옆구리를 치고 들어올라치면 기다렸다는 듯이 돌려차기로 명치를 타격해서 제압했다. 수중 침투훈련 때는 해변 개펄을 뒹굴면서 일부러 온몸을 개흙 투성이로 만들어 적을 공격하는 수법을 활용했다. 전신이 어둠에 매몰될 뿐만 아니라 상대가 범접하기 어렵게 만드는 이점을 노린 공격이었다. 그는 이런 전투 법 때문에 특수부대 생활이 즐겁기만 했다. 그러던 그가 이제 탈출자 신세가 되었다니 믿기지 않았다. 마음속으로 피식 웃음이 나왔다. 그리고 할아버지의 얼굴이 자신을 쳐다보는 것처럼 느꼈다. 마치 '여기서 뭐 하간!' 하고 나무라는 것 같았다.

원산 갈마반도 일대를 지키는 특수부대는 핵 기지 경비병과는 달리 남조선 특공대가 핵 기지 파괴를 위해 침투할 때를 대비한 부대였다. 그래서 병사들의 대우는 특급이었고, 기밀을 철저히 해서 신변안전 또한 완벽했다. 특수 암호와 증명서로 신분을 보장했기 때문에 일반 군인들은 그들을 몰랐다. 이강석은 이런 특혜를 받으며 조장까지되었다. 이런 특수성 때문에 조장들끼리는 전우애가 각별했다. 형제이상의 끈끈한 정으로 생사고락을 같이 한다는 굳은 관계를 유지했다. 특히 그와 친한 조장은 김무한이라는 남조선 출신이었다. 김무한은 출신의 약점 때문인지 유달리 그에게 밀착하는 것 같았다. 이강석은 그런 그를 친동생처럼 돌봐주었다. 우리 공화국 전사면 다 마찬가지지 남조선 출신이라고 다를 것이 없다며 그를 두둔해주었다. 원산 시내로 외출 나가면 술집에 갈 때가 가끔 있었다. 그럴 때 이강석과 김무한은 잘 어울렸다. 이강석의 생일이 되어 김무한이 그에게 한턱 냅답시고 잘 가던 갈마식당에 갔다. 그날 이 둘 사이에 성기수 조장이 끼어들었다. 그가 끼어 든 것도 나중에 알고 보니 미리 계산된 것이었다. 어쨌든 생일 놀이를 잘 하고 부대에 복귀했다. 헌데 바로 다음날 부대 보위원이 이강석을 불렀다. 용건은 전날 술자리에서 성기수가 무슨 말을 하든가, 묻기 위한 것이었다. 뭐 별 숨길 일이 없어 그대로 얘기해주었다. 보위원은 가볍게 잘 알았다며 그를 보내주었다. 그것으로 술집 얘기는 끝난 줄 알았다. 그런데 며칠이 지나지 않아서 다시 그를 연행했다. 이번에는 보위원 둘이 와서 양쪽 겨드랑이에 팔을 끼우고 강제로 끌고 갔다. 조짐이 좋지 않았다. 그를 신문 실에 끌고 간 그들은 손을 뒤로 묶고 물고문을 시작했다.

"간나새끼 지도자 동지를 머라고 모욕했지비? 바른대로 대라우!"

이강석은 무슨 뚱딴지같은 소린지 몰랐다. 지도자 동지 얘기를 특별히 한 것이 없는데 어디서 그런 얘기가 나오게 됐는지, 알가도 모를 일이었다.

"내레 지도자 동지를 모욕한 적이 업수다레."

"머이 어드레! 맛 좀 보라."

고춧가루를 섞은 물을 코 구멍으로 내리부었다. 매캐한 자극에 머리가 띵해졌다. 그러나 별 할 말이 없었다. 할 말이 없다고 하니까 버틴다며 몽둥이로 하반신을 두들겨 팼다. 아프다며 소리치다 기절했다. 이렇게 보위원들과 체력 싸움을 한 끝에 기진맥진해진 이강석은 부대 보위부장과 마주 앉았다.

"야 조장 간나새끼! 지도자 동지를 모함했다고 자백서에 쓰여 있잖네. 조장이란 새끼가 니런 소릴 지껄이니까니 처벌 받아야지 않갔서."

"부장 동지, 내레 지도자 동지를 모함한 내용이 뭡네까?"

"여기 적혀 있잔. 김정일 동지레 여성 동무를 너무 좋아해서 건강이 걱정된다… 니거이 모함이 아니구 머이가?"

"기거이 어드렇게 모함이 됩네까? 건강이 걱정되어 한 말입네다."

이강석은 아랫도리부터 한기가 스며드는 것을 느끼며 그때 정황을 알 수 있을 것 같았다. 캄캄한 밤중에 중국 땅에 혼자 누운 그의 머리는 더욱 맑아지는 중이었다. 성기수는 자기보다 입대 날짜가 늦은 이강석이 진급할 것을 알고 시기심이 발동하던 중이었는데 간사한 보위부장이 그것을 역이용했던 것이다. 성기수를 시켜 남조선 출신 김무한과 어울리는 이강석을 옭아맬 궁리를 했다. 성기수는 옳다구나 하고 생일에 둘이 만난 술자리에 끼어들어 대화를 유심히 들었다. 그런데 별 문제 삼을 만한 것이 없자 보위부장의 노림수를 건드렸다. 보위부장은 부패분자로 정리대상이어서 새로 등장한 지도자 김정은에게 잘 보이려고 기회를 노렸다. 그래서 이강석을 걸고넘어진 것이다. 그는 새 지도자의 권력기반 강화 틈바구니에서 자신이 역이용되는 것 같아 몹시 불쾌했다. 이래서는 안 되겠다고 마음을 굳게 다졌다. 반당분자로 몰려 수용소행 차를 타고 가던 중 호위군관을 때려눕히고 탈주를 감행했다.

어선에 구조된 이강석과 고민옥은 할 수 없이 할머니 가게로 찾아갔다. 물에 흠뻑 젖은 옷을 쥐어짜서 입고 있는 몰골이 말이 아니었다. 그들의 얘기를 듣고는 집으로 데려갔다. 아들 옷과 자기 옷을 내주고 젖은 옷은 빨아서 늘었다. 저녁이 되자 아들과 의논을 했다. 한국 화물선에 타지 않고는 조그마한 통통배로 인천까지 가는 것은 무리였다. 아들 말로는 북경을 거쳐 동남아로 가는 길이 있지만 너무 멀다고 했다. 요즘에 탈북자들이 잘 다니지 않는 것 같지만 몽골 쪽이 비교적 유리할 것이라고 제의했다. 사실 몽골루트는 고비사막만 잘 넘으면 한국에 간 것이나 다름없는 확실한 루트였다. 울란바토르에 도착하기만 하면 거기는 한국과 관계가 좋은 만큼 아무 걱정이 없을 것이란다.

이강석과 고민옥은 밤새 탈출루트를 놓고 의논을 한 끝에 아들의 말대로 몽골루트를 선택했다. 두 사람은 건강상태가 비교적 괜찮은 편이니 고비사막 횡단 요령만 잘 터득하면 별 문제가 없을 것으로 봤다. 해서 아침에 아들이 일하러 가기 전에 고비사막 횡단요령을 알려 달라고 부탁했다. 여기서는 고비사막 여행 프로그램이 없으니 일반 여행 상식조차 얻기가 힘들었다. 아들이 나가서 알아보겠다고 약속했다.

그동안 두 사람은 서로 신상에 관한 얘기를 나누었다. 이강석은 기왕 사업가로 행세한 김에 그대로 밀고 나기로 했다. 자기는 총정치국 외화벌이 일꾼으로서 연길을 오가다가 윗선에 뇌물을 제대로 고이지 않아 반동으로 몰리게 되어 탈북을 결심하게 되었다고 소개했다. 이에 고민옥은 자기는 가족을 먹여 살리려고 국경연선을 오가며 장사를 했는데 밀수꾼으로 몰려 체포영장이 떨어지는 바람에 도강하게 되었다고 소개했다. 그리고 보니 두 사람은 돈을 주물럭거리다가 온 사람들이었다. 말하자면 돈맛을 본 사람들이란 것이다. 이강석이 허허 웃으며 농담을 했다.

"고럼 우리는 돈에 살고 돈에 죽읍세다."

"서울에 가서 돈벌이 사업을 하시라요, 호호호."

여기 오기까지 계속 긴장 속에 살았는데 한때나마 여유를 찾았다. 그 만큼 두 사람은 세파에 시달려도 살아날 사람들이었다. 저녁때가 되자 아들이 돌아왔다. 고비사막을 통해 울란바토르로 가는 여정에 필요한 정보를 알려주었다. 북경까지 기차를 타고 가서 몽골행 기차로 가라 타야 한다는 것이다. 북경역에서 내려 몽골행 기차 편을 알아본 후 국제선 기차표를 사지 말고 국내선 얼렌하우트행 표를 사서 가란다. 얼렌하우트는 국경도시인 만큼 검문검색이 심하니 조심하라는 당부도 잊지 않았다. 그런데 문제는 얼렌하우트에서 고비사막루트를 알아야 한다는 것이다. 이 루트를 안내하는 탈북 브로커가 예전엔 있었으나 지금은 거의 없는 것 같다고 걱정했다. 이강석은 엄두가 나지 않아 한 숨을 쉬었다. 고민옥도 당황해 하기는 마찬가지였다. 북경에 가봐야 알지 멀리 떨어진 대련에서 북경도 아니고 저 몽골 쪽 국경도시 사정을 어떻게 알 수 있겠는가 싶었다. 한참 고개를 숙이고 있던 그녀가 고개를 번쩍 들며 말했다.

"방법이 있시오. 하늘이 무너져도 솟아날 구멍이 있다고 했잖간."

이강석이 무슨 얘기인가 싶어 눈길을 주었다. 그녀는 방긋 웃더니 대수롭지 않게 한마디 했다.

"북경역에서 철도 공안한테 뇌물을 고이면 알 수 있시요."

3

이교민은 박대홍이 방에 들어오자 강난희를 불러 세 사람이 긴급 모임을 가졌다. 그는 하얼빈에서 아내의 의문의 죽음과 아들 종수의 납치 가능성, 그리고 강난희의 납치 기도까지 잇단 사건에 쫓겨 하얼빈을 떠나지 않으면 안 된다는 사실을 상기시켰다. 아내의 죽음과 아들의 실종사건이 모르기는 해도 하한식 일당에 의해 저지러졌을지 모른다는 의구심이 곁들여 떠나기로 한 것이다. 하얼빈에서 러시아에 가까운 지역으로 가려면 흑하시나 치치하얼 중 선택해야 했다. 그는 흑하시를 거쳐 바로 건너편인 블라고베셴스크로 가면 장차 연해주로 이동하기 쉽다고 설명했다. 그뿐만 아니라 이 도시가 바로 자유시참변 때 독립군이 동족인 오하묵 부대에 쫓겨 도강하던 역사적인 곳이라 가 볼만하다고 덧붙였다. 하지만 중러 국경분쟁 중이라서 국경을 넘을 수 있을지 장담하기 어려웠다. 만약 수소문 해보고 월경이 가능하다면 이곳을 통해 러시아로 가는 것을 제1 안으로 정했다. 다음으로 이 안이 여의치 않을 경우 치치하얼로 가서 만추리를 거쳐 치타로 가는 것을 제2안으로 정했다. 그러나 지금 당장 떠나야 한다면 흑하시보다 가까운 치치하얼로 가야 했다. 해서 모두의 의견을 종합한 결과 밤이 늦은 만큼 일단 치치하얼로 가서 다시 행선지를 의논하기로 했다.

　이교민 일행 세 사람은 부랴부랴 짐을 챙겨 치치하얼로 떠났다. 거기서도 러시아인이 운영하는 모텔에 들었다. 치치하얼은 흑룡강성에서 하얼빈 다음으로 큰 도시인만큼 러시아인들이 적지 않았다. 소수민족 다우르어로 자연목장이란 뜻을 가진 치치하얼은 눈 강과 송넨평원 옆에 있는 도시였다. 이곳은 인구가 560여만 명이나 되며 거주자는 한족과 만주족, 조선족과 몽골족이 많았다. 이교민에게는 이런 지리적 상황보다 치치하얼 하면 떠오르는 인물이 있었다. 한민족이 일제에 짓밟혀 유랑민족이 되었을 때 이곳에 독립운동기지를 만들고자 한 분이었다. 잘 알려진 김규식 선생의 처남인 김필순 선생이었다.

　그는 세브란스병원(구제중원) 1기 졸업생으로서 대한 최초의 양의사였는데 중국으로 망명, 통하에서 병원을 개업하고 뒤이어 망명한 이회영과 김동삼 선생들이 설립한 신흥학교 운영을 도왔다. 그러나 1916년 일본 영사관의 압박으로 선생은 북만주 멀리 치치하얼로 가서 개업하게 되었다. 그는 여기서 조선인 이상촌 건설을 목표로 새로운 독립운동 기지 설치를 꿈꾸었다.

안중근 의사의 이토 히로부미 저격 후, 1910년 독립운동 자금을 마련하기 위해 국내에 잠입한 의사의 동생 안명근의 피체로 발단된 105인 총독 암살미수사건이 있었다. 김필순은 이에 연루되어 신변이 위태로워지자 1912년 1월 1일 새벽 단신 병원을 탈출하여 망명길에 올랐다. 그때 여동생 김순애를 불러 와서 일을 돕도록 했다. 순애는 오빠의 지원으로 남경에서 공부하던 중이었는데 몽골 고린(후에 울란바토르로 개명)에서 사업 활동을 하던 김규식 선생과 혼담이 오갔다. 김규식 선생은 김필순의 스승이었던 미국 선교사 언더우드의 도움으로 영어를 배우게 되었다. 그래서 언더우드의 부인이 황후를 배알할 때 여덟 살 어린 나이에 통역을 맡은 것이 인연이 되어 도미 유학을 했다. 그는 귀국 후 김필순과 친교를 맺은 인연으로 그의 여동생 김순애와 결혼을 하고 그의 야심찬 설계에 동참할 준비를 갖추었다. 그러나 김필순을 노리던 일본 영사관의 밀정이 병원에 잠입하여 그를 독살하고 만다. 그의 독살 진상은 어처구니없는 것이었다. 어느 날, 무리해서 감기 기운이 있었다. 별 문제가 없는 것을 병원을 찾아온 젊은이가 수술해서 완치하겠다며 주사를 놓았다. 결국 이 주사로 독살 당한 운명이 되고 말았다. 이역만리 북만주 치치하얼에 이상촌을 세우려던 꿈이 덧없이 사라져 간 순간이었다.

또 하나 치치하얼 출신 동포가 마지막 만주국 황제 부의를 전범으로 관리한 일화가 역사의 아이러니를 증명한 곳이었다. 김원이라는 소년이 아버지를 따라 이곳까지 와서 국민우급고등학교를 마친 후 팔로군에 입대했다. 그 후 흑룡강성 정부 공안처 소속이었던 것이 인연이 되어 소련으로부터 압송되어 온 부의 등 전범들을 수이펀허에서 인수했다. 이른바 만주국 시대에 관동군에 의해 추대된 꼭두각시 황제 부의 등 만주국 전범들을 중국에서 처리하도록 하여 무순전범 관리소에 수용하게 되었던 것이다. 김원은 이때 통역 겸 관리자로 부의를 만나게 되었고, 그의 수감생활 중 과장, 부소장, 소장이 되어 그와 함께 했다. 치치하얼에서 부의를 황제로 떠받들며 생활해야 했던 그는 거꾸로 부의가 그의 지시를 따라야 하는 전범관리소 소장으로서 서로 대면하게 되었던 것이다. 역사의 아이러니가 연출된 순간이었다.

다음날, 모텔 주인을 통해 수소문한 결과 아직 국경이 열릴 기미를 보이지 않고 있다는 것이었다. 언제까지나 기다릴 수 없는 처지라 블라고베셴스크와 치타행은 취소할 수밖에 없는 상황에 몰렸다. 이교민은 깊은 고민에 빠지지 않을 수 없었다. 가족까지 희생시키면서 연해주로 넘어가서 자신의 연해주구상을 실현시키는데 온 생애를 걸각오였던 그는 착잡한 심정으로 대처방안을 찾는데 몰두했다. 그때 강난희가 문을 열고 들어왔다.

"선생님, 무엇을 골똘히 생각하십네까?"

그는 무슨 비밀을 들킨 사람처럼 놀란 듯 고개를 획 돌렸다.

"아, 강 동무, 어서 오구레."

그는 누구보다 신임하는 그녀에게 솔직한 자신의 심정을 털어놓았다. 그녀도 이 선생의 복안을 잘 아는 바라 섣불리 단정적으로 방향을 잡을 수 없었다. 선생님의 숭고한 정신을 높이 사고 있는 그녀로서는 무조건 선생님의 계획에 따라야 했으나 사태가 여의치 않아 문제였다. 일행 세 명이 모두 한 길로 가면 좋겠지만 나머지 한 사람이어떤 생각을 가졌는지 확인할 필요가 있었다.

"선생님, 저는 무조건 선생님과 생사를 같이 하기로 각오한 바 있습네다. 다만 나머지 한 사람의 의견이 어떨지 물어 보셔야 하지 않갔습네까?"

그리하여 일행 세 사람은 아침부터 이교민의 방에 모여 앞으로 행선지와 일정을 의논하게 되었다. 그로부터 전반적인 상황을 전해들은 일행은 역시 러시아로 넘어가느냐, 아니면 서울로 갈 안전한 루트를 찾아가느냐, 갑론을박을 계속했다. 특히 박대홍이 나서서 서울로의 안전한 루트를 찾자고 주장했다. 그는 러시아 쪽은 당분간 양국의 분쟁사태가 풀리지 않는 한 기대할 수 없다는 점을 강조했다. 그런데 무작정 긴장사태가 풀리기를 기다리다가 일을 그릇 칠 수 있다고 못박았다. 난감한 이교민은 말문을 닫고 침묵 속에 빠졌다. 그의 표정을 살핀 강난희가 나섰다.

"박 동무 말도 일리가 있습네다. 하지만 우리는 가능한 한 선생님의 뜻을 존중하기로 하는 것이 좋지 않을까요?"

박대홍이 이의를 달고 나왔다.

"강난희 동무레 선생님 얘기를 하지만 우리 앞에 놓인 현실이레 있지 않간. 이 현실을 무시하고는 어드렇게 서울로 가겠단 말입네까?"

그는 은연 중 연정이 깃든 시선을 그녀에게 던졌다. 될 수 있으면 그녀와 함께 무사히 서울로 갔으면 했다. 논란을 지켜보고 있던 이교민이 드디어 입을 열었다.

"일행의 안전과 자유가 무엇보다 중요합네다. 내레 여러분이 안전하게 서울로 가서 자유세상을 맞아들이기를 간절히 바라오. 기럼 내레 혼자서라도 러시아 연해주로 가갔시오."

결국 이교민은 연해주 구상을 위해 혼자 러시아로 가겠다는 얘기였다. 이것은 일행과의 결별을 뜻했다. 순간 강난희는 선생님과 동행을 결심했다. 이교민과 탈출의 동반자가 된 그녀는 선택의 여지가 있을 수 없었다.

"내레 선생님과 함께 러시아로 가갔시오."

그녀의 단호한 한마디에 이교민은 물론 박대홍도 놀라는 눈치였다. 특히 박대홍은 자칫 잘못 하면 그녀와 헤어질지 모른다는 불안감이 다가왔다. 어떤 이유를 대든지 이교민의 러시아 행만은 막지 않으면 안 되었다. 그가 중재에 나섰다.

"선생님의 뜻을 헤아려 사태가 호전될 때까지 좀 기다려 보고, 그래도 여의치 않으면 몽골루트를 선택하시자요."

강난희는 바로 응답을 하지 않고 주춤했다. 박대홍은 잠시 머리를 굴린 후 제의했다.

"선생님의 러시아행은 내레 책임지고 완수토록 하갔습네다. 지금 수이펀허 쪽은 물론 헤이허(흑하)나 만추리 등 중러 국경 쪽은 모두 막힌 상태이니 우회로를 선택하는 것이 현명한 방법일 겁네다. 그 후 러시아로 들어갈 수 있는 루트를 찾도록 내레 온 힘을 다 하갔시오."

이교민은 박대홍이 제안한 우회로가 현실적인 방안이 될 수 있음을 부정할 수 없었다. 그의 말로는 내몽고를 통해 몽고 수도 울란바토르로 가는 길이 안전하다는 얘기를 들었다고 한다. 그는 올란후트라는 국경도시로 가서 고비사막으로 들어가야 한다고 비교적 상세한 정보를 알려주었다. 모텔 주인에게 내몽고 국경 도시 올란후트가 어디인지 물었다. 주인은 고개를 한참 갸우뚱거리더니 올란후트란 도시는 없다고 잘라 말했다. 박대홍이 그럴 리가 없다며 내몽고 국경 도시라고 다시 한 번 얘기하자 주인은 지도를 가지고 와서 그들 앞에 펼쳐 놓았다. 그는 우란하우트라는 도시를 손가락으로 가리켰다. 그 도시는 치치하얼에서 남쪽으로 내려가서 백성시에서 서북 쪽 내몽고에 있었다. 박대홍은 무엇이 잘못 된 양 계속 고개를 갸우뚱거렸다. 그는 기억이 분명치 않지만 우란하우트는 아닌 것 같다고 했다. 그러면 올란후트라는 도시가 어디에 있기는 있는 것인가. 발음이 비슷해 헷갈리기 좋은 곳이었다. 이 바람에 행선지를 정하지 못한 채 하루를 넘기게 되었다.

박대홍은 저녁 식사 후 모처럼 와 본 치치하얼 시가지 구경에 나섰다. 중심가에서 유흥가로 꺾어 든 길목에 왔을 때 갑자기 호루라기 소리가 귀청을 때렸다. 놀란 그는 자신이 공안의 표적이 된 줄 알고 얼른 가게로 들어섰다. 공교롭게도 그 가게는 한국인 교포가 운영하는 전자제품 대리점이었다. 마침 사장이 나와서 그들을 맞았다.

"죄송합네다. 저기 공안이 쫓아오는 것 같아 잠시 피하려 왔습네다."

"아, 어서 오세요. 북한에서 오셨나요?"

그들의 말씨가 한국인 같지가 않아 북한 사람으로 알았다.

"네, 북조선에서 왔습네다."

"그렇군요. 여기 와서 앉으세요."

사장은 친절하게 그들을 맞아 들였다. 그들은 창 밖에 신경을 쓰며 앉아 있었으나 공안이 이쪽으로 오지는 않았다. 안심한 김에 물었다.

"몽골로 가려면 올란후트라는 국경 도시를 넘어가야 한다는 얘기를 들었는데 올란후트가 어딘지 아십네까?"

"올란후트요? 그런 곳은 없습니다. 우란하우트라고는 있는데 그곳은 백성시 위쪽에 있어요."

"네, 알았습메다."

박대홍이 탈출로를 알아보고 있을 때 어떤 사내 하나가 헐레벌떡 들어왔다. 보아하니 행색이 후줄근해 보였다. 자세히 보면 북조선 사람 같았다. 사장이 그에게 다가가며 물었다.

"무슨 볼일이 있으신가요?"

"네, 죄송함메다. 공안에 쫓기다가 조선 글 간판이 있어서 들어왔슴."

그는 아까 공안이 호루라기를 불며 달려왔을 때 골목으로 숨어들었다가 시간이 지나자 간판을 보고 이 가게를 들렀다. 사장이 박대홍을 그에게 소개했다.

"여기 이분들도 북조선에서 오신 분들인데 인사하세요."

사내는 순간 당황한 표정을 짓더니 어쩔 수 없다는 듯 손을 내밀었다.

"반갑습메다. 김지욱이라고 하꼬망."

두 사람은 번갈아가며 통성명하고 악수를 했다. 사장은 이들이 북한을 이탈한 사람들인 줄 짐작하고 사무실로 안내했다. 여직원에게 차를 내오게 하여 대접했다. 그는 탈북자들이 이렇게 먼 곳까지 잘 오지 않는데 이들을 보고 의아하게 생각했다. 먼저 온 사람은 몽골로의 탈출로를 찾는 것 같았다. 하지만 지금 들어온 이 사람은 후줄근한 행색이어서 뭐 하러 왔는지 궁금했다. 김지욱은 세 사람의 표정을 번갈아 보다가 자신의 벌목장 탈출 사실을 알려주었다. 그는 시베리아 벌목장에서 탈출하여 중국 쪽으로 넘어 왔다가 공안에게 쫓기게 되었던 것이다. 사장은 시베리아 벌목공이 여기 오는 것은 드문 일이라 신기한 느낌마저 들었다. 두 사람은 초면이지만 같은 탈북자로서 한 배를 탄 것이나 마찬가지였다. 그들은 관심사인 탈출루트를 두고 자연스럽게 얘기를 나누었다. 여기서 몽골로 탈출하는 것이 가장 안전하다는데 의견을 모은 그들은 내몽고를 통한 길을 찾았다. 김지욱은 이때 자기가 들은 바를 얘기해 주었다. 국경 도시 얼렌하우트를 통해 고비사막으로 가는 길이 있다는 것이다. 그 말을 들은 박대홍은 얼굴이 환하게 펴졌다.

"아하 올란후트가 아니고 얼렌하우트였구만. 기래 그 도시가 어디메 있간?"

김지욱은 북경에서 몽골 가는 국제선을 타고 가면 국경선에 얼렌하우트가 있다고 말했다. 박대홍은 옳다구나 하고 그를 이교민에게 소개할 생각이었다.

숙소로 돌아온 박대홍은 김지욱을 데리고 이교민의 방으로 갔다. 그가 몽골루트를 잘 알고 있어서 데려왔다고 했다. 이교민은 그가 시베리아 벌목공으로 일하다가 탈출해 나왔다는 얘기를 듣고 관심을 나타냈다.

평양을 떠난 김지욱은 하바롭스크를 거쳐 체크도민에 도착했다. 거기서 시베리아 오지 띤다 제2임업연합기업소 소속 투타울 벌목장에 배치되었다. 그러나 몇 달 있지도 않아 문제에 부딪혔다. 월급을 다 주는 것이 아니라 30%만 주고 나머지는 국가에 바치는 것이었다. 그것마저 월급 줄 돈이 없다며 돈을 주지 않은 것은 예사였다. 일 자체는 순전히 몸으로 때우는 일이라 예상외로 고된 중노동이었다. 거기다가 하루 12시간 일한 것도 모자라 밤이면 사상학습이니 뭐니 해서 고단한 몸을 쉬지도 못했다. 그야 말로 본전 생각이 절로 났다. 외화벌이가 된다고 하여 뇌물을 시위원회며 도위원회에 바쳐가며 왔는데 막상 와서 본 벌목장은 지옥이나 마찬가지였다. 고향의 가족을 생각해서 억지로 참았다. 김일성이나 김정일 생일 같은 날에 모처럼 쉬게 되면 외출이 가능했다. 이때 친한 사람끼리 시내로 가서 식사를 하고 술을 마시는 경우도 있었다. 그는 이런 자리에서 벌목장의 실상을 듣게 되었다. 1990년대 중반부터 탈출자가 늘어나기 시작했다고 했다. 어떤 사람은 러시아 아가씨와 사귀어 탈출에 도움을 받았다는 얘기도 있었다. 점점 회의가 깊어가면서 그는 탈출을 꿈꾸게 되었고, 어느 날 야밤에 시베리아 타이가 짙은 자작나무 숲을 이용하여 결사 탈출을 감행했다. 핀다 시내 술집에서 주워들은 얘기로 몽골루트가 안전하다고 해서 치타를 거쳐 만추리로 들어왔던 것이다.

이교민은 그에게 치타에서 넘어 올 때 이쪽 국경 도시 만추리에서 별 일 없었는지 물어봤다. 그는 국경분쟁이 일어나기 전 만추리로 들어왔기 때문에 별 일이 없었다고 했다. 그러나 지금은 폐쇄 조치가 풀렸는지 모르겠다고 말했다. 그러면서 우회로를 통해 탈출한 후 러시아로 가게 되면 자기가 벌목장에서 탈출하여 중국까지 왔던 그 길을 역으로 더듬어 러시아로 안내해 줄 수 있을 것이라고 말했다. 이교민은 이 말을 듣는 순간 우회로를 선택해도 괜찮을 것으로 판단했다. 옆에 있던 박대홍에게 더 이상 치치하얼에서 지체할 수 없으니 얼렌하우트로 가자고 했다.

5. 그들의 정체

정대성은 김대 교수 일행의 탈출 여정에 우연히 제삼자가 끼어드는 것을 눈여겨봤다. 하얼빈행 후 우연한 기회에 밀수꾼과 인민매매 조직원이 끼어든 후 공교롭게도 이교민의 아내 살해와 아들 납치 사건이 일어나더니, 그 사건 때문에 쫓기다시피 다른 길로 나서려 할 때 또 강난희 납치 미수사건이 일어났다. 제삼자가 끼어든 것이 우연이라고 해도 사건이 잇달아 일어나고 있으니 단순한 우연 같지가 않은 것으로 보였다. 이런 우연이 겹쳐지며 사건이 발생하고 있는 것이 이교민의 여정에 불길한 징조가 아닌가, 의구심이 솟았다.

이런 생각에 미치자 치치하얼에서 우연이 벌목공 김지욱이 끼어든 것도 예사롭게 보이지 않았다. 하지만 그의 행적을 보면 의심스러울 것이 하나도 없었다. 그런데도 솥뚜껑 보고 놀라듯 하고 있는 자신이 면구스러워 얼른 고개를 저었다.

1

김지욱이 합류하여 일행은 네 명이 되었다. 날렵한 박대홍이 앞서고 그 뒤로 이교민, 강난희 따르고 마지막으로 김지욱이 뒤를 맡았다. 밀수꾼인 박대홍이 지금까지 어려운 일에 부딪힐 때마다 누구보다 순발력이 뛰어난 것을 보여주었다. 그래서 앞으로 얼렌하우트까지 갈 동안 어떤 난관이 닥칠지 모르므로 그가 선두에서 먼저 방향을 잡고 나가기에 적합했다. 김지욱은 시베리아에서 이곳까지 오는 동안 중러 양쪽 사회를 경험했기 때문에 일행의 배후를 지키는데 적합했다. 치치하얼 역에서 북경행 기차를 타고 가는 동안에는 각자 맡은 역할을 수행하는데 신경을 썼다. 이교민과 예의 50대로 분장한 강난희는 부부로, 박대홍과 김지욱은 각각 동생과 아들로 역할 분담을 했다. 도중에 공안이 기차표며 신분증 검사를 할 때면 으레 박대홍이 나서서 해결했다. 밀수를 하며 중국 공안을 상대한 경험이 도움이 되었다.

한밤중에 북경역에 내린 일행은 민박집을 찾았다. 역 주변에 크고 작은 각종 숙박업소가 있었지만 뜨내기가 많은 곳이라 피했다. 조금 멀기는 해도 안전한 곳을 찾아 차우양가로 가서 여관을 잡았다. 이들은 부근에 한국대사관이 있는 줄을 몰랐다.

아침에 식사를 마치자마자 북경역으로 가서 몽골행 국제선 기차 시간표를 알아봤다. 점심시간 이후 출발하는 표를 사고 가까운 천안문 광장으로 향했다. 일행은 입을 쩍 벌리고 놀랐다. 중국이 옛날부터 대국이라고 하더니 광장이 이렇게 넓을 줄 몰랐다. 천안문 앞에 서서 광장 쪽으로 보면 왼쪽에 인민대회당이 있고 모택동 동상이 정면에 우뚝 서서 오가는 관광객들을 내려다보고 있었다. 입장권을 사서 자금성으로 들어갔다. 줄을 서서 오가는 관람객들 틈에 끼어 경내를 돌아보았다. 도중에 강난희가 다리가 아프다고 해 건물 앞에서 잠시 쉬었다. 관광객이 하도 많아 쉬고 있는 주변에 쓰레기들이 널려 있었다. 청소차가 수시로 청소를 하고 다녔다. 박대홍이 무심코 청소차를 보는데 그의 눈길을 사로잡는 것이 있었다.

'보지청소(保持淸消)'

청소차 앞부분 위에 설치한 구호였다. 젊은 박대홍은 구호를 읽으며 혼자 싱긋 웃었다. 한문을 무시한 채 음역으로 읽으면 욕설이나 다름없는 문구였다. 천안문 광장 앞 시장거리에는 서울 남대문시장처럼 온갖 의류상점과 식당 등이 운집해 있었다. 거기서 대나무 잎에 쌀밥을 싸서 파는 요리를 점심으로 시켜 먹은 후 북경역으로 갔다. 역사 주변에는 여전히 인파로 붐볐다. 이 인파 속에는 어떤 사람들이 섞여 있는지 알 수가 없었다. 일찍이 일본군이 중국 대륙을 침공했을 때도 북경역사 주변에는 별의 별 사람들이 모여들어 우글거렸다. 그들은 제가끔 노리는 상대를 찾아 눈동자를 굴리며 돌아갔다. 당시 국제호텔 같은 숙박업소는 밀정의 소굴이나 다름없었다고 한다. 상해를 거점으로 하는 임시정부 첩보원을 노리는 왜경과 일본군 헌병의 밀정들, 태항산을 중심으로 한 조선의용군 투사들을 노리는 역시 일본 밀정들, 그뿐만 아니라 이 대륙에 이해관계가 있는 미영소 측 첩보원들이 이 호텔에 진을 치고 촉각을 곤두세웠다.

북경에 발을 내디딘 이교민은 1910년 한일합방 후 독립운동에 관심을 가졌던 많은 인사들이 만주를 통해 북경을 거쳐 상해로 갔던 일을 떠올렸다. 일본을 통해 배편으로 갈 수도 있었지만 감시가 심해 육로로 길고도 긴 여행을 하지 않으면 안 되었다. 뿐만 아니라 학도병으로서 일본군에 징집되어 온 조선 청년들이 북경을 거쳐 내륙지방 전선으로 배치되어 갔다. 상해로 간 인사들은 상해임시정부에 참여하는가 하면 공산주의 지하조직을 통해 태항산 조선의용군에 입대하여 연안의 모택동 군과 합동작전에 나섰다.

상해로 망명한 박헌영과 임원근, 김단야, 허정숙과 주세죽, 고명자 등이 항일과 공산주의운동의 길을 모색한 후 다시 경성과 모스크바를 오가며 활동했다. 한편 일본군에 소속되어 있던 학도병들 중 일부는 탈출하여 광복군 진영으로 찾아갔다. 예컨대 김준엽, 장준하, 이병주 등이 그런 길을 택했다.

김산으로 알려진 장지락도 상해로 갔다가 광동 민중봉기에 참여했으며, 중국공산당 북평시위원회 조직부장을 역임한 후 나중에 연안에서 중국항일군정대학 교관으로 활동했다. 그러나 그의 행적에서 정체를 의심 받아 처형되었다. 정률성도 상해를 거쳐 연안으로 가서 교관을 하면서 팔로군 행진곡(나중에 중국인민해방군 행진곡으로 됨)을 작곡하는 등 같은 행로를 걸었다. 이들의 행적은 독립운동보다는 대체로 중국 공산당 활동이 두드러진 것으로 알려졌다. 특히 김산은 친중공 성향의 님 웰스(본명 헬렌 포스터 스노우, 친공 성향의 미국 기자 에드가 스노우의 전 부인)가 연안에서 그를 만난 후 애정을 느끼며 쓴 '아리랑'이 1960년대에 남조선에 몰래 소개되면서 독립투사로 과장된 경향이 없지 않았다.

이교민 일행은 북경에 온 김에 북경 주재 한국 대사관을 통해 망명을 하는 것이 어떨까, 잠시 검토해봤지만 곧 포기했다. 북경 대사관 주변에는 북한 공작원의 감시가 강화되어 함부로 한국 공관으로 접근했다가 그들에게 붙잡힐 확률이 높았다. 새로운 실권자로 등장한 김정은이 중앙군사위원회 위원장에다 국방위원회 제일위원장 직함을 가짐에 따라 어떤 반발이 있지 않을까, 하는 경계심에서 권력층 내부단속은 물론 탈북을 막기 위해 한국공관 주변의 감시를 더욱 강화했던 것이다. 이들은 감시가 강화된 만큼 공관 접근이 위험하다고 판단했다. 북경을 얼른 벗어나려고 울란바토르행 국제선 기차를 탔다. 북경역에서는 몽골행 표를 살 수 없어 여기저기 물어 보았더니 역에서 3백 미터쯤 떨어진 곳에 있는 북경국제호텔 로비 한쪽에 매표소가 있었다. 울란바토르행은 화 수 목 토요일에만 운행하고 있었다. 모두 자리를 잡자 한 숨 돌렸다. 하얼빈과 수이펀허를 거쳐 치치하얼에서 여기로 오는 동안의 어려웠던 여정을 뒤로 한 채 자유에로의 탈출여정을 재촉하고 있었다. 얼렌하우트에 무사히 도착하기만 하면 마지막 탈출여정이 그들을 기다리고 있을 것이었다. 이교민은 예상치 못한 사태로 이렇게 우회로를 택한 것이 잘 한 것인지 새삼 긴가민가했다. 워낙 적극적인 박대홍이 우회로를 통해 탈출하게 되면 러시아로 갈 수 있도록 하겠다는 바람에 응했지만 앞일을 알 수 없었다. 강난희는 그의 옆에 앉아 역시 지나 온 여정을 돌이켜 보고 있었다. 뭐니 해도 이번 탈출여정에서 문교민 선생님을 만난 것이 그녀로서는 크나큰 은혜였다. 앞으로도 아무리 어려운 일이 닥칠지라도 선생님 곁에서 그 분을 지켜 드리는 것이 이 은혜에 대한 보답이라고 여겼다. 건너편에 앉은 김지욱도 나름대로 자유에로의 여정에 깊은 관심과 기대를 가지고 마음을 다지고 있었다. 단 하나 박대홍만이 이들과는 다른 좌석에 앉아 다른 생각을 하고 있었다. 한 자리에는 한족이 앉아 있었기 때문에 자기는 어쩔 수 없이 다른 자리에 앉을 수밖에 없었다. 그러나 결과적으로 다른 자리에 앉아 다른 생각을 하게 된 그는 마치 의도적으로 따돌림을 당한 것 같은 기분이 들었다.

  얼렌하우트역에 내린 일행은 어리둥절했다. 북경에서 서북쪽으로 한참 올라온 사막지대 오지였다. 이 도시는 내몽골자치구 시린궈러맹(중국어 시린골맹, **錫林郭勒盟**) 행정구역 현 급 시로서 인구 7만 명의 소도시였다. 바로 건너편에는 몽골 국경도시 자민우드가 있었다. 일행은 우선 몽골행 기차표를 훑어 봤다. 겉으로 말을 하지는 않았지만 모두 저 기차를 타고 울란바토르로 직행했으면 하는 마음이 간절했다. 북조선도 아닌 중국에서 자유롭게 국제선 열차를 타고 자유를 찾아 갈 수 없다는 사실을 믿고 싶지 않았다. 명색이 유엔 안보리 이사국인 중국이 기본적인 인권마저 외면하는 것이 아니라 악랄한 북조선의 탄압에 맞장구치며 탈북자들을 잡아 강제 북송시키고 있는 현실을 어떻게 해야 할 것인가. 마음속으로 울분을 씹고 있을 때 박대홍이 말했다.

"동무들 갑세다."

일행은 역 주변을 벗어나 한족이 운영하는 민박집에 묵었다. 박대홍이 서투나마 말이 통해 큰 불편은 없었다. 민박집 주인에게 얼렌하우트에서 울란바토르로 가는 은밀한 루트가 어디 있는지 물었다. 그는 잘 모르겠으나 이전에 밀수꾼들이 다니는 루트가 있을 것이라고 알려주었다. 이쪽이고 저쪽이고 국경 역에서는 감시가 심해 밀수꾼들이 낙타를 끌고 고비사막을 횡단하여 다녔다고 알려주었다. 수소문해 보면 그들이 다녔던 길을 알 수 있을 것으로 낙관했다. 내일 낮중으로 밀수 루트를 알아보고 저녁에 고비사막 횡단을 시작하기로 했다. 모두들 사막 횡단에 앞서 갖추어야 할 기본 물품과 장비를 챙기기로 하고 일찍 잠자리에 들었다.

이교민이 아침 일찍 일어나 강난희에게 챙길 짐을 꾸리라고 하려는데 그녀가 밖에서 급하게 들어왔다.

"선생님, 큰일 났습니다. 김지욱이 변을 당했습니다."

"아니, 뭐이 어드레? 김지욱이 변을⋯."

그는 말하다 말고 갑작스런 사태에 어안이 벙벙했다. 거친 고비사막을 헤쳐 나가기 앞서 이런 불상사가 생겼다는데 충격을 받았다. 옆에 있던 강난희도 놀라 어쩔 줄 몰랐다. 두 사람은 황당한 기분에 빠져들었다. 강난희가 김지욱의 시체를 발견한 경위를 설명했다. 화장실에 가니까 세면도구들이 떨어지고 널려 있어서 의아하게 생각하고 주위를 둘러봤다. 한쪽 화장실 문이 빠끔히 열려 있었다. 그녀가 안으로 들여다보는 순간 뒤로 나자빠질 뻔했다. 김지욱이 변기 옆으로 쓰러져 있었다. 시체를 살펴보니 별 이상은 없고 얼굴에 맞은 듯한 타박상이 있었으며, 목이 유난히 한쪽으로 기울어져 있었다고 했다. 사태를 어떻게 수습해야 할지 망설이고 있는데 박대홍이 나타났다. 밀수루트를 알아보려 아침 일찍 밀수꾼을 만나러 갔다가 오는 중이라고 했다. 그는 그제야 김지욱이 시신으로 발견된 것을 알았다. 그 얘기를 듣자말자 갑자기 서둘기 시작했다. 공안이 들이닥치면 볼 장 다 본다며 빨리 이곳을 뜨자고 재촉했다. 아닌 게 아니라 주인이 알게 되면 한바탕 소동이 일어날 것은 불을 보듯 뻔했다. 이교민이 나섰다.

"사정이 급박하게 된 만큼 떠날 채비를 빨리 서둘러야 하오."

박대홍이 거들었다.

"김지욱 동무에겐 미안한 일이지만 시신을 두고 갈 수밖에 없시오."

일행은 그가 이끄는 대로 밀수루트라는 곳을 찾아 떠났다.

그때 이강석과 고민옥은 얼렌하우트역에 내려 근처 여관에 방을 잡았다. 역에 도착하자마자 그녀가 이야기했던 대로 역 안전원에게 뇌물을 고이고 은밀하게 고비사막을 건널 수 있는 길을 물었다. 안전원은 뜻밖에 용돈이 생겼다 싶은지 벙글거리며 그녀에게 친절을 보이려고 안달했다. 그녀가 보기에 징글맞기도 하고 엉큼하기도 했다. 무엇을 먹고 배는 그렇게 불거졌는지 임신한 배처럼 불룩한 배를 그녀에게 들이밀 때는 만정이 떨어졌다. 해서 될수록 그로부터 멀리 떨어져 얘기를 하려 했다. 안전원은 그러든지 말든지 제 좋을 대로 그녀

에게 바싹 다가붙어'흔 하오 흔 하오' 하며 연신 친절을 베풀고 있었
다. 여관까지 따라와서 방을 잡아주고, 가까운 슈퍼에 들러 소비품을
사도록 도와주었다. 옆에 따라 다니는 이강석은 아무 할 일이 없어
심심할 판이었다. 그러나 마다할 이유가 없었다. 그와 함께 다니면 우
선 공안에 걸릴 위험이 없고, 역 주변 불량배의 표적에서 벗어날 수
있어서 좋았다. 그 뿐이랴. 얼렌하우트 일대 지리나 생활정보를 얻을
수도 있었다. 어쨌거나 그 덕분에 고비사막 횡단 준비는 제대로 할
수 있었다.

이강석과 고민옥은 풍보 안전원 덕택에 여장을 잘 꾸려 고비사막
횡단 길에 나서려던 참이었다. 막 얼렌하우트역 근처를 지나고 있을
무렵 고함소리가 들리더니 소란이 일었다. 무슨 일인가 싶어 주변을
둘러보는 순간 한 떼의 남녀가 자기들 앞으로 달려오고 있었다. 그들
은 뜻 밖에 조선말을 하고 있었다.

"사람 좀 살려 주셔요!"

이강석 앞에 다다른 여인이 다급하게 외쳤다. 그녀의 뒤를 이어 60
대로 보이는 남자와 40대 후반으로 보이는 남자가 서둘러 달려왔다.
이강석은 그들이 위험에 처한 것을 직감하고 고민옥에게 그들을 데
리고 피신하라고 일렀다.

박대홍으로부터 얘기를 들은 이강석은 우연히 그들과 탈출여정을
함께 하게 되었음을 실감했다. 고비사막 탈출 루트를 찾기 위해 그들
이 국경지역으로 나서던 길이었는데 뒤를 따르던 정체불명의 사내들
이 갑자기 '거기 서라!'며 고함을 질러 멈칫 섰다. 행색을 보니 국경지
역을 배회하며 밀수꾼을 등쳐먹거나 몰래 국경을 넘나드는 사람들을
밀고하는 작자들 같았다. 그래서 예의 박대홍이 앞에 나서 놈들을 맡
았다. 그러나 혼자서 몇 놈을 감당하기에 힘이 부쳤다. 거기다가 소란

통에 공안이 들이 닥치는 바람에 강난희가 엉겁결에 고함을 지르게 되었다고 했다.

이강석은 하마터면 큰일 날 뻔했다고 위로한 후 이교민과 강난희를 만나 탈출여로를 함께 하기로 했다. 그들 일행은 안전원에게서 들은 정보를 이용하여 밀수루트를 찾아내고 고비사막 탈출로에 들어섰다.

2

일반 탈북자들처럼 내몽골 지대를 거치지 않고 바로 국경선을 넘어 몽골로 들어서게 되는 것이 그들에게는 큰 장점이었다. 그러나 낯 설고 물 설은 그곳을 통과하는데 어떤 어려움이 있을지 가늠하기 어려웠다. 울란바토르로 가는 길에 펼쳐진 땅은 고비사막이었다. 얼렌하우트에서 국경을 건너면 처음 마주하는 곳이 자민우드이지만 탈출자들은 기차를 타고 갈 수가 없어 사막횡단의 고행 길을 선택이 아니라 운명적으로 받아들이지 않으면 안 되었다. 무슨 수를 쓰든지 울란바토르까지만 가면 우호국의 편의를 볼 수 있을 것이라는 기대감에서 사막을 두려워하지 않았다. 몽골은 고려시대부터 교류가 있었던 곳이었다. 중국에서 낡은 나라로 비하하여 몽고라고 불렀지만 한국과 국교가 수립된 후로 몽골이라는 나라가 한국에 우호적이었던 것도 역사적 배경이 있었다. 고려 왕조가 몽골과 교류하며 형성한 몽고풍과 고려양은 두 나라 사이에 문화적 융합을 가져 왔는데 여기에 여인들의 영향이 없지 않았다고 한다. 고려 여인이 몽골 왕조를 비롯 고관 대신의 집안에 들어가고 몽골 여인이 고려에서 같은 위치를 차지하게 되었던 것이다. 먼 조상에 서로의 피가 엉겨 있는 나라, 몽골로 가는 길은 고난의 길이라 해도 한민족의 후예가 가봄직한 곳이었다.

이교민 일행은 억압의 나라에서 벗어나서 바로 그런 나라로 탈출로를 열어가고 있었다. 황량한 고비사막에는 모래벌판보다 황무지가 허허롭게 널리 퍼져 있었지만 이들이 선택한 탈출로는 사막지대여서 매우 단조로웠으며, 천연의 무늬를 이룬 모래 언덕이 그나마 탈출여정에 변화를 주었다. 얼마를 걸어가야 초원을 만나고 오아시스를 만날 수 있을지 아무도 몰랐다. 그저 망망대해를 일엽편주로 건너는 것처럼 발밑에 흐트러지는 모래와 머리 위로 불어오는 바람에 몸을 싣고 정처 없는 발걸음을 놀릴 수밖에 없었다. 벌써 가을로 접어들어 낮의 태양이 그렇게 더위를 쏟아내지 않을 지라도 모래바람이 불어닥치면 가는 길을 막을 뿐만 아니라 눈이니 입 코를 수건으로 막고 버티느라 한바탕 힘겨운 몸살을 앓지 않으면 안 될 것이었다. 그러고 나면 또 모래에 파묻히는 발을 빼내느라 힘을 쓰며 앞으로 앞으로 내다를 것이었다.

일행은 꿈도 꾸어보지 못한 사막횡단의 험난한 앞길에 대한 두려움을 미처 깨닫지 못한 채 헐레벌떡 달려가기 바빴다. 드디어 몽골로 가는 길에 들어섰다는 안도감도 잠시 중국 공안이 뒤쫓는 것 같은 불안감에 발걸음을 재촉하고 있었다. 앞 사람의 발뒤꿈치에 시선을 고장하여 달리는 사람들의 얼굴에는 극도의 긴장감이 흘러넘쳤다. 가다가 조난을 당해 죽을 각오를 하고, 먹거리가 떨어져 굶어 죽을 각오를 하고, 병들어 죽을 각오를 하고 나선 그들이었지만 공안에게 잡혀 북송되어 죽을 것을 생각하면 온몸이 오싹 쪼그라드는 것 같았다. 그런 만큼 그들은 가쁜 숨을 내쉴 겨를도 없이 북조선의 잔인한 올가미에서 벗어나 될수록 멀리멀리 달아나고자 하는 조급한 마음에 안간힘을 쓰고 있었다. 북조선의 제2독립을 구상했던 김대 교수를 비롯 자유를 찾아 나선 이들의 실존투쟁 현장이 펼쳐지고 있는 중이었다.

　이교민 일행은 이틀째 고비사막을 걷고 있었다. 구급배낭을 하나씩 짊어지고 가는 만큼 갈증이 나면 각자 물을 아껴가며 마셨고, 배가 고프면 빵이라든가 간이음식으로 허기를 채웠다. 역시 박대홍이 선두에서 일행을 선도해 나갔다. 이강석은 맨 뒤에서 일행을 뒷받침했다. 아직 사막에 들어 온 지 오래 되지 않았기 때문에 사막횡단이 그렇게 어려운지 몰랐다. 다만 초가을이 가까워오고 있어서 낮에는 덥고 밤에는 추운 것이 문제였다. 밤낮의 대처는 물과 옷가지로 해나갔다. 낮에는 물로 목을 축이며 더위를 이겨내고, 밤에는 배낭에 든 옷을 끄집어내어 덮고, 잠잘 때는 서로 몸을 붙여 체온을 덥혔다. 이교민은 잠을 자기 전에 김지욱의 일을 생각했다. 우회로로 탈출 후 러시아행을 도와주겠다던 그가 비명에 가버렸으니 장차 러시아행은 어떻게 될 것인가, 마음이 무거웠다. 왜 자꾸 러시아에서의 활동 구상을 방해하는 요인이 겹치는지 알다가도 모를 일이었다. 한 낮에는 기온이 올라가므로 움푹 파인 모래언덕 밑에 드러누웠다. 대신 저녁 무렵에는 낮에 뺏긴 시간을 벌충하기 위해 강행군을 계속했다. 유행가 가사처럼 가도 가도 사막의 길은 끝날 줄 몰랐다. 이교민은 길고도 긴 사막을 횡단하여 며칠을 가야 하는 데는 육체적인 끈기가 필요한 만큼 정신적인 지구력도 함께 지탱하여야 될 것이라고 여겼다. 해서 에너지가 고갈되지 않은 범위 내에서 보폭을 늘리고 서로 이야기를 나누어 가자고 제의했다.
　"동무들, 니 얘기나 하며 가자요. 기래야 지루하지 않고 갈 수 있잖간."
　그의 말에 모두 고개를 끄덕거렸다. 이에 힘을 얻은 그는 먼저 입을 열었다.

"강난희 동무 일전에 평양 갔던 니얘기했는데 어드렇게 됐시오?"

"아 네, 외할아버지가 열사릉에 모셔져 있다 해서 고마운 마음에 외할머니가 쓰신 회고록을 한 부 가지고 갔었어요. 그 책을 선전선동부 부부장에게 전했는데 그게 말썽이 된 겁니다."

"말썽이 되다니 외할머니가 무슨 반동적인 니얘기를 썼던 모양이네."

"아네요. 반동은 무슨… 결혼한 지 6개월도 채 안 돼 경찰에 쫓기는 몸이 된 외할아버지가 그길로 고향을 떠나 소식이 없어졌어요. 나중에 알고 보니 남로당 관계자를 통해 서울에서 전평(전국조선노동자평의회) 선전부장을 했데요."

"기럼 노동자 조직활동을 했다는 니얘기군."

"그래서 남로당 측이 해주에서 개최한 남조선인민대표자대회에 참석한 후 남쪽으로 내려오지 않고 북조선에 주저앉고 말았지요."

일행 중 여성이 단 둘 뿐이라 강난희 옆에서 나란히 걷고 있던 고민옥은 이 대목에서 유달리 관심을 나타냈다.

"기럼 외할아버지가 남로당 일에 적극 참여하셨겠네요."

"그럼은요. 1948년 8월 21일 해주에서 열린 남조선인민대표자대회에서 박헌영 선생이 특별히 할아버지를 불러 치하해 주시고, 모스크바 유학까지 주선해 주셨데요."

"네? 모스크바 유학까지 주선했어요? 박헌영 동지가요?"

강난희는 그녀가 박헌영 선생 얘기에 왜 그렇게 놀라는지 몰라 고개를 갸우뚱했다. 그리고는 하던 얘기를 마저 했다. 유학 꿈에 가슴이 부풀었던 외할아버지는 남쪽에 남겨 두고 온 갓난애조차 만날 생각을 잊은 채 유학 준비를 서둘렀다. 그런데 박헌영으로부터 남조선으로 가서 혁명기지 확보를 위한 활동을 하라는 지시를 받았다. 서울에서 철도국 일을 하던 고향 아저씨가 남조선인민대표자대회에 참석했다가 외할아버지를 만나 동향인 끼리 얘기를 주고받을 기회가 있었다. 그때 외할아버지가 신상 얘기를 하더라고 나중에 전해 들었다. 그 자리에서 고향에 있는 외할머니가 딸을 낳았다는 소식을 전해주었다고 했다. 고민옥은 그 뒤 일이 궁금했다.

"기럼 외할아버지가 남쪽에 내려와서 외할머니를 만나셨겠시오."

강난희는 이 말을 듣자 코끝이 시큰둥해져 오는 것을 느꼈다. 늦으나마 당연히 어린 딸과 아내를 보러 왔어야 했던 외할아버지는 끝내 소식도 없는 채 빨치산을 활동을 하다가 전사하고 말았다. 거기다가 시신마저 찾지 못했다.

"아네요. 외할아버지는 박헌영 동지의 지시에 따라 6·25전쟁 전 남조선에 혁명 기지를 건설하여 남침 시 일제히 들고 일어나서 남조선을 하루아침에 뒤집어엎어 버리려는 전략적 계산에서 남조선에 침투했어요. 태백산맥을 활동 무대로 해서 동해지역 빨치산을 이끌도록 했던 것이지요."

"기래도 가족을 만날 기회는 있었을 것 같은데 어드렇게 됐시오?"

"사실 외할아버지는 고향 가까이 왔다가 군경 토벌대에 쫓겨 영양 어느 산에서 피살당하고 말았다고 해요. 결국 외할머니는 시신도 확인하지 못한 채 외동딸을 데리고 살았어요. 외할아버지가 돌아가셨다는 사실이 믿기지 않아 언제나 돌아오리라 믿으며 살아온 세월을 꼼꼼히 적어 왔어요."

묵묵히 대화를 듣고 있던 이교민이 그제야 알겠다는 듯 고개를 끄덕인 후 물었다.

"기럼 그 외할머니가 적어 놓은 일기 같은 거이 문제가 된 거인가?"

"네, 그래요. 선전선동부 부부장이라는 사람이 외할머니의 회고록이 썩어빠진 자본주의 부화타령이라고 집어 던져버렸어요. 그러면서 저를 혁명화사업에 보낸 거지요."

이교민은 말문을 닫은 채 혀를 끌끌 찼다. 옆에서 내내 아무 말 없이 듣고만 있던 이강석은 빨치산 이야기가 나오자 귀를 쫑긋 세우는 것 같았다. 그러더니 혼자 탄식하듯 중얼거렸다.

'빨치산 기거이 참 사람을 못 쓰게 만들었잖간.'

이때까지 옆에서 얘기를 듣고 있던 박대홍은 빨치산이라는 말에 유달리 관심을 보이는 것 같았다. 하지만 별다른 말은 하지 않고 얘기를 나누는 그들을 묵묵히 바라보고 있었다.

모두 강난희 외할머니 얘기에 무거운 돌에 짓눌린 양 말없이 터벅터벅 발걸음을 내디디고 있었다. 이때 갑자기 회오리바람이 일더니 사막의 돌풍으로 변해 일행을 덮쳤다. 모래가 휘날리는 바람에 눈앞이 보이지 않았다. 이강석과 박대홍이 재빨리 여성인 강난희와 고민옥, 그리고 이교민 선생을 감쌌다. 일행은 수건으로 눈, 코, 입을 막느라 수선을 떨었다. 머리를 수그리고 자세를 낮추어 긴급 피신을 했다. 사막이 그들의 심란한 심기를 대변하는 것처럼 한동안 심술을 부린 후 다시 고요를 찾았다. 그럭저럭 해가 서산으로 기울고 있었다.

사흘째 되던 날, 일행은 다소 지쳐 있었다. 플라스틱 병에 든 물을 아껴야 하지만 하루 종일 걷기만 하는 고역을 이겨 내려면 물이라도 자주 마셔 목을 축이면서 가야 했다. 짐이 되는 만큼 군것질 거리를 많이 준비할 수 없어 대신 물로써 육체적 정신적 고통을 달래지 않으면 안 되었다. 아직 체력에 한계를 느끼지는 안 했지만 너무나 삭막한 사막의 분위기에다가 이따금 휘몰아치는 사막 바람 때문에 체력이 고갈된 것 같은 불안감을 털어낼 수 없었다. 그런 불안감은 며칠씩 건조한 사막을 걸어가야 하는 사람에게 인내심을 갉아 먹는 심리적 병충해였다. 그래서 물과 함께 마음을 다잡는 방법을 나름대로 창안해서 활용했다. 이를테면 가만히 옛 노래를 흥얼거린다든지, 옆 사람과 손을 맞잡고 서로 힘을 보태는 식으로 한발 한발 걸음을 재촉했다. 어디 나무 그늘이라도 있으면, 혹은 오아시스까지는 아니더라도 물이 조금 고여 있는 웅덩이 같은 곳이라도 있으면 좋은 쉼터가 되겠지만 눈을 씻고 봐도 그런 곳을 찾을 수 없었다. 기껏 해야 야트막한 모래 언덕이 있으면 그 언덕에 비스듬히 누워 몸을 쉬게 하는 수밖에 없었다. 점심때가 되면 이런 모래언덕에서 식사를 한 후 경사진 곳에 몸을 뉘었다. 체력 보충을 위해 잠깐 눈을 붙이는 것이 유일한 휴식이었다.

고민옥은 아까 강난희의 외할아버지가 모스크바 유학 준비를 했다던 얘기를 듣고 마치 까마득히 먼 옛날 할아버지와 손녀가 동화 얘기에 웃음을 짓던 때가 있었던 것 같은 착각에 빠졌다. 점심 식사로 노곤해지는 의식 속에서 모스크바 유학을 주선해 주었다던 그 할아버지가 자기에게 나타나서 '허허벌판 사막에서 뭐 하느냐?'고 물어 볼 것 같은 느낌이 들었다. 외할아버지의 얼굴도 모른 채 자란 그녀로서는 강난희의 얘기에서 새삼 외할아버지에 대한 그리움이 솟구쳤다.

강난희 옆으로 박대홍, 이교민, 이강석이 나란히 앉아 휴식을 취하고 있었다. 박대홍은 강난희 쪽으로 힐끔 힐끔 시선을 던지고 있었다. 하지만 이교민과 이강석은 체력을 보충하려고 눈을 감은 채 비스듬한 언덕에 기대고 있었다. 나이 든 이교민은 피로에 지친 몸을 쉬고 있었지만 젊은 이강석은 어떤 생각에 머리를 굴리고 있었다. 아까 강난희의 얘기 중 빨치산 얘기가 그의 머리를 자극했던 것이다.

'태백산맥을 중심으로 한 빨치산이라고 했으니 할아버지와는 다른 지역에서 활동한 분이겠지.'

그는 지금 시신도 없이 열사릉에 모신 할아버지의 전력에 궁금증을 느끼고 있었다. 얼마나 큰 공적을 세웠으면 시신이 없는 묘소를 만들어 참배하도록 했을까, 하는 의구심을 가졌다. 이때 박대홍은 눈을 감은 채 강난희와 고민옥의 대화를 되새기고 있었다. '저 에미나이들이 빨치산과 관계가 있다니 뜻밖이네….' 그는 일행 중에 빨치산 얘기가 나올 줄은 꿈에도 몰랐다. 저 여자들이 어떤 사람들인지 좀 더 두고 볼 필요가 있었다.

3

나흘째 되던 날, 고비사막 깊숙이 들어 온 것 같았다. 사방을 돌아보아도 모래벌판 뿐 이제는 되돌아 갈 수 없는, 앞으로 나아 갈 수밖에 없는 막다른 길목에 접어든 것이다. 해서 울란바토르로 향한 마음은 절실해 질 수밖에 없었다. 앞으로 닥쳐 올 어떠한 난관이라도 무릅쓰고 체력과 정신력이 버티어 낼 수 있는 한 끝까지 가 다 보면 목표지에 도달할 수 있을 것이라는 신념이 더욱 굳어졌다. 이교민은 이때 리더로서 한 마디 할 필요가 있음을 느꼈다.

"동무들 이제 우리는 앞으로 나아가는 일만 남았소. 우리를 이끄는 박대홍 동무의 선도만 따라 가면 울란바토르가 나올 것이오."

이 말에 모두 용기가 솟구치는 것을 느끼며 힘찬 발걸음을 내디디었다. 그리고 이교민의 얘기에 귀를 기울였다.

"내레 강난희 동무의 외할머니 니 얘기를 듣고 가슴이 막혔습네다.

외동딸 얼굴 한번 보지도 않은 남편이 빨치산 활동 중에 사살되고 혼자 어린 딸을 키우며 언젠가는 남편이 돌아오리라 믿고 살아온 삶에 대한 회고록을 반동이라고 했다니 니게 말이 되간."

그는 자신도 모르게 흥분이 되어 갔다. '아니 남편이 살아 돌아 올 것을 믿고 꿋꿋이 살며 쓴, 피눈물 나는 일대기를 뭐 사랑 놀음 어쩌구…. 주체사상에 눈이 멀어도 분수가 있지 어드렇게 그럴 수 있단 말이간.' 사람은 다 같은 존재라 이런 경우에 공감을 하게 되어 있는 것인지, 모두 한마디씩 거들었다.

"고난의 연속인 외할머니의 인생을 어디서 찾을 수 있갔시오. 너무나 참담함 한 평생이라요."

고민옥이 여성으로서 할머니의 인생에 연민을 느꼈다.

"결국 강난희 동무가 외할머니의 잃어버린 인생을 벌충할 수밖에 없갔군요."

이강석이 할머니의 손녀가 있기에 그나마 나름대로 잃어버린 인생에 보상이 될 것이라는 얘기를 했다. 그런데 박대홍은 먼 산만 바라보며 걷고 있었다. 누군가 눈여겨봤더라면 박대홍이 강난희의 얘기부터 시종 못 들은 체 하는 것처럼 묵묵히 있어 온 모습을 알 수 있었을 것이다.

저녁이 되어 모래 언덕에 앉아 식사 준비를 했다. 식사 준비라야 버너에 라면을 끓이는 정도였다. 사실 사막 횡단 모험을 하는 마당에 식사 준비랄 것도 없었다. 강난희와 고민옥이 펼쳐놓은 신문지에 라면 그릇을 올려놓고 단무지 조금 갖다 놓은 후 식사를 했다. 이교민이 일행의 조촐한 식사에 한마디 격려 말을 했다.

"동무들, 니거이 식사랄 것도 없잖간. 기래도 강 동무와 고 동무가 차려주는 것이 니까니 진수성찬이라 생각하고 맛있게 먹자요."

박대홍이 거들었다.

"평양 소주나 있었으면 좋갔네. 소주로 피로를 확 풀어야 하는 거인데…."

역시 남자들 술 얘기라 이강석이 나섰다.

"그 소주 한잔 하고 카ㅡ! 술 기분을 내봤으면 만사 시름 잊겠구만."

이교민은 이들의 수작에 잠시 미소를 머금은 후 타일렀다.

"동무들, 참아라요. 우리가 니 길을 끝까지 간 후 자유를 찾으면 마음 놓고 한잔 이 아니라 열 잔이라도 할 날이 올 거이요."

망중한이 아니라 생사고비 길에 잠시 누려보는 여유 같은 것이었다. 강난희와 고민옥은 남자들이 한가한 이야기를 하며 라면 식사를 끝내자 자리를 정리했다. 설거지라고 할 것도 없어 버릴 것들을 신문지에 말아 모래에 파묻었다. 이윽고 날이 어두워지자 하늘에는 별들이 나타나기 시작했다. 잠깐 소슬바람이 일더니 잠잠해졌다. 이른 저녁 잠자리에 들 시간이 일러 누구나 사막의 모험에 나선 일을 두고 남다른 상념에 사로잡힐 시간이었다. 집시의 달이 외로이 걷는 나그네의 을씨년스런 심사를 달래 줄 것 같은 분위기였다. 아니 그런 낭만적인 상념보다 인간 세상과 동떨어진 사막의 자연은 보잘 것 없는 인간 존재의 본질을 더욱 실감나게 했다. 하물며 자유를 찾아 목숨을 건 탈주여로에 선 사람들의 심정이야 말해 무엇 하랴. 일행은 움푹 파진 모래언덕 밑에 자리를 잡고 언덕에 기대어 몸을 쉬었다. 마치 반쯤 기울어진 소파에 앉는 느낌이었다.

고민옥은 아까 강난희의 얘기 중 박헌영 관련 대목을 떠올렸다. 그녀는 결코 잊을 수 없는 그 이름이 떠오르는 순간 아득한 옛날로 빠져들어 갔다.

외할아버지 박헌영ㅡ외할머니와 어머니, 그리고 외삼촌이 함께 평안남도 어느 산골 안가에 갇혀 곤욕을 치르다가 붙잡혀 나간 후 혼자 그곳에서 얼마나 고생하셨을까? 강제 연행되어 간 외할머니와 어머니, 외삼촌을 얼마나 그리워하며 찾았을까? 어릴 적 외할머니로부터 전해들은 외할아버지의 파란만장한 일생, 그 일생에 남겨진 흔적처럼 세상에 버려진 외할머니와 어머니, 외삼촌, 그리고 나. 어찌 하여 우리의 일생은 이렇게 고생만 하며 제 자리를 잡지 못하고 있는 것인가? 고민옥은 우울한 상념 속에서 자신의 정체성에 회의를 느끼자 자신도 모르게 눈물을 흘렸다. 그리고 제어할 수 없는 서러움에 북받쳐 신음소리를 냈다. 옆에서 나름대로 태배산맥 어느 산골에 묻혀 시신조차 찾지 못한 외할아버지를 그리고 있던 강난희가 고민옥의 울음소리에 고개를 돌렸다. 무슨 곡절이 있는 것 같아 물었다.

"고민옥 동무, 울고 있지 않나요? 무슨 일이에요?"

머뭇머뭇하던 고민옥은 겨우 대꾸를 했다.

"아까 강 동무 얘기 중 박헌영 선생 얘기 나와서 잊어버렸던 외할아버지가 생각났시오. 기래서 그만…. 죄송해요."

"그래요? 외할아버지가 누구신데…?"

"강 동무가 말했던 그 박헌영…."

"아 그래요, 정말?"

두 여인이 주고받는 얘기를 들은 남자 셋이 벌떡 일어났다. 누구랄 것 없이 그녀들 곁으로 몰려왔다. 그리고 고민옥이 울먹이며 털어 놓는 얘기에 귀를 기울였다.

고민옥의 외할아버지는 남북조선에 두루 알려져 유명한 박헌영이었다. 어머니는 박헌영의 평양 부인 윤레나의 딸 박 나타샤였다. 1952년 8월 3일 이승엽 등이 체포되고 남로당 계열 숙청이 진행될 당시 1953년 3월 박헌영이 체포되어 산골 안가에 갇혔다. 그때 외할머니 윤레나는 어머니와 전해에 모스크바에서 출생한 어린 외삼촌 세르게이와 함께 연금되어 있었다. 그런데 외할아버지가 자술서를 시키는 대로 쓰지 않자 세 가족을 분리, 강제 연행하여 어디론가 데려갔다. 그 후 외할아버지는 혼자 그들에게서 고초를 당한 후 결국 1955년 12월 15일 최고재판소 특별재판에서 사형과 전 재산 몰수 선고를 받았다. 미제 간첩 혐의였다. 1956년 7월 19일 동유럽과 소련 순방 후 귀국한 김일성이 접한 국내 반동분위기 소식에 갑자기 처형을 지시, 내무상 방학세가 근교 산으로 데려가서 직접 머리에 권총을 두 발 쏘아 처형했다. 이에 앞서 1954년 4월 22일 박헌영 일행이 형무소를 탈출, 해외로 도피했단 보도가 나왔으나 헛소문에 그치고 말았다. 6·25전쟁 때 중국인민지원군으로 참전했던 대위가 귀순해서 그런 정보를 알렸으나 사실이 아니었다.

　외할머니는 함경북도 어느 산골에서 은둔생활이 아닌 유폐생활 끝에 정신이상 증세에 시달렸다. 1949년 9월 마침 그렇게 덥지 않은 기후에 김일성이 꽃다발을 주며 축하해주던 결혼식 장면이 자꾸 잊었던 신랑 박헌영에게로 마음을 쏠리도록 하는 바람에 무겁게 짓누르는 현실을 견디어 내기 어렵게 만들고 있었다. 윤레나는 그때 그 장면 속에서 헤어나지 못하고 지금 살고 있는 현실을 잘못된 환각인 것처럼 여겼다. 옥외 결혼식장은 나무 그늘이 드리운 가운데 탁자와 의자들을 펼쳐놓고 김두봉 조선노동당 위원장 등 국내 귀빈은 물론 스티코프 대사 등 소련 귀빈들이 모여 축하 분위기가 한껏 고조되었다. 나이 오십 줄에 들어선 신랑 박헌영은 연회색 양복 정장 차림을 하고 왼쪽 가슴에 커다란 꽃송이를 달고 연신 얼굴에 미소를 머금고 있었으며, 약관 스물다섯의 신부 윤레나는 하얀 원피스 양장에 다소

곳하면서도 밝은 표정을 지어 마냥 행복한 모습이었다.

그녀는 이목구비가 반듯한데다 지성미마저 풍겨 남성의 눈길을 끌 만했다. 얼핏 보면 동양적인 듯하면서도 서구적인 미모를 갖추었고, 젊은 나이에도 상대를 푸근하게 해주는 인상이었다. 박헌영의 비서로서 늘 곁에서 보살펴 주다시피 하는 그녀에게 그는 어느 듯 마음으로부터 끌리게 되었다. 50대의 외무상과 20대 중반의 여 비서는 나이답지 않게 그들의 가슴에 사랑의 불길을 지피기 시작한 것이다. 윤레나는 인자한 아버지를 대하는 기분이었고, 박헌영은 잘 따르는 사랑스런 딸을 대하는 기분이었다. 사실 그에게는 소련에 딸과 한국에 아들이 있었다. 그러나 홀아비가 된 지 오래여서 새로운 여인이 필요한 형편이었다. 그녀는 그런 그에게서 애정과 존경을 동시에 느낌으로써 그의 청혼에 따르는 거부감을 물리칠 수 있었다.

이들은 식장 입구에 나란히 서서 국내외 하객들을 맞아 인사를 나누었다. 흰 양복차림에 중절모를 쓴 김일성은 만면에 웃음을 띠며 유달리 커다란 꽃다발을 건넸다. 그리고 농담 섞인 축하 인사를 했다.

"리론가 선생, 신부에게 빠졌다가 못 나오면 내레 책임 못 지갔시오. 허허…."

이 말에 박헌영이 껄껄 웃자 윤레나도 밝게 웃으며 김일성에게 인사를 했다. 주세죽과의 사이에 낳은 큰딸 비비안이 마침 모스크바에서 평양에 온 김에 새어머니가 되는 윤레나 옆에 서서 스티코프 대사부인 등 소련 여인들의 축하 인사를 함께 받았다. 비비안은 어릴 때부터 어머니 주세죽이 멀리 떨어져서 우즈베키스탄에 살고 있었기 때문에 새어머니에게 친근감을 보였다. 윤레나는 비비안을 친딸처럼 여겨 다정하게 대했다. 1952년 둘째 세르게이를 낳으려 모스크바에 갔을 때도 비비안을 만나 얘기를 나누었다. 그때 박헌영이 스탈린에게서 선물로 받은 승용차를 김일성이 압수했다는 말을 듣고 비비안이 평양에 가지 말라고 만류했다. 당시 이승엽 등이 간첩혐의로 체포될 무렵이어서 박헌영 주변에 이미 어두운 그림자가 비쳤던 것이다. 그러나 윤레나는 남편과 딸을 위해 귀국했다. 하지만 그녀의 귀국길은 끝내 비극의 길이 되고 말았다. 박헌영이 처형당하기 전 방학세에게 가족만은 해외로 내보내 주기로 한 약속을 잊지 말아 줄 것을 김일성에게 전해 달라고 했으나 소용없었다.

윤레나는 심심산골에 내동댕이쳐진 채 인적이 드문 적막한 분위기에서 평양의 행복을 떠올릴 때면 미칠 만큼 정서적 혼란에 빠졌다. 때로는 울기도 하고, 때로는 웃기도 하다가는, 그래도 정신을 가누기가 힘들 때는 맨발로 삽짝 밖으로 뛰어나가 개울물을 첨벙첨벙 헤치며 다녔다. 그럴 때 나타샤가 어머니를 모시고 말동무가 되어 주며 심기를 달랬다. 나타샤가 어린 나이에 세 식구의 연명을 책임지고 살 수밖에 없었다. 그러나 어머니로부터 억울하게 누명을 쓰고 돌아가신 아버지의 얘기를 들은 적이 있어서 마음을 모질게 먹고 살았다. 남동생 세르게이는 비명에 간 아버지의 운명을 비관하여 심신을 제대로 가누지 못하고 비행 청년이 되었다.

살아갈수록 사면초가에 몰린 어머니는 외할머니가 돌아가시자 조국을 탈출할 결심을 하게 되었다. 어머니의 결심을 뒷받침해 준 청년이 있었다. 어머니가 산나물을 캐러 산으로 자주 다녔는데 약초를 캐러 다니던 청년과 마주치는 기회가 자주 있었다. 어느 날 각자 산나물과 약초 꾸러미기를 들고 산길을 내려오다가 청년이 헛발을 디뎌 발을 삐었다. 어머니가 응급처치를 한 후 집에 와서 치료를 해주었다. 고상국이라는 그 청년은 어머니를 사랑하게 되었고, 유일한 지원자가 되어주었다. 그래서 신상을 알게 되었고, 둘은 인간 대접을 받지 못하는 조국을 떠나 남조선에 가서 자유로운 가정을 꾸리기로 결심, 탈북을 결행했다. 그러나 도강 중 청년은 경비병에게 사살되고, 어머니는 관리소 생활을 하던 중 딸을 낳게 되었다. 그 딸이 고민옥이었다.

이야기를 듣고 있던 이교민이 한숨을 쉰 뒤 나지막이 말했다.

"기거이 참 귀 막힌 니얘긴데 김일성의 극좌모험주의가 박헌영의 남북을 아우르는 사회주의혁명을 무덤으로 보내고 만 것이 아니간."

강난희가 그에게 소감을 말했다.

"박헌영 동지가 남조선 혁명 기지를 구축하기 위해 우리 외할아버지처럼 빨치산을 남조선에 침투시킨 것이 오히려 올가미가 되어 그를 사지로 몰고 간 것 같아요."

"기렇지. 김일성이 박 동지를 숙청하기 위한 구실로 빨치산을 들먹이지 않았간. 기거이 말이디 이승엽이 인민군의 후퇴와 함께 강원도로 올라온 이훈상 보고 다시 지리산으로 내려가라고 하구서리 남부군을 만들어 빨치산 활동을 본격적으로 하도록 했지. 나중에 기걸 문제 삼은 거이지."

"외할아버지도 빨치산으로 내려왔다가 죽었는데 김일성이 구체적으로 어떻게 그걸 구실로 삼았다는 겁네까?"

"기리니까니 김일성이 이승엽을 칠 때 그 동무가 이훈상을 임의로 지리산으로 내려 보낸 거이 인민정권을 전복시키려고 무장 세력을 양성하기 위한 것이었다고 어거지 주장을 한 거이 아니간."

"그렇게 된 거에요? 참 어처구니 없어요."

"기리구 강동학원에서 남파 공작원을 양성했던 것도 같은 맥락으로 규정하구서리 미제 간첩으로 몰아 박헌영과 이승엽 동지 등을 숙청한 거이 아니간."

박대홍은 하마터면 소리를 지를 뻔 했다. '아니 어떻게 된 마당인데 빨치산 니얘기가 나오더니 결국 박헌영 니얘기까지 나오다니….' 정말 놀라울 일이었다. 고민옥이 설마 박헌영의 외손녀일 줄을 어떻게 알았겠는가. 일이 심상치 않게 돌아가는 느낌이었다. 이제 그들의 얘기가 단순한 호기심에서 예사로 지나칠 수 없는 중대 관심사로 바뀌는 중이었다. 그에게는 울란바토르로 가는 것이 문제가 아니라 앞으로 얘기가 어디까지 발전될는지가 문제였다.

두 여인의 이야기를 듣고 있던 이강석은 잠자코 있을 수가 없었다. 할아버지 얘기가 나오는 것을 보고 이교민 선생에게 평소 품어왔던 의문을 물어보고 싶었다.

"이 선생님, 조금 전 이훈상 얘기를 하셨는데 그분에 대해 궁금한 것을 물어 보갔시오. 평양 근교 애국열사릉에 이훈상 동지의 시신 없는 묘소가 있는데 니거이 정말 당에 대한 충성심을 높이 사서 모신 거이 맞습니까요?"

"음 기거이 알 수 없지 않간. 지금까지 모두 기렇다니까 기런 줄 알았지."

"아까 김일성이 박헌영을 칠 때 이승엽의 남부군 결성 지시를 반혁명으로 보고 숙청 구실로 삼았다고 하셨는데 우리 할아버지가 바로 그 남부군의 지도자 동지였다고 해요."

이에 이교민 뿐만 아니라 강난희와 고민옥은 깜짝 놀란 표정을 지었다. 이때까지 잠자코 듣기만 했던 박대홍은 더욱 놀란 듯하더니 얼른 놀란 표정을 감춘 채 물었다.

"이훈상 동지가 이 동무의 할아버지란 말입네?"

이강석은 모두 호기심으로 그런 줄 알고 가볍게 대답했다.

"기래요. 내레 이훈상 동지의 손잡네다."

다른 사람들은 젊어서 모르겠지만 이교민은 이훈상을 잘 알았다. 박헌영과 이승엽 등 남로당계 인사들의 말로를 연구한 적이 있었다. 역사연구에서 문예사 연구로 방향을 바꾸기 전에 항일운동사와 공산주의 운동사를 함께 연구했었다. 그래서 남로당계 인사들과 북로당계 인사들 간의 대립 갈등 관계에 관심을 가지고, 말하자면 해방 후 조선 현대사에 대한 연구를 했었다. 그 과정에서 그의 의문점은 어떻게 해서 국내 정통파 공산주의 운동 세력이 해외 항일무장운동 세력에게 밀려 숙청이라는 비참한 말로를 걷게 되었는가, 하는데 모였다. 그런데 어제 오늘 이들과 얘기를 나누는 가운데 뜻 밖에도 일행 중 다수가 그 비극적인 주인공들의 후손들임이 밝혀졌다. 이것은 어떤 의도로 이루어질 일도 아니고 망명길에 오른 한 역사 학도의 관심을 자극하기에 충분한 우연일치의 경우가 아닌가. 그는 내심 은근한 기대감에 젖어들었다.

"이 동무 할아버지의 전력에 대해 궁금한 점이 많갔네. 내레 그 분의 니 얘기를 좀 아니까니 묻고 싶은 거이 있으면 물어 보기오."

이강석은 시신 없는 무덤의 유래가 궁금했다. 비석에는 1953년 9월 17일 별세한 것으로 기록되어 있었다.

"할아버지는 어드렇게 돌아가시게 되었습네까?"

"그때가 1953년 휴전 회담이 끝날 무렵이었는데 이훈상 동지는 지리산에서 최후까지 버티었지. 기런데 결국 박헌영, 이승엽 등 남로당계가 숙청될 무렵 역시 문책성 면직과 동시에 별세하게 된 거이네."

이강석은 할머니와 아버지나 고모들이 김일성으로부터 좋은 대우를 받아 잘 살았다는 얘기를 아버지로부터 들었는데 납득이 되지 않았다.

"기러면 할아버지도 숙청된 거이나 마찬가지 아닙네까?"

"기거이 내레 알 수 없네."

이강석은 할아버지가 문책성 면직 직후 사살되었다는 것은 여전히 의문으로 남았다.

"할아버지가 문책을 받아 면직이 되었다면 그 후 별 하는 일이 없었을 거인데 사살된 것이 이해할 수 없시요."

이들이 이훈상의 최후를 두고 의혹의 꼬리를 붙잡는 것처럼 화제를 이어나가자 박대홍은 슬그머니 이교민 옆에 붙어 앉았다. 그는 두 사람의 얘기를 귀담아 들었다. 그의 표정이 어느 때보다 진지한 것으로 봐서 얘기 내용을 머릿속에 기록하는 것 같았다.

이교민은 평소 자신이 궁금해 하던 이훈상 사망 당시 정황을 이강석에게 알려주어야겠다고 작정했다. 그가 이 동지의 손자인 만큼 할아버지의 최후에 대해 알아 두어야 하는 것은 물론 손자가 할아버지의 사망을 둘러싼 의혹을 규명하는 것이 도리일 것이라고 생각했다. 그러나 이미 밤이 깊어 가는 바람에 얘기를 계속할 수가 없었다. 내일 사막 횡단의 여정을 위해서 충분히 잠을 자 두어야 했다.

"오늘은 이만하구서리 다음 기회에 또 니 얘기 합시다레. 다만 이 동무레 삼촌 되는 사람이 남조선에 살아 있다는 말이 있다는 걸 알아 두기오."

4

박대홍은 얘기가 끝나자 선두에서 길을 이끌면서도 가슴 밑바닥으로부터 복받쳐 오는 감정을 억누르느라 안간힘을 썼다. 이 자들이 어떤 자들인지, 가슴에 깊이 새겨진 원한의 뿌리와 닿는 존재들이 아닌가. 그는 꽃제비 생활을 하며 병들고 굶어 죽어가는 엄마를 살리지 못한 원한에 치를 떨었다.

1982년 10월 재식은 요덕수용소에서 쫓겨나다시피 풀려난 엄마를 어떻게 하지 못하고 울기만 했다. 아버지는 종파분자로 몰려 죽고 혼자 남은 엄마마저 죽게 되면 살 일이 큰 걱정이었다. 아홉 살 재식은 엄마를 장마당 뒷골목 양지 바른 곳에 가마니와 낡은 옷 조각으로 만든 움막에 뉘어놓고 구걸을 나섰다. 따뜻한 국물이라도 먹이면 기운을 차리지 않을까 하는 어린 마음에 장마당을 돌아다녔지만 누구 하나 거들 떠 보지도 않았다. 그렇게 떠돌이가 된지 벌써 열흘이 넘었다. 어른들이 좌판에 앉아 김이 무럭무럭 나는 국수나 죽을 먹고 있는 것을 보고는 그 옆에 서서 기다렸다. 그 손님이 일어서 가면 얼른 그릇을 받아들고 찌꺼기를 핥아 먹으려고 했다. 손님이 한 그릇을 비우는 시간이 어떻게 그렇게 오래 걸릴까, 조바심치며 숟가락이 그릇에 닿으면 그곳에서 눈길을 떼지 못했다. 얼른 얼른 퍼 먹기를 고대하는 심정에서였다. 배는 꼬르륵 소리를 내고 입에는 침이 말라갔다. 그러다가 손님이 일어나면 얼른 그릇을 뺏다시피 잡고서 찌꺼기를 핥기 시작했다. 몇 숟가락 되지 않는 것이지만 음식을 먹었다는 생각이 공복감을 눌러주었다. 재식은 그 순간만이라도 허기를 달랠 수 있었다. 그러나 돌아서면 꼬르륵 하는 뱃속의 불만에 허기가 고개를 들었다. 그나마 손으로 배를 움켜쥐고 있노라면 불현듯 엄마의 얼굴이 떠올라 마음을 졸이게 했다. 혼자서 배를 채우는 일에 매달린 것 같아 미안한 감이 들었다. 부황기가 있는 엄마의 얼굴을 떠올리자 이러고 있을 때가 아니란 것을 알아차렸다.

재식은 눈에 핏발을 세운 채 음식이 널려 있는 좌판들을 살피며 다녔다. 김이 모락모락 나는 순대며 떡, 돼지고기 등이 눈에 띄었다. 그 중에서도 할머니가 있는 좌판을 노렸다. 그 부근에서 서성거렸다. 이 윽고 손님이 와서 좌판 앞에 앉았다. 할머니가 손님을 상대하는 사이 재식은 재빨리 순대를 한 움큼 잡아채어 달아났다. 할머니가 고함을 치며 일어났다.

"이 간나가… 순대 가져 오잔간!"

재식은 그 소리를 뒤로 하고 멀리 멀리 달아났다. 바로 엄마가 있는 데로 가지 않고 에둘러갔다. 딴에는 승자가 된 듯 순대를 쑥 내밀며 엄마를 불렀다.

"엄마, 순대 여기 있어!"

움막을 들추고 들어섰으나 기척이 없었다. 의아한 듯 고개를 갸웃 거리며 엄마의 얼굴을 살폈다. 왠지 표정이 굳은 것 같았다. 불안감이 밀려왔다.

"엄마!"

크게 불러 봤지만 엄마는 눈을 뜨지 않았다. '맛있는 순대를 가져 왔는데… 왜 대답이 없을까?' 울먹이는 재식의 눈에 엄마는 이 세상 사람이 아니었다.

자신도 모르게 '엄마—' 하고 치오르는 감정을 타고 애절한 소리가 울대를 거쳐 나왔다. 순간 박대홍은 깜짝 놀란 듯 손바닥으로 입술 밖으로 나오고 있던 소리를 입속으로 털어 막았다. 그리고 몰래 뒤를 살폈다. 혹시 일행 중 누군가 소리를 들었는가, 지레 겁을 먹었다. 그 러나 막 소리가 말로 되어 나오려다가 그쳤으니 들릴 리가 없었다. 그는 잠시 빠져들었던 참담했던 어린 시절 회상에서 벗어난 뒤 다시 정상적인 발걸음을 내딛으며 안도의 한숨을 쉬었다.

'내레 죽지 않고 살아 있은 거이 다행이야.' 그는 이때까지 살아오면서 수차례 자살 충동에 빠졌다가 죽지 않고 버티어 온 결과 복수 대상자들을 만났다는 생각에 기쁜 마음마저 없지 않았다. 아까는 표정이 일그러졌으나 지금은 미소를 띠며 히죽거리고 싶었다. 그러다가 멈칫 했다. 혹시 누가 눈치 챌까 봐서 입술을 자근자근 씹어 누르며 벌어지려는 입을 다물었다. 그때 누가 한마디 했다.

"박 동무, 머이 기렇게 생각하시나요?"

옴찔하며 돌아보니 바로 뒤를 따르던 고민옥이 호기심 어린 눈으로 쳐다봤다. 얼른 말문을 막았다.

"아니 머 기냥 모래를 밟으니 대동강 생각이 나서리…."

사막 트레킹을 해보지 않아 이렇게 지구력이 필요한 줄 몰랐다. 망망대해나 마찬가지로 끝없이 펼쳐진 사막의 지평선을 저 멀리 바라보며 걸어가노라니 육체의 수분은 고갈되어 열이 오르고, 깜박깜박 의식이 흐려질 때는 신기루가 눈에 어른거렸다. 이런 상태가 계속되자 닷새째부터 낙오자가 생겨나기 시작했다. 먼저 이교민이 다리에 힘이 빠지면서 뒤쳐지기 시작했다. 오히려 여성인 강난희가 강단을 발휘하여 이교민을 부축하고 갔다. 비교적 기운을 잃지 않고 원기 왕성한 박대홍이 선두를 지키고 가느라 애를 썼다. 그러나 기력을 잃지 않은 사람이 기력을 잃은 사람을 한 사람씩 부축하여 가는 바람에 일행 모두 보폭이 줄어들어 걸어가는 시간이 많이 걸리고 있었다.

비틀 비틀 앞만 보고 걸어가던 일행 앞에 신기루 같은 것이 나타난 것은 그들이 모처럼 휴식을 취하려던 때였다. 먼저 박대홍이 손짓을 하며 외쳤다.

"저 앞에 집이 있시오, 집."

모두들 집이라는 말에 눈이 번쩍 뜨이는 표정을 지었다. 강난희가 그 말을 받아 외쳤다.

"뭣이오, 집이요?"

박대홍이 확인하기 위해 줄달음질 쳤다. 강난희는 기쁜 표정으로 이교민의 손을 잡고 끌었다. 1백 미터, 50미터, 20미터로 거리를 좁히자 확실히 움막 같은 집이 그들 앞에 우뚝 서 있었다. 인기척을 느낀 집 주인이 앞으로 나왔다. 70대로 보이는 노쇠한 노인이었다. 박대홍이 손짓 발짓 하며 사정을 이야기 했다. 노인은 집으로 들어오라고 했다. 거친 사막에서 사람을 만난 것은 천운이었다. 일단 집으로 들어간 일행은 몸을 편하게 하고 쉬었다. 노인의 이야기로는 아들이 집주인인데 양 떼를 몰고 나갔단다. 언제쯤 오느냐고 묻는 등 이야기를 나누고 있을 때 아들이 나타났다. 박대홍이 울란바토르로 가는 중이라고 말하고 먹을 것이랑 필요한 것을 주든지, 몽골 국경까지 데려다 주든지 해달라고 요청했다. 아들은 일행을 쭉 훑어 본 후 말했다. 자기 차로 국경까지 데려다 줄 테니 1인당 3백 위안씩 1천5백 위안을 달라고 했다. 그렇게 많은 돈이 있을 리 없었다. 다섯 사람이 다 털어봐야 5, 6백 위안이 될까 말까였다. 강난희가 나섰다.

"지금 우리가 북조선을 탈출하는 마당에 그런 돈이 없어요. 4백 위안 줄 테니 사정 좀 봐주시구레."

사내는 말이 떨어지자마자 화부터 먼저 냈다. 강난희는 노인에게도 사정을 했다. 노인은 아들을 가리키며 그와 이야기하라고 말했다. 그러자 사내는 손가락 열 개를 펴서 1천 위안을 달라고 했다. 강난희는 자기 주머니에서 비상금 1백 위안을 꺼내고 다른 사람들에게도 있는 돈을 내라고 했다. 그리하여 모은 돈이 전부 6백 위안뿐이었다. 그것을 본 사내는 다시 한 번 화를 벌컥 낸 후 나가버렸다. 일행은 실망한 나머지 그 자리에 주저앉을 뻔 했다. 박대홍이 선두에 나서 일행을 다시 이끌었다. 기분 잡친 김에 발걸음은 천근만근 무거웠다. 이때 차 소리가 으르렁 들렸다. 자신들을 데리려 온 줄 알고 모두 반가운 듯 차 소리 나는 쪽으로 봤다. 차가 집 앞에 멎는 것과 동시에 공안들이 우르르 몰려왔다. 민박집 주인으로부터 탈북자로 보이는 일행 중 한 사람이 살해되고, 나머지 일행은 도주했다는 신고를 받고 공안이 사막으로 출동했다. 밀수루트를 수색 중 때마침 움막집 아들을 만났다. 그로부터 탈주 중인 것으로 보이는 사람들 얘기를 듣고 달려왔었다. 공안에 체포된 다섯 사람은 차에 실려 다시 얼렌하우트로 호송되어 갔다.

 이교민 일행은 공안 차에 타고 얼렌하우트로 막 들어섰다. 이때 박대홍은 사람들이 많이 오가는 역전에서 탈출하기로 마음을 먹었다. 옆에 지키는 공안은 둘뿐이었다. 탈출 기회를 보고 있던 중 차가 건널목에서 멈췄다. 박대홍은 포승줄에 묶인 두 손을 모아 공안의 정수리를 내리쳤다. 그가 악! 하고 쓰러지는 찰나 나머지 하나가 대들었다. 순간 박대홍은 공중으로 붕 뜨는 것 같더니 공안의 가슴팍을 걷어찼다. 쓰러진 둘을 타고 앉아 돌주먹 같은 손을 뭉쳐 목의 급소를 각각 쳤다. 이때 이강석은 일행의 포승줄을 풀어주고 탈출을 도왔다. 이교민과 강난희는 고민옥이 이끄는 데로 함께 달려갔다. 고개를 돌린 이강석은 박대홍에게 손짓을 한 후 일행의 뒤를 이어 달려갔다. 그 사이 공안 두어 명이 더 그들에게로 다가오고 있었다. 박대홍은 앞에 온 놈에게 날쌔게 달려들어 박치기를 했다. 그가 나자빠지자 다시 옆에서 달려드는 놈을 향해 몸을 날렸다. 사내의 목을 잡자 말자 앞으로 끌어당기는 것과 동시에 무릎으로 얼굴을 내질렀다. 이른바 격투기에서 니킥(무릎 차기)에 해당하는 타격이었다. 사내는 눈앞이 캄캄해지면서 꼬꾸라졌다. 이강석은 달려가다 말고 돌아서서 박대홍에게로 왔으나 이미 상황은 끝났다. 두 사람이 고민옥 등이 달아난 쪽으로 몸을 돌리는 순간 따따따 총 소리가 요란하게 울렸다. 동료가 당한 것을 본 공안들이 총격을 가해 온 것이다. 위험을 느낀 두 사람은 재빨리 골목길로 접어들어 현장을 벗어났다.

이 시간 김영철 정찰총국장은 답답한 김에 특수공작 지도원을 불러 소리쳤다.

"야 문건호 동무, 이교민 일행에 잠입한 공작원 어떻게 된 거이야?"

문건호는 총국장의 표정을 보고 지레 주눅이 들어 고개를 들지 못한 채 보고했다.

"네, 상기 연락이 없습네다. 긴급 연락선이 끊어진 상태라 현지 활동 보고가 없습네다."

"머이야! 간나새끼 연락선을 끊었다구. 개탕치기 작전은 하지 않고 개탕이나 치잖간!"

사실 벌써 일주일이 지난 마당에 현지 보고가 올 때가 지난 시간이었다. 그런데도 아무 연락 없이 공작원으로부터 보고가 없다니 짜증과 함께 의구심이 날 법했다. 그렇잖아도 보위부에서 신경을 건드리고 있는데 일이 잘못 되면 총화문제가 불거질지 모를 일이었다. 그만한 시간이면 체포했다든지, 아니면 좀 더 두고 봐야 한다든지, 무슨 보고가 있어야 하는데 꿀 먹은 벙어리가 되었으니 답답할 노릇이었다.

6. 쿤밍 참사

1

정대성은 지난 추적에서 별다른 성과를 거두지 못하자 이교민을 찾았다. 연길 시내 변두리 조선족 민박집에 묵고 있었다. 허름한 단층집 방에서 면담을 요청했다. 그동안 국경 폐쇄와 잇따른 사건 때문에 불가피하게 하얼빈을 떠나 치치하얼로 온 후 행적에서 부인의 피살과 아들의 실종과 관련한 단서를 찾아보려고 했으나 여의치 않았다. 결국 러시아 행을 사실상 포기하고 우회로로서 몽골행을 택하기까지 경과를 두고 그와 의견을 교환해볼 필요가 있었다. 다만 심한 부상에서 아직 회복을 하지 못하고 있는 노인에게 폐를 끼칠까봐 염려되었다. 그래서 조심스럽게 다가 갈 수밖에 없었다.

이교민은 얘기 도중 청운의 뜻을 품고 교수가 된 사연을 말했다. 그는 한민족의 진정한 공동체를 복원하려면 역사부터 먼저 살펴봐야 한다는 생각에서 역사학을 전공으로 선택했다고도 했다. 그런 배경을 깔고 탈출 행적을 더듬던 그는 문득 말을 멈추었다. 무엇인가 마음에 걸리는 대목이 있는 모양이었다. 정대성은 은근히 긴장하며 그의 회상이 이어지기를 기다렸다. 그는 웬일인지 한숨을 푹 쉰 뒤 말을 이었다.

"내레 연해주 구상 때문에 러시아로 갈 작정이었는데 기거이 우연 찮게 좌절되고 말았잖간. 기래서 왜 내가 하고자 하는 일에 방해 요소가 자꾸 끼어들었을까, 생각해 봤지."

"선생님, 그러면 그 방해 요소들이란 게 어떤 의도로, 다시 말해서 고의로 끼어들게 되었다고 생각하신 겁니까?"

"뭐 처음에는 그런 생각도 해봤지만 여러 사건들 간에 연관성이 없어서 그만두었다네. 그보다 우연의 요소가 중첩된 것이 아니었나, 보네만. 그래서 체념 상태에서 러시아 행을 사실상 포기하고 우회로를 선택하게 된 것일세."

하얼빈에서 강난희를 납치하려다가 박대홍에게 살해된 일당이 아내와 아들 사건에 개입하지 않았을까, 의구심이 없지 않았지만 단정할 수는 없었다. 해서 일단 우연적인 요소로 치부했던 것이다.

만약 이 선생 얘기대로 우연적인 요인이 개입한 것이 아니라면 살인과 실종, 즉 사실상 납치사건, 그리고 강난희 납치 기도사건 간에 어떤 연관성이 있어야 한다. 그러나 범인도 범인이지만 범행 동기에서 연관성을 발견할 수 없으면 이 사건들을 하나의 선상에서 취급할 수 없었다. 하한식 일당이 강난희를 납치하려던 것은 그들이 인신매매조직원이었기 때문이었다. 그런데 이교민의 아내와 아들은 인신매매 대상이 아니었다. 비망록의 설명대로라면 사건들 간에 연관성을 찾기가 어려웠다. 그렇다면 모두가 개별 사건으로 발생한 것으로 봐야 하는데 이것 또한 결론을 내리기가 쉽지 않았다.

그의 이야기를 듣다 보니까 무슨 단서는 잡히지 않고 방향이 다른 데로 흘렀다. 해서 그때 행적을 가지고 의견을 나누기 시작했다.

"치치하얼에서 김지욱이라는 탈북 벌목공을 만나 얼렌하우트라는 국경 도시를 알게 된 것이 결정적으로 우회로를 선택하게 된 것인데요. 그때 박대홍이라는 사람이 적극적으로 우회로를 주장했던 것과 어떤 연관성은 없었을까요?"

"글쎄 김지욱을 만난 것은 전적으로 중국 공안의 추격 때문이었다더군. 그러니 연관성은 없지 않아서."

정대성은 이쯤에서 이교민이 은신해 있던 집을 나왔다.

숙소에 돌아가서 면담 결과를 종합해본 후 나름대로 추리에 들어갔다. 맨 처음 이교민 일행 네 명과 수이펀허에서 합류한 한명을 포함하여 모두 다섯 명이었다. 그런데 하얼빈에서 한 명이 죽고 한 명이 실종된 후 세 명이 남았는데 치치하얼에서 한 명이 합류하여 네 명이 되었다. 그러나 얼렌하우트에서 한 명이 죽는 바람에 다시 세 명으로 줄어들었다. 일행 외에 이들의 탈출여정에서 나타나 직간접으로 관련을 맺게 된 인물이 수이펀허에서 두 명, 얼렌하우트에서 두 명 등 모두 네 명이었다. 그런데 앞의 두 명이 하얼빈에서 살해되는 바람에 두 명으로 줄어들었다. 결과적으로 얼렌하우트에 남은 생존자는 다섯 명이 되었다. 이 중에서 얼렌하우트에서 만난 이강석과 고민옥 두 명을 제외하면 세 명이 남게 된다.

이교민, 강난희, 박대홍—이들 중 누가 무슨 동기로 살인이나 납치를 저지른 사람이 있을까?

정대성에게는 먼저 수이펀허에서 얼렌하우트까지 여정에서 저지른 범행을 두고 범인을 찾는 일이 당면과제가 되었다. 이교민 일행의 탈출과정에서 이렇게 사건이 꼬인 것에서부터 실마리를 찾지 않으면 안 되었다. 왜냐 하면 피살된 부인과 밀접하게 얽힌 이교민의 행적이 실마리를 푸는데 중요한 단서를 제공해 줄 수 있기 때문이었다. 그는 이러한 관점에서 이교민의 탈출행적을 부인 살해의 범행 전단계로 가정하고 그의 탈출행적에 접근하고 있었던 것이다. 그래서 생존자 세 사람을 놓고 탈출과정에서 일어난 범죄를 투시해 보는 확대경을 들이대 듯 의심 가는 점을 하나하나 짚어 보았다.

이교민—강난희와 밀접한 관계에서 그녀를 아끼는 입장이었다. 강난희 또한 그를 존경하여 탈출과정에서 동반자로서 끝까지 동행할 각오를 가졌다. 이런 관계에 어떤 부정적 요인이 끼어들 여지가 없어 보였다.

강난희—기본적으로 위 두 사람의 관계 위에서 탈출과정에 참여했다. 따라서 큰 문제를 일으킬만한 요인을 발견하기 어려웠다. 다만 뛰어난 미모 때문에 젊은 사내들 속에서 갈등을 일으킬 소지가 있었으나 그런 낌새는 나타나지 않았다.

박대홍—밀수꾼 출신 탈북자로서 신분상 미심쩍은 요인을 상정할 수 있었다. 그러나 그는 탈출과정에서 적극적인 협조 자세를 유지하고 어려움이 있을 때마다 앞에 나서서 도왔다. 다만 이교민의 바람과 반대로 러시아 행 대신 우회로를 굳이 고집한 것이 갈등의 소지를 안고 있었다고 할 수 있다. 또 연길 조폭인 하한식과 유종만과의 관계가 꺼림칙한 점이라고 할 수 있었다. 그러나 러시아 행을 포기하고 우회로를 택한 것에서 어떤 단서를 찾을 수는 없을 것 같았다.

다음으로 얼렌하우트에서 이강석이라는 뜻밖의 인물을 만나게 되었는데 이 부분에 대해서 물어봤다. 그런데 얼렌하우트로 들어서자말자 박대홍이 재빨리 기회를 잡아 탈출하다 보니 공안에게 쫓기게 되고, 그 과정에서 구세주처럼 나타난 것이 이강석이니 의심의 여지가 있겠느냐고 반문했다. 더욱이 그와 동행했던 고민옥이란 여인의 기지로 수배령이 내린 엘렌하우트에서 무사히 탈출할 수 있었다고 강조했다. 이렇듯 새로이 등장한 인물들에 대한 어떤 의혹도 개연성이 없었다. 그렇다면 나머지 하나, 김지욱의 피살에서 단서를 찾을 수밖에 없었다. 당시 그와 함께 한족 민박집에 묵었던 사람은 이교민을 비롯 강난희, 박대홍 등 세 사람이었다. 이들 중에 김지욱과 특별한 관계가 성립될 수 있는 사람은 이교민과 박대홍 두 사람이었다. 예의 우회로 선택 문제로 이들은 김지욱과 관련이 있었다. 한 사람은 러시아행 포기를 결정하는데 도움을 받았고, 또 한 사람은 자신의 우회로 주장을 관철하는데 도움을 받았다. 두 사람 모두 피살자와 나쁜 관계가 아니었던 것이 확실했다. 따라서 이들이 김지욱의 피살에 관련이 있는 것 같지 않았다.

이상의 인물 별 평가를 볼 때 박대홍이 가장 의심을 살만한 점을 갖고 있다고 할 수 있으나 결정적인 단서는 없었다. 결정적인 단서가 없는 한 속단은 금기였다. 정대성은 탈출과정에서 단서 찾기가 쉽지 않은 것은 가정이 잘 못 되었기 때문이 아닌가, 우려했다. 그런데 한 가지 눈길을 끄는 것이 있었다. 가장 성향이 의심스런 조폭 두 명이 박대홍에게 살해된 후인 얼렌하우트 체류 시에 탈북 벌목공이 죽었다는 사실이다. 하얼빈 사건까지 조폭이 살아 있었기 때문에 그때까지의 사건을 두고 조폭과 관련성을 가정해 볼 수는 있었다. 그러나 그들이 없는 상황에서 벌목공이 죽었다면 생존자 세 명 중 누군가가 범행을 저질렀을 개연성을 생각해 볼 수 있을 것이다. 그렇더라도 현지 불량배의 소행일 가능성을 배제할 수 없었다. 겉으로 보고 평가한 것과는 달리 범행과 관련하여 깊이 있는 분석이 필요함을 느꼈다. 그러나 죽은 자는 말이 없다더니 현장 검증을 할 수 없는 것이 안타까웠다. 그가 추리에 정신을 팔고 있는데 휴대폰이 울렸다. 이교민으로부터 걸려온 것이었다.

"네, 선생님 접니다."

"아, 정 선생, 내레 방금 생각난 거이 있어 전화했소."

그는 무슨 좋은 단서가 있는가 싶어 반갑게 응답했다.

"선생님, 생각나신 게 있으시다고요?"

"아 기거이 '개탕치기'라는 그런 말을 들은 적이 있어."

"네? 개 뭐라고요?"

"북조선에 개탕치기라는 말이 있어. 기런데 강난희가 하얼빈 숙박소에서 박대홍과 죽은 하한식 사이에 그런 말을 하는 것을 들었다고 했어."

"그렇군요. 그런데 그게 무슨 말입니까?"

"무슨 말은 무슨 말이네. 어떤 일에 개판을 만든다는 말이지."

"개판을요? 왜 그런 말을 했을까요?"

"내레 어드렇게 알간. 밑도 끝도 없이 그 말만 들었으니…."

그러더니 그는 갑자기 생각난 듯 한마디 덧붙였다.

"아니 가만… 이전에 내레 개탕치기작전이라는 비밀활동 니야기를 들은 적이 있었드랬어."

듣고 보니 어떤 특별한 의미가 있는 말인지, 궁금해졌다. 다시 그 말에 대한 의문을 말하려는데 이교민이 종잡을 수 없는 말을 했다.

"나 같은 늙은이레 머리가 둔해져서 고저 생각나는 대로 말하니까니 헷갈려."

"네? 무슨 말씀인데요?"

그는 한참 뜸을 들이고 있더니 이런 말을 불쑥 내뱉었다.

"내레 아무래도 죄인이 된 것 같네."

"네? 그게 무슨 말씀입니까? 죄인이 되다니요."

"죄를 지었으면 죄인이지. 별 수 있간."

"선생님, 너무 상심하지 마세요. 사모님이 불의에 선생님 곁을 떠났지만 하늘나라에서 선생님을 돌보고 있을 겁니다."

정대성은 그가 아내의 비극적 최후에 놀란 정신적 충격에서 헤어나지 못해 하는 소리로 여겼다. 마음의 안정을 찾도록 하는 것이 급했다.

"뭐 자꾸 기런 니야기를 해야 하나? 내레 그만 쉬었으면 좋가서."

이렇게 나오는데 더 이상 이야기를 계속할 수 없었다. 전화를 끊은 후 아까 그 말에 대해 물어보지 못한 것이 아쉬웠다. 다음에 찾아가서 무슨 사연이 있는지 캐볼 셈이었다. 일단 궁금한 대로 사전을 찾아 봤다. 개탕치기의 사전적 의미는 개판을 친다든가, 허탕을 치다로 나와 있었다. 곱씹을수록 말의 함축적 의미가 어떤 의혹을 품고 있는 것 같았다.

일단 다음 단계로 비망록의 사막 횡단 후 부분을 살펴보기로 했다.

이강석은 어차피 한 배를 탄 이상 힘껏 도와 탈출로를 뚫기로 작정했다. 일행은 골목 안 창고 같은 건물에 숨어 있었다. 우선 급한 것은 피신처를 구하는 일이었다. 고민옥을 내세워 어제 치근대던 얼롄하우트역 안전원을 이용하기로 했다. 이강석이 고민옥에게 임무를 주었다. 그녀는 화장을 고쳐 야하게 한 뒤 역사로 갔다. 뚱보 안전원이 승객들을 상대하고 있는 것이 보였다. 다른 데로 보는 체하며 일부러 그의 곁을 스쳐갔다. 뚱보가 아! 소리 지르며 다가왔다.

"니 하오마, 나리 취마?"(안녕, 어디로 가요?)

고민옥은 깜짝 놀란 척 했다.

"어머! 니하오."

뚱보 안전원은 자기를 찾아 온 줄 알고 싱글벙글했다. 그녀는 자신의 수작에 잘 걸려든 것을 알고 살짝 눈을 흘겨 그를 자극했다. 그러자 그는 어쩔 줄 몰라 그녀의 손을 덥석 잡았다. 화를 낸 것처럼 하며 손을 빼려 했다. 그는 손에 더욱 힘을 주며 같이 나가자고 했다.

"선머 니 야오?"(뭐 하려고요?)

"흐 차? 흐 쩌우?"(차 마셔? 술 마셔?)

그녀는 또 한반 눈을 흘기며 말했다.

"워 야오 흐 차."(차 마실래요.)

그렇게 죽이 맞은 두 사람은 찻집에서 노닥거리다가 고민옥의 제의로 그의 숙소로 갔다. 그는 멀리 국경지대로 전출되어 혼자 와 있었다. 그녀의 유혹에 넘어간 그는 며칠 동안만 일행을 묵도록 양해했다. 일행은 아버지와 삼촌과 사촌들이라고 둘러댔다. 한 시간 후에 다시 숙소에서 만나기로 하고 헤어졌다. 고민옥은 헤어지면서 그의 입술에 뽀뽀를 해주었다. 그러자 그는 그녀를 덥석 안았다. 시큼한 냄새가 났지만 못 이긴 채 안겼다가 빠져나갔다. 그는 입이 헤벌려진 채 손을 들어 바이 바이를 했다.

고민옥은 일행을 안내하여 안전원 숙소로 왔다. 뚱보는 그새 못 참았는지 먼저 와 있었다. 그녀가 문간에 서서 일행을 하나하나 소개했다. 먼저 이교민부터 아버지라고 소개했다. 이어 강난희는 어머니라고 둘러대고, 박대홍은 삼촌, 이런 식으로 잇달아 소개하자 뚱보는 고개를 끄덕였다. 이어 이강석 차례가 오자 그녀는 서슴없이 말했다.

"하이 여우나."(또 하나)

뚱보는 뭣이 이렇게 자꾸 나오나 싶은 표정이었다. 그녀가 또 말했다.

"하이 여우나."

그러자 뚱보는 뚱한 표정이더니 한마디 했다.

"하이 여우나?"

고개를 끄덕인 고민옥은 또 한마디 했다.

"하이 여우나."

뚱보는 심통이 났는지 고함을 와락 질렀다.

"하이 여우 나? 선 머 서 하이 여우?"(또 하나? 뭣이 또 하나야?)

그녀는 부아를 돋우는 것이 재미있는 듯 생글거리며 손가락으로 자기 가슴을 가리켰다.

"워 서 하이 여우 호호."(내가 또 하나지)

그러자 뚱보가 죽겠다는 듯 껄껄 박장대소를 했다. 이 시간에 얼렌하우트 공안국은 수배령을 내렸다. 공안 두 명을 살해하고, 의문의 탈북자 시체 한구를 남겨둔 채 도주한 흉악범 일당에 대한 수배 포스타가 곳곳에 붙었다. 이들을 신고한 자에게는 거액의 포상금을 주며, 누구든 체포할 것과 저항할 시 현장 사살을 허용한다는 어마어마한 내용이었다.

2

이교민 일행은 수배령을 피해 안전원의 차를 빌려 타고 얼렌하우트를 탈출하는데 성공했다. 다시 북경에 온 그들은 마지막 탈출여정으로서 라오스로 가기로 했다. 탈출로를 검토한 결과 이 루트가 최근에 많이 이용하는 루트라는 것을 알았다. 많이 이용하는 만큼 정보도 많아 도움이 될 것이었다. 일행 5명은 쿤밍행 기차에 올라 두 사람씩 짝을 지어 좌석에 분산했다. 공안의 눈에서 벗어나기 위해서였다. 그러나 그 먼 길에서 공안의 눈을 피하기란 쉽지 않았다. 오는 도중 박대홍과 이강석 등 젊은 남자들이 공안의 표적이 되었다. 그때마다 박대홍이 조선족 장사꾼으로서 역할을 해 임기응변으로 넘겼다. 한 번은 여성 두 명에게 치근거리던 공안이 이강석에게 혼이 난 일도 있었다. 하급 간부쯤 되어 보이는 중년의 공안이 다가와 유독 여성에게 까다로운 질문을 늘어놓았다. 중간에서 통역이랍시고 중개하던 박대홍이 짜증 섞인 소리로 업무와 관계없는 이야기를 자꾸 하지 말라고 못을 박았다. 이에 화가 난 공안은 일부러 목청을 돋우며 강난희에게로 접근했다. 미모의 그녀에게 수작을 걸고 싶었을 것이다. 그는 제스처를 쓰는 것처럼 손짓을 하다가 그녀의 젖가슴을 건드렸다. 바로 이때 이강석이 일어나서 남편 행세를 했다. 그는 일부러 고함을 지르며 공안이 남의 부인을 성추행한다고 떠들어 제꼈다. 하도 기세가 등등하니까 그는 얼른 자리를 떴다. 그래놓고 일행은 혹시나 공안에게 신분이 탄로 날까 봐 고개를 들지 못하고 내내 죽은 듯이 있었다.

쿤밍은 근년에 라오스와 미얀마, 드물게는 태국으로 가는 탈북자들이 모여들어 자유에의 탈출 교차로 같은 도시가 되었다. 이전에 몽골루트를 이용해서 자유를 찾아가는 사람들이 있었다. 그러나 고비사막이라는 악조건을 갖춘 자연 장벽 때문에 동남아 쪽으로 옮겨 옴으로써 쿤밍이 자유세계의 관문처럼 되었던 것이다. 오랜 기차여행에 지친 일행은 숙소를 찾아 나섰다. 쿤밍역 앞에는 탈북자들이 수시로 들락거린다는 소문을 듣고 많은 장사꾼이나 뜨내기들이 붐볐다. 일행은 택시를 타고 기사에게 물어 한족 아닌 소수민족 여관에 갔다. 소수민족 여관이라야 관광객이 붐비지 않고 호젓할 것 같았다. 그러나 워낙 규모가 작아서 다섯 명이 한꺼번에 들어 갈 수 있는 곳이 드물었다. 할 수 없이 좀 혼란스럽더라도 한족 여관에 묵기로 했다. 아래층에 박대홍과 이강석이, 2층에 이교민과 강난희와 고민옥이 방을 잡았다. 저녁 식사를 마친 후, 박대홍은 라오스루트에 대한 정보를 알아보려고 출타하고 나머지 사람들은 휴식을 취했다. 그런데 2층에서 소란스런 소리가 들렸다. 화장실을 다녀오던 고민옥이 복도를 가다가 다른 손님과 부딪혀 시비가 붙었다. 소리를 듣고 나온 강난희가 만류를 한 후 방으로 돌아가려고 했다. 고민옥은 재수가 없다며 바깥바람을 쏘이러 나가려고 했다. 강난희는 밤에 여성이 혼자 나가면 안 된다며 따라나섰다. 아래층에 혼자 있게 된 이강석은 이교민 방을 찾아갔다. 사막에서 할아버지 얘기를 하다가 말아서 미심쩍은 부분을 확인하고 싶었다. 방에 들어서며 인사를 했다.

"선생님, 편히 쉬시는데 방해를 해서 죄송합네다."

"아, 이 동무, 내레 혼자 심심했는데 니얘기나 합시다레."

이강석은 그의 살가운 반응을 보고 한결 가벼워진 마음으로 말문을 열었다.

"지난번 사막에서 할아버지 니얘기를 듣다가 말아서… 기런데 할아버지가 돌아가신 정황이 궁금합네다."

"당연히 궁금하겠지. 할아버지 별세 니얘긴데. 그때 막 휴전회담이 끝나던 때여서 남북 간 전투에 온 힘을 쏟았던 남조선 국방군은 한숨 돌리게 되자 그들을 후방에서 괴롭히던 빨치산 소탕작전을 대대적으로 벌이기 시작했지. 수천 명이던 빨치산 이 불과 8백 명으로 줄어든 상황에서 마지막 안간힘을 썼다고 할까, 최후의 결전을 하려고 하던 무렵 때 아니게 남부군 지도자 이훈상 동지에 대한 비판회의가 열리게 되었다네. 명분은 유격전에 맞지 않은 전술과 종파성에 대한 비판이었다고 하네. 거기에 인신공격성 문제로 여성관계를 들고 나왔다는 얘기도 있네."

궁지로 몰리고 있던 빨치산에 지원은커녕 지도자인 할아버지를 두고 비판회의를 했다는 것은 납득이 가지 않았다. 더욱이 여성문제까지…. 이강석은 어딘지 잘못 돌아가는 듯한 느낌을 지울 수 없었다. 이 선생님의 얘기를 더 들어봐야 될 것 같았다.

　"그때 전남도당 위원장 박영발과 전북도당 위원장 방준표가 나서서 이훈상의 자아비판을 촉구했고, 이훈상은 자신의 잘못을 인정하여 남부군 사령관직을 물러났었네. 말하자면 문책성 삭탈관직이었던 셈이지."

　"기런데 할아버지는 그 길로 어드런 행동을 하셨시오?"

　"아 기게 문젠데… 사실상 자신이 이끌던 제5지구대도 해산되고 경호대마저 해산된 마당에 경남도당 유격대로 가기로 했네. 그래서 9월 17일 김상호 경남도당 부위원장의 안내로 이동 중 하동군 화계사 위쪽 의신마을 가까운 너덜바위 쪽으로 오다가 매복하고 있던 토벌대에 사살되었다고 보도되었지. 헌데 기게 군 토벌대 측과 경찰 토벌대 측 간에 혼선이 빚어져 아직 정확한 진상이 밝혀지지 않고 있네."

　"양측에 어드런 문제가 있었습네까?"

　"군부대 측은 17일 밤 자기네들이 사살했다고 하는 한편 경찰 측은 18일 아침 자기네들이 사살했다고 주장이 엇갈린 것이지."

　"어드렇게 그럴 수 있습네까? 기럼 가묘에 기일을 9월 17일로 기록한 것은 군부대 측 주장을 받아들였다는 거이군요."

　"기렇지 기레. 기런데 당시 경찰 토벌대장 니 얘기로는 17일 군 토벌대에 의해 사살당한 시체를 18일 경찰 토벌대가 발견한 것 같다는 거이야. 다만 군 토벌대는 기거이 이훈상인 줄 모르고 목을 자르려다가 잘 안 되니까 그냥 두고 가버렸다고 했어. 경찰 측은 토벌대 중에 이훈상 경호대 출신 전향자가 있어서 시체를 확인할 수 있었다네.”

 “네, 기렇군요. 기러면 시신은 어디 묻었을 것 아닙네까?”

 “아니네. 경찰 토벌대장이 고인을 정중히 모셔야 한다면서리 섬진
강 변 모래밭에서 화장을 한 후 유골을 강에 뿌렸다고 했네.”

 “기럼 할아버지의 넋이 섬진강 위를 떠돌고 있겠군요.”

 “아마 섬진강 위가 아니라 지리산 일대를 떠돌고 있을 거이네. 그토
록 혼신을 다해 활동했던 곳이니까.”

 “빨리 남조선으로 가서 할아버지께 혼이나마 인사를 드리고 싶어
요. 아마도 할아버지가 장손을 보고 싶어 저를 어서 오라고 부르신
거이 아닌가 해요.”

 이강석은 그리고 보니 할머니와 아버지, 고모들이 대접을 잘 받고
살았다는데 자신만이 탈북을 결행하게 된 것은 할아버지가 찾으신
때문인 것 같았다.

 이교민은 그의 애절한 표정에서 연민의 정을 느꼈다. 그래서 이훈
상 동지의 죽음에 얽힌 정말 궁금한 의혹에 대해서 말해 줄 수 없었
다. 다만 남조선에 가게 되면 혈육인 삼촌을 꼭 만나 보도록 당부하
고 싶었다.

 “내레 이 동무에게 꼭 이 한마디는 해야겠네. 남조선에 배다른 삼촌
이 있다고 하잖간. 기러니 꼭 만나보기오.”

 “네? 삼촌이요?”

 “기레, 이 동무의 할아버지가 인생의 마지막 고비에서 그토록 사랑
했던 여인에게 아들이 하나 있었다고 하네. 꼭 찾아보게.”

 이강석이 돌아가고 난 뒤 이교민은 만감이 교차했다. 자유를 찾아
가는 관문에 왔으니 여기서 무사히 탈출을 하게 되면 각자 남조선에

서 풀어야 할 사연들이 있을 것이다. 그 사연들을 풀어가며 새로운 삶을 살아갈 날이 머지않다고 생각하니 새삼 가슴이 뻐근해졌다. 한시 바삐 생소한 탈출로를 뚫고 탈북 여정에 올라야지, 다짐하고 있을 때 박대홍이 들어왔다. 그가 수소문해서 수집한 정보는 다양했다. 이 교민은 그 정보를 토대로 탈출루트를 선정하기 위해 몇 가지 루트를 차근차근 검토해 갔다.

첫째 라오스 방향 탈출로는 다음과 같이 2개 루트로 볼 수 있었다. 모두 윈난성 쿤밍을 기점으로 한 것이다.

제1루트:
쿤밍―리장―달리―쓰마오(닝거하니위자치군)―푸얼―시솽판나 주도 징훙(타이족 자치주)―모한―퐁사리―루앙 프라방

제2루트:
쿤밍―쿠냥―유시―다슈이고우―황강림(쿤쭈앙 산맥 1200미터)―모한―루앙남타―루앙 프라방

둘째 미얀마 방향 탈출로는 역시 쿤밍을 기점으로 하여 서쪽 국경을 넘는 루트였다. 여기서 눈여겨봐야 할 것은 이 루트는 2차 세계대전 때 미군이 인도에서 중국군에게 군수물자를 수송해 주던 항일생명선, 즉 인도 동북부―미얀마 북부―중국 곤명선을 탄다는 점이다.

제1루트:
쿤밍―징훙(시솽판나 주도)―다뤄진―미얀마 샨족지역 샨주(마약 왕

쿤샤 지배)―만달레이―양곤

제2루트:
쿤밍―모지앙―다리시―바오산―루이리 더훙타이족 자치주―미얀
마 샨주와 카친주 접경지역―라오시―만달레이―양곤

▶ 중국 접경지역에서 만달레이까지 경로
나웅펜―곡테익―라시오―마이미오―만달레이―타지―퉁구―파
잔다웅 샛강―양곤

셋째 태국 방향 탈출로는 반드시 라오스나 미얀마 등 제3국을 거쳐
가도록 되어 있었다.

제1루트:
쿤밍―이상―모지앙―모한―라오스산악―루앙남타―메콩강―태국

제2루트:
쿤밍―서려(瑞麗)―미얀마―태국

우선 라오스 방향 탈출로를 검토했다. 제1루트는 쿤밍에서 출발해
서 리장―달리 쪽으로 돌아가고, 제2루트는 쿠냥―유시 쪽으로 남하
하여 가는 길이지만 둘 다 모한에서 만나게 되므로 크게 차이는 없어
보였다. 미얀마 방향은 제1루트나 제2루트 모두 마약왕 쿤샤가 지배
하는 샨주를 거쳐야 하므로 위험이 따른다. 세 번째로 태국 방향 탈
출로는 지리상 타국, 즉 라오스나 미얀마를 거쳐 가야 하는 번거로움

이 있었다. 그러나 태국에 가기만 하면 한국행이 자유롭다는 이점이 있었다.

각 루트의 장단점을 비교해 본 결과 안전 제일주의에 중점을 둔다면 쿤밍에서 태국을 가는 루트가 가장 바람직했다. 어차피 라오스나 미얀마로 들어 갈 바에야 거기서 다시 방콕으로 가야 된다면 라오스 수도 루앙 프라방까지 가거나, 만달레이를 거쳐 미얀마 수도 양곤까지 갈 필요가 없이 그들 나라를 거쳐 방콕으로 바로 가는 루트가 위험 부담이 덜하고 시간 상 유리했다. 나머지 라오스 방향과 미얀마 방향 탈출로는 피하는 것이 좋겠다고 결론을 내렸다.

곧 떠나게 될 일정을 앞두고 탈출로를 이렇게 정하고 나니 한결 마음 부담이 덜했다. 오늘은 멀리 북경에서 와서 일찍 잠자리에 들기로 했다. 의논을 마친 박대홍은 잠깐 밖에 가서 술을 사오겠다며 나갔다. 모두 피곤해 잠에 골아 떨어졌다. 이제 마지막 탈출여정을 앞둔 일행은 숙면을 취한 뒤 행장을 꾸릴 일만 남았다.

3

잠자리에 든 이교민만은 쉽게 잠이 오지 않았다. 어쩔 수 없이 러시아행을 접을 수밖에 없었던 자신의 무력감 때문에 마지막 탈출로를 남겨두고 깊은 상념에 사로잡혔다. 역사의 수레바퀴는 쉼 없이 흘러가는데 인간은 그 수레바퀴에 깔리거나 죽을 줄 모르고 바퀴를 막아서는 사마귀철 저항하는 길(당랑거철 螳螂拒轍)밖에는 없는 것일까? 고민 끝에 제3의 길을 찾아 나섰던 그는 지금 방향감각을 잃어버린 나그네가 되어 있었다. 한국에 가서 과연 연해주 구상 같은 포부를 살릴 수 있는 길을 찾을 수 있을까, 회의에서 벗어나지 못했다. 밤늦게까지 뒤척거리다가 막 잠이 들었을 때 갑자기 폭발음이 창문을 진동시켰다. 동시에 와지끈 소리와 함께 무너진 천정 널빤지에 깔린 이교민은 일어설 수 없었다. 매연 때문에 숨이 막혀왔다. 그대로 있으면 매연에 질식사할 것 같았다. 하반신을 일으키려고 안간힘을 썼다. 그래도 움직일 수 없자 소리를 내 사람을 찾았다.

"거기 뉘기 없시오. 내레 숨 막혀, 캑캑…."

이 시간에 여관에 수많은 사람들이 묵고 있었는데 갑작스런 폭발음과 함께 건물이 형체를 알아 볼 수 없을 만큼 파괴되었다. 현장에 달려온 소방대원들이 구조에 나섰으나 건물 잔해 때문에 손을 쓸 수가 없었다. 앰뷸런스와 소방차가 몰려와 구조작업을 진행 중인데 사상자가 많을 것 같다고 했다.

아뿔사! 이 일을 어쩌나.

때마침 2층으로 올라온 구조대원에게 구조된 이교민은 청천벽력 같은 소식에 날벼락을 맞은 기분이었다. 잔해에 깔린 일행은 어떻게 할 것인가. 그의 귀에는 그들의 울부짖음이 들리는 것 같았다. 술 사러 나간 박대홍은 밖에서 들어오지 않아 무사한가? 이강석과 강난희, 고민옥의 생사를 모른 채 뜬 눈으로 밤을 새우다시피 한 후 아침까지 신문 방송을 통해 전해진 소식은 절망적이었다. 밤새 구조작업을 진행한 결과 생존자 5명, 사망자 11명, 행방불명자 4명이었다. 숙박 객 20명 중 생존자는 겨우 4분의 1 밖에 되지 않았다. 행불자 중에는 강난희와 고민옥이 포함되어 있었다. 그렇다면 이강석은 변을 당했다는 말이다.

이들의 시체를 언제 찾을 수 있을지 모르기도 하거니와 하루 빨리 중국 땅을 탈출해야 하는 입장에서 기다리고 있을 시간적 여유가 없었다. 더군다나 아침 방송에는 사고가 난 여관에는 탈북 기도 자들이 많이 투숙했다고 보도했다. 심지어 사망자 중 탈북을 기도하던 북조선 사람이 9명이나 된다고 했다. 이를 볼 때 탈북자들을 노리고 저지른 북한의 소행일 수도 있었다. 그렇다면 지체하지 말고 이곳을 떠나는 것이 순서였다.

'가는 곳마다 희생자를 두고 떠나야 하는, 이 무슨 기구한 운명인가.'

이교민은 한탄하며 입원한 병실에서 혼자 애를 태웠다.

박대홍은 탈출 루트 정보를 수집하러 나간다고 해놓고 쿤밍주재 공작원을 만나러 갔다. 급히 공작 결과를 평양에 보고 하기 위해서였다.

그가 고비사막에서 듣게 된 놀라운 소식을 하루 빨리 보고하고 공작 임무관련 지령을 받아야만했다. 그로서는 예상치 않게 큰 건이 걸려 흥분을 억누르기가 힘든 상태였다. 김대 교수 일행의 탈북을 막으려 침투했는데 뜻밖에 남로당계 거물급 인사의 후손들이 탈주 대열에 동참하고 있지 않은가. 더군다나 반동 박헌영의 딸은 물론 그 박헌영 계인 이훈상의 손자까지 탈북을 감행하고 있다니 큰 일이 아닐 수 없었다. 놀라운 사실을 발견한 그는 하루 빨리 정찰총국으로 보고해야 했다. 그러나 사막에서 일행에게 노출되는 행동을 할 수는 없었다. 그 후 공안에 체포되고 탈출하여 쿤밍에 오는 동안 기차 안 화장실에서 쿤밍 주재 공작원에게 연락하여 긴급사항에 대한 평양 지령을 요청하라고 일렀다. 동시에 공작에 쓸 폭약을 준비해 놓도록 일렀다. 그는 쿤밍에서 여관을 잡은 후에야 정보 수집을 핑계로 나가 공작원과 접선했다. 공작원이 정찰총국장의 직접 지시라며 전한 지령은 탈북자 모두 생포해서 북송하라는 것이었다. 사실인즉 남로당계 후손들은 위험한 반동이니 시간을 끌지 말고 즉시 연행하라고 했다.

그들의 존재가 외부 세계에 알려지면 해묵은 박헌영 숙청 얘기가 고개를 들 것이고, 그렇게 되면 위원장 동지의 심기를 불편하게 할 우려가 있다는 이유를 내세웠다.

박대홍은 잠시 주춤하다가 단호한 태도로 지령을 무시하기로 했다. 오랫동안 쌓여온 증오와 분노가 폭발할 것 같았다. '니 거이 하늘이 내리신 복수의 기회인데 누가 막는단 말이간, 쌍!' 그는 오늘을 위해 살아 온 것이나 마찬가지였다. 바로 오늘 같은 날을 위해 그동안 얼마나 복수심을 키우며 이를 갈아왔던가.

그는 정찰총국 대남공작부장으로부터 들은 바가 있었다. 박헌영의 아들 박 세르게이와 이훈상의 아들 이극 등이 선친들의 반혁명 반당 음모를 숨기기 위해 아버지 박기명을 반당 음모에 끌여 들여 죽게 했다는 것이었다. 아버지를 죽게 만든 그들 때문에 어머니마저 잃고 꽃 제비로 떠돌던 시절을 잊을 수가 없었다. 어른이 된 이제 잃어버린 청춘을 어떻게 되찾을 수 있단 말인가. 그는 너무나 억울한 나머지 분통이 터졌다. 이극이고 세르게이고, 누구든지 걸리기만 하면 제 손으로 처형할 작정이었다.

할아버지의 누명으로 아버지를 거쳐 박대홍에게까지 들이닥친 불행은 생존 자체를 거부한 당의 악랄한 행패였다. 그러나 그런 사실을 몰랐던 그는 역설적이게도 당의 충실한 혁명전사로서 길을 걷게 되었다. 그런데 뜻밖에 남로당계 후손들이 노다지로 눈앞에 떨어진 것이 아닌가. '니 거이 하늘에 계신 어버이 수령의 뜻이 아니고 니렇게 될 수 없지 않간. 내레 천당에서 내려 보시는 수령님의 명령을 받들어야지, 총국장의 반동적 지령을 따를 수는 없어!'

그는 결심이 서자 현지 공작원에게 거짓으로 반동들의 처단을 지시받았다고 둘러대고 이미 준비해 놓은 폭약을 넘겨받았다.

김영철 정찰총국장은 박대홍으로부터 고비사막으로 탈출한다는 보고를 받은 후 연락이 끊겨 사고를 당한 줄 알고 초조하게 기다렸다. 그런데 수일이 지난 후 박대홍은 당초 개탕치기작전의 목표였던 이교민이 문제가 아니라 한꺼번에 대어를 낚을 수 있는 기회를 잡았던 것이다. 그는 여관에 돌아와서 이교민을 만나기 전 화장실에 들러 폭약을 변기에 설치했다. 그래놓고 이교민에게는 탈출 루트 정보를 전하고 함께 검토한 후 술을 사러 간다며 사고 현장을 벗어났다. 그리고 한낱 개인의 증오심에서 비롯된 복수의 광기에 이강석과 고민옥, 강난희가 희생되고 말았다.

박대홍은 공작원 안가로 찾아갔다. 거기서 새로운 개탕치기작전에 성공했다는 긴급 전문을 보냈다. 그러자 평양에서는 바로 새로운 지령이 떨어졌다. 총국장의 지령을 무시하고 남의 나라에서 하나도 아닌 네 명―이교민도 죽은 것으로 단정―이나 폭사시킨 것은 반동 중에 반동이니 즉각 소환한다는 내용이었다. 당황한 그는 경계가 삼엄해진 쿤밍을 빨리 벗어나는 것이 문제였다.

그가 여관에서 나가고 난 뒤 들이닥친 구조대에 이교민이 구조된 줄은 미처 생각하지 못했다. 밤늦게 구조본부에서 여관 숙박자 명단을 가지고 시신 및 부상자를 확인한 결과 사망자 11명 중에는 박대홍이 없었다. 생존자 5명은 모두 부상자였으며, 행불자 4명에 박대홍을 추가해 5명으로 발표했다. 그러나 다음날 건물 잔해에 깔려 숨진 행불자를 모두 발굴해 보니 4명밖에 없었다. 해서 최종적으로 행불자 1명이 남았다. 구조본부는 혹시 잔해에 깔린 시신이 남아 있을지 몰라 발굴 작업을 계속한다고 발표했다.

박대홍은 결국 라오스나 태국 행을 포기할 수밖에 없었다. 쿤밍에서 비상경계령이 내린 가운데 세인의 주목을 받는 탈북자가 그대로 눌러앉아 있을 수 없었다. 그는 이제 평양으로부터도 쫓기는 몸이 되었다. 정찰총국장은 자신의 소환 지령도 무시한 채 잠적한 박대홍의 반동 행위에 격분하여 즉시 사살명령을 하달했다. 그는 한시 바삐 쿤밍을 벗어나야만했다. 이런 판에 이미 잘 알려진 탈출루트를 탄다는 것은 어부불성설이었다. 이제 새로운 루트를 개척해야 할 형편에 몰리게 된 것이다. 시장 골목에 있는 묘족 식당에 들렀다. 식사를 주문한 후 앞으로 가야 할 마지막 탈출로를 모색하기 시작했다. 쿤밍을 포함한 중국 서부지역 일대가 나온 지도를 펼쳐놓고 인접 국가로 가는 길을 하나하나 살폈다. 최종적으로 목적지를 카자흐스탄과 인접한 신장위구르로 압축했다. 좀 멀기는 해도 이 지역은 탈출과는 전혀 상관없는 곳이라고 할 만큼 한반도 상황과 관련이 없어 안전했다. 투르판이나 우루무치, 특히 둔황 석굴화 등 관광으로 유명한 곳이었다. 다음으로 카자흐스탄은 한국과 국교가 있을 뿐 아니라 친한 정부여서 유리했다. 알마티에 도착하기만 하면 한국에 간 것이나 마찬가지였다. 거기다가 카자흐 국민들 또한 친한 감정이 깊고, 무엇보다 고려인이 고국 한국인을 반겨주는 곳이었다.

알마티 행 탈출 루트는 다음과 같이 네 가지로 요약할 수 있었다.

제1루트:
서안—돈황 부근 안산—투르판—우루무치—이닝(이리카자흐자치주)—국경검문소—숀쬐—알마티

제2루트:

우루무치-카슈가르-파미르고원-타슈켄트-알마티

제3루트:

우루무치-카슈가르-힌두쿠시산맥-비슈케크-알마티

제4루트:

서안-돈황 부근 안산-투르판-호탄-파미르고원-타슈켄트-알마티

이들 루트 중 조금만 눈여겨보면 제1루트가 가장 유리함을 알 수 있었다. 신장위구르 중심 도시인 투르판과 우루무치를 거쳐 이닝으로 가면 곧 바로 국경으로 갈 수 있다. 그러나 나머지 3개 루트는 저 멀리 남쪽으로 우회해서 모두 파미르고원이나 힌두쿠시 산맥을 타야하므로 열악한 길이었다. 해서 박대홍은 쿤밍을 출발하여 우루무치로 향했다. 다만 이 지역은 열사의 나라라고 할 만큼 사막지대가 많고, 무더위를 참아내야 한다. 하지만 그 유명한 천산산맥이 서부지역에 뻗쳐 있어서 도시에서 물 걱정은 안 해도 된다. 천산산맥의 만년설이 녹은 물은 지하수로 카레즈를 통해 주민들의 젖줄이 되어 흐르고 있다. 아무리 더워도 도시에서 물을 받아 수통에 넣고 가면 해갈을 할 수 있는 것이다.

박대홍이 이 루트를 탈북루트로 처음 개척하는 셈이 된다. 그러므로 그가 무사히 알마티에 도착하는 날 신장위구르 이닝코스는 우리 한민족 역사에 중요한 방점을 찍는 날이 될 것이다. 이 지역은 실크로드의 중요한 경유지로서 천산지구를 연결하는 철도가 개설되어 중

앙아시아와 동서를 잇는 교통요지가 되었다. 그뿐만 아니라 현장법사의 왕오천축국전을 가능하게 한 역사로이며, 가까운 안산의 주둔군 사령관이었던 고선지 장군이 타슈켄트로 떠난 원정로이기도 했다. 누구보다 박대홍은 이런 역사적 배경 아래 한민족의 후예로서 내딛게 되는 역사적 탈출여정에 걸맞지 않은 임무를 띤 채 출발을 서둘렀다.

그는 이닝을 거쳐 국경에 이르기까지는 걷다가 트럭을 얻어 타기도 하고, 버스를 이용하기도 하며 기차나 장거리 버스 같은 공식 교통수단을 피했다. 이만저만 고생이 아니었다. 혹시나 쿤밍 사고의 여파로 여기까지 비상령이 내렸는지 몰라 조심에 조심을 거듭하며 강행군을 하지 않으면 안 되었다. 그러나 이 길은 육체적으로는 고된 길이었지만 정신적으로는 희망의 길이었다. 이 길만 무사히 지나면 카자흐스탄 영토 안에서는 내 집이나 마찬가지라는 낙관 때문에 흘리는 땀방울마다 용기가 묻어났다. 국경선에 와서는 초소를 피하여 으슥한 장소를 물색했다. 두 겹 세 겹으로 쳐진 철조망이 앞을 가로 막았다. 금속 조각을 철사에 던져 봤다. 전기가 통하는지 확인하기 위해서였다. 이렇다 할 반응이 없는 곳에서 투르판에서 준비한 절단기로 철사를 절단했다. 개구멍보다 크게 뚫린 공간을 통해 사람이 통과하기란 어렵지 않았다. 드디어 카자흐스탄 땅에 발을 내디딘 박대홍은 감격에 겨워 발걸음을 떼놓지 못하고 있었다.

그로부터 나흘 후 주알마티 한국총영사관에서는 박대홍의 기자회견이 있었다. 카자흐스탄 국경초소에 자수한 그는 자유를 찾아 온 망명객으로 분류되어 알마티까지 승용차로 왔다. 바로 총영사관으로 간 후 그는 자청해서 기자들에게 탈출과정을 설명하겠다고 했다. 총영사가 아스타나 대사관에 연락하여 그의 처리문제를 협의했다. 소식을 들은 대사는 자신이 직접 알마티로 날아왔다. 면담을 통해 나흘 후 기자회견을 하기로 했다. 그동안 기본적인 조사는 물론 심신이 지쳐 있는 그의 휴식을 배려한 조치였다. 박대홍은 자신이 도착한 알마티가 역사적으로 한민족의 제3고향 같은 존재라는 것을 새삼 느꼈다. 1937년 10월 악랄한 스탈린이 연해주 조선인에게 간첩 내통 가능성을 내세워 강제로 화물열차에 태우고 이곳 등으로 추방하다시피 이주시켰던 아픈 역사를 안고 있는 곳이다.

시내 고려인문화예술회관 회의실 단상에 앉았다. 먼저 총영사가 소개말을 했다.

"오늘 소개할 분은 자유를 찾아 이역만리 이곳까지 오신 박대홍 선생입니다. 우선 대한민국 공관 대표로서 한국에 입국할 수 있게 된 것을 축하합니다. 우리 교민들 앞에서 박 선생의 인사와 탈출 소감을 들려주실 겁니다."

소개를 받은 박대홍은 자리에서 일어나 정중하게 인사를 했다. 그리고 소감을 말했다.

"여러분 반갑습네다. 여기서 이렇게 여러분과 만나 뵙게 될 줄은 몰랐습네다. 자유와 인권이 매몰된 얼어붙은 땅을 탈출하여 자유를 찾아 나서 고생을 했습네다. 연해주와 접한 수이펀허까지 갔다가 사정이 여의치 않아 치치하얼을 에돌아 몽골과 접한 얼렌하우트로 갔습네다. 거기서 사막을 가로질러 가다가 공안에 붙잡혀 중국으로 되돌아와서는 탈출하여 라오스와 미얀마와 가까운 쿤밍을 에돌아 투르판을 거쳐 여기로 오게 되었습네다. 궁금하신 일은 물어보시기 바랍네다. 고맙습네다."

이어진 일문일답에서는 보다 구체적인 이야기들이 오갔고, 이 뉴스는 실시간으로 세계에 전달되었다.

7. 죽음의 미스터리

정대성은 16일에 걸쳐 이루어진 자유에의 대장정 비망록에 대한 검토를 마무리했다. 하도 분위기가 엄숙해서 무거운 마음으로 읽고 있던 그도 극동에서 극서로 4천 킬로미터 대장정의 마지막 부분에서 눈시울이 시큰둥했다.

그는 세 번째 추적 단계에서도 이렇다 할 단서를 잡지 못한 채 고심을 거듭하고 있었다. 아무래도 이교민 선생의 기억력에 의존하는 것이 한계를 보이는 것 같았다. 처음 탈출과정에 대해서는 비교적 자신 있게 이야기한 것 같은데 그 다음부터 스스로 기억이 잘 안 난다고 할 정도여서 전적으로 그의 말을 믿기 어려웠다.

1

정대성에게 가장 눈길을 끈 부분은 이 선생 일행이 쿤밍에서 부딪힌 참사였다. 하필이면 탈북자들이 묵었던 여관을 폭파했다는 것은 예사로운 일이 아니었다. 분명 북한 공작원의 소행일 가능성이 컸다. 작가로서 이 소식에 접하고 분노를 금치 못했다. 그는 희생된 탈북자들의 명복을 빌면서 미심쩍은 부분을 살펴봤다. 박대홍은 사고 현장에서 행불자가 되었다는데 그곳에서 보인 그의 행동이 눈길을 끌었다. 쿤밍은 초행인데 라오스루트에 관해 어디서 알아보려고 했다든 가, 얼렌하우트에서 밀수루트를 알아본다고 밖으로 다녔다든가, 가는 곳마다 현지 정보를 알아보고 다녔다니 예사롭지 않아 보였다.

정대성은 사고 현장에서 보인 그의 동선에 무엇이 있지 않을까, 막 연히 의문을 가졌다. 사고 여관에서 죽은 이강석과 강난희 및 고민옥 의 경우 일행과 함께 여관에 들었기 때문에 그들의 숙소문제에는 의 심의 여지가 없었다. 그러나 유독 박대홍만이 알리바이에 의문을 제 기할 여지를 남긴 것이다. 그가 라오스루트와 관련한 정보를 얻으려 고 어디로 가서 누구와 접촉했는지, 하는 점은 아직 밝히지 못했다. 그리고 이교민과 라오스루트를 검토한 후 술 사러 간다며 또 나갔다. 그 후 행방불명되었다.

정대성은 그동안 몇 차례에 걸쳐 이교민 일행의 탈출과정을 통해 그의 부인과 아들의 살인, 실종 사건과 관련한 단서를 추적해 왔으 나 뚜렷한 성과를 거두지 못했다. 탈출과정에 동행한 사람들의 알리 바이나 의심나는 점을 캐보려 했지만 뜻대로 되지 않았다. 이제 와 서 돌이켜보면 지난번에 느꼈던 대로 가정을 잘못 세운 것인지 몰랐 다. 그 가정이란 것이 피살자와 가장 가까웠던 인물을 중심으로 설정 한 것이기 때문에 문제가 있을 수 있었다. 장본인인 이교민은 주관적 인 입장에 있을 뿐만 아니라 노령에다 정신적인 충격의 영향마저 배 제할 수 없고, 그때문에 기억력에 한계를 지니고 있었던 것이다.

지금까지 그를 상대로 취재해 본 결과 다시 원점으로 돌아갈 필요 가 있었다. 즉 탈출과정을 추적하다 보니 취재 초점을 그에게 국한시 켰다. 그래서 부딪힌 한계를 극복하기 위해서는 관련된 인물의 폭을 넓혀 보아야 할 것이었다. 마지막 탈출과정에서 다섯 사람 중 이교민 외에 두 여성, 즉 죽은 강난희와 고민옥을 빼면 박대홍과 이강석이 남는다. 그러나 이들은 탈출과정에서 담당한 역할과 관련하여 이교민의 관점에서만 접근하는데 그쳤던 것이다. 아직 본인들로부터 말을 들은 바가 없었다. 지금까지 한 사람에게만 매달린 꼴이 되었으니 결과적으로 완벽한 취재가 될 수 없었다. 그렇다. 죽은 이강석을 제외하면 행방이 알려지지 않은 박대홍을 찾아내야 한다.

　그가 이렇게 박대홍을 추적하기 위한 본격적인 태세를 갖추려고 할 무렵 이교민으로부터 전화가 걸려왔다. 이교민이 이따금 기억나는 일이 있어서 연락해 주는 것은 좋은 일이었다. 그만큼 그가 자신의 취재에 관심을 보인다는 증거였다. 우연히 목이 아파 파스를 사서 바르다가 생각나는 것이 있어서 알려주려고 연락했다고 했다. 그가 생각 난 것이라고 한 것은 어쩌면 중요한 단서가 될 수 있는 것이었다. 얼렌하우트에서 죽은 김지욱의 시체가 이상해서 유심히 봤는데 목이 유달리 한쪽으로 기울어져 있었다고 강난희가 한 말이 기억났다는 것이었다. 정대성은 이 이야기를 어떻게 받아들여야 할지 몰랐다. 김지욱의 신체 일부가 눈길을 끌었다지만 그것만 가지고는 무엇이라고 말 할 수 없었다. 일단 참고 자료로 취재수첩에 적어두었다.

　이교민 선생은 비망록에서 아내나 김지욱의 살해와 자신의 관련성에 대한 이야기는 한마디도 언급하지 않았다. 당연한 결과였다. 자신이 범인이 아니기 때문이었다. 다시 비망록을 천천히 훑어보기 시작했다. 이 선생은 비망록에서 평양으로부터 시작된 탈출과정에서 도문—연길—하얼빈—수이펀허—하얼빈—치치하얼—북경—얼렌하우트—북경—쿤밍으로 오는 동안 겪었던 사건에 대한 관찰 결과를 중점적으로 다루었다. 그런데 북경 부분에서 눈길을 끄는 대목을 발견했다. 하얼빈에서 죽은 아내의 목이 한쪽으로 기울어져 있었다고 강난희가 알려 준 것이 기억났다고 적고 있었다. 본 내용과는 별도로 한쪽 구석에 메모한 것이었다. 아마 그때는 얼렌하우트 행 표 구입 얘기에 관심을 갖다가 미처 기록을 하지 못한 것 같았다. 정대성은 비망록을 훑어보면서 본내용에 치중한 나머지 그 부분을 놓쳤던 것이다. 그로서는 눈이 번쩍 뜨이는 순간을 맞이했다. 진작 이 선생의 기억력이 발휘되었더라면 오리무중에서 헤매지 않아도 되었을 텐데 만시지탄이었다. 그러나 이런 만시지탄은 있으면 있을수록 좋았다. 그러니까 이 선생의 기록은 살인범의 수법을 말해 주는 것이었다. 그런데 하얼빈에서 이 선생의 아내를 죽인 범인과 얼렌하우트에서 김지욱을 죽인 범인의 수법이 같다는 것은 우연일치였을까? 아니면 동일 범인이었을까? 우선 범인이 같은 사람이라고 가정할 때 살인현장 두 곳에 동시에 있었던 사람이 용의자일 것이었다. 그렇게 볼 때 이강석과 고민옥은 해당되지 않고, 이교민과 강난희를 제외한 나머지 한 사람, 즉 박대홍이 용의자로 떠오르게 된다. 박대홍의 살인 수법이 목꺾기, 그것도 왼쪽으로 꺾기가 특기란 말인가? 확인이 필요한 대목이었다. 그리고 김지욱의 살해 동기가 분명하지 않은 것이 문제였다.

여기서 정대성은 사소한 것 같지만 중요한 증언 하나를 기억해냈다. 그것도 바로 이 선생이 전해 준 말이었다.

'개탕치기'

강난희가 이 선생에게 전해준 이 말은 박대홍과 하한식이 하얼빈 여관에서 자기네끼리 얘기하는 가운데 내뱉은 말이었다. 그녀가 우연히 복도를 지나가다가 엿들은 것이었다. 왜 이런 말을 했는지 알수 없으나 박대홍이 용의자로 등장한 이 시점에서 소홀하게 다룰 수 없는 단서로 보였다. 진작 이교민 선생에게 물어 봤어야 하는데 늦은 것 같았다. 시간을 내서 이 선생을 찾아 볼 작정이었다.

이교민 선생의 비망록에는 이강석과 못다 한 얘기가 적혀 있었다. 쿤밍 여관에서 이훈상의 사망 당시 얘기만 한 뒤 이강석이 나간 후에도 한동안 당시의 상황에 대해 나름대로 되새겨 보고 있었다는 것을 말해 주는 것이었다. 내용을 읽어 본 결과 그럴 만하다고 생각했다. 이훈상의 사망이 토벌대에 의한 사살로 단순하게 치부하고 넘어 갈 수 없는 정황이 나열되어 있었다.

첫째 과연 이훈상이 군이건 경찰이건 토벌대에 의해 사살되었을까, 하는 점이 문제다.

둘째 토벌대의 사살에 의한 사망일 경우 군부대와 경찰 중 어느 토벌대가 사살했느냐, 하는 점이 문제다.

셋째 군도 경찰도 아닌 제3자에 의한 사살 가능성이 문제다.

넷째 제3자에 의한 사살일 경우 과연 누가 사살할 가능성이 있는가, 하는 점이 문제다.

이교민은 이훈상의 사망을 두고 타인에 의한 사살 가능성도 제기했지만 그 마저 사살 주체가 누구였느냐, 하는 것이 문제였다. 이것은 이훈상 사망사건을 사살사건으로 규정한다고 해도 섣불리 누가 사살했다고 단정지을 수 없다는 점을 말해 주는 것이었다. 왜 그가 사살자의 정체에 대해 의문을 갖는 것일까? 이교민 특유의 논법으로 하나씩 차례대로 '…. 하는가, 하는 점이 문제'라는 식으로 문제를 제기하고 있는 것을 보면 이훈상 사망 사건에 어디인지 석연찮은 구석이 있다는 것을 내비치고 있는 것 같았다. 이러한 추론은 다음 대목에서 더욱 굳어졌다. 그는 사살 주체에 의문을 제기한 다음 사살 현장 정황에 대해서도 의문을 제기하고 있었다.

첫째 군 토벌대에 의하면 9월 17일 저녁 이훈상이 빗점골 부근 개울 옆에서 웃통을 벗은 채 앉아 있다가 수색대가 나타나자 손짓을 하며 오라고 하던 중 사살되었다는데 과연 그의 태도가 그런 평범한 것이었을까, 하는 점이 문제다.

둘째 경찰 토벌대에 의하면 9월 18일 아침 이훈상 등 몇 명이 너덜바위 지대로 오고 있는 것을, 바로 그 앞에 잠복해 있던 수색대가 발견, 총을 쏘기 시작하자 달아나서 뒤를 좇아 수색해 보니 중년 사내가 바위에 기대 죽어 있었다는데 과연 지리산 지역에 밝은 그들이 그런 노출 지대로, 그것도 아침에 걸어 들어왔을까, 하는 점이 문제다.

셋째 이훈상의 시체를 두고 군 토벌대 측과 경찰 토벌대 측의 사살과 발견, 그리고 그 시간과 장소가 엇갈릴 수 있을까, 하는 점이 문제다.

이교민은 자기 생각으로도 하나의 사건을 두고 군대 측과 경찰 측 간에 주장이 엇갈리는 것이 납득이 가지 않아 이렇게 메모지에 의문점을 적어놓았던 것이다. 정대성이 보기로도 단순히 양측의 공과 다툼 때문만이 아니라 이훈상 사망사건 자체가 미스터리 같이 보였다.

국군 토벌대의 1차, 2차 공세에 내몰린 이훈상은 북으로부터 아무런 지원이 없는 고립무원의 상태에 빠졌다. 거기다가 문책성 면직에 따라 일개 빨치산 대원으로 전락하는 지경에 이르렀다. 이 무렵 북에서는 남로당계의 숙청이 시작되고 있었다. 그런 정황을 볼 때 토벌대와 빨치산 관계라는 단선적인 측면에서 접근하기에는 무리가 따를 것 같았다. 해서 이교민의 개인적 메모만 가지고 판단할 것이 아니라 보다 정확한 자료를 살펴볼 필요가 있었다. 사실 정대성은 고향이 지리산에 가까워 어릴 적부터 빨치산이나 이훈상, 남도부 같은 얘기를 들은 적은 있었으나 구체적인 내용은 모르고 있었다. 이번에 이러한 역사적 사실을 접하고서 도서관을 찾아가야 되겠다고 생각했다.

2

정대성은 박대홍의 발자취를 찾아 머리를 싸잡은 채 행적을 더듬었다. 여관 폭파 참사가 일어나기 얼마 전에 이교민과 헤어져 술 사러 나갔다. 그리고 여관으로 돌아오지 않았다. 그날 구조대가 숙박자 명단과 대조하며 사망자와 부상자를 확인한 결과 박대홍이 행불자로 분류되었다. 다음날 구조대가 부서진 잔해들을 헤치고 생존자나 부상자, 또는 사망자를 찾았으나 박대홍으로 보이는 사람은 없었다. 그렇다면 여관으로 돌아오지 않았다는 추정이 가능하다. 그는 왜 여관으로 돌아오지 않았을까? 몇 가지 추론을 검토해 봤다.

첫째 술 사러 나갔다가 불량배에게 끌려갔다.

둘째 사창가나 다른데서 여인과 노닥거리느라 오지 않았다.

셋째 다른 이유로 혼자 탈출하기 위해 이탈했다.

넷째 만에 하나 북한 보위원에게 붙잡혀 북송 위기에 있다.

이 네 가지 가능성 중에 어느 것에 해당되는지 섣불리 단정하기 어려웠다. 자의에 의한 것이 두 가지, 타의에 의한 것이 두 가지로서 여관에 오지 않은 이유가 각각 50 대 50으로 가능성이 반반이었다. 정대성의 입장에서 볼 때 특별히 어느 이유가 가능성이 크다고 할 수 없었다. 이런 추론은 어디까지나 이론적인 가능성에 바탕을 둔 것일 뿐 현실성이 떨어졌다. 그렇다고 기다린다고 올 사람이 아닌 것 같았다. 그 난리 통에 올 사람이라면 벌써 여관으로 달려왔을 것이다. 결국 자의든 타의든 박대홍은 사라진 사람이었다. 이교민의 비망록을 덮고 일어서려다가 문득 눈길이 가는 곳이 있었다. 이훈상 사망 관련 메모 밑 여백에 몇 자 적다가 만 것이 있었다. 아마 메모장을 덮으려다 생각난 듯 한 줄 정도 되는 문장을 써놓고는 다시 선을 북 그어버린 것 같았다. 하잘 것 없는 메모인지 모를 것이었다. 내용은 이랬다.

─이 사람이 나가면서 빨리 서울로 갔으면 하더니 혼자 가버렸나, 여태 안오니….

박대홍을 기다리던 참에 쓴 것이었다. 정대성은 잠시 '그가 정말 가버렸나?' 하고 생각했다. 만약 그가 딴 마음을 먹었다면 가능한 일이었다. 어쨌든 본인이 지금 사라진 마당에 시간 나는 대로 찾아보지 않으면 안 될 것이었다.

그런데 그의 행방을 알 수 있을 때까지 그리 오랜 시간이 걸리지 않았다. 비망록을 검토한 후 시장해서 조선족 식당으로 갔다. 그 식당에는 한국인들이 많이 이용하기 때문에 서울 소식을 자주 들을 수 있었다. 더욱이 늦기는 해도 서울 신문이 배달되었다. 며칠 지난 신문이지만 국내 소식을 전해주는데 필요한 매체였다. 음식을 주문한 후 신문을 펼쳐들었을 때 눈길을 확 잡아끄는 제목이 있었다.

─탈북자 박대홍 알마티로 탈출 기자회견

탈주만리 장정 끝내고 무사히 서울 도착─

보도 내용에는 자기 위주의 내용이기는 하지만 그런대로 탈주과정을 밝히고 있었으나 일행에 대해서는 이렇다 할 언급이 없었다. 더군다나 쿤밍참사로 빚어진 일행의 참변은 일체 침묵해서 의아했다. 비망록에 의하면 누구보다 이교민 선생을 위해 노력했으며, 일행에게도 도와주려 했던 사람이 어떻게 일행의 불행에 대해 일언반구도 없을 수 있는가, 이해하기 어려웠다. '과연 그가 용의자인가?' 하는 의구심이 스쳤다. 이 시점에서 그가 국내로 들어간 사실을 확인한 만큼 하루 빨리 귀국하여 그의 행방을 좇는 수밖에 없었다.

그동안 비망록 때문에 일행의 탈주과정에 대해 알 수 있었던 만큼 감사 인사 겸 개탕치기에 대한 질문을 하러 이교민 선생을 찾았다.

그가 은신하고 있던 조선족 민박집에 갔더니 놀라운 소식을 전해주었다. 불과 며칠 전에 사망하여 화장을 했다는 것이었다. 연고자가 없어 그랬다고 했다. 물론 건강이 나빠져서 금방 회복하리라고 기대하지는 않았지만 그렇게 가실 줄은 몰랐다. 어떻게 돌아가시게 됐는지, 물어 봤다. 민박집 주인은 뜻밖에 소리를 했다. 아침에 식사 시간이 되어 문을 두드렸는데 응답이 없었다. 미심쩍은 생각에 문을 열었다. 순간 놀라움에 소리를 질렀다. "선생님 와 그랍까?" 이 선생은 이불을 덮지 않은 채 방바닥에 나뒹굴어져 있었다. 변고를 당한 것 같았다. 달려가서 팔을 잡고 흔들었으나 몸이 굳어 있었다. 공안에 신고하려고 일어서다가 눈길을 끄는 것을 봤다. 선생의 목이 왼쪽으로 비틀어져 있었다.

"네? 그래요!"

정대성은 놀라움을 금치 못했다. '목이 비틀어지다니…' 그때 떠오른 것이 있었다. 발길을 돌려 나오는 그는 '개탕치기'보다 더 확실한 증거를 잡은데 내심 긴장감을 느꼈다. '박대홍이다, 박대홍…' 신들린 사람처럼 혼자 중얼거리고 있었다.

문제는 박대홍을 찾는 일이었다. 하나원 동기생들을 중심으로 그의 행동반경을 파악하고자 했다. 하나원을 통해 그의 친지들을 수소문하여 몇 사람을 만났다. 주로 크고 작은 사업을 하는 사람들이었다. 그는 워낙 하는 일이 달라 평소에도 만나지 못했으며 연락도 없었다고 했다. 밀수꾼 출신인 박대홍은 사업한답시고 지방으로 자주 다녔으며, 가끔씩 들리는 소식으로는 결혼도 하지 않은 채 여인 편력이 심하다는 얘기였다. 그는 하나원을 나온 이후 생활 정착자금을 받아 대전에서 자리를 잡았다고 한다. 생활은 체육관 강사로서 꾸려나가는데 별 지장이 없이 잘 해나갔다. 간혹 사회체육 강사로서도 활동하여 대전에서 인기 강사로 소문이 났다. 얼굴도 잘 생긴데다 기질도 사내다워 따르는 여성이 적지 않았다는 얘기가 있었다. 대전에 내려가서 수소문해 본 결과 사귀는 여성이 있는 것 같았으나 특별한 관계는 아니었다. 그렇다면 지금까지 혼자 생활하고 있을지도 몰랐다.

대전 체육관을 중심으로 며칠 발품을 판결과 그의 행방을 알아낼 수 있었다. 박대홍은 웬 일인지 지난여름 체육관을 그만두고 강원도 속초로 갔다는 소문이 있었다. 그가 속초에서 북한식당을 차려 열심히 하는 듯 했으나 곧 문을 닫았다고 한다. 또 다른 사업을 한답시고 이리 저리 뛰어다니다가 밑천을 다 말아 먹었다는 소문이 나돌았다. 그러면서도 여자는 좋아해서 항상 주변에 여자들이 끊이지 않았다는 얘기가 있었다. 그러나 그의 행방에 관해서는 이렇다 할 얘기를 듣지 못했다. 지난여름 이후 소식이 없다는 것이었다.

정대성은 일련의 사건과 관련하여 박대홍을 본격적으로 추궁하기 전에 예비취재를 한 셈이었다. 앞으로 그를 만나 북한 탈출 동기와 살인 관련, 혐의 점에 관해 본격적으로 조사할 작정이었다. 이렇게 관계망을 펼쳐 놓으면 누군가 걸려들게 마련이었다. 그러면 하나씩 접근해 들어가면서 필요한 단서들을 수집할 수 있을 것이다. 물론 범인을 쫓는 것이 간단하지 않지만 기본 정보원을 확보한 뒤 단서를 찾아 들어가면 용의선상에 누군가 떠오르게 될 것이다. 정대성은 이제부터 용기백배하여 활발한 조사에 나서게 되었다.

정대성은 지금까지 추적한 전반적인 사건 개요를 볼 때 모든 의문점이 용의자에서 혐의자로 떠오른 박대홍에게로 집중되고 있는 것을 깨달았다. 빨리 그를 추적해야만 할 이유가 그에게 제시된 것이다. 국내에서 그를 추적하다가 알게 된 탈북자들에게 그의 근황을 물어봤다. 별 다른 소식을 못 들었다는 사람들이 대부분이었다. 그 중에 눈길을 끄는 이야기가 있었다. 그가 요즘 탈북 브로커를 한다는 소문을 어디선가 들었다는 것이었다. 그래서 최근에 한국에 들어온 탈북자들을 수소문하여 만나봤다. 그들 얘기로는 새로운 브로커가 있다는 말을 들었지만 이름을 듣지 않아 박대홍인지 모르겠다는 것이었다. 가장 중요한 시기에, 가장 중요한 인물이 종적을 감춘 것으로 나타났다.

그가 왜 이 시기에 종적을 감추었을까?

그로서는 섣불리 단정할 수가 없었다. 사업에 실패해 어디서 술이나 마시고 있는지, 섹시한 한국 여인에게 걸려 농염한 쾌락에 빠져 있는지, 만에 하나 재기를 위해 고심하고 있는지. 성공하지 못한 탈북 남자가 할 수 있는 일을 여러 가지로 상정해 봤으나 어디까지나 관념상 가정일 뿐이었다. 사건 해결 마지막 단계에 와서 벽에 부딪힌 정대성은 머리가 아팠다.

정대성은 일단 이훈상의 산상 연인이었던 하순영의 가족부터 먼저 찾기로 했다.

남산 국립도서관에 가서 남부군 출신인 이태가 쓴 『남부군』을 열람했다. 『남부군』 하권에서 산상 연인에 관한 글을 겨우 한 줄 찾아냈다.

─그의 시중을 들던 하 여인은 그의 권고로 그 보다 훨씬 전에 귀순하여 우여곡절 끝에 지금도 어딘가에서 조용한 여생을 보내고 있는 것으로 안다.

저자가 '여생을 보내고 있는 것으로 안다'고 했으니 아마 그 여인에 관한 소식을 듣고 있는 모양이었다. 그러나 책의 발행 연도를 보니

1988년으로 되어 있었다. 벌써 25년 전이었다. 지금까지 살아 있을지 의문이었다. 더군다나 저자는 몇 년 전(1997년)에 사망하여 그 사실을 확인 할 수도 없었다. 집으로 돌아와서 다시 인터넷 검색을 해봤다. 어떤 연구소에서 1990년 4월 발행한 잡지에 '이훈상의 산중 처 살아 있다'는 기사가 실려있었다. 또 하나 한 신문사 발행 월간지에도 같은 종류의 기사가 있었다. 신문사의 잡지는 1996년 7월 발행된 것이어서 최신 소식이 기대되었다. 다음날, 다시 도서관으로 가서 두 잡지를 열람했다.

연구소 잡지는 하순영에 관해 당시로서는 비교적 상세하게 소개했다. 처음으로 그녀의 이름이 밝혀진 것은 물론 일본에서 귀국한 지 얼마 되지 않았다는 것과 이훈상을 만나게 되어 지리산으로 가게 된 경위 등을 밝혔다. 그리고 이훈상이 사살되기 전 하산시켜 내려왔다가 진주로 간 사실이며 원하지 않은 임신을 했다는 것이 언급되어 있었다. 그녀의 행방을 알 수 있는 중요한 단서였다. 그러나 그녀가 아이를 낳았는지, 여부는 밝히지 않았다. 눈길을 끈 것은 그 여인이 1989년 초 이훈상 부대 정치위원이었던 인사의 장례식에 참석했다고 밝혔다(나중에 밝혀진 자료에는 1990년 초). 그녀를 지리산으로 안내했던 하 모 씨가 유명한 동부지역 빨치산 사령관 남도부의 5촌 당숙이었는데 부산에 있던 구 빨치산 모임 대표로서 가끔 하순영을 만난다는 얘기도 있었다. 그러니까 그녀가 적어도 이때까지는 생존해 있었다는 것을 확인할 수 있었다.

이 과정에서 평양 가족 소식을 알게 된 것이 부수적인 성과였다. 월간 잡지 7월호에는 재미동포 여인이 평양에서 이훈상의 막내딸을 만난 얘기를 실었다. 여인에 의하면 평양 가족의 근황이 상세하게 소개되어 눈길을 끌었다. 이때만 해도 남쪽 가족 소식은 간략하게 전해졌으나 북쪽 가족 소식을 모르고 있었기 때문에 큰 관심을 불러 일으켰다. 그녀는 1992년 11월 막내딸을 만난데 이어 1995년 4월 두 번째로 만나 그 동안의 생활 이야기를 들을 수 있었다.

평양의 가족은 부인을 비롯 외아들, 큰딸은 군복무, 둘째딸은 만경대혁명가 유자녀학원, 막내 딸은 체코슬로바키아 유학 등 비교적 평탄한 길을 밟아 왔다. 1948년에 먼저 평양으로 간 아들 외에 나머지 식구는 6·25전쟁이 터지자 부랴부랴 평양으로 달려갔다. 어려울 때 '장군님'을 찾아가라던 남편의 이야기에 아내가 결단을 내린 것이었다. 그 후 막내딸은 김일성종합대학 정치경제학과 동창생이던 김정일 비서의 보살핌을 받으면서 대학을 무사히 마쳤다고 했다. 이훈상은 영웅칭호를 받은 것은 물론 훈장을 받았으며, 평양 근교 신미리에 애국열사릉이 건립되자 맨 처음 가묘를 만들어 모셨다. 이 가묘 비석에는 '남조선 혁명가, 1905년 9월 27일 생, 1953년 9월 17일 전사'라고 기록되어 있었다. 공교롭게도 태어난 달과 같은 달, 거의 비슷한 날에 저승으로 간 것이다.

신문사 월간 잡지를 열람한 결과 남쪽 가족에 대해 더 자세한 근황이 밝혀졌다. 담당 기자는 하순영은 못 만났지만 아들을 만나 비극적인 종말을 맞은 이훈상의 후손으로서 심정과 근황을 비교적 상세하게 취재 보도했다. 프라이버시 문제로 아들의 이름을 밝히지는 않았지만 직업(교사)이며 주소지(구체적인 주소 대신 지역만 밝힘)까지 밝혔다. 하순영의 신상 정보도 보다 상세하게 나와 있었다. 아들인 이 선생이 『남부군』이 발행된 뒤 어머니로부터 아버지의 신상에 관한 얘기를 듣게 되었을 뿐만 아니라 『남부군』 저자를 몇 차례 만난 사실도 밝혔다. 이 기사를 취재한 기자는 하순영의 고향에서부터 시작하여 형제자매를 추적한 끝에 주소지를 확인하고, 본인과 면담을 성사시킨 것이다. 이때까지 이훈상의 산상 연인에 관한 근황으로서 가장 관심을 끈 자료였다.

이들 자료를 토대로 이훈상의 후손에 관한 정보를 요약하면 다음과 같았다.

첫째 산상 연인의 이름과 직업, 그녀의 아들의 직업

둘째 이들의 주소지가 진주라는 것

셋째 여인의 나이가 당시 20세 정도

넷째 일본에서 귀국한지 얼마 안 됨

다섯째 이훈상과 만나게 된 계기

여섯째 이훈상과 헤어진 후 진주에서 만나기로 약속

정대성은 쾌재를 불렀다. 이만하면 어머니와 아들 둘 중 하나는 만날 수 있을 것 같았다. 아들 이름을 모르지만 주소지를 아는 만큼 동사무소에 가면 확인할 수 있을 것이다. 그는 한결 가벼운 마음으로 도서관을 나서다가 문득 마음에 걸리는 것을 느꼈다.

'혹시 박대홍이 이 자료들을 열람하지는 않았을까?'

그렇다. 박대홍이 이훈상의 후손을 찾아 국내에 들어왔다면 반드시 그들의 흔적을 찾아 나서지 않겠는가, 이런 의문이 생기자 그는 다시 도서관으로 들어갔다. 창구 직원에게 자신을 작가라고 소개한 후 작품 집필에 참고하려는데 대표적인 자료의 열람자를 알아 봐 달라고 요청했다. 그가 제시한 자료는 남부군 출신이 쓴 '이훈상'과 신문 월간지의 '산중 처는 살아 있었다', 가장 최신 자료인 이훈상 평전이었다.

컴퓨터로 열람자를 검색하던 직원은 '산중처는 살아 있다'는 기사와 이훈상 평전의 열람자 중에 박대홍이라는 기록이 있다고 알려주었다. 정대성은 그의 관심사를 알아보기 위해 널리 알려진 『남부군』이라는 책을 찾아보지 않았을까, 해서 검색을 요청했다. 직원은 다시 검색하더니 그 책의 열람자 명단에 박대홍이 있다고 밝혔다. 그래서 각각 열람 날짜를 알아보았다. 『남부군』은 2014년 1월 15일, 산중처 기사와 이훈상 평전은 2014년 1월 16일이었다. 2013년 가을에 국내에 입국했으니 하나원을 수료한 뒤 곧 바로 도서관에서 하순영 가족을 찾기 시작한 것이다. 오늘이 1월 22일이라 그의 열람보다 1주일 늦게 열람한 것이다. 그렇다면 박대홍이 선수를 쳤다고 할 수 있었다. 일행의 탈주 과정에서 범행과 용의자 추적에 시간을 뺏긴 결과였다. 그가 의도하는 바를 짐작할 수 없었다. 이훈상 가족을 찾아내서 무엇을 하려는지, 미심쩍었다.

그는 집에 와서 『남부군』을 구입해 보려고 인터넷 중고서점에 들어가서 검색을 했다. 겨우 두어군데 서점에 올라와 있었다. 한 권을 장바구니에 담은 후 혹시나 하고 검색창에 '이훈상'을 쳤다. 이훈상 평전이 줄줄이 떴다. 2007년에 출판되어 지금으로부터 비교적 가까운 시간이었기 때문에 중고서적이 많이 나온 모양이었다. 한 권만 장바구니에 담은 후 창을 닫을까 하다가 평전 외에 그 이전에 어떤 책이 나온 것이 있을 까, 하고 매물로 나온 책을 쭉 훑어 봤다. 평전만 계속 나왔다. 그만 닫으려고 하는데 새로운 책이 눈에 들어왔다. '이훈상'이었다. 『남부군』의 저자가 쓴 책으로서 1990년에 출판된 것이었다. 이렇게 일찍 출판된 책이 왜 잘 알려지지 않았을까, 모를 일이었다. 어쨌든 이 책 두 권을 주문했다. 늦어도 사흘 후면 배송될 것이다. 지금 입수한 이훈상의 후손에 관한 자료에 나중 이들 책에서 새로운 것이 발견되면 보충할 예정이었다. 사흘 후 도착한 '이훈상'과 이훈상 평전을 검토한 결과 사흘 전 입수한 정보를 다시 확인할 수 있었다. 주로 이훈상과 하 여인이 만나게 된 계기와 헤어진 후 하 여인의 행적, 그리고 아들에 관한 내용이 일치했다.

3

정대성은 이훈상 관련 자료를 검토하는 과정에서 공산주의자들의 사랑 이야기가 심심찮게 눈에 띄는 것에 주목했다. 혁명가를 자처하는 그들에게 남다른 정열이 있었기 때문에 남녀 사랑에 불이 붙은 것일까. 남성에게만 그런 것이 아니라 여성에게도 남성 못지않은 남자 관계를 볼 수 있었다.

박헌영을 비롯하여 임원근, 김단야, 김태준, 이관술 등이 공산주의 활동을 하는 과정에서 엮어간 여성 동지들과의 사랑도 예사로 보아넘길 수 없는 공산주의자의 생활의 한 단면이었다. 박헌영은 상해 망명 중 만나게 된 주세죽과의 사랑으로 모스크바에다 딸을 남겼다. 그후 국내로 잠입하여 그녀와 관계가 끊어지자 동지 정태식의 조카딸과 서울에서 잠시 동거를 하여 아들을 남조선에 남겨둔 채 탈출, 북조선으로 갔다. 카자흐스탄에 유배되어 있던 주세죽이 소련 정부에 북조선 입국 허가를 청원했을 때, 주평양 소련대사관 측에서 박헌영에게 그녀를 입국시켜야 하느냐고 물었다. 그는 어려울 때 아내였던 주세죽의 입국을 받아들이지 않았다. 그는 이미 해주사무소 여 비서에게 마음이 기울어져 있었던 것 같았다. 1949년 9월 부수상 겸 외상인 그가 딸 같은 여 비서 윤레나와 평양에서 결혼식을 올렸다. 신부는 해주 여 비서였다. 그녀는 딸(나타샤)과 아들(세르게이)을 낳았다.

김단야는 박헌영과 함께 상해 망명 생활 중 주세죽과 활동하던 고명자를 사랑하다가 모스크바로 가서는 박헌영과 헤어진 주세죽과 동거했다. 유부남인 김단야를 사랑했던 고명자는 그가 자신을 찾아 서울로 올 날만을 기다리다가 홀로 굶주리며 죽어갔다고 한다.

허헌 변호사의 딸 허정숙은 남성 동지들 못지않게 남자 편력이 많은 여자였다. 주세죽과 함께 상해에 왔던 그녀는 박헌영의 동지였던 임원근과 결혼했으나 귀국 후 아들 둘을 둔 채 헤어지고 송봉우와 두 번째 결혼했다가 아들 하나를 낳고 헤어졌다. 그 후 아들이 셋인 그녀는 최창익과 눈이 맞아 사랑의 도피처럼 뒤늦게 연안으로 가서 한동안 조선의용대에서 활동했다. 해방 후 귀국해서는 최창익과 의견이 맞지 않아 헤어진 후 소련 동포인 체규형 최고검찰소 부소장과 동거했다.

이른바 경성 트로이카 그룹 여성 회원인 박진홍은 대표적 인물인 이재유와 살다가 헤어지고 김태준과 사랑에 빠져 중국으로 도피하듯 출국했다. 그녀는 해방 후 평양으로 가서 고위직을 맡았으나 남편 김태준은 남한에서 처형되었다.

해방 후, 이른바 산사람들이라고 불리던 공산 유격대, 즉 빨치산들에서도 산상 연인들을 둔 경우가 뒤늦게 드러나 화제의 대상이 되었다.

지리산을 중심으로 소위 남반부 혁명을 위해 불철주야 산을 누비고 다니는 사내들의 고된 육체와 황량한 가슴에도 그에 걸맞지 않은 뜨거운 불덩이가 숨겨져 있었던 것일까. 마치 시골 화로에 묻어둔 불씨마냥 어느 날 갑자기 임자를 만나 불꽃을 피우게 될 자그마하지만 매서운 정열의 불씨가 있었던 것이다. 생사를 가르는 가파른 세상 끝에 매달린 채 공산혁명이라는 지상과제에 목숨을 맡겨온 그들이 어느 순간 여성 빨치산에게서 동료를 넘어 여인의 체취를 느끼게 될 때 자기도 모르게 파묻혀 있던 불씨가 고개를 들었다. 이 불씨가 솔바람을 타고 힘을 얻으면서 점점 커져 어느새 걷잡을 수 없는 불길로 활활 타오르기 시작하면 빨치산이라는 산 사내의 정체를 흔들 정도로 정염의 불꽃을 튀기게 되었다. 어떻게 보면 이런 사내들이기에 일반 사내들보다 더 극적이며 정열적인 사랑의 화염에 휩싸이게 되는지도 몰랐다.

1951년 12월 9일. 20여 명의 부하를 이끌고 수도사단 기갑연대에 투항한 중앙민주청년동맹(민청) 부위원장 오운식은 산에서 같이 살림한 '산중 처' 때문에 화제 거리가 되었다. 그는 귀순하자마자 연대장 이용 대령에게 "애정으로나 사상으로나 같이 살고 같이 죽기로 한 약혼녀가 있소. 제발 부탁이니 같은 곳으로 보내주시오." 하고 애원했다고 한다. 이 대령은 그를 먼저 사단본부로 보낸 뒤에 연대본부 옆에 가묘를 만들어 놓고 약혼녀를 불러 그것이 오운식의 묘라고 알려주었다. 사정을 몰랐던 그녀는 한참을 슬피 울고 난 후 땅바닥에 쓰여진 '生, 死, 放' 세 글자 중 고르는 글자대로 해주겠다는 말에 生자를 골랐다. 이 대령은 사실을 털어놓으며 그녀에게 행복하게 살라고 축원해 줬다고 한다. 그러나 그들은 심리적 갈등에 못 이겨 자살을 기도한 후 불행한 결말을 맞았다. 전북도사령부 의무과 간호원과 거물 빨치산 오운식의 사랑은 아들 하나를 남긴 채 끝나고 말았다. 그 아들은 훌륭하게 자라 대학교수가 되었다는 소문이 있었다.

마지막까지 경남 빨치산의 명맥을 지켰던 이영회는 이옥순이라는 여자 대원과 사랑을 불태웠다. 그는 옆의 동무들이 빨치산 활동에 거추장스러운 여성문제를 지적하자 평생 홀로 지냈는데 죽기 전에 여자와 만나지 못할 일이 있겠는가, 반문했다고 한다. 이훈상의 산상 연인을 빗대어 그를 끌어내리는데 약점으로 지적했던 전북도당 위원장 방준표는 신단순을, 전남도당 위원장 박영발은 이정례를 각각 산상의 연인으로 곁에 두었다. 동해남부전구 사령관 남도부도 산상 연인을 두어 말년에 공격의 표적이 되었다고 한다.

나중에까지 세인의 입에 오르내릴 정도로 산상 연인과 밀착했던 이훈상은 토벌대에 쫓기는 틈 사이에도 때늦은 정염을 불태웠다. 이훈상은 서울에서 결혼하여 1남 3녀를 둔 중년의 사내였으나 빨치산의 고독에 못 이겨 딸 같은 산상 연인을 두었다. 그도 다른 빨치산처럼 한 여인으로 하여 나이답지 않게 몸살을 앓았다.

'하순영, 그녀를 어떻게 해야 될까?' 작전이 없는 날이면 혼자 있는 천막에서 책을 읽다 말고 이런 고민을 해본 적이 한 두 번이 아니었다. 가냘프면서도 상대방을 빨아들일 듯한 총명하고 영롱한 눈동자를 지닌 그녀에게 홀리지 않을 사내가 없을 만큼 매력을 풍겼다. 일본 생활에서 온 어눌한 것 같은 말투는 오히려 그녀의 매력 포인트를 하나 더해 주는 것이었다. 보일 듯 말 듯 살짝 흘리는 미소는 그런 그녀에게로 다가가게 만드는 부드러우면서도 질긴 끈이었다. 이훈상은 시간이 갈수록 그 끈에 매여 하순영을 놓칠 수 없는 여인으로 받아들였다. 평양으로 보낸 자식이 4명이나 되는 중년의 사내지만 그녀와 단둘이 갖는 시간은 언제나 가슴을 설레게 하는 것이었다.

이훈상이 하순영을 만나게 된 것은 1950년 9월 이후 연합군의 인천 상륙작전으로 전세가 불리해지자 낙동강 전투에 참여했던 이훈상 유격대가 인민군과 함께 후퇴 중이었을 때였다. 인민군 6사단을 따라 경남 서부로 이동하던 중 진주에 들렀다. 대원 중 부상자가 있어서 진주중학교 교정에 설치된 임시 진료소에 가서 머무는 동안 앳된 모습에 눈이 총명한 간호원을 만났다. 부상자 치료 얘기 중 그녀의 일본 억양이 섞인 어눌한 한국말에 호기심을 갖고 물었다. 하순영은 함양 출신으로 일본에 간 아버지와 함께 오사카에 살다가 온 귀환동포였다. 공교롭게도 아버지는 동해남부전구 빨치산 사령관인 남도부와 가까운 친척관계였다. 그 사실을 알게 된 정치위원 하종구가 옆에 있다가 그녀의 아버지 이름을 듣고 반가워했다. 남도부의 당숙인 그는 하순영의 부친과 가까운 친척이었다. 하종구는 지리산으로 가게 되면 간호전사가 필요할 것이라고 생각해서 그녀에게 함께 가기를 권했다. 그러자 이훈상이 다시 그녀의 동행을 요구했다. 하종구와의 인척관계도 있지만 유달리 흰 피부에 앳되면서도 서글서글한 눈동자의 매력에 끌렸던 것이다. 그녀는 그녀대로 귀국한 지 얼마 안 돼 보호자 같은 그의 인상에 끌렸다.

하종구가 나서서 백운산에서 지리산으로 오는 동안 그녀를 보살펴 주었으며, 빨치산 아지트가 마련되자 다른 여자 대원과 함께 있도록 조치해 주었다. 그녀가 처음 빨치산 생활에 적응하는 동안 하종구가 길잡이 노릇을 했다. 그러는 사이 이훈상이 아버지처럼 보살펴주고, 그녀는 그의 간호병일 뿐만 아니라 딸처럼 사적인 일을 봐주며 중년의 빈틈을 메워주었다. 이훈상은 주로 자신의 거처인 천막에서 책을 읽는 등 혼자 지내고 있었다. 천막 자체가 대원들 숙소로부터 떨어져 있기도 했지만 그 자신이 거의 대원들과 접촉하지 않고, 어쩌면 스스로 고독을 즐기는 것 같았다. 그녀는 이따금 과일을 쟁반에 담아 독서 시간에 갖다 드렸다. 그러면 고맙다면서 그는 그녀에게 과일을 주며 얘기를 나누었다. 두 사람은 만나면 만날수록 느끼게 되는 정감이 새록새록 솟아났다.

그러던 어느 날 다정하게 얘기를 나누고 있는데 갑자기 천둥번개가

치며 소나기가 쏟아졌다. 여름날의 잘 익은 과일과 그들의 농익은 사랑이 버무려져 두 사람을 그냥 두지 않았다.

　박대홍은 도서관에서 주요한 정보를 입수한 후 먹이를 쫓는 도둑고양이처럼 하순영과 그녀의 아들이 남긴 흔적을 찾아 살금살금 진주 시내로 숨어들었다. 그러나 하순영의 나이가 80을 넘겼으니 살아 있는지, 알 수 없었다. 사실 나이로 봐서는 만날 수 있는 가능성이 희박한 것 같았다. 그렇다면 그녀의 아들을 찾아내야 하는데 이름을 모르고 있어서 그의 행방을 찾아내는 것 또한 난감했다. 막연한 형편에서 일단 하순영부터 찾기로 했다. 동 사무소에 가서 주민등록을 확인해 보면 알 수 있을 것이지만 주소가 없었다. 전화번호부에서 이름을 찾으려 했으나 전화전호부가 막 폐지된 후였다. 이럴 때 사람을 찾는 방법이 무엇일까, 머리를 굴렸다. 아무래도 생각이 나지 않았다. 목이 마르기도 하고 해서 다방으로 갔다. 커피를 시켜놓고 찻상에 있는 신문을 펼쳐 들었다. 막 지면에 시선을 보내는데 옆자리에서 얘기 소리가 들렸다.

　"이 봐라! 우리 졸업한 지 30년 안 됐나? 동창회 한번 거하게 하자."

　힐긋 보니 50대 전후로 보이는 사내 셋이 동창생인 모양이었다. 박대홍의 귀에 '동창회'란 말이 걸려 뇌신경을 자극했다. '동창회라?' 말을 곱씹는 순간 그는 눈이 번쩍 뜨이는 것 같았다.

　박대홍은 커피를 가져온 아가씨에게 진주에 여고가 몇 개나 되는지 물었다. 그녀는 잠시 손가락을 꼽아 보고는 세 개라고 알려주었다. 하순영이 다녔던 여학교를 찾는데 시간이 걸리지 않았다. 두 학교는 설립 년도가 늦어 그녀의 재학 년도와 맞지 않았다. 일제 강점기에 설립된 진주여고만이 해당되었다. 그는 커피를 마신 후 진주여고로 향했다. 학적부를 보면 주소 등 인적사항을 알 수 있을 것이라고 기대했다. 그러나 가던 도중 홍두깨로 머리를 맞은 듯 심한 낭패감에 젖었다. 하순영이 일본에서 귀국한 귀한동포라는 사실이 그때야 떠올랐던 것이다.

'기걸 깜박했잖간.'

정대성은 입수한 정보를 가지고 하순영을 찾아 나섰다. 아들의 이름을 알 수 없는 만큼 비교적 인적 사항을 상세하게 파악한 그녀 쪽이 접근하기에 유리할 것 같았다. 그는 진주 출신이어서 어떤 인간관계를 끈으로 삼아 접근해 들어가면 고구마 줄기처럼 하순영이라는 존재가 딸려 올라올 것이라고 기대했다. 다만 귀환동포라고 했으니 귀국 후 시기부터 행적을 찾아야 하지만 그 시기는 얼마 지나지 않은 후에 이훈상을 만나게 되는 때이라는 점을 유의해야 할 필요가 있었다. 그리고 감옥에서 풀려나온 후 진주에서 약방과 산파를 하던 때를 살펴보아야 한다고 생각했다.

그는 우선 1950년 하순영이 귀국 직후 무엇을 했는지, 돌이켜봤다. 이훈상을 만나게 된 것이 부상병을 치료하던 중이라고 했으니 간호원을 했을 것이 틀림없었다. 그 무렵 간호원이나, 병원 의사를 찾아 그녀를 아는지, 물어보려고 했다. 그런데 전시 전이라 그때 그 사람들의 행방을 알기가 어려운 점이 있었다. 해서 진주에서 아들을 키우며 생활하던 때 그녀의 소식을 캐보기로 했다.

1950년대 후반부터 약방을 했다면 늦어도 1960년대나 70년대에 약방을 했던 사람을 찾아 하순영의 약방에 대해 물어보면 될 것이었다. 연로한 약방 주인을 찾기로 했다. 약방친목회나 약사협회 같은 단체가 있을 것이었기 때문에 어느 약방에 가더라도 그 정도 정보는 입수할 수 있을 것이라고 기대했다. 진주 로터리에 있는 약방에 들어가서 현재 약방을 하고 있는 분 중에 가장 연로한 분이 누구인지 물어보았다. 40대로 보이는 여성 약사는 무엇인가 생각한 후 말했다.

"지금 약방 운영자 중 연세가 가장 많은 분은 60대 후반쯤 되지만 약방 운영은 하지 않지만 80 가까이 된 고령이 한 분 계십니다."

60대 후반이라면 하순영이 약방을 개업한지 60년이 가까우므로 한참 후에 개업한 사람일 것이다. 적어도 서른 전후에 개업했다고 하더라도 30년이나 시차가 난다는 것을 알 수 있었다. 그래서 80세 가까이 된다는 고령자를 만나보는 것이 나을 것 같았다.

정대성은 이런 계산 끝에 그녀에게 부탁했다.

"미안하지만 고령이신 분을 좀 알려주시기 바랍니다."

"무신 일로 그랍니까?"

"사람을 찾은데 그분이 60년 전에 약방을 개업한 분이라…."

"아 그라모 우리 아부지한테 물어보모 되겠네요."

"고령자 분이 부친 되십니까?"

"그렇심더. 아부지가 약방 하시다가 내한테 물려준 거 아입니까."

"그럼 부친을 뵈올 수 있도록 부탁합니다."

길을 제대로 잘 찾았다. 로터리 뒤쪽 식당가 한 식당에서 노인을 모시고 인사를 드렸다. 하순영을 찾게 된 이유를 설명했다. 그랬더니 노인은 웬일인지, 고개를 갸우뚱거리고 있었다. 무엇이 잘못 됐는가, 하고 주춤거리며 바라보았다.

"하순영이라꼬? 얼마 전에도 그런 사람을 찾는 전화가 왔는데…."

정대성은 순간 어두운 그림자가 눈앞을 스치는 것 같은 착시현상을 느꼈다. '설마 그럴 리가….' 그래도 물었다.

"오데서 그런 전화가 왔습니까?"

"거기이 약사협회지 아매."

"그래서 어떻게 했습니까?"

"어떻게 하기는…. 내사 하순영이라는 여자를 모른께네 모른다 캤제."

"선생님, 하순영을 모르십니까?"

"모르지, 내가 우찌 아노."

하순영의 소재를 알아보려 모셨는데 모른다니 어리둥절했다. 혹시 연세 때문에 기억을 잘 못하는 것이 아닌가, 싶어 그녀의 인적사항을 설명했다. 그러자 표정이 풀리면서 반문했다.

"아들이 하나고 스무 살 조금 넘어 혼자 된 여자 말이제. 그라모 하 문임이를 찾는 기 아이가?"

아마 이름을 바꾸었을지도 모른다는 생각이 퍼뜩 머리를 스쳤다.

"네, 본래 이름이 하순영인데 진주 와서 하문임으로 바꾼 거 같 심더."

노인은 오래 전부터 진주에서 약방을 하여 진주 약방의 산 역사라 고 할 수 있었다. 하순영, 아니 하문임과 나이가 같아서 1970년대 이 후 같이 늙어가는 처지에 서로 도와주며 살았다. 더군다나 그녀는 홀 몸으로 아들을 키우고 있어서 연민의 정을 느끼게 했다. 조그마한 체 구이지만 총명하고 하얀 살결에 오똑한 코며 상큼한 눈동자가 매력 적이었다. 그가 회상하는 그녀의 미모는 아마도 젊었을 적에 그의 가 슴을 설레게 한 것 같았다. 미처 궁금한 점을 물어보기도 전에 그녀 에 대한 얘기를 술술 풀어냈다. 생일이나 명절이 되면 선물을 사가지 고 찾아가서 함께 시간을 나누는가 하면 아들이 자라면서 교육문제 를 맡아서 해결해 주는 등 친밀했던 관계를 밝혔다. 혹시 이훈상에 관한 얘기가 있었는지, 궁금해서 물었다.

"그 여자는 일체 자기 남자에 관한 말은 하지 안 했소. 내가 하도 궁금해서 슬쩍 물어 본 적이 있는데 짧게 말하고는 그런 이야기는 하지 마입시다고 하데요."

"무엇이라고 말했는데요?"

"아부지가 지리산 빨치산이라는 소문이 나도는 기 마음에 걸렸던지, '산 사람 이야기를 말라꼬 자꾸 하겠심니꺼. 잊어삐린지 오래 됐심더.' 그라데요."

"네에, 그럼 그 집 아들은 이름이 뭣이고, 어느 학교 다녔습니꺼?"

"그 아는 이문성이라꼬 진주고등학교 다녔다 아이가."

정대성은 깜짝 놀랐다. 진고 다닌 이문성이라면 한반에 있었던 친구였다. 둘이 1954년 출생이니 그 친구가 틀림없었다. 고교 졸업 후 대학 진학으로 서울로 가는 바람에 그 후 소식을 못 들었다.

"그렇심니꺼. 그 뒤에 어떻게 됐습니꺼?"

오랜만에 고향 선배와 얘기를 나누다가 고향 말씨를 닮아갔다.

"머리가 좋아서 진고 졸업하고 판사 공부한다고 절에 가서 있었는데 나중에 선생한다 쿠던데."

"그라모 지금 오데 사는지 아십니꺼?"

"내 한테 저그 엄마 전화번호가 있을끼다. 몇 년 전까지 약방을 했다 아이가."

'그럼 하순영이 살아 있다는 말 아니야!' 정대성은 반가운 김에 다그치듯 말했다.

"선생님 전화번호를 빨리 좀 불러 주이소."

그는 그길로 하순영을 만나려고 방문 날짜를 잡았다.

정대성은 노인에게서 전해들은 전화번호로 전화를 했다. 신호가 가는데도 한참 동안 받지 않았다. 모두 출타 중인가, 하고 휴대폰을 닫으려는데 응답이 들렸다. 노쇠한 목소리였다.

"으흠… 누구 찾십니꺼?"

"아 네, 정대성이라고 합니다. 거기 할머니가 하순영씹니까?"

"그런데 예, 와 그라십니꺼?"

"다른 게 아니고 한번 찾아뵙고 싶어서 전화했습니다."

"내한테요? 머 할라꼬요?"

"안부도 전할 겸 혹시 누가 찾아 왔던지 물어보려고요."

"내한테 머 물을 게 있는교. 나는 늙은 할매라 아무 것도 모르는데…."

왜 그러는지 낯선 사람을 꺼려하는 것 같았다. 집 위치를 물어보고 직접 가볼 생각이었다.

"댁의 위치가 어디쯤 됩니까? 알려 주시면 찾아가서 뵙겠습니다."

"나는 별 할 말이 없으니 오지마소."

그래놓고 혼자 중얼거리는 소리가 들렸다.

'요새 찾는 사람이 자꾸 있네. 늙은이한테 무신 볼 일이 있다꼬….'

순간 짚이는 것이 있어서 물었다.

"할머니, 누가 전화한 적이 있습니까?"

"아이라, 내 혼자 해본 소리제. 인자 고만 하소."

그러면서 전화를 끊으려 했다.

"할머니, 잠깐만요. 저어 이문성의 친군데요. 문성이 전화번호를 알려주십시오."

"문성이 하고는 우찌 되는 기요?"

"아 네, 진주고등학교 동창생입니다. 졸업하고는 객지 생활하느라 통 못 만나서 오랜만에 만나보고 싶은데요."

"그라모 전화번호를 가르쳐 줄긴께네 그아한테 전화하소."

결국 하순영은 만나지 못한 채 친구 이문성의 전화번호만 알게 되었다. 당장 그에게 전화했다.

"여보세요, 누구십니까?"

"아 이문성 선생? 나 정대성이네."

"정대성? 누구시더라…."

하도 오래 동안 적조하여 얼른 기억이 나지 않은 모양이었다.

"와 옥봉동 노송샘 안 있나. 노송샘 앞집 대성이다."

"아, 노송샘… 그래 기억난다. 정대성이가?"

"맞다, 대성이다, 오랜만이다. 그동안 잘 있었나?"

"니 참 오랜만이다. 우짠 일이고?"

"우짠 일은? 고향에 온 김에 니 만나고 싶어 전화했지."

이문성이 학교에서 퇴근한 후 시내 다방에서 만났다. 이런 저런 얘기 중 어머니 하순영의 근황을 확인하거나, 집이 옛날 옥봉 청과시장을 지나서 뒤벼리 입구 왼쪽 언덕에 있다는 것 등을 확인했다. 혹시 박대홍이라는 사람이 찾아왔거나 전화를 한 적이 있는지 물어봤다. 자기에게는 그런 사람이 연락한 적이 없다고 말했다. 그런 사람이 연락하면 즉시 알려달라고 부탁한 후 헤어졌다. 하순영에게 누가 전화했다는 것을 보면 박대홍이 가까이 다가와 있음을 실감했다. 멀지 않아 이문성에게도 전화를 할 것이다. 어딘지 모르게 불안감이 배어드는 느낌이었다.

정대성이 전화하기 이틀 전에 박대홍은 하순영에게 전화했다. 약사협회에서 전화번호를 알아내자 바로 전화한 것이었다.

"여보시오, 거기 누고?"

박대홍은 진한 경상도 사투리가 들리자 잠시 어리둥절했다. 남조선 말에 익숙하지 못한데다가 노파의 독특한 억양 때문에 이질감이랄까, 생소한 느낌이 강하게 다가왔다. 경상도 사투리에 평양 사투리로 맞대응하면 어색하게 생각하지 않을까, 염려되었다. 그러나 가만히 있을 수는 없었다.

"안녕하십네까? 하순영씨를 찾습네다."

아니나 다를까, 상대가 느닷없이 평양 사투리로 나오는데 거부감을 느끼는 것 같았다. 저쪽에서 잠시 침묵이 흘렀다. 혹시 자신을 의심할지 몰라 다시 말했다.

"약방 하시던 하순영씨 댁입네까?"

"낸데 거기는 누구요?"

"내레 박대홍이라고 합네다…."

그래놓고 평양에서 왔다고 할 수는 없었다, 그렇잖아도 자신의 평양 사투리와 억양 때문에 의심을 할 것인데 무엇이라고 할지 마땅치 않았다. 이름만 대가지고는 상대방에게 자신의 신분을 납득시킬 수 없었다. 해서 둘러대기로 했다.

"아드님 일로 기럽니다레. 아드님을 만나려는데 댁의 위치를 알려주시면 감사하겠습니다."

"무신 일인데요? 말씨가 여기 말씨 아인데 오데서 왔는기요?"

제풀에 뜨끔했다. 자칫 말을 더듬거릴 뻔했다. 어디서 왔다고 해야 노파를 안심시킬 수 있을까? 난감했다. 또 한 번 둘러대기로 했다.

"서울에서 왔습네다. 아버지가 6·25 때 월남하셔서 내레 평양 사투리를 배웠습네다."

"아 그런기요. 내 아들은 우찌 아요?"

이 또한 난감한 질문이었다. 거짓말을 할 수밖에 없었다.

"옛날에 군에 있을 때 같은 부대에서 친하게 지내서 잘 압네다."

"그라모 내 아들한테는 무신 볼 일이 있는기요?"

"기거이 남자끼리 할 니얘기라서 어머니께 말씀 드리기 마땅찮구만요."

"무신 이야긴지는 몰라도 나중에 아들 오모 말할낀께네 그리 알고고만 끊소."

아들에게 오늘 전화한 사실을 말하면 자신을 의심할 것이 틀림없었다. 해서 딴 소리를 못하도록 못을 박았다.

"어머님, 아드님은 나중에 만날 수 있을끼니까니 말하지 마시라요. 번거롭게시리 그럴 필요가 없이요."

전화를 끊고 돌아서는 박대홍은 그녀의 집을 찾아 가기가 수월치 않을 것을 알았다.

정대성은 이문성과 통화를 통해 여유 있게 만날 시간을 잡았다. 토요일 오후 고교시절 한가하게 뒤벼리를 거닐던 옛 추억을 더듬으며 남강 변을 따라 산책을 했다. 어릴 적 이른 봄에 아주머니와 누나들이 뒤벼리 강변에 쭉 늘어 앉아 겨우내 쌓였던 빨래 거리를 물에 적셔 두들겨 제치던 빨래 방망이 소리가 귓가에 아련히 맴돌고 있었다. 오랜만에 만난 고향 친구와의 산책은 단순히 우정을 넘어 한 시대를 같이 산 동시대인으로서 소감을 공유하는 시간이었다.

정대성은 무엇보다 이문성이 가장 궁금해 할 소식을 전해주었다. 그의 이복 형제자매가 평양에서 잘 살고 있다는 얘기를 해주자 짐짓 놀라운 표정을 지었다. 장녀, 차녀, 삼녀, 외아들이 있다는 것을 알려주었다. 지금은 이미 노인들이 되어 있었지만 피를 나눈 사람들이라는 생각에 새삼 육친의 정이 배어드는 모양이었다. 정대성은 한국과 관련이 있는 소식을 하나 전해주었다. 막내 누나가 금수산궁전에서 남북정상회담을 하러 갔던 한국 대통령을 안내했다고 했다. 그 누나가 외교관이었다가 금수산궁전 관리국장으로서 활동을 하고 있던 때의 이야기였다.

"그럼 그 누나가 지리산에서 돌아가신 아버님을 생각하는 시간이 되기도 했겠네."

문성은 남쪽 고향을 떠나 평양에 동떨어져 살았던 그녀가 한국 대통령을 만났다면 으레 아버지를 떠올렸을 것이라고 짐작했다. 그런데 수행원이나 누구에게 아버님의 소식을 묻지는 안 했을까, 궁금했다.

"그 누나가 아버님 소식이 궁금하지 않았을까? 궁금했다면 누구에게 물어 봤을 거 같은데….”

"물론 궁금했을 거야. 하지만 마음대로 물어 보지는 못했을걸."

이훈상의 가족이 김일성의 배려로 잘 살고 있다고 했지만 그렇다고 마음대로 하도록 두지는 않았을 것이다. 인민의 통제 하나는 끝내주는 공화국이 아닌가. 정대성은 아무래도 그 누나의 처신에 문제가 있었을 것으로 짐작했다. 그보다 문성에게 꼭 전해주어야 할 이야기가 있었다. 마음속으로 내키지는 않았지만 그렇다고 덮어 둘 일은 아니었다. 바로 쿤밍에서 폭사당한 이강석의 이야기였다. 그는 멈칫거리다가 입을 열었다.

"내가 탈북자들의 탈출여정을 기록한 자료를 입수해서 읽었는데 꼭 자네에게 전해줘야 할 이야기가 있어."

"응? 탈북자들 이야기라고?"

"그래, 이강석이라고 탈북하여 일행과 함께 한국으로 오던 젊은이가 있었네. 그런데 그 비망록에는 자신을 이훈상 선생의 손자라고 밝혔다네. 그러니까 자네에게는 조카가 되는 셈이지."

"이강석이 조카라고…. 그러면 아까 말한 그 형의 아들이 아니야?"

"맞아 그런데…."

정대성이 말을 잇지 못하자 궁금해진 이문성이 다그치며 물었다.

"강석이가 탈북했으면 한국에 왔을 낀데 우찌 됐노?"

입맛을 다시고 있던 정대성이 안타까운 마음을 억누르지 못한 채 말했다.

"그거 참 말하기 안 됐네만 그는 그만 쿤밍이라는 데서 저승으로 가고 말았네."

"그게 무슨 소리야? 저승으로 가다니…."

이문성은 정대성의 이야기를 듣고 말문이 막혀 표정이 굳어 있었다. 탈북한 것을 보면 자신을 만나려고 했을 것 같은데 도중에 변을 당하고 말았으니 참 기구한 운명 같았다. 정대성은 그의 표정이 풀리기를 기다렸다가 다음 이야기를 시작했다.

"문성이 자네 아버지의 사망에 관해 잘 알려지지 않은 얘기를 들은 적이 있는가?"

"그냥 지리산에서 별세하셨다는 정도만 알지, 그 이상도 이하도 모르네. 어머니가 될수록 아버지에 대해 말씀을 잘 안 하시니까."

"그렇겠지. 하지만 모처럼 자네와 만난 김에 자네 아버지의 사망 미스터리에 대한 관심을 공유하고 싶네."

"그래 무슨 얘깃거리가 있어?"

"그럼 있다 말다. 이훈상 선생의 사망에 얽힌 수수께끼 같은 이야기가 세인이 알게 모르게 전해져 오고 있네. 공개적으로 논의된 적이 없었기 때문에 아직도 미스터리로 남아 있어."

이훈상의 사망에 풀리지 않은 미스터리가 그의 관심을 자극했다.

"어떤 점이 그런지 얘기해주게."

"자네 내말 잘 들어보게. 아버님의 사망과 관련한 수수께끼를 자식 된 도리로서 그냥 묻어 둘 수야 없지 않겠어. 아예 모른다면 모를까…."

"자네가 잘 알고 있는 모양인데 나한테 요점을 얘기해 주게."

이들이 태어나기 전에 지리산 산속에서 저질러졌던 한 사회주의 혁명가의 살해사건에 얽힌 의혹에 관심을 풀어내려고 하던 때 남강 위에 떠 있던 해가 서산을 향해 기울어지기 시작하고 있었다. 남강 수면의 잔잔 물결도 서서히 푸른색에 옅은 갈색이 물들어가며 한결 평온한 경관을 드러냈다. 그 위로 물새가 꽥꽥 소리를 내며 곧 둥지로 찾아갈세라 황혼을 재촉하는 것 같았다. 감성이 둔한 사람도 시정에 젖어들기 안성맞춤인 때와 장소에서 두 사내의 화제는 60년 전으로 돌아가고 있었다.

"그때 남부군 지도자인 이훈상 선생이 돌아가셨을 때 경찰토벌대가 시신을 발견했다는데 알고 보니 전날 밤에 국군토벌대가 사살했다는 얘기가 있었네. 그런데 양측의 공과 다툼 양상이 벌어져서 이승만 대통령까지 개입하는 상황이 되어 경찰이 사살한 것으로 결론이 났다네."

"그럼 그 문제는 정리가 된 것이 아닌가?"

"아니야, 그것으로 정리가 안 될 만큼 그때 상황이 복잡한 데가 있었어. 그래서 몇 가지 가설만 떠돌다가 말았지. 나도 나중에야 자료를 검토해 보고 알았네."

"그 몇 가지 가설이란 게 뭣인지 궁금하네."

정대성은 다음과 같은 가설을 그에게 나열해주었다.

첫째 국군토벌대가 9월 17일 저녁 이훈상을 사살했으나 어두운 밤인데다 곧 다음 병력과 교대하기로 되어 있어서 미처 확인을 하지 못한 채 현장을 떠나버렸다.

둘째 전날 밤 국군이 사살한 사람은 다른 사람이고 다음날인 9월 18일 아침 출동한 경찰토벌대가 이훈상을 사살한 후 현장에서 시신을 확인했다.

셋째 9월 17일 밤 이훈상이 안내자 등 일행과 함께 경남도당으로 이동하던 중 국군토벌대와 마주쳐 총격전이 벌어지던 찰라 뒤따르던 암살자 이훈상을 사살한 후 달아났다. 북한 열사릉 비석에 사망 날짜를 9월 17일로 새겨 놓은 것이 이 가설을 뒷받침한다.

넷째 9월 18일 아침 경호원도 없이 안내자 두 사람과 경남도당으로 가던 중 너덜바위 지점에서 노출되어 잠복 대기 중이던 경찰토벌대가 총격을 시작하자 뒤따르던 암살자가 재빨리 이훈상을 사살하고 달아났다.

다섯째 이훈상이 삭탈 관직되자 자신의 빨치산 임무가 사실상 끝났다고 판단하여 자포자기 심정에서 자의로 역시 위와 같은 시각과 지점에서 노출되어 사살당하는, 사실상 자살을 선택했다.

여섯째 이훈상은 사실상 남부군의 해체로 자신의 존재의의가 사라졌다고 판단하여 스스로 목숨을 끊었다. 이 현장을 목격한 80대 노인이 삼점골 여인에게 전한 얘기를 근거로 한 것이었다.

일곱째 이훈상과 가까웠던 정치위원 송시백이 전날 헤어지면서 이별의 징표로 마르크스 저서 등을 선물로 주고, 일본으로 갈 예정인데 그때 함께 가자고 했으므로 나중에 그와 동행했을 가능성이 있다.

이상의 일곱 가지 가설을 하나하나 검토하여 가능성이 작은 것부터 제외시키면 마지막에 남는 것이 가장 가능성이 큰 것이 된다. 정대성은 일곱째 가설부터 검토해 보았다. 이 가설은 죽지 않고 살아서 장기수로 복역했던 송시백의 증언을 토대로 한만큼 그럴듯한 데가 있었다. 또 시신의 사진이 북한 열사릉 비석에 새긴 사진과 다른데다 박헌영의 아들을 줄곧 보살펴주던 한산 스님이 돌연 자취를 감춤으로써 신빙성을 더했다고 보는 측도 있었다. 왜냐 하면 한산 스님은 늘 행적이 불투명했는데 그동안 남로당계와 접촉이 있었던 것으로 보여 이훈상의 행적과 관련이 있지 않았을까, 추측이 가능하기 때문이었다. 하지만 그 후 이훈상이나 한산 스님의 소식이 전혀 없었던 것으로 보아 일본 망명 설은 신빙성이 없는 것 같았다. 가묘의 비석에 새겨진 사진과 시신의 사진이 달랐다고 해도 친척이 확인한 시신을 섬진강변에서 화장한 경찰토벌대 연대장이 살아 있었던 만큼 망명 설은 부정할 수밖에 없었다.

다음으로 여섯째와 다섯째 가설, 즉 자살설은 궁지에 몰린 한 인간으로서 선택 가능성을 염두에 둔 것이었다. 이훈상이 스스로 목숨을 끊었던지, 아니면 죽기 위해 사위가 훤한 너덜바위 지대로 걸어 들어와서 토벌대의 총을 맞았던지, 그의 자살설이 끊이지 않고 전해져 온 것은 사실이었다. 특히 한 작가가 1992년에 의신마을 민박집 여인으로부터 이훈상의 자살설을 듣게 되었다. 그를 잘 알았다는 80대 노인이 그녀에게 말하기를 9월 17일 오후 총소리가 나서 숲 사이로 보았더니 이훈상이 자살했더라는 것이었다. 멀리서나마 그의 얼굴을 확인했다고 한다. 작가는 노인이 한 말이라서 믿었으며, 영웅다운 행동이라고 생각했다. 그는 그때 들은 얘기를 근거로 작품을 쓰기까지 했다.

그러나 노련한 투사인 이훈상에게 이 가설이 해당될지 의문이었다.

특히 이승엽 등 남로당 일파가 숙청의 운명에 놓이게 되고, 휴전으로 빨치산의 향방이 불투명해지자 사랑하는 산상 연인을 하산케 하여 장차 둘이서 새로운 인생 출발을 하기로 꿈꾸었다면 스스로 생을 포기했을 리가 없다고 봐야 한다. 이훈상이 하 여인을 먼저 하산하도록 한 의도가 그 시점에서는 분명히 드러나지 않았지만 나중에 그녀는 진주에서 만나 함께 살기로 그와 약속했다고 밝혔다. 그렇다면 자살설은 설득력이 없어진다.

나머지 첫째와 둘째 가설은 토벌대가 사살한 경우로서 그 주체와 날짜가 다른 것이며, 셋째와 넷째 가설은 암살자가 사살한 경우로서 날짜가 다른 것이다. 따라서 크게 보면 토벌대 사살 관련 가설과 암살자 사살 관련 가설로 분류할 수 있다. 문제는 누가 이훈상을 사살했느냐는 데로 초점이 모인다. 토벌대가 사살한 것이라면 주체가 군부대냐, 아니면 경찰이냐, 하는 문제로서 어쩌면 그들끼리의 공과 다툼 차원에 그칠 일이다. 그러나 암살자가 사살한 것이라면 문제는 복잡해진다. 이것은 지리산 빨치산을 둘러싼 권력관계 의혹을 풀 수 있는 실마리를 제공해 줄 수 있을 것이다. 빨치산 내부의 권력투쟁으로 빚어진 암살이라면 우선 박영발 전남도당위원장과 방준표 전북도당위원장 측을 의심해 볼 수 있었다. 그들은 사사건건이라고 할만치 이훈상의 리더십에 불만과 저항을 감추지 않았다. 해서 말로에 접어든 빨치산의 기강이 해이해진 가운데 중앙당으로부터 통제가 없는 것을 이용해 이훈상을 제거하려고 음모를 꾸밀 가능성은 충분했다. 그러나 이미 삭탈관직 되어 실권을 상실한 그를 굳이 제거할 필요성이 있었겠느냐, 하는 의문의 여지가 있었다. 시기적으로 걸맞지 않은 추리로 치부할 수밖에 없었다. 그렇다면 나머지 가능성은 북으로부터의 암살 지령에 의한 사살의 경우였다. 이훈상의 시신을 화장했던 경찰토벌대장 차일혁과 『남부군』의 저자는 그들의 수기에서 암살설을 제기할만한 대목을 언급하고 있었다. 차일혁은 이훈상의 죽음을 놓고 군 토벌대와 주장이 엇갈리자 스스로도 회의를 실토했다. 경찰 수색대가 사살하지 않았다면 '누가 그를 죽였을까 하는 의문이 머리를 떠나지 않았다.'면서 '빨치산 내부에서 그를 죽인 것은 아닐까 하는 생각마저 들었다.'고 한 것이다. 그의 이런 의혹은 이미 북쪽에서 남로당계가 숙청당한 배경에서 이훈상이 고립무원의 상태가 되자 주변에 있던 적들이 박헌영과 가까운 그를 제거하기로 했을 개연성에 근거를 두었다.

이에 한 술 더 떠서 『남부군』 저자는 그의 후속 저서에서 빨치산 내부 소행의 가능성을 더욱 구체적으로 제기하여 주목을 받았다. 그의 추론은 이렇다. 9월 17일 당일 이훈상이 경남도당으로 갈 때 북으로부터 밀명을 받은 X가 호송원 두 명을 붙여 보내며 그들에게 김일성의 직접 지시라며 사살 지령을 전달했다. 호송원 중 한 명이 너덜바위 언저리에서 앞서 가는 이훈상을 쏜 후 그의 권총과 소지품을 챙겨 부근 바위 밑에 숨겨두고 달아났다. 총 소리를 듣고 군 수색대가 사격을 하여 한 명을 사살했으나 두 명은 사라졌다. 이때 추격한 군 병사가 바위에 기대어 있는 이훈상을 발견하여 사살했으나 그가 이훈상인 줄 몰랐다. 그 병사는 이훈상의 얼굴을 모르는 사람이었다.

정대성은 이 대목에 이르러 깊은 한 숨을 내쉬지 않을 수 없었다. 표면상으로는 한국 경찰토벌대에 의해 이훈상이 사살된 것으로 처리되어 공식기록에 남아 있었다. 섣불리 암살가설을 내세우기가 어려웠다. 그러나 이 문제는 시간을 두고 검토해 필요가 있었다. 그는 당장 이문성에게 결론 같은 이야기를 할 수 없어 아쉬웠다. 다만 사망자의 아들인 그에게 사망사건의 개연성만은 알려주고 싶었다.

"일곱 가지 가설 중에서 뒤의 가설 두 가지는 신빙성이 없어. 그래서 앞의 가설 네 가지 중 첫 번째와 두 번째는 토벌대 사살로 묶고, 세 번째와 네 번째는 암살자 사살로 묶어 볼 때 결국 토벌대가 사살했느냐, 암살자가 사살했느냐, 이렇게 두 가지로 요약할 수가 있지 않겠어."

"그럼 결론적으로 아버님을 죽인 자가 토벌대냐 암살자냐 둘 중 하나를 가려내야 되겠군."

"맞아, 사망 미스터리를 풀 수 있는 실마리는 거기서부터 찾아야 하네. 하지만 공식 기록에는 경찰토벌대가 사살한 것으로 되어 있어서 간단치가 않아."

이문성은 자식으로서 당연히 아버지의 사망 미스터리를 풀어야 하지만 그 문제에 접근하는 데에 난관을 예상하지 않을 수 없었다. 감성적인 배경에서 되짚어 보는 야성적인 사건은 사람에게 회갑의 시차만큼 긴 세월의 간격 위에서 걸맞지 않은 것 같기도 하고, 감성과 야성의 대조만큼 어울리지 않은 화제 같기도 했다. 하지만 정대성보다 이문성에게는 이제 얼굴을 본적이 없는 피살자의 아들로서 아버지가 감당한 일생의 마감에 제대로 의미를 부여할 수 있는 절실한 기회로 다가오고 있는 것이었다.

"우리가 어느 날 갑자기 죽음을 당했다면 그것은 스탈린의 짓임을 알아 두시기 바랍니다."

정대성은 이훈상의 죽음과 관련된 여러 가지 가설 중 가능성이 큰 것을 선별한 후 이문성과 함께 의문을 공유하고 돌아서자 문득 지노비에프와 카메네프가 공개서한에서 언급한 이야기를 떠올렸다. 이들은 1926년 스탈린과 결별하면서 공개서한을 발표하고 이처럼 스탈린의 음모성을 경고했었다. 1953년 이승엽 등 남로당계의 숙청과 1956년 박헌영의 숙청을 단행했던 것은 김일성이 여러모로 이런 스탈린의 음모성을 답습했던 흔적 중의 하나였다. 그렇다면 이훈상의 사망도 같은 맥락 위에서 저질러진 것으로 볼 수 있지 않을까. 좀 더 깊이 파고들어야 할 부분임이 확인되었다.

8. 개탕치기 음모의 유래

1

정대성은 이때까지 박대홍의 행적에 관심을 기울인 결과 눈여겨 볼 만한 몇 가지 사항을 정리할 수 있었다.

첫째 살해수법을 볼 때 이교민과 그의 아내, 그리고 김지욱의 살해 가능성이 있다.

둘째 쿤밍참사와 관련하여 알리바이가 문제된다.

셋째 개탕치기라는 의문의 단어와 관련성이 있을 가능성이 있다.

넷째 하순영 가족에게 접근을 시도한 것이 위험스러워 보인다.

다섯째 항상 한발 앞서 선수를 쳤다.

정대성은 박대홍의 국내 잠입목적이 무엇인지 확인한 이상 자기가 선수를 치지 않으면 안 되겠다고 다짐했다. 처음에 박대홍의 국내 도착 예정 보도를 보고 그가 무슨 목적으로 국내로 들어오려 했을까, 의문을 가졌는데 도서관 열람 사실을 확인하고는 그의 목적을 짐작할 수 있었다. 자신과 같이 그도 하순영과 그 아들을 찾고 있었다. 지난번 노인의 말을 들은 후 박대홍의 행적이 의심스러워 약사협회로 갔다. 그곳에서 하순영의 연락처를 찾은 사람이 이북 말을 사용했으며, 40대 중반쯤 되어 보였다는 얘기를 들었다. 나이와 인상착의, 말씨를 볼 때 박대홍일 가능성이 컸다. 그가 그들 모자를 찾는 목적이 무엇인지, 알 수 없었다. 그들의 인척에 관한 소식을 전하기 위한 것인지도 몰랐다. 이교민 선생의 비망록에 보면 이강석의 이복 삼촌 얘기가 나오는데 이문성이 바로 그 사람이었다. 해서 박대홍이 이훈상의 평양 가족과 관련한 소식을 전해 주려고 그들을 찾을 수 있었다. 그렇다면 언제든지 자기 앞에 나타나서 솔직하게 말하면 도와 줄 수 있을 것이다. 그런데 나타나지는 않고 자신이 움직이기에 앞서 선수를 치고 다니는 것 같았다. 도서 열람이나 약사협회 방문이 그렇다.

박대홍은 목이 비틀어져 죽은 채로 발견된 이교민과 그의 아내, 그리고 김지욱의 살해범일 가능성은 물론 쿤밍참사와 관련하여 석연찮은 알리바이가 있기 때문에 그의 이러한 행적을 예사로 봐서 넘길 일이 아니었다. 사막에서 이강석의 얘기를 들었을 때 이훈상의 손자라는 것을 알 수 있었던 만큼 그에게 이훈상의 한국 가족에게 전할 얘기를 할 수 있었을 것 아닌가. 그때는 아무 말 없이 있다가 이강석이 죽고 난 뒤 자기가 나서서 이훈상의 가족을 찾아다니는 것을 납득할 수 없었다. 어쩌면 그들에게 위해를 가하지 않을까, 고개를 갸우뚱하고 있는데 문득 떠오른 한마디 말.

'개탕치기'

박대홍이 혹시 개탕치기와 관련이 있는 것 아닌가. '개탕치기라, 개탕치기….' 그가 무엇을 개탕치기 하려는 것일까?

이런 의문을 풀어야 그의 활동 목적을 알 수 있을 것이었다. 그런데 이 독특한 단어가 북한에서 사용하는 것이 아닌가. 순간 최지영 작가의 얼굴이 떠올랐다. 그녀라면 이 용어의 함축적 의미를 말해 줄 수 있을 것이라는 기대감이 솟았다.

그동안 이교민의 비망록에 매달려 심양에서 박기복을 만고난 뒤 최지영 작가에게 연락을 하지 못하고 있었다. 그녀의 소개로 그를 만나고 와서 말 한마디 하지 않은 것이 미안했다. 사과도 할 겸 조만간 그녀에게 전화를 하기로 했다.

하순영은 병원에 다녀온 뒤 양지 바른 뜰에 나와 안락의자에 앉았다. 아들이 노구에 편히 쉬라고 바퀴 달린 안락의자를 마련해주었다. 안락의자를 밀고 다니며 취미생활로 가꾸던 화초들을 보고 즐기라고 했다. 이제 80을 넘긴 지도 5년이 지났다. 몇 년 전만 해도 운신에 문제가 없이 잘 다녔고, 뜰에 화초를 가꾸는 재미로 시간 보내기도 쉬웠다. 그러나 지금은 힘이 달려 화초를 가꾸는데도 숨이 가프고 해서 안락의자에 앉아 며느리가 가꾸어놓은 화초를 보고 즐기는 것이 습관이 되어버렸다.

남강 변 뒤벼리 언덕에 자리 잡은 집은 마당에서 내려다보면 유유히 흐르는 남강 물결이 손에 잡힐 듯 했다. 옛 큰 들과 도동(상대동)으로 나가는 뒤벼리 길목 왼쪽 언덕은 그리 높지도 않고 낮지도 않아 출입하기에 알맞은 곳이었다. 서향이 문제이기는 하지만 이를 상쇄하고도 남을 만큼 이점이 있었다. 석양에 물든 남강의 정취는 시심을 자극하기에 충분했다. 그보다 하순영에게는 더 중요한 점이 있었다. 멀리 아슴푸레 보일 듯 말듯 하는 지리산의 모습이었다. 설령 지리산의 실제 모습이 보이지 않더라도 뜰에서 바라보는 방향, 즉 서북쪽 직선으로 시선이 뻗친 곳에 청춘의 열정을 묻은 곳이 있었다. 그곳에서 그이와 헤어진 후 살아온 세월이 저 남강 물처럼 유유히 흘러가버렸다.

1953년 7월 중순 38선에서는 휴전회담이 막바지에 접어든 때, 우기에 눅눅하게 습기를 머금은 공기가 지리산 능선 위를 감돌고 있었다. 피부가 끈적끈적 하는 느낌에 약간의 불쾌감을 느끼기는 했으나 뙤약볕을 필할 수 있다는 안도감에 젖게 하는 기후였다. 휴전에서 남조선 빨치산에 대한 언급이 없는데다 평양 중앙당으로부터 아무런 언질이 없자 불안감을 느낀 이훈상은 딸처럼 아끼고 사랑하는 산상 연인 하순영을 본부터 천막으로 불렀다. 언제나 사랑스러운 그녀가 살며시 고개를 숙이며 천막 안으로 발을 내딛자 손을 내밀어 그녀를 안았다.

"요즘 지나기가 괜찮아?"

그는 그녀를 아버지처럼 보살펴 주는 버릇에 따라 안부를 물었다. 휴전으로 한숨 돌린 국군과 경찰 토벌대의 협공으로 밀리면서도 마지막까지 버티느라 경황이 없던 때였다. 그녀를 본 지 며칠이 지나서 챙겨줄 때가 늦었다.

"선생님이 늘 걱정해 주시잖아요. 잘 지내고 있어요. 그리구⋯."

"그리구 또 뭐야?"

"호호 궁금한 게 뭐 없어요?"

"응 궁금한 거? 궁금한 거 있지. 내 사랑하는 순영이 마음이 궁금하지."

"저의 마음이야 선생님이 뺏어 간 지 오래잖아요. 그보다 더 중요한 거 없어요?"

"순영이 마음보다 더 중요한 거라? 아 그거 말이구나."

그는 슬며시 그녀의 봉긋한 배에 손을 가져다 얹었다. 그러자 순영이 까르르 웃으며 그의 손을 잡고 태아의 운동이 느껴지도록 했다.

"무엇보다 이 새 생명이 중요하지 않아요. 우리의 아기가 이렇게 힘차게 자라고 있어요."

그 소리에 흐뭇해진 이훈상은 그녀를 으스러지라 꼭 껴안고 입맞춤을 했다. 둘은 한 몸이 된 채로 한동안 말이 없었다. 밀착된 육신을 통해 흐르는 맥박만이 사랑의 생동감을 느끼게 했다. 이훈상은 아쉬운 듯 그녀를 가만히 밀어내며 일어섰다.

"순영이 내말 잘 들어. 휴전이 되면 산 생활도 끝날 거야. 우리 진주에 가서 새 터전을 잡자. 알았지."

"그래요. 저는 선생님만 믿고 있을게요."

"그러니 먼저 진주로 가는 게 좋겠어. 아이를 생각해서도….."

"있다가 같이 가요. 그때까지 못 기다릴게 있겠어요."

"아니야 먼저 가서 기다리면 곧 갈게. 진주에 가면 거기 연락책이 있어. 그 사람을 만나 있을 데를 정하도록 해요. 만날 날은 9월 중순쯤으로 하고….."

그날 그이와 헤어진 지 벌써 60년 세월이 흘렀다. 새로운 삶을 꿈꾸며 헤어진 그날, 남부군의 말로가 눈앞에 보여 불안했지만 선생님이 먼저 진주로 가 있으면 곧 따라가겠다고 하는 바람에 하산했다. 그러나 화개로 왔을 때 경찰에 체포되어 진주에서 재판을 받게 되었다. 어린 여성에 간호병 노릇을 했다고 정상이 참작되어 징역 2년을 살고난 후 진주에 자리를 잡았다. 간호사로 익힌 경험으로 산파와 약사를 겸해 약방을 냈다. 그때만 해도 약사 자격증이 없이 돌팔이 약사로 약방을 할 수 있었다. 의료시설이 부족하던 때라 생활에 별 지장이 없었다. 아들 하나 뒷바라지하며 살아왔다. 설령 그이와 같이 하산했더라도 새로운 삶을 꾸리기가 쉽지 않았을 것이다. 앞길에 가로놓인 운명이 그렇게 순탄하게 전개되기에는 선생님의 혁명가로서의 역할이 걸맞지 않았을 것이다. 하순영이 이제 와서 돌이켜 보면 어디까지나 철없는 젊은 아녀자로서 꿈이었을 뿐이었다. 다행히 이문성이 별 탈 없이 자라 주었으니 꿈으로 치부되어버린 행복 대신 아들의 엄마로서 생의 보람을 느끼며 살아왔다.

늦은 오후, 애들이 돌아올 무렵 상념에 빠져 있던 하순영은 인기척이 나자 애들이 왔구나 싶었다. 곧 할머니 하고 손자 녀석이 들어 올 것이다. 그 녀석을 보면 언제나 든든했다. 제 아비를 보는 것 보다 더 믿음직스러웠다. 그이의 핏줄을 이을 자손이기에 그랬다. 그런데 그 녀석이 대문을 열고 들어오지 않았다. 고개를 갸우뚱하며 안락의자를 밀고 대문께로 향했다.

"동민아, 안 들어오냐?"

대문 밖에서 서성대는 줄 알고 물어 보았으나 말이 없었다. 대신 누군가가 뛰어가는 소리가 들렸다. 궁금해서 대문을 열고 봤을 때 집으로 오는 골목 길 모퉁이를 돌아가는 옷자락이 얼핏 보였다. 순식간의 일이라 인상착의를 전혀 알 수 없었다.

정대성은 일단 이문성과의 만남으로 가족관계를 파악하고, 이훈상의 사망 미스터리를 그와 공유한 후 서울로 올라갔다. 사망 미스터리를 풀 자료를 찾아 볼 겸 그동안 연락하지 못했던 최지영 작가를 만나보기 위해서였다. 그는 너무 연락이 늦었다 싶어 올라가는 케이티엑스 차안에서 휴대폰으로 최지영과 만날 약속을 했다. 서울에 도착하는 대로 점심이나 저녁 식사를 함께 하려고 의사를 물었다. 그녀도 그를 기다렸다는 듯 저녁 식사를 원했다. 식당은 프레스센터 기자클럽으로 하려 했으나 기자들 보기 불안하다며 시청 뒤쪽 한정식 집으로 하자고 해서 그렇게 정했다.

그의 소식이 궁금했던 최지영은 먼저 와서 기다리고 있었다. 정대성은 여종업원이 안내한 방으로 들어서며 인사를 했다.

"아이구 최 선생, 먼저 오셨네요. 일찍 연락하지 못해 죄송해요."

"그동안 일 잘 보고 오셨나요? 마침 궁금하던 때 연락을 하셔서 다녀오신 얘기를 듣고 싶었어요."

"덕택에 박기복씨를 만나 뜻밖에 일이 생겼지요. 그래서 그 일을 추적하느라 늦게 귀국하게 되어 연락이 늦었소. 양해하세요."

그는 최지영에게 중국 동북지방에서 있었던 일에 대해 자초지종을 들려주었다. 그랬더니 그녀는 박기복을 소개해 준 결과에 만족하는 것처럼 고개를 끄덕거렸다. 이교민이 그에게 남겨 준 비망록을 중심으로 사건의 흐름을 쭉 훑은 정대성은 내내 가슴에 품고 있던 질문을 던졌다.

"이교민 선생이 말씀하시기를 동행자로부터 개탕치기라는 말을 들었다고 했는데 그 말에 대해 물어보지 못하고 말았어요. 귀국 전에 인사 겸 방문해서 물어보려 했는데 갑자기 돌아가시는 바람에…."

그는 순간 목이 메었다. 그분의 장례도 치러드리지 못하고 온 것을 생각하면 가슴이 아렸다. 북한 특유의 말인 '개탕치기'에 대한 의문을 풀고 싶은 마음에 감정을 추스른 후 그녀에게 시선을 던졌다. 그러나 그녀는 선뜻 말문을 열지 않았다. 오히려 그에게 질문이 있는 것처럼 물끄러미 건너다 봤다. 호기심 어린 시선과 시선이 교차하는 가운데 무엇인지 모를 교감이 흐르고 있었다. 그가 그녀에게서 느낀 호감이 그녀에게서도 전해져 오는 것 같았다. 짜릿한 전류 같은 감성의 흐름이 갓 60이 된 한국 남성 작가와 50대 초반인 북한 출신 여성 작가의 심성 밑바닥에 꿈틀대고 있었다. 그와 동시에 이성의 소리가 들려왔다. 두 사람의 의식 속에 들어온 '개탕치기'라는 말은 순간 반짝했던 감성의 교류를 넘어 이성으로 풀어내야 할 화제로 다가온 것이다. 최지영이 목소리를 가다듬은 후 단어 설명부터 했다.

"개탕치기라는 말은 북한에서는 보통 쓰는 말이지만 한국에서는 생소한 것 같습네다. 쉽게 말해서 개판친다는 뜻으로 사용합네다."

이 뜻은 이미 이교민으로부터 들은 바 있었다. 무엇인가 호기심을 자극하는, 어떤 것을 기대했던 그는 실망감이 스쳤다. 그래서 보다 현실감 있게 접근했다.

"그 말의 뜻은 잘 알겠어요. 다만 그 말을 듣게 된 전후 사정상 어떤 함축적 의미를 지니고 있지 않나 생각합니다만….''

최지영은 그의 말에 알 듯 모를 듯 동공이 커지는 것 같더니 찬찬한 표정으로 바뀐 후 말문을 열기 시작했다.

"사실 개탕치기라는 말을 처음 들었을 때 조금은 놀랐시요. 보통 쓰는 말이기는 하지만 그 말에 얽힌 비화가 있기 때문에 아는 사람은 예사로 들어 넘길 수 없는 말입네다. 물론 아는 사람이 별로 없기는 하지요."

"네? 비화가 있다구요? 최 선생 그 비화를 들려주실 수 없겠어요? 아까 얘기했습니다만 이교민 선생 일행이 탈북하여 탈주만리 장정에 오르는 동안 사건이 잇달아 터졌는데 이 개탕치기라는 말이 혹시 그 사건들과 연관이 있지 않을까, 하고 추적하고 있는 중입니다."

그의 말에 유심히 귀를 기울이던 최지영은 알겠다는 듯 고개를 끄덕이더니 비화를 털어놓기 시작했다.

"정 선생님, 이 말 한마디가 북한 정치사에 비극이라면 비극이랄 수 있는 음모의 한 페이지를 장식한 비화에서 비롯된 것입네다. 사실 이 개탕치기라는 말은 멀리 빨치산의 지도자 이훈상의 생명을 노린 음모에서 시작되었다고 봅네다."

정대성은 깜짝 놀라 상반신을 식탁 위로 급하게 기울이는 바람에 그녀에게로 엎어질 뻔 했다.

"뭐라구요! 이훈상의 생명을 노렸다구요?"

"네, 그렇습네다. 니야기가 길어지지만 들어주시라요."

그녀가 개탕치기의 유래와 관련하여 들려 준 얘기는 실로 놀라운 것이었다.

내무상 방학세는 1953년 3월 박헌영과 그 가족을 평양 근교 아지트에 연금해놓고, 마지막 남로당계 거물 이훈상의 제거를 추진했다. 그는 사실 국내파도 아니고 해외파였지만 소련파에 속했기 때문에 북조선인민공화국 출범에 일정 부분 몫을 맡았다. 김일성이 막강한 경쟁 내지 견제세력인 줄 알았던 남로당 일파를 서슴없이 치는 것을 보고 그에게 충성을 바칠 것을 다짐했다. 자신의 손으로 직접 박헌영을 잡아다가 족치며 느낀 권력지향성에 가속이 붙은 것이었다. 그는 김일성 수상의 지시를 받자마자 부상 강상호에게 이훈상 제거 음모를 실행에 옮기도록 지시했다. 소련 케이지비 출신답게 암살음모의 계획을 직접 구상하여 그것에 따르도록 했다. 강상호는 그의 직속 부하인 안전국 안전과장 최공성에게 이훈상 암살 지령을 하달했다. 최공성은 당에 대한 충성심은 물론 방학세 내무상에 대한 충성심을 보일 절호의 기회라고 여겨 기꺼이 실천에 나섰다.

이들이 남조선 야산에서 고군부투하고 있던 빨치산 지도자 이훈상을 제거하려는 음모를 서슴없이 추진하게 된 데에는 김일성과 이훈상 간에 형성되어 온 미묘한 관계가 작용했다.

2

　처음부터 소련 군정 정치부에서는 1946년 가을 박헌영에게 지령을 내려 철도파업 등에서 비롯된 대구 10·1폭동 후 쫓기는 자들을 입산케 함으로써 야산대를 결성, 장차 빨치산 투쟁의 근거를 마련하도록 했다. 물론 이런 비정규전에 대비한 지령은 김일성에게도 이미 전달된 것이었다. 이후 1948년 제주 4·3폭동과 10·18여순반란사건을 계기로 본격적인 빨치산 투쟁시대를 전개하게 되는데 이때 바로 이훈상이 등장한 것이다. 그는 경성콤 출신으로서 김삼룡, 이승엽과 함께 박헌영을 중심으로 한 조선공산당 줄기였다.

　김일성은 소련군정 정치고문 스티코프의 조종에 의해 빨치산 투쟁을 염두에 두고 1949년 10월 회령 제3군관학교를 설치하고, 장풍군 영남면의 인민유격대훈련소와 강원 양양유격대훈련소와 함께 유격대를 양성했다. 그는 때마침 박헌영의 추천으로 모스크바 유학을 가려고 평양에 온 이훈상의 소식을 들었다. 그때가 1948년 4월로서 남북연석회의 남로당 대표로 참석 중이었다. 이 무렵 박헌영의 추천으로 전남도당의 박영발과 전북도당의 방준표도 모스크바 유학길에 올랐다. 김일성은 이훈상으로 하여금 유학을 포기하도록 하고 강동 정치학원에서 유격투쟁에 대비한 교육을 받도록 했다. 일설에는 이훈상이 김일성계 인사와 저녁 식사 자리에서 김일성보다 박헌영을 지지한다고 하여 말다툼이 있었기 때문에 유학을 가지 못하게 되었다고 했지만 사실은 김일성의 속셈이 따로 있었기 때문이었다. 그 학원에서는 주경숙(본명 김원주, 남로당 재정부장 성유경의 아내, 김정일의 전처 성혜림의 어머니)이 마르크스주의 교관, 하준수(후에 남도부로 등장, 동해남부지역 빨치산 사령관이 됨)가 군사교관으로 활동했다. 그는 여기서 3개월 교육을 마친 후 의외의 투쟁임무를 띠고 남조선으로 가면서 김일성에게 나중에 가족들을 잘 부탁한다고 말했다. 김일성이 그를 주목하게 된 것은 그가 김원봉의 무력투쟁에 대해 관심을 나타낸 것을 알고 있었기 때문이었다. 이훈상은 1947년 6월 25일자 '노력인민'에 '김원봉 단평'을 실어 항일무력투쟁을 이끈 김원봉을 높이 평가하여 무력투쟁에 대한 관심의 싹이 텄다. 그는 은연 중 장차 대남적화통일에 대비하기 위해 유격대의 무력투쟁을 고려해야 한다는 점을 염두에 두게 되었다.

김일성은 1946년 7월 박헌영이 미군정으로부터 체포령이 떨어져 북으로 왔을 때 그로부터 들은 바가 있었다. 남조선 해방을 위해서 인민군을 동원하게 되면 남조선에 있는 남로당계 지하조직이 들고 일어나서 적극 호응하게 될 것이라고 했다. 그러나 박헌영이 쫓겨 온 것을 본 후 그에 대한 신뢰가 흔들리게 되었다. 오히려 10·1대구폭동 후 도주하여 결성한 야산대에 기대를 걸고 장차 유격전에 대비하려고 했다. 과거 유고슬라비아의 대독일 유격전이라든가, 소련의 게릴라, 중공의 인민유격대에 비추어 남조선 유격대를 이용, 남조선의 적화를 추진하려고 했던 것이다. 김일성은 만주에서 항일 빨치산 투쟁을 유달리 부각시키며 소련 군정 아래에서 권력의 핵심으로 떠오르려고 했던 만큼 빨치산에 대한 애착이 남달랐다. 그는 1946년 여름에 북한을 방문했던 소련 작가들에게 만주 유격대 시절을 회상하며 유격대를 30명에서 몇 년 사이에 10만 명으로 확대했다든가, 1947년 여름에 방문했던 친공산주의적 여기자 안나 루이스 스트롱에게 1만 명의 유격대를 결성하고 30만 명이 넘는 조선인 유격 근거지를 방어했다고 허풍을 떨었을 정도로 과거 빨치산 활동에 대한 과장된 긍지에 빠져 있었다. 그런 그가 남조선 빨치산에 대한 기대가 작지 않앞을 것이라는 점을 짐작할 수 있었다.

이훈상은 김일성과 헤어진 후 행방을 알리지 않은 채 예전에 잠시 묵었던 덕유산 절에서 때를 기다렸다. 그러다가 4·3제주폭동이 터지자 사태의 추이를 면밀히 지켜보았다. 대구 폭동으로 형성된 경북 지역 야산대가 이미 구 빨치로 활동 중인데 남조선 단정 반대운동으로 전개한 5·10선거 거부운동 끝에 4·3폭동으로 발전했으니 제주지역에도 곧 야산대가 등장할 공산이 컸다. 그러나 육지와 떨어져 있어서 직접 나서기가 어려웠다. 그때 마침 제주 폭동 진압 차 여수 14연대를 파견한다는 극비 정보를 국방부 프락치로부터 입수한 이훈상은 이를 이용하여 빨치산 투쟁에 나서기로 했다. 그는 10월 18일 여순반란사건이 터지자 10월 20일 순천역에 나타났다. 그 자리에 모인 반란군을 격려한 그는 주동자 지창수와 김지회를 중심으로 한 반란군 1천여 명을 이끌고 백운산을 거쳐 지리산으로 들어갔다. 이제 남조선에서 본격적인 빨치산 투쟁 기지를 마련할 단계가 되었던 것이다. 남동부지역에서는 경남 함양 출신 남도부(본명 하준수, 남로당 서울 지하당 총책이었던 박갑동과 진주고보 동문 선후배)가 동해남부군구 사령관으로서 맹활약을 했다.

이훈상의 행방을 모르고 있던 박헌영은 남로당 중앙위도 모르게 군사반란을 일으켜 요소요소에 숨어 있던 남로당 프락치를 드러냈을 뿐만 아니라 장차 남조선 혁명에 요긴하게 써먹을 수 있는 병력의 손실을 가져 왔다고 질책하는 분위기였다. 그러나 이훈상의 속셈은 다른 데 있었다. 비록 김일성과 소련군정 정치부의 지령에 따르기는 했지만 그의 의도는 드러내지 않고 있었다. 김일성은 이훈상이 자신의 지령에 잘 따르고 있었으므로 지원 병력을 몇 차례 침투시켰다. 1차는 1948년 11월 군경부대가 호남지역에 관심을 가진 사이 강동정치학원 출신 180명을 강원도 오대산 쪽으로 침투시켰으나 토벌대에 걸려 전몰했다. 다시 1949년 7월까지 600명을 침투시켰으나 이들 또한 토벌대에 대부분 사살되고 겨우 몇 명만이 살아서 북으로 되돌아감으로써 지원은 실패로 끝나고 말았다.

이훈상 부대는 같은 해 4월 8일 뱀사골 반선마을에서 핵심간부인 김지회와 홍순석이 민가에서 술에 취한 채 자다가 토벌대의 기습으로 사살당하는 등 피해를 입게 된 후 불과 1백50명의 병력으로 버티었다. 그러나 그 후 거듭되는 토벌대의 공격으로 궁지에 몰린 이훈상은 겨우 70여명을 이끌고 북상하다가 무주 부근에 이르러서야 인민군이 남침을 강행, 6·25전쟁이 터진 사실을 알게 되었다. 그리고 대전 인민군 전선사령부의 명령으로 낙동강 전선의 인민군 지원에 나섰다. 그러나 유엔군의 인천상륙작전으로 보급로가 막힌 인민군과 함께 10월 초 후퇴를 하게 되었다. 이훈상은 11월 초 북강원도 세포군 후평리에서 만난 이승엽 조선인민군 군사위원과 회동, 앞으로 지리산을 거점으로 남부군을 결성하여 유격대의 혁명 역량을 강화하기로 했다. 이승엽은 처음에 자기 휘하에서 인민군의 전세에 따라 움직여 주도록 요청했다. 그러나 이훈상은 패퇴하는 인민군의 전세를 무시하고 나름대로 대남 혁명역량을 강화하는 방안을 독자적으로 추진할 작정이었다. 사실 김일성의 앞뒤 고려 없는 극좌모험주의 때문에 조국이 풍전등하에 놓인 것이 못마땅했다. 그는 이승엽에게 노골적으로 말했다.

"동지, 결국 김일성 수상이 패전 책임을 져야 될 거요. 어떻게 전세를 이렇게 만들 수 있단 말이오."

이승엽은 만만찮은 그의 질타에 침묵으로 응답했다. 해서 김일성의 패전 책임을 추궁하고, 대체세력으로 등장할 수 있도록 대비하라고 박헌영에게 전해 줄 것을 부탁했다.

이훈상은 그 길로 회군, 지리산으로 와서 구 빨치와 인민군 패잔병, 전남북 도당 요원, 평양에서 내려왔던 정치공작원 등을 합쳐 남부군을 창설했다. 이렇게 야심차게 신 빨치와 구 빨치가 혼성된 남부군의 지도자로 등장한 그는 8백여 명의 부대를 이끌고 서부지역 유격투쟁을 지휘했다. 바야흐로 이훈상 빨치산 전성시대가 열리고 있었다.

이에 맞선 군 토벌대는 1951년 말부터 1차 동계공세로 남부군을 쫓기 시작했으며, 1952년 1월 10일부터 2차 공세로 방준표가 이끄는 전북부대가 운장산에서 나와 지리산으로 오던 중 거의 전멸하다시피 한 가운데 남부군 부대들은 대성골로 몰려들었다. 이어 1월 18일 유엔군의 공습 지원을 받은 토벌대가 옴짝달싹 못하고 있던 남부군과 민간인을 토벌하는 바람에 재기불능의 상태에 이르게 되었다. 한 달 전에 4백여 명이던 대원이 1백50 명 정도로 줄어들었다. 판문점에서는 휴전회담이 진행되는 가운데 한치 앞을 내다 볼 수 없게 된 남부군에게는 총에 맞아 죽거나, 굶어 죽거나, 얼어 죽을 날만 기다릴 수밖에 없을 정도로 막다른 길로 접어들었다. 북으로부터 통신마저 끊긴 상태에서 고립무원의 곤경을 벗어날 길이 막연했다.

이때 극심한 전화에 당황한 김일성은 중공군의 지원으로 살아나기는 했지만 미처 남조선 유격대까지 돌아볼 경황이 없었다. 거기다가 휴전회담을 진행하다 보니 남조선 빨치산은 거추장스런 존재가 되고 말았다. 휴전 후에는 전후 복구에 매달려야 하는데 빨치산을 북으로 복귀시키는 문제가 예사롭지 않았다.

이런 판에 북으로부터 외면당한 것을 직감한 이훈상은 직속 부대에서 10명을 차출, 특수 임무 조를 결성하여 박헌영에게 밀파했다. 그와 접촉하여 남북 간에 비밀루트를 개설하여 권토중래의 길을 모색하고자 한 것이다. 그러나 특수 임무 조는 태백산 줄기를 타고 북상하다가 토벌대에 거의 사살되고 조장만이 살아서 북으로 넘어갔다. 조장은 정치보위부에 잡혀가서 고문을 당해 죽기 전에 밀명을 실토했다. 자기도 모르게 박헌영과 접촉하려고 했던 사실에 분노한 김일성은 이훈상의 음모를 의심하여 그를 제거하도록 지령을 내렸다.

겉으로 대하던 것과 달리 처음부터 김일성을 경계해 왔던 이훈상은 호락호락하지 않았다. 1925년부터 박헌영 등과 함께 조선공산당을 중심으로 사회주의 혁명을 추진하며 일경에 체포되어 10년 8개월 동안 수감생활을 했던 그였다. 1926년 6월 10일 순종의 장례식 날 벌어진 6·10만세사건에 연루되어 중앙고보를 중퇴당한 이훈상은 이듬해에 잠시 상해로 갔다가 돌아온 후 보성전문학교에 입학한다. 이어 조선공산당 산하 조직인 고려공산청년연맹에 가입하여 동맹휴학을 지도하는 등 공산주의활동을 하다가 서대문형무소에 수감되어 있는 동안 공산주의자인 김삼룡과 이재유를 만나게 된 것을 계기로 본격적인 노동운동을 한다. 이들 세 사람은 1932년에 이른바 경성트로이카를 결성하고, 학생계에 침투하여 동덕여고보 박진홍, 이순금, 이경선 등 여고보생을 전면에 내세우고 조선공산당의 공백기에 노동운동을 전개했다. 1938년에는 조선공산당 재건을 위한 경성콤그룹을 창설, 활동 중 체포된 후 병보석으로 풀려나자 그길로 도주하여 덕유산으로 갔다. 단지봉 아래 암자생활 중 마을에서 머슴살이를 하는 등 야산활동 경험을 쌓았다.

이어 해방이 되자 상경하여 1945년 9월 19일 조선공산당 재건에 참여하고, 1946년 11월 23일 삼당 합당으로 출범한 남조선노동당(남로당)의 노동부장, 간부부장, 기관지 '노력인민'의 인사부장 등 중

책을 맡아 미군정 아래에서 좌익세력 규합에 나섰다. 박헌영은 이에 앞서 정판사 위조지폐 사건으로 수배되자 월북해서 해주에 자리를 잡았다. 그는 북쪽에 있으면서 남로당계를 조종, 각종 반군정활동을 지휘하는 가운데 9월 파업투쟁에서 비롯된 저항운동은 드디어 10·1 대구폭동으로 발전함으로써 군경에 쫓긴 투사들이 산으로 올라갔다. 이들은 경북지방 빨치산의 선봉으로서 야산대 활동의 터를 닦았다.

그런데 나이도 어린데다가 항일 빨치산으로서 투쟁경력도 애매한 김성주가 소련군을 등에 업고 나타나서 공산세력의 대부로 군림하려는데 반감을 갖지 않을 수 없었다. 그가 보기에 사회주의혁명 활동에서 알려지지 않았던 자가 88특수여단이라는 소련군 부대의 일원이었던 인연으로 소련군의 지원 아래 북한에서 부상하기 시작하는 것을 보고 내심 경계를 하게 되었다. 그 어렵던 일본 총독 치하에서 옥고를 치르며 국내 기반을 지켰던 구조선공산당계가 당연히 정통성을 지닌 혁명집단이 아닐 수 없었다. 이훈상은 남조선에서 남로당계가 불법화되어 밀리는 바람에 북조선에 의지해야 하는 난국을 어쩔 수 없는 것으로 받아들였다. 그러면서도 박헌영의 지도력에 의문을 갖게 되었다. 일제 강점기 공산주의 운동을 했을 때나 해방정국에서 지식인 중심의 종파적 당 운영이 못마땅했었다. 이훈상은 조선공산당이 해체된 이후 형성된 경성트로이카가 현장 노동자 중심의 혁명역량 양성에 주력한 바 있었다. 여기에 박헌영이 미군정에 우호적이었다가 신 노선으로 돌변하여 극좌모험주의 노선으로 기울어 일련의 폭력투쟁을 지도하고, 그 결과 혁명기반 노출과 피해를 초래한 것은 지도노선의 일관성에 문제가 있는 것이었다. 이뿐만 아니라 그가 주장했던 평화통일 노선을 관철하지 못한 채 북조선 정부에 몸담아 김일성에 협조함으로써 극좌모험주의 노선을 추종한 결과를 부정할 수 없게 되었다. 여러모로 소련군의 영향력에서 벗어나지 못한 사실도 마음에 걸렸다.

특히 소련군 정치사령관 스티코프의 일기에 의하면 1946년 12월 6일과 7일 잇달아 남조선 혁명자금을 받는 등 소련군 측과 밀착한 사실은 자주노선에 먹칠을 하는 것이었다. 여기에 곁들여 심지어 비서이자 아내가 된 여인의 이름이 윤레나인 데다 모스크바 시민이 된 큰딸 비비안은 제쳐두고도 둘째 딸은 나타샤, 아들은 세르게이로서 소련식 이름을 가진 것이 일반인의 눈에도 거슬렸다. 그가 민주자주통일을 지향한다면서 배격한다던 외세에 스스로 순응하는 모습은 지도력에 큰 흠일 수밖에 없었다. 이훈상은 이러한 단점들이 모여 장차 남로당계 숙청의 빌미로 될 것을 우려했다. 그리하여 지리산으로 들어 갈 때 독자적인 노선으로 기울어지고 있었다. 그가 보기에 어디까지나 남로당계가 한반도의 정통 사회주의 세력이 아닐 수 없었다. 따라서 당연히 민족통일을 담당할 정파는 자기들이어야 했다. 그는 빨치산으로 변신할 때부터 원대한 꿈을 가지게 되었던 것이다.

이훈상은 남에서는 유격대를 발판으로 하여 세력을 불린 후 남조선을 적화하고, 북에서는 박헌영이 이에 호응하여 북노당 계를 축출하여 남노당계가 조선통일을 이룩한다는 꿈을 잊어 본 적이 없었다. 그러나 그 꿈은 세력 다툼에서 실기를 하고 말았다. 더욱이 소련 군정의 조종에 노출되었던 박헌영이 김일성에 대해 전쟁 실패 책임을 추궁하지 못한 실수로 오히려 궁지에 몰리게 됨으로써 그의 꿈을 실현하기에는 여건이 성숙하지 못하게 되었다.

사실 유엔군의 인천상륙 후 평양을 내놓고 국경선 가까운 강계 시까지 밀려갔을 때 박헌영은 김일성에게 무모한 극좌모험주의에 의한 전쟁도발에 대한 책임을 추궁할 기회가 있었다. 그때는 궁지에 몰려 있었기 때문에 잘만 했으면 김일성을 문책하고 박헌영 자신이 정치적 지도자로 등장했을는지도 몰랐다. 그는 1950년 4월에 평양에서 열릴 노동당 정치위원회에 평화통일방안을 제시하는 보고서를 제출하려고 했었다. 그때 이미 무력통일 방안을 극좌모험주의로 규정지어 반대했다. 그가 김일성에게 그런 입장을 적극적으로 내세워 책임을 추궁할 수 있었을 것이었다. 더군다나 얼마 떨어져 있지 않은 만포를 지나면 바로 중국 땅이었다. 이미 고위직 자녀들은 김정일을 비롯해 많은 수가 중국으로 피난 간 상태였다. 만약 김일성이 문책을 당했다면 그를 중국으로 피신시킨 후 박헌영이 실권을 잡고 남로당계가 득세했을 지도 모를 일이었다. 그러나 박헌영은 자신도 경황이 없었던지 김일성과 논쟁만 했을 뿐 기회를 놓치고 말았다.

이렇듯 김일성의 북로당계와 박헌영의 남로당계 사이에 쌓여 온 해묵은 원한 관계에서 비롯된 이훈상의 야릇한 운명은 이제 예측할 수 없게 되어버렸다. 사실상 이훈상의 음모에서 비롯된 북로계와 남로계의 끝판 대결에서 밀리는 처지가 된 것이었다.

김일성은 이훈상을 그대로 두었다가는 화근이 될 것을 두려워해서 비밀리에 방학세 내무상에게 지령을 내려 그를 제거하도록 했던 것이다. 그는 인민군의 남침에 호응하여 남조선 지하조직이 내부에서 남조선 해방을 달성함으로써 한반도 통일을 달성할 수 있으리라던 박헌영에게 실패 책임을 물으려고 고심하던 중 이훈상의 음모를 적절한 구실로 삼아 박헌영은 물론 이승엽 등과 이훈상까지 남로당계를 모조리 숙청할 수 있게 되어 쾌재를 불렀다.

　최공성 안전과장은 당과 방학세 내무상에 대한 충성심을 과시하고자 이훈상의 암살자로서 가장 우수한 적격자를 고르기로 했다. 백방으로 물색한 끝에 같은 빨치산인 박성식을 발탁했다. 그는 이훈상의 측근이었다. 박성식의 인적 사항을 조사한 결과 만점에 가까운 평가 점수를 받았다. 서울에서 남로당 중간 간부로서 활약하던 박성식은 1948년 남조선인민대표회의에 참석하러 평양으로 갔다가 강동정치학원에서 대남 유격전 훈련을 받았다. 그는 남하 후 서울에서 활동하다가 1948년 10월 하순 이훈상이 여순반란 병력을 이끌고 지리산으로 갈 때 동행했다. 마치 그림자처럼 그를 동행했던 박성식은 제2병단 정치위원으로 참여한 후 남부군과 제5지구당을 이끌 때 줄곧 보좌관으로서 이훈상 곁에서 산악 투쟁을 함께 했다. 최공성은 1953년 5월 지령을 박성식에게 내려 보내 이훈상의 반당 반혁명성을 주목하라고 지시했다. 최 과장의 지령을 믿게 된 박성식은 이승엽 일당이 간첩죄로 처형되고, 박헌영이 구속되자 이훈상의 정체를 의심하기 시작했다. 그들과 같은 남로당계열로서 같은 반혁명성을 가졌을 것으로 짐작했다.

　최공성은 다음 단계로 방학세의 구상에 따라 암살지령을 박성식에게 전달할 레포를 선정했다. 개성인민위원장이면서 성분이 좋지 않음을 속이고 있던 강진만을 골랐다. 내무성에서 소환하자 강진만은 지레 겁을 먹고 주눅이 들었다. 아버지가 일제 때 면장을 한 전력 때문에 언제나 소환할 날이 오지 않을까, 조마조마하던 중이었다. 내무성 지하실에서 최공성 앞에 움츠려 앉은 그는 고개를 들지 못하고 있었다.

"강진만 동무, 동무를 소환한 거이 니유를 알갔지?"

그는 이제 죽었구나, 하고 고개를 더욱 숙였다.

"동무 아바지가 일제 때 친일파였는데 숨기고 있었잔!"

이렇게 으름장을 놓은 최공성은 앞으로 가까이 다가앉으며 부드럽게 말을 이었다.

"동무, 당에 대한 충성심만 발휘하믄 겁먹을 거이 없잖간. 동무가 목숨 걸고 당의 명령을 실행하믄 내레 부상님께 보고하갔어. 동무의 과오를 용서하고 영웅칭호를 하사하도록…. 알가서?"

강진만은 뜻밖에 행운의 과업을 맡게 되었다. 흔쾌히 레포로 나서 최공성의 지령을 휴대하고 휴전선으로 잠입해 남하했다. 서울에 온 그는 서슴없이 육군방첩대에 자수했다. 모종의 임무를 띠고 남부군 사령관 이훈상과 접선하러 월남했다고 실토했다. 휴전회담이 막바지에 이르러 전황이 주춤해지자 지리산 빨치산 토벌에 관심을 돌린 국군 수뇌부는 이훈상을 잡는데 골몰하던 때였다. 제 발로 걸어 들어온 이훈상 접선 간첩을 그대로 둘 리가 없었다. 방첩대는 즉시 공작조를 투입하여 강진만을 데리고 지리산 인근으로 갔다. 하동군 화개장터를 지나 하늘 아래 첫 마을이라는 의신마을에서 작전 지도상에 나타난 남부군의 활동 터를 몇 군데 알려준 후 그를 잠입시켰다. 산세를 익힌 그는 의신마을에서 삼점골로 올라가서 벽소령 쪽으로 접근했다. 해가 떨어질 무렵이라 빨치산의 기동이 시작될 때였다. 벽소령 못 미쳐서 나타난 빨치산에 붙잡힌 강진만은 이훈상 앞에 끌려갔다. 중앙당의 지령을 가지고 왔다고 했기 때문이었다. 그를 본 이훈상은 반갑게 맞았다.

"아 동무 이게 누구요?"

"사령관 동지 내레 알아 보시갔습네까? 강진만입네다."

이훈상은 해주 인민대표회의에서 그를 만난 적이 있었다. 이름까지는 몰라도 얼굴은 기억하고 있었다. 중앙당에서 지령을 가지고 왔다니까 박성식 보좌관과 김삼홍 정치위원 등이 주변에 몰려 있었다. 먼 데서 왔으니까 피곤할 것이라며 본부터로 가서 쉬게 했다. 차를 한잔 나누며 환담을 하는 동안 박성식은 옆에서 얘기를 듣고 있었다. 이때 보급투쟁 문제로 의논하기 위해 방준표 전북도당위원장이 왔다. 이훈상과 얘기를 나누고 있던 강진만을 본 박 위원장은 얼굴을 찌푸리며 퉁명스레 한마디를 내뱉었다.

"아, 이 동무 와 여기 있어!"

그가 보기에 강진만이 불순한 의도로 잠입한 것 같았다. 그는 강진만의 인상과 태도에서 무엇인가, 심상치 않은 것을 느꼈다. 관찰력이 예민한 그의 육감이 이상했던 것이다.

"동지, 이 작자를 그냥 두면 안 되오. 비밀공작을 하러 온 첩자 같소. 조사를 해서 처형해야 하오."

그러나 이훈상은 적과 동지를 막론하고 인명을 함부로 다루지 않은 신조를 가진 터라, 하물며 자신을 만나러 먼 길을 온 사람을 그렇게 대할 수 없었다.

"동무 말대로 조사해 보고 하산시킬 거요."

얼굴이 새파랗게 질렸던 강진만은 그제야 표정이 풀리면서 엉거주춤 일어섰다. 이훈상이 일어서서 방준표와 얘기를 나누는 사이 강진만은 박성식에게 눈짓을 하며 옷깃을 스치듯 지나쳤다.

이훈상의 배려로 풀려난 강진만은 대기하고 있던 방첩대 요원과 함께 남경사(남부지구경비사령부)로 갔다. 거기서 이훈상을 만났던 정황을 낱낱이 보고했다. 남경사 측의 설득과 함께 평양에 간다고 해도 사후 보장이 없을 것이라는 회의 때문에 전향을 결심했다. 그는 이훈상을 체포하기 위한 강진만수색대를 꾸리고 9월 17일 출동했다. 이 수색대에는 현지 청년들로 구성된 수색대도 포함되어 있었다. 이들은 수색대원이 모자라 각종 특혜를 준다며 모집한 전남 승주군 주암 청년들이었다.

강진만 대장은 수색대 본대를 이끌고 쌍계사 왼쪽으로 진입하고, 현지 청년들 수색대는 의신마을을 거쳐 빗점골 쪽으로 진입했다. 이들이 빗점골을 지나 벽소령 방향으로 40, 50미터 갔을 때 국군 복을 입은 사내들이 7, 8명 정면으로 오고 있었다. 수색대 소대장이 손을 들어 대원들을 엎드리게 한 뒤 수하를 했다. 그러자 사내들이 뒤돌아 달아나기 시작했다. 동시에 그쪽에서 총소리가 들려 수색대원들이 일제히 사격을 했다. 이어 빨치산을 뒤쫓아 갔을 때 한 사람이 넘어져 있었다. 이미 죽었으므로 시체를 지나쳐 계속 추격했다. 얼마 가지 않아 개울 가 바위에 기대 앉아 있는 사내를 발견했다. 사내는 옷을 벗은 채 숨을 헐떡거리고 있었다. 소대장이 '손들어!'하고 외쳤으나 손을 들지 않고 있었다. 그를 향해 2, 3발을 쏘았다. 다가가서 보니 50대 전후의 장년이었다. 윗옷을 벗은 채 사망하여 신원을 알 수 없었다. 거기다가 대원들이 승주군 주암 청년들이라서 시신이 이훈상인 줄 몰랐다. 먼저 쓰러졌던 사내의 옷에서는 남부군 참모장 오한영이라고 적힌 수첩이 있었다. 날이 어두워진데다 뒤늦게 온 강진만 수색대장이 시신을 확인하지도 않은 채 어두워졌으니 빨리 내려가자고 재촉해서 오한영의 목만 자르고 하산했다. 이때 멀찍이서 은폐물에 숨어 지켜보던 빨치산 전사 하나가 죽은 50대 사내의 윗도리를 접어 들고 어디론가 사라졌다. 그가 바로 지령을 실천한 박성식이었다.

다음날 아침 9시께 서전사(서남지구 전투경찰대사령부) 2연대장 차일혁이 이훈상의 경호병 출신 전향자들의 정보를 토대로 이훈상을 체포하기 위해 출동, 이훈상이 지나갈 것으로 예상되는 빗점골 절터 앞 너덜바위 입구에 대원들을 잠복시켰다. 얼마 지나지 않아 7, 8명의 빨치산 전사들이 너덜바위 쪽으로 오고 있었다. 수색대원들이 일제히 사격을 시작했다. 전사들이 달아난 뒤 추격조는 개울가 바위 앞에서 시신을 발견했다. 시신을 본 경호병 전향자는 그 시신이 바로 이훈상이라고 밝혔다. 차일혁 연대장은 자신이 인솔한 경찰대원이 그를 사살한 것으로 여겼다. 그러나 남경사 측은 이훈상의 시신은 9월 17일 저녁 자기 측 대원에 의해 사살된 것이라고 주장했다. 다만 날이 어두운 데다가 빨치산 전향자가 없는 가운데 승주군 주암 청년들이 이훈상의 얼굴을 몰랐기 때문에 시신을 버려두었을 뿐이라고 해명했다. 양측이 이훈상의 시신을 두고 공과를 다투고 있던 시간에 박성식은 그의 유물을 챙겨 들고 유유히 지리산을 빠져나간 후 월북 길에 올랐다.

이 음모의 실무책임자였던 최공성 과장이 바로 최지영의 아버지였다. 얘기를 듣고 있던 정대성은 충격에 휩싸여 말을 잃고 있었다. 같은 남로당계이지만 박헌영이 자신의 측근들만 대동하여 평양으로 가서 고위직에 올라 권력의 맛을 누린 방면 경성콤그룹 출신인 이훈상과 김삼룡 등이 남조선에 남아 남로당 세력을 지키려다가 희생되었다. 김삼룡 등 대부분이 체포된 후 처형되었다. 그런데 이훈상만은 험준한 산악에서 토벌대 총에 맞아 죽든가, 굶어 죽든가, 아니면 얼어 죽어야 하는 처절한 상황에 몰렸다. 전설의 빨치산 영웅이니 하던 것도 다 듣기 좋으라고 한 소리였다. 그런데 뜻밖에 북조선으로 간 박헌영 계와는 달리 이훈상 나름의 원대한 꿈을 가졌다가 김일성과의 대결에서 결국 지고 말았다는 얘기였다. 정말 믿기지 않은 얘기였다. 그의 기구한 운명 앞에서 씁쓸한 기분에 빠졌던 정대성은 언뜻 생각난 듯 물었다.

"결국 이훈상을 암살한 작자들이 다음에 어떻게 하여 개탕치기라는 이상한 말을 붙인 음모가 추진되었다는 것이오?"

그러자 최지영은 기다렸다는 듯 개탕치기작전에 대한 이야기를 풀어나갔다.

그 후 박성식이 평양에 복귀했으나 최공성은 행방불명되고 방학세는 충성에 대한 보상은커녕 박성식을 터무니없이 개마고원 산골로 추방하여 모진 고생을 하도록 했다. 그러나 다행히 소련파의 숙청 속에 방학세가 처형된 후 복권되어 평양에 복귀했다. 아버지 최공성으로부터 이런 얘기를 듣고 자란 외동딸 최지영은 북조선 현대사에 얽힌 혁명 동지들의 비극적 운명을 몹시 안타까워했다. 그녀는 방학세의 처형으로 복권된 아버지를 따라 평양에 와서 평양음악연극대학 문예창작학부를 졸업한 후 작가로서 활동했다. 그녀는 작품을 구상할 때면 아버지로부터 들은 얘기 중에 유독 '개탕치기작전'이 떠올랐다.

박성식은 평양에 복귀 후 어느 날 최공성을 만나 이훈상 암살 지령과 산골로의 추방에 얽힌 음모의 진상을 들었다. 진실을 알게 된 그는 박헌영과 이훈상에 대해 깊은 죄책감을 안고 살다가 죽기 전에 아들 박기명에게 어떤 형태로든 잘못된 역사를 바로잡아 달라고 유언을 남겼다. 박기명은 아버지의 사후 복수를 결심하여 나름대로 한 계획을 구상하기에 이르렀다. 그가 주도하는 '개탕치기작전'에 남로당계 인사들의 후손을 가담시켜 작전의 역사적 의의를 높이려고 했다. 이렇게 해서 결정된 가담자들은 이훈상의 아들 이극을 비롯 박헌영의 아들 박 세르게이였다. 특이한 것은 만주 독립운동가의 후손인 이교민의 역할이었다. 그는 김대를 나온 역사학자로서 남조선 빨치산의 계보에 밝았기 때문에 개탕치기 일파의 자문에 응하게 되었다. 그러나 이들이 개탕치기작전에 들어가지 못하고 정찰총국의 추적으로 다시 뿔뿔이 흩어져 버렸다. 복수극은 구상에 그치고 만 것이었다.

이상이 최지영이 개탕치기와 관련하여 얘기해 준 비화의 내용이었다. 이훈상의 사망미스터리에 집착한 결과 얻어진 성과였다. 정대성은 이런 어처구니없는 비화가 숨겨져 있었다는 사실에 놀랐으며, 그 비화의 중심인물이 최지영의 아버지였다는 사실에 또 한 번 놀랐다. 그리고 개탕치기작전이 비롯된 연유가 바로 숙청된 남로당계 후손과 관련이 있었다는 사실 앞에서 역사의 아이러니를 실감했다. 역사의 발전 과정에서 작용과 반작용으로서 도전과 응전이 있듯 김일성 일파의 권력 다지기 과정에서 비롯된 숙청에 대한 반작용으로서 개탕치기작전이 나타난 것은 필연적인 결과일 것이었다.

최지영은 아버지 최공성의 반이훈상 패륜 짓거리에 자괴감을 느끼며 한 때는 아버지를 외면했다. 그러나 생활의 어려움 속에 아버지로부터 집안의 불운에 대한 이야기를 들으며 자란 최지영은 무엇보다 당에 대한 충성심을 기르는데 집중했다. 평양연극영화대학 작가과정을 졸업한 그녀는 영화 시나리오를 쓰기 시작했으나 창발성이 전혀 허용되지 않은데 반발심을 키웠다. 거기다가 복권된 줄 알았던 아버지가 다시 종파분자로 몰려 관리소에 수감되었다. 그 바람에 창작활동에서 자꾸 뒤로 밀리다가 결국 탈북을 결심하게 되었다. 들리는 소문에 남조선에서는 문화예술의 자유가 보장된다고 했다. 그녀는 오로지 창작의 자유에서 존재 의의를 느낄 수 있으리라 기대했다. 처음에 한국에 와서 작가생활을 할 예정이었으나 그보다 시급한 것이 북한 주민들로 하여금 눈을 뜨게 하는 것이라는 사실에 주목, 지하잡지를 발행하게 되었다.

 최지영의 얘기를 듣고 난 정대성은 가슴이 조여 오는 것을 느꼈다. 모처럼 만난 그녀에게서 감동적인 얘기가 아니라 굴곡진 역사의 한 토막을 듣게 되니 심란하다 못해 답답해지는 것이었다. 식당을 나선 그는 자신도 모르게 그녀의 손을 가만히 잡고 걷고 있었다. 누구에겐가 답답한 심정을 털어놓고 싶은 마음 때문이었다. 그녀도 그런 그의 심정을 헤아린 듯 손을 마주 잡은 채 천천히 내딛는 걸음에 보조를 맞추었다. 한동안 그렇게 산책을 하다 보니 둘이 만나면서 느꼈던 교감이 되살아났다. 밀착된 손바닥을 통해 피가 흐르듯 남남북녀의 정감이 오고갔다. 정대성은 그제야 용기를 내서 속마음을 털어놓았다.

 "최 선생 얘기를 듣고 우리 사이가 예사롭게 받아들여지지가 않아요. 단순한 오누이가 아니라 피보다 더 진한 어떤 민족애 같은 끈끈한 실이 우리를 묶어놓는 것처럼 생각돼요."

 "선생님 저도 처음 대할 때부터 왠지 모르게 이 분은 도와 드려야겠구나, 하는 느낌을 받았어요. 마치 아교처럼 끌어당기는 것 같았다고나 할까요, 그래서 저는 무엇엔가 끌려 들어가는 것을 느꼈습니다."

 수줍은 듯 심정을 밝히는 그녀의 얼굴에 야릇한 미소가 스쳐갔다.

9. 빗점골의 대결

1

남부군 지도자 이훈상, 그는 그녀에게 인생의 참 뜻을 깨우쳐 준 은인이자 연인이었다. 그런데 야산생활에서 세속으로 나와 어린 아들을 낳고, 그이의 유일한 핏줄을 이어가기만 하면 모든 무례가 정당화될 줄만 알고 그이를 머릿속에서 지우며 버티어 왔다. 돌이켜보면 참 미련하게도 버티어 온 세월 같았다. 이렇게 노쇠해지도록 아들 하나 뒷바라지 하며 살아왔으니 그나마 용케도 별 탈 없이 지내온 것이다.

차츰 생활에 안정을 찾게 되자 하순영은 먼저 사랑했던 사람에 대한 인간 도리를 하지 못한 것이 마음에 걸려 우울할 때가 자주 있었다. 경찰에 체포되어 심문을 받고 있던 중 그이가 사살되었다는 소식을 들었다. 너무 충격이 커서 당장 죽으려고 했다. 심문을 맡았던 장교가 그의 시신을 확인해 달라고 했을 때 단호하게 거절했다. 뱃속에 든 아이 때문이었다. 앞으로 유복자로 태어날 아이에게 아버지의 비극이 일체 알려지지 않도록 하기 위해서는 그이에 관한 일은 모르는 것이 나았다. 알고서 숨기기보다 처음부터 모르면 더 이상 신경 쓸 일이 없을 것이었다. 그녀는 아들이건 딸이건 유복자로 태어날 아이를 위해서 오로지 모성만이 지키기로 했던 것이다. 그러나 어린 나이에 배속 아이의 아버지, 그토록 사랑했던 그이의 사망 소식에 멍든

가슴은 시커멓다 못해 납덩이가 된 것 같았다. 진주 형무소에 있으면서도 점점 불러오는 배에서 튼실한 아이를 기대하며 그이와의 인연을 끊고 있었다. 이승에서 못다 한 사랑은 저승에서 다시 하리라 마음먹었다.

약방을 하면서 가끔 그이의 묘소가 어디쯤 있을까, 하는 궁금증이 날 때가 있었지만 이 또한 부질없는 생각이라고 고개를 저었다. 모질게 먹은 마음을 다잡아야 했다. 살아오는 고비마다 이따금 그이가 생각날 때면 문성을 키우느라 매정한 짓을 해도 용서해 주시겠지 하는 핑계로 미안함을 에둘러 달랬다. 그렇잖았으면 어떻게 사랑했던 사람을 외면한 채 살 수 있었을까. 토실토실 젖살이 오르는 문성이를 보고서 '나는 세상에 너뿐이야.', 독백하며 심란해지려는 자신을 추스렸다. 그러던 세월이 훌쩍 지나 이제 저 하늘나라 그이에게로 갈 날이 머지않게 되었다. 문성이도 바람대로 무력이 아닌 문화부문에서 제 자리를 잡았다. 첨단과학 분야인 반도체 기술을 가르치는 대학교수로서 제 할 일을 하고 있으니 대견하지 않을 수 없었다. 며느리도 대학을 나와 사회봉사 분야에서 여성의 복지 향상에 이바지하고 있었다. 후손으로서 손자 하나, 손녀 둘까지 있으니 더 이상 부러울 것이 없었다. 언젠가 그이에게로 갈 날이 오면 미련 없이 가리라 이미 마음의 준비를 하고 있었다. 살만큼 산 노파가 된 하순영은 혼자 뜰에 앉아 있으려니 새삼 그이에 대한 그리움이 스멀스멀 몸을 휘감아 도는 것 같았다.

이제 내일이면 선생님의 기일이 60주년을 맞는다. 이때까지 충청도 삼촌 댁에서 아버지 제사를 지내니 2중으로 제사를 지낼 수 없다고 하던 문성이 돌아가신 지 60년째인데 어떻게 그냥 지나칠 수 있느냐며 지리산으로 아버지의 영혼을 찾아 떠났다. 마침 정대성이라는 친구가 권유해서 함께 가게 된 것이 잘 되었다 싶었다. 마음으로는 따라나서고 싶었으나 거동이 불편해서 그만 두었다. 괜히 따라 나섰다가 젊은 사람들을 성가시게 하기 십상이었다. 자신은 내일 앞마당으로 나가서 담장 너머로 저 멀리 보일 듯 말듯 하는 지리산을 바라보고 그이의 넋을 달랠 생각이었다. 아들 문성이도 친구와 함께 지리산 어느 계곡에 서서 제 아버지의 영혼을 불러 보겠지, 잠시 아쉬움을 느끼며 돌아 설 때였다. 갑자기 인기척이 나더니 누군가가 앞을 가로막고 섰다. 본능적으로 경계를 하며 쳐다봤다. 40대 후반으로 보이는 낯선 사내가 표정을 일그러뜨리며 내려다보고 있었다.

"누군기오?"

"할마이가 하순영 오마닙네까?"

"그란데요. 와 그라요?"

"와 그라기는 히히… 사람이 사람 찾아 왔는데 이유가 있소까?"

"무신 일인기오? 사람을 찾아 왔서모 말을 해야지."

"내레 원수 갚으로 왔수다."

"머시 원수?! 그 먼 소린기오?"

"아들은 어데 갔시오?"

"아들은 와 찾노?"

"내레 군에 같이 있었다고 했잖간. 안부가 궁금해서리…."

"그 아아는 지리산 갔소. 내일이 제 아부지 기일이거든."

"기래요. 기럼 할마이 먼저 저 세상 할아바이께 가야지."

"머시라 이 사람이 지금 무신 소리 하는 기고?"

"내레 개탕치기작전 바람에 우리 아바지 어마니 동생 다 잃었잖간. 쌍 간나 새끼들 개탕치기 종파주의 반동들 다 죽이고 있어! 이훈상 아들이 반동질을 했으니까네 남조선 식구들도 죽이고 말갔서. 어서 가라우!"

박대홍은 하순영이 미처 소리를 제대로 질러보기도 전에 의자차를 힘껏 밀어 남강 쪽으로 떨어지도록 했다. 으아 악! 소리와 함께 하순영이 탄 의자 차는 강물 속으로 곤두박질쳤다. 그때 하늘에는 먹구름이 일기 시작했다. 저 멀리 서쪽 지리산 방향에서는 천둥번개가 번쩍였다.

9월 17일 오후. 섬진강 변 모래밭에 두 사내가 돗자리를 깔아 놓고 간단한 음식이지만 매우 정성스럽게 차려놓고 있었다. 화개장에서 사온 막걸리하며, 마른 오징어, 수박, 배, 복숭아 등 과일류와 시루떡, 인절미, 송편을 늘어놓은 후 두 사람은 운동화를 벗고 돗자리에 올라앉았다. 서전사 2연대장이 시신을 화장한 후 장례를 치러 준 곳을 찾아 늦으나마 추모제를 지내려는 것이었다. 여기서 산화한 빨치산 사령관 이훈상의 아들 이문성이 작가 정대성과 함께 60년 전 그날의 현장에 왔다. 이문성은 정대성이 따라준 술잔을 들고 음식 위를 한 바퀴 휘두른 다음 섬진강을 향해 술을 뿌렸다. 그와 정대성은 나란히 서서 제배를 올렸다. 정대성도 고인의 넋을 달래기 위해 술잔을 올린 후 강 쪽에 술을 뿌렸다. 사람 나이로 회갑이 된 지금에야 외로이 죽어간 고인을 찾은 것 자체가 순탄치 않은 한국 현대사를 말해 주는 것이었다.

두 사람은 고인의 유골을 뿌린 강변에 서서 60년 전 그때의 광경을 착잡한 심정으로 회상했다. 이어 이훈상이 사살된 현장을 찾아 쌍계사 쪽으로 향했다. 의신마을 어귀에 있는 쌍가마댁을 찾았다. 자료에 의하면 이훈상이 묵었던 적이 있던 집이라고 했다. 당시 열일곱 살이던 쌍가마 아주머니는 이훈상의 생생한 모습을 들려주었다. 이훈상이 가끔 내려와서 며칠씩 자기 집에서 묵었는데 40대 아주머니가 식사 수발을 들었으며, 젊은이가 먼저 밥을 먹어보고 식사를 했다고 밝혔다. 이문성은 아버지가 활동했던 곳에서 생전 처음 아버지의 당시 행적을 되돌아 볼 수 있어서 감개무량했다. 쌍가마 아주머니의 아들의 안내로 빗점골로 갔다. 가는 길목에 삼점마을이 있었던 곳에 도착했다. 안내자 말로는 옛날에 주막이 세 개 있어서 삼점마을이라고 했다면서 토벌대가 이 마을과 백무골에 있던 집을 소각해버려서 흔적을 찾아 볼 수 없다고 알려주었다. 그는 위에 있는 벽소령을 중심으로 백무골, 빗점골, 대성골, 거림골 일대가 남부군의 근거지였다고 밝혔다. 정규군도 아닌 유격대로서 같은 민족끼리 벌인 동족상잔의 현장이 바로 눈앞에 펼쳐졌다. 아니나 다를까 절터골이라는 데로 가자 바위들이 널려 있었다. 주민들은 이곳을 너덜바위지대라고 했다. 위로 올라가서 명선봉에서 왼쪽으로 뱀사골로 빠지는 길과 오른쪽으로 꽃대봉에서 함양으로 빠지는 길이 있었다.

이문성은 너덜바위지대 앞에 서서 만감이 교차하는 것을 느꼈다. 여기가 바로 아버지가 사살된 곳이라니…. 정대성과 함께 아버지의 발자취를 따라 시신이 발견되었다는 개울 옆 바위까지 가보았다. 아버지가 기대 앉아 있었다던 바위는 세월의 흔적인양 이끼만이 표면을 덮은 채 묵묵히 자태를 드러내고 있었다. 바위를 만지던 이문성은 그것에 기대어 앉았다. 눈을 감고 60년 전 그날을 떠올렸다. 어렴풋이 떠오르는 아버지의 모습에서 자신의 얼굴이 겹쳐지는 것을 깨달았다. 아버지의 자식이라는 자신의 존재감에 부자의 정을 느낄 수 있었다. 그토록 오랜 세월 동안 단절된 관계를 이제 복원하는 순간이었다. 입에서 저절로 아버지를 부르는 소리가 나왔다.

'아버지…. 저 문성이가 왔습니다.'

해가 뉘엿뉘엿 서산으로 넘어가려는 시간, 산새들도 보금자리를 찾아갈 시간인데 비명에 가버린 아버지를 만나러 갈 곳이 없었다. 스산한 마음을 쓰다듬어 주듯 미풍이 숲을 스치며 우수수 소리를 냈다. 옆에서 보고 있던 정대성이 이문성에게 떠날 시간이 되었음을 알렸다. 두 사람은 왔던 길을 되돌아 너덜바위 지대로 오고 있었다. 막 바위들이 깔린 곳으로 발을 내딛는데 맞은편에서 사내 하나가 나타났다. 늦은 시간에 웬 사람인가, 의아한 시선을 보내는데 그 사내는 입구에서 멈춰 섰다. 서로가 제 갈 길을 잊은 듯 잠시 멈추고 바라보았다. 그런데 맞은 편 사내가 돌연 손을 번쩍 들어 마치 교통 신호수처럼 오지 말고 거기 서 있으라고 하는 것 같았다. 해서 정대성이 고함을 질렀다.

"무슨 일로 그러시오?"

"내레 평양에서 왔수다. 거기 이문성이 뉘기오?"

정대성은 깜짝 놀랐다. '평양에서 왔다니 그럼 박대홍이란 말인가?' 그토록 찾고자 했던 장본인이 제 발로 눈앞에 나타나다니…. 귀신에게 홀린 것 같았다. 더군다나 해 저문 시간에 지리산 골짜기에 나타나서 이문성을 찾다니 언뜻 이해가 되지 않았다. 그러나 그가 이훈상의 가족을 추적하고 있었던 사실을 떠올리자 경계심을 가졌다. 일단 그의 정체를 확인할 필요가 있었다.

"그럼 당신이 박대홍이라는 사람이오?"

"맞소. 그런데 당신은 뉘기오?"

"나요? 난 정대성이라고 하오. 그렇잖아도 박대홍 선생을 한 번 만나려고 했는데 이런데서 만나는구려."

"기래요? 기럼 옆에 선 사람이 이문성이간?"

이렇게 한 두 차례 얘기가 오간 끝에 서로 약속이나 한 듯이 앞으로 나아갔다. 너덜바위 중간 지점에서 마주섰다. 양측은 호기심 반 경계심 반으로 서로를 의식하며 탐색전을 벌였다. 이교민 선생 일행의 탈북과정에서 일어난 일련의 사건에서 제일 혐의자로 보이는 자가 나타났으니 무슨 변고가 생길지 알 수 없었다. 특히 이문성의 신변보호에 신경을 써야 했다. 박대홍이 예사롭지 않은 때와 장소에 나타난 이유가 있을 것이었다. 일단 맞부딪혀 볼 수밖에 없었다.

"이보시오 박 선생, 아까부터 이문성을 찾던데 용건이 뭐요?"

"용건? 내레 평양에서 여기까지 이문성을 찾아 왔는데 바른대로 말하라우. 이문성이 너 개탕치기 일파 맞잖간."

정대성은 그가 개탕치기를 들먹거리자 최지영이 알려주었던 그 비화와 관련이 있다는 것을 알았다.

"이문성과 개탕치기는 아무 관련이 없는데 왜 그러는 거요?"

"관련이 없기는 왜 없어! 개탕치기 일파의 동생이라는 걸 알고 왔어."

"박 선생, 이문성이는 한국에서 태어나서 계속 한국에서 살았는데 북한에서 일어난 일과 무슨 관련이 있다고 그러는 거요?"

이때 박대홍은 대꾸하기는커녕 느닷없이 단도를 들고 이문성에게로 돌진해 왔다. 위기를 느낀 정대성이 얼른 이문성 앞을 막아서며 옆차기로 칼 든 팔을 내질렀다. 단도가 허공을 가르며 너덜바위 위로 떨어졌다. 그러자 박대홍이 한 발 물러서며 주춤거렸다. 정대성이 고함을 질렀다.

"허튼 수작 마라! 꼼짝 하지 말고 거기 서서 내말 들어."

그는 이문성에게 떨어진 단도를 주우라고 이르고 난 뒤 박대홍에게 다그쳤다.

"개탕치기가 어쨌다고 엉뚱한 이문성을 해치려 했나?"

"개탕치기 일파가 아직도 남아서 박헌영과 이훈상의 환상을 되살리려고 해서 처단 지령이 떨어졌어. 중앙당에서 직접 지시한 거이야 알간."

정대성은 아무래도 이 친구가 무엇을 잘못 알고 있는 것이 아닌가, 의심했다.

"박 선생, 내말 잘 들으시오. 개탕치기작전은 잘못된 모함으로 죽은 박헌영과 이훈상의 자녀들이 복수를 하기 위해 꾸민 것이오. 소위 남 로당 숙청 때 이훈상을 암살한 것이 북로당계가 권력을 장악하려고 꾸민 음모란 말이오. 그래서 복수하려고 했지만 어디까지나 구상만 한 것이오. 그 사실을 잘 알아야 하오."

박대홍은 순간 주춤하는 것 같았다. 정찰총국장이 개탕치기작전이 라면서 내린 지령과 거리가 먼 얘기 같았다.

2

김영철 정찰총국장은 3대 세습정권의 기틀을 다지기 위해 반당 반 혁명 분자들의 잔당을 색출, 제거하라는 중앙당의 지시로 2012년부 터 음모공작을 벌여왔다. 총국에서 과거 반당 반혁명 종파주의자들 의 잔당 계보를 조사한 결과 남로당계 후손들이 추진했던 개탕치기 작전이라는 문건을 발견했다. 어디까지나 남로당계가 문제였다. 그 는 이 문건에 나온 반동분자들의 후손이 살아 있으면 세습체제 확립 에 화근이 될 것으로 판단, 후손을 추적했다. 개탕치기작전을 시도했 던 박성식의 아들 박기명이 그 사건으로 관리소에 수감된 후 죽고 그 의 아들은 행방불명이 되어 있었다. 그 아들을 찾아서 역이용하는 기 발한 착상에 스스로 흥분했다. 보위부와의 협력회의에서 박성식의 손자 박대홍의 정보를 입수한 대남공작부장은 그의 내력을 검토했다. 개탕치기 음모의 주도자 박기명은 박성식의 아들로서 그의 유언에 따라 아버지를 함정에 빠트린 북로당계에 대한 복수를 꾀하다가 결국 반당분자로 처형되고 말았다. 남은 가족은 관리소로 갔으나 어린 아들 박대홍은 장마당에 갔다가 살아남아서 꽃제비가 되었다. 나중에 관리소에서 나온 어머니를 만났을 때 어머니는 영양실조로 이미 죽은 몸이나 마찬가지였다. 일찍 아버지를 여읜 그는 어머니에 대한 애착심이 남달랐다. 장마당에서 훔쳐 온 음식으로 살려 보려 했으나 어머니는 숨지고 말았다. 대성통곡하며 잔인한 세상에 대한 복수를 다짐했다. 그때부터 온갖 패악 질을 저지르며 자란 그는 어느덧 청년이 되어 국경연선에서 밀수꾼을 했다. 그러다가 밀수도 그만 두고 혜산, 회령, 무산 등지를 돌며 부녀자를 중국 인신매매 브로커에게 팔아넘기고, 도시에서는 처녀들을 농락하거나 패거리를 지어 싸움질을 했다. 결국 그는 비사그루빠(비사회주의 범법자 단속반)에 걸려 관리소에 갔다.

대남공작부장은 여러모로 쓸모가 있어 보이는 박대홍을 회유하여 개탕치기 음모의 잔당 제거공작에 투입했다. 내부적으로 그들이 실천하지 못했던 것을 역으로 실천한다는 취지로 개탕치기작전이라고 이름을 붙였다. 이극, 세르게이 등이 자기네 선친들의 반혁명 반당죄를 은폐하고 살아남기 위해 박기명을 끌어들여 일을 저질렀다고 거짓 선동을 했다. 박대홍의 아버지 박기명은 그들의 터무니없는 음모의 희생자로 부각시켰다. 박성식을 협박하여 이훈상의 암살에 투입했던 최공성도 한 패가 된 것을 보면 더 이상 말할 필요가 있겠느냐고 했을 때 그는 복수를 결심했다. 그리고 명실 공히 영웅칭호를 받을 작정이었다. 정찰총국이 꾸민 개탕치기 음모의 촉수에 걸려든 것이었다.

    정대성은 박대홍이 주춤하는 태도를 보이자 보다 직접적으로 진실을 밝힐 필요가 있다고 판단했다.

    "이훈상의 죽음도 그들의 음모에 의한 것이오. 그를 암살한 박성식만 해도 내무상 방학세가 꾸민 음모에 따라 최공성 과장과 함께 놀아나서 우를 범한 것이란 말이오. 이훈상을 암살했던 박성식과 최공성이 나중에야 이 사실을 깨닫고 박헌영과 이훈상의 후손들로 하여금 복수에 참여하도록 하려고 구상했던 일이란 말이오."

    박대홍은 놀라는 듯하더니 다그쳐 물었다.

    "머이 어드레? 박성식이 어쨌간?"

    뜻밖에 할아버지가 음모에 놀아났다는 대목에 놀라움을 금치 못하고 있었다.

    "최공성이 박성식에게 이훈상이 박헌영과 같은 남로당계로서 반당반혁명 종파주의 놀음을 하여 제거해야 한다고 꼬드기고는 임무를 완성하면 반당 죄를 면제해주고 영웅칭호까지 준다고 했소."

    "니거이 정말입네까?"

    "정말이지, 그럼 거짓말로 들리요. 그래놓고 이훈상을 암살한 후 평양에 왔을 때 최공성은 어디 갔는지 소식도 없고, 방학세 내무상은 영웅칭호는커녕 박성식을 산골로 추방했었지."

    "기럼 토사구팽이 되었다 니 얘깁네까?"

    "맞소. 거기다가 박성식이 아들 박기명에게 억울함을 얘기하고 복수를 부탁해서 개탕치기작전을 구상하게 된 거요. 오죽했으면 중간 지령 책인 최공성까지 공감했겠소. 그런데 그들이 개탕치기를 구상만 했는데도 박기명을 처단했단 말이오. 박 선생은 개탕치기가 뭐 어쨌다고 남로당계 후손들을 제거하려 나섰소?"

박대홍의 얼굴이 점점 굳어지고 있었다. 그리고 침통한 표정을 드러낸 채 울부짖듯 소리쳤다.

"아니야 아니…. 그럴 리가…."

총국장 얘기로는 분명히 남로당계 후손들이 선대의 반당 반혁명 죄를 숨긴 채 애꿎은 아버지를 끌어들여 억울하게 죽게 만들었다고 했는데 뜻밖의 얘기를 하고 있는 것이 아닌가. 혹시 이 사람이 거짓말을 하고 있는지도 모른다는 생각이 번쩍 들었다.

"간나 새끼 거짓말 말라우. 내레 기렇게 어리석지 않아!"

"내가 왜 거짓말을 하겠소. 박 선생이 잘못 알고 동족의 참극에 말려들어 간 것이 안타까워 하는 얘기요."

박대홍은 잠시 고개를 숙이고 나름대로 방향을 잡아 보려고 애쓰는 것 같았다. 그러더니 침통한 표정으로 물었다.

"덩말 우리 할아바이가 잘못 걸려 이훈상 동지를 죽였단 말입네까? 길구 우리 아바이는 복수도 하지 못한 채 또 당했단 말입네까?"

정대성은 이제야 그가 진실을 깨닫는 것으로 보였다. 해서 한 발 더 나아갔다.

"박성식처럼 당신도 속은 거요. 속아…. 정찰총국에서 역으로 개탕치기 음모를 꾸며 당신을 끌어 들인 것이오."

박대홍은 한참 말문이 막힌 채 있더니 발악하듯 고함을 질러 제쳤다.

"할아버지가 속고 나까지 속았단 말이네? 내레 이때까지 당적 사명으로 믿고 동무들을 죽이고 이문성까지 인차 죽일 참이었는데 니거이 어드렇게 된 거이가?"

박대홍은 처음부터 개탕치기작전을 수행하기 위해 이교민 일행의 탈출과정에 잠입했다. 개탕치기작전 구상에 자문역할을 했던 이교민의 탈북 정보에 따라 일차 목표는 탈북 러시라는 반공화국 사태를 저지하기 위해 탈북 의욕을 꺾어버리는데 있었다. 정찰총국은 그에게 공작금은 주지 않고 현지에서 손수 조달해야 된다고 억지소리를 했다. 박대홍은 입맛이 썼지만 인신 매매업자에게 손을 벌렸다. 그리고 탈출과정에서 거치적거리는 인물들을 차례로 제거해 나갔다. 그러던 중 사막에서 드러난 빨치산 후손과 박헌영 후손의 존재를 긴급 전문으로 평양에 알렸다. 헌데 기대와는 다르게 남로당계 후손을 모두 생포하라는 것이 아닌가. 총국장의 지령이 오히려 반동처럼 느껴졌다. 그들을 처단하는 것만이 지도자 동지와 위원장 동지의 뜻을 받드는 충성스런 행동이 될 것이었다.

일행이 쿤밍에 도착하던 날 북경에서 급파된 정찰총국 공작원을 따돌리고 혼자 탈북자들이 우글거리는 여관 화장실 변기에 폭탄을 설치했다. 탈출자들이 서울로 가기도 전에 일행을 모두 제거하게 되었다. 다만 이교민만은 그때 제거된 줄 알았으나 천우신조로 살아남았다. 나중에 그가 살아나게 된 사실을 알았다. 해서 그의 행방을 수소문하던 중 연길에 은신해 있는 것을 찾아냈다. 병세가 악화되어 의식이 흐린 그에게 다가가서 예의 목 꺾기로 숨통을 끊었다.

정찰총국장의 약속은 개탕치기작전이 성공하게 되면 3대 세습체제가 제 자리를 잡게 한데 대한 공로로 당연히 영웅이 될 것이라는 것이 아니었던가. 그런데 이제 듣고 보니 박성식—박기명—박대홍으로 이어지는 3대가 남로당계 제거 작전에 엉뚱하게 말려들어가서 함정에 빠지는 어처구니없는 일이 벌어졌다. 이것은 가문의 수치를 넘어 사회주의 혁명가들에 대한 씻을 수 없는 죄책감에 괴로워하지 않을 수 없었다. 할아버지가 악랄한 KGB출신에게 조종당해 반혁명 죄를 저질렀는데 자신마저 속아 넘어가서 이훈상의 손자 이강석을 비롯 박헌영의 손녀 고민옥과 이교민 자신과 그 가족마저 살해하게 되었다는 사실에 충격을 받았다. '내 손으로 얼마나 많은 사람들을 죽였나.' 그는 청천벽력 같은 사태의 전환에 몸 둘 바를 몰랐다. 자신도 영웅칭호는커녕 심심산골 관리소로 보내질 것이 아닌가. 눈앞이 노랗게 물들어 가는 순간 앞으로 내달렸다. 이문성이 방해가 되자 힘껏 밀쳐버리고 달아났다. 이성이 마비되고 분노와 증오심이 뒤범벅되어 방향감각을 잃어버렸다. 어디로 가는 지도 모르게 앞만 보고 내달리는 그를 뒤쫓아 정대성과 이문성은 헐레벌떡 달려갔다. 20미터쯤 갔을 때 박대홍은 윽! 하더니 언덕 아래로 훌쩍 뛰어 내리는 것 같았다. 이미 어둑어둑해진 뒤라 사위가 분간하기 어려워졌다. 그가 뛰어내린 지점은 언덕이 아니라 절벽이었다. 깊이를 알 수 없는 절벽 아래로 떨어져 죽었는지, 살았는지 알 수 없었다.

정대성과 이문성은 허탈한 심정을 안고 너덜바위를 지나 삼점마을로 향했다. 길을 안내했던 쌍가마 아주머니의 아들은 어떻게 된 영문인지 모른 채 길을 재촉했다. 발밑이 어두워졌으나 저 산 아래 어둠 속에 잠겨 유유히 흐르는 섬진강이 머릿속에 그려졌다. 빨치산 영웅의 신화를 남긴 이훈상의 유골을 뿌린 저 검은 강은 60년이 지난 오늘에도 변함없이 빨치산의 한을 품고 있을 것이었다. 달아난 박대홍은 그런 한민족의 얼룩진 역사에서 빚어진 역사의 유랑아, 아니 고아인지 몰랐다. 정대성은 무거운 발걸음을 내디디며 그가 애처롭다는 생각에 연민의 정마저 느껴졌다. 다음날, 화개지서로 가서 전날 저녁 박대홍이 절벽으로 뛰어내렸다고 신고했다. 혹시 시체를 발견할 수 있지 않을까, 해서였다.

에필로그

　2014년 9월 19일 경남신보에 충격적인 기사가 보도되었다. 현지 신문이기도 하지만 사건의 주인공이 한국 현대사에 한 페이지를 장식할 인사와 관련된 인물이라서 1면 톱으로 크게 보도한 기사 제목은 다음과 같았다.

지리산 빨치산의 지도자 이훈상의 산상 연인
하순영 여사 남강에서 익사체로 발견
안락의자에 앉은 채 피살의혹

　이문성이 정대성과 함께 9월 17일 아버지 이훈상의 60주년 추모제를 지내고 다음날 진주로 돌아왔다. 박대홍과 뜻하지 않은 만남에서 과거 어른들의 행적과 관련된 비화를 듣고 착잡한 심정이었다. 귀가해서 어머니에게 이 얘기를 해드리려 했는데 초상집이 되어 있었다. 아내의 얘기로는 어머니가 16일 오후 실종되어 밤에 경찰에 신고했다. 어머니의 안락의자까지 없어진 것을 수상하게 여긴 경찰이 18일 아침 남강을 수색한 끝에 시신을 발견했다는 것이었다. 망연자실한 이문성은 즉시 정대성에게 연락했다. 가까운 병원에 차린 빈소에서 만난 두 사람은 전후 사정을 돌아보고 고개를 갸웃했다. 16일 둘이 지리산으로 가기 위해 하동으로 간 틈에 일을 저지른 것 같았다.

이 시간을 노린 것을 보면 박대홍의 짓일 가능성이 컸다. 정대성은 속으로 짚이는 데가 있었다. 자기보다 먼저 하순영을 찾았던 그가 지리산 너덜바위에서 한 얘기를 보면 모자를 해치기 위해 문성의 집으로 갔다가 문성이 없자 하순영을 먼저 해쳤을 것이다. 그 전에 그녀로부터 문성의 행방을 알아낸 그가 지리산으로 뒤쫓아 왔을 것이다. 마지막 순간까지 악행을 저지른 그가 절벽에서 떨어져 죽었다면 지금쯤 연락이 왔을 텐데 하동으로부터는 아무 연락이 없었다.

바로 다음날인 20일 경남신보에는 또 다른 기사가 사회면 4단으로 실렸다. 기사 제목은 다음과 같이 보도되었다.

40대 후반 사내 섬진강에서 시체로 발견
신분증에서 박대홍으로 밝혀졌으나 연고자 못 찾아
옷 입은 채여서 투신자살로 추정
유서 같은 메모지에 이훈상 동지 등에 대한 사죄 밝혀

아침에 배달된 조간을 보고 있던 정대성은 이문성에게 연락했다. 어제 하순영의 장례를 치르고 난 뒤 쉬고 있다가 그의 사망소식에 접하고 심란해졌다. 한국에 가족이나 연고자가 없는 사람인데다 자신이 추적하던 인물이라서 하동으로 가보기로 했다. 그가 절벽에서 떨어져 죽지 않고 섬진강까지 간 것은 다분히 의도적이라고 볼 수 있었다. 이훈상에 대한 속죄라면 지리산에서 죽었을 것인데 왜 강까지 갔을까? 버스를 타고 하동으로 가는 동안 내내 그의 죽음에 대한 생각으로 기분이 울적했다. 옆에 앉은 이문성은 어머니를 잃은 슬픔에다 살인마에 대한 증오심이 얽혀 착잡한 기분에서 헤어나지 못했다. 하동읍에서 화개로 가는 도로를 따라 길게 뻗쳐 있는 섬진강을 바라보는 두 사람은 각각 다른 입장에서 지나온 세월을 반추하고 있었다. 정대성은 경찰토벌대장 차일혁이 이훈상의 시체를 화장한 후 유골을 뿌린 곳인데 박대홍의 시신이 같은 곳에서 발견됨으로써 역사의 아이러니가 깃들인 것으로 보였다. 옆에 앉아 있던 이문성은 아버지의 억울한 영혼이 섬진강에서 지리산으로 날아가서 빗점골 위를 배회하고 있으리라고 여겼다. 지금쯤 어머니도 아버지의 영혼 곁으로 갔을 것이라고 믿고 싶었다. 단지 강변은 아버지의 유해가 화장된 곳이어서 이승을 마지막으로 작별한 자리였다. 박대홍이 하필이면 자신이 두고두고 기려야할 아버지의 화장터 옆 섬진강에서 생을 마감했다는 사실은 걸맞지 않은 조합인 것 같았다. 빨치산의 지도자와 살인마, 어떻게 받아들여야 할지 망설여졌다.

　정대성은 화개지서를 찾아가서 박대홍의 자살사건에 대한 이야기를 들었다. 메모지에 이훈상 동지와 그밖에 여러 사람들에 대한 사죄를 밝힌 것을 볼 때 자신의 과오를 뉘우칠 뿐만 아니라 할아버지의 과오도 함께 뉘우치며 심한 죄책감에서 헤어나지 못하고 스스로 목숨을 끊은 것 같았다. 그는 박대홍의 유해를 섬진강변 모래밭에서 화장하여 그 나름대로 고혼을 달래주자고 제의했다. 연고자가 없기도 했지만 차일혁 총경이 이훈상의 유해를 장례 지낸 것과 같이 해주고 싶어서였다. 경위야 어찌 되었든지 그의 할아버지가 사살한 이훈상을 저 하늘에서 만나 원한을 풀도록 해 주는 것이 도리일 것 같았다. 죽인 자의 손자가 죽은 자를 찾아 가서 할아버지의 과오에 대해 용서를 빈다면 그 또한 잘못 된 과거의 과오를 오늘에 청산하는 것이 될 수 있지 않을까, 나름대로 판단했던 것이다. 정대성은 죽은 자의 아들인 이문성과 함께 죽인 자의 손자를 장례 지내고 나니 한결 어깨가 가벼워진 느낌이었다. 그동안 자신도 모르게 어깨를 눌렀던 무거운 짐을 내려놓은 듯 했다.

 하동에서 돌아온 지 사흘째 되던 날, 정대성은 이문성을 불러내서 나란히 남강 변을 거닐었다. 해 질 녘 뒤벼리 길에는 시내 일을 보고 총총히 돌아가는 도동 사람들이 이따금 지나갈 뿐 거니는 사람은 거의 눈에 띄지 않았다. 둘은 새삼 우정이 깃들인 얘기를 나누며 가다가 박대홍을 떠올렸다. 그는 어른들의 잘못으로 분단된 한반도에서 살아야 하는 한민족의 후손인 불행한 동시대인들 중 하나였다. 그 동시대인 중의 한 사람인 이문성의 심경이 착잡하지 않을 수 없었다. 그는 한숨을 푹 쉬며 말했다.
 "이봐 대성이, 그 박대홍이라는 사람의 할아버지가 아버지를 살해했는데 그 손자까지 나서서 어머니를 살해한 사실을 어떻게 생각하나?"
 "참 어처구니없는 일이 아닐 수 없네. 하지만 어떤 의미에서 그 사람도 잘못 된 역사의 희생자가 아니겠나?"
 "그렇게 애꿎은 사람들을 막무가내로 죽인 살인마인데도?"
 "맞아, 그는 살인마임에는 틀림없어. 문성이 자네 모친은 물론 이교민 선생의 부인과 아들, 그리고 끝내 이 선생 자신마저 죽였으니…. 입이 열 개라도 변명의 여지가 없지."
 "난 개인적으로 그가 내 어머니를 죽인 원수이지만 개인적 원한에서 하는 말이 아니야. 우리 한민족의 얼룩진 현대사를 바로잡기 위해 올바른 단죄가 있어야 할 것이라고 생각해."
 "박대홍이 저지른 죗값을 그 스스로 치러야 하는 것은 맞아. 그래서 그는 씻을 수 없는 죄책감에서 자기 목숨을 내놓은 것 아닌가. 물론 그의 죽음이 그의 손에 죽은 많은 사람들의 억울한 희생과 맞교환될 수 있는 것은 아니지. 그러나 달리 생각해 보면 그도 잘못된 시대의 희생자가 아닐까?"

그가 보기에 박대홍은 한반도에 살고 있는 동시대인들이 직면했던 불행을 대변한 사람이었다.

'시대의 희생자….' 이 말을 곱씹고 있던 이문성은 천천히 고개를 들어 저 멀리 지리산 쪽으로 시선을 던졌다. 빗점골 위를 떠돌 아버지와 어머니의 넋이 자신에게 손짓을 하는 것처럼 느껴졌다. 그리고 그 주위를 수많은 산사람들의 넋이 맴돌며 능선과 골짜기 구비마다 투쟁정신으로 불타올랐던 그날을 멀리 한 채 동족상잔이 아닌 동족상생의 그날이 오기를 기도하고 있을 것만 같았다. 누구를 위해서도 아닌 그들의 후손을 위해서 말이다. 그렇다, 이제는 서로 죽이고 죽는 비극의 연출을 넘어 서로 어깨를 껴안고 광명을 찾아가는 밝은 한민족의 시대를 열어야 할 시점이다. 남부여대 손에 손을 잡고 뒤쫓는 자를 피해 검은 강을 건넌 선대들이 바랐던 그 희망을 열어 줄 여명이 아직 멀리 있었다. 저 남만은 물론 북만을 넘어 연해주와 시베리아, 그리고 멀리 중앙아시아까지 유랑생활을 해온 한민족의 후손들이 한반도로 몰려 올 희망의 새벽을 위해서 여명을 우리 앞으로 앞당겨 와야 한다. 박대홍 같은 시대의 희생자를 내세워 저지른 세습독재의 죄과를 청산한 바탕 위에서만 그 여명이 다가 올 것이다. 이윽고 이문성은 입을 열었다.

"대성이 자네 말대로 박대홍도 시대의 희생자란 말 이해가 되네. 우리와 같은 동시대인으로서 그가 관계했던 사람들과 당면했던 형편이 달랐을 뿐이지. 그 시대에 넘어야 했던 고비에서 고초를 겪은 경험은 누구나 마찬가지일 거야."

정대성은 이문성의 깨달음에 말없이 고개만 끄덕거렸다. 그러다가 강조하듯 한마디 했다.

"시대의 희생자를 내세워 저지른 세습독재의 죄과는 청산해야지…"

둘은 뉘엿뉘엿 서산으로 넘어가는 해를 등진 채 어두워가는 남강 위를 바라보고 서 있었다. 저 어둠이 거치면 여명이 다가 올 것이다. 그러나 역사의 어둠에 묻힌 미래의 여명이 다가올 날은 언제일지 아직도 가늠할 수 없는 일로 남아 있는 것 같았다.

정대성은 이문성과 작별을 고하고 고향 진주를 뒤로 하며 서울로 향했다. 고향을 떠나가는 것이 마치 새로운 삶터를 찾아 만주로 떠나던 선열들의 여정처럼 착잡하면서도 한 줄기 빛을 내심 기대하는 미묘한 길이었다. 며칠 동안 겪었던 이문성 일가의 기구한 운명의 민낯을 대면한 결과이기도 하고, 오늘을 살고 있는 사람으로서 굴곡진 역사의 한 단면에 숨겨졌던 내막을 알게 된 심정 때문이기도 했다. 이 순간에 열차 내 모니터에서는 탈북자 뉴스가 보도되고 있었다.

중국 공안 탈북자 일가족 체포 북송 위기
아들과 딸 두 명 탈출기도 중
딸은 인신매매범에 유인 납치
아들만 탈출에 성공 방콕서 회견

정대성은 '아! 또…' 하는 심정에 할 말을 잃었다. 자고 나면 저런 뉴스가 예사로 보도되는데도 정부 당국이나 중국 측에서 근본적인 대책이 나오지 않고 있지 않은가. 멀리 청나라 때나 일제 강점기를 연상케 하는 신판 한민족의 엑소더스가 그칠 줄 모르는 현실이었다. 참으로 안타까운 마음을 가눌 길 없던 정대성은 누군가가 옆에 있어 대화를 나누고 싶었다. 그가 만나 이야기해야 할 사람은 누구일까? 자신이 겪었던 일을 두고 허심탄회하게 얘기를 나누어 보고 싶은 사람, 그 사람은 바로 최지영이어야 할 것 같았다. 그가 사건에 휘말려 들어가게 된 동기부터 그 사건의 미스터리를 푸는 실마리라든가, 그 과정에서 심정적으로 나누었던 공감대로 봐서 그녀와 만나는 것이 순리였다. 그는 지난 번 서울로 올라 갈 때처럼 열차 안에서 최지영에게 전화했다. 그녀는 어느 때보다 반갑게 전화를 받았다. 그리고 다급하게 물었다.

"아! 정 선생님, 어떻게 되었어요? 몹시 궁금했어요?"

"아, 최 선생, 중간에 연락하지 못해 미안해요. 사람이 죽고 장례를 두 번이나 치르고 하는 바람에…"

"그러셨군요. 그동안 애쓰셨는데 오시면 저녁 대접을 할게요."

그녀의 살가운 응대에 코끝이 시큰둥해졌다. '그렇잖아도 그녀의 수줍은 듯한 미소를 보고 싶었는데…, 아니 따스한 손목을 잡고 싶었는데….' 그는 마음속으로 서둘러 한강 다리를 향해 내달리고 있었다. 남남북녀—그는 남남, 그녀는 북녀, 이 둘을 합치면 남남북녀가 되는 것이 아닌가. '아! 그렇다. 바로 그거야!'

두 사람은 속 깊은 사랑을 통해 남녀 관계를 넘어 잘못된 남과 북의 단절을 극복하고, 스스로 '먼저 하는 통일'을 향해 마음의 문을 열고 있었다.

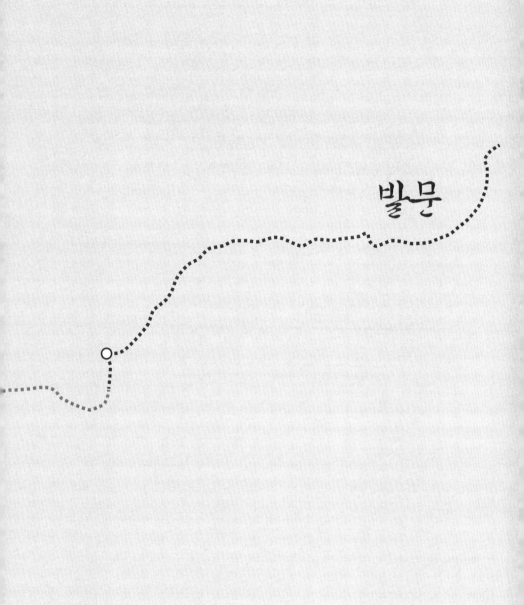

발문

작가의 역사적·사회적 사명과
역할이 무엇인가를
돌아보아보게 하는 작품

—정다운 작가의 『평양 누아르』를 읽고

이영철(소설가, 한국소설가협회 부이사장)

정다운 작가의 『평양 누아르』 장편소설 원고를 읽으면서 가장 먼저 느낀 점은 작가가 이 작품을 집필하기 위해 미리 현장 답사하느라 수많은 발품과 방대한 자료를 검색·검토하느라 엄청난 시간을 투자했 겠구나, 하는 것이었다.

작가가 작품을 쓸 때는 크게 두 가지로 나뉜다. 작가적 경험과 창의 력이 주가 되어 창작을 하는 경우와 어떠한 자료를 바탕으로 해서 작 품의 얼개인 전체적인 플랜을 짜는 경우이다. 자전적 소설이나 역사소 설 같은 경우가 이에 해당한다. 연도별, 시대별로 일어났던 실제적 사 건들이 플랜의 골격을 이루게 되는 것이다. 이 작품도 후자에 속한다. 책의 끝에 작가도 밝혔지만, 이 소설을 쓰기 위한 참고문헌만 보더라 도 실로 방대하다. 그 많은 책들을 꼼꼼히 읽고 체킹해서 거기에 작가적 상상력을 더해 『평양 누아르』의 전체적인 뼈대를 엮은 것이다.

그렇기 때문에 이 작품을 읽다 보면 마치 독자가 작품 속의 주인공들과 함께 그 현장에 있는 것처럼 리얼리티가 살아있음을 느낄 수 있다. 분명 책장을 넘기고 있는데도 머릿속에는 영화의 인상적인 한 컷한 컷처럼 영상이 그려진다. 작가가 의도를 했든 안 했든 소설 속에 '시나리오 기법'이 자연스럽게 녹아들어 있는 것이 이 작품의 큰 장점이라 하겠다. 이 작품을 영화로 만든다면 시나리오 작가들에게는 그만큼 현장감을 생생하게 살릴 수 있는 원작이 될 수 있을 것 같다.

『평양 누아르』는 기존에 출간됐던, 너무 뻔한 줄거리로 조금은 식상한 '빨치산 문학'의 작품들과는 달리 새로운 각도에서 접근하고 있다. 이 작품은 어둡고 암울했던 현대 한국사 격동시기의 그림자 뒤에 가려진 사회주의 혁명 지도세력 간의 암투와 음모가 후손에게 투영되는 역설적 현실에 접근했다. 나아가 그들의 권력암투에서 빚어졌던 아픔을 빨치산 후손들이 비극을 극복하고, 선열의 원혼을 넘어 민족적 전환 계기를 스스로 만들어 내려는, 오늘을 사는 세대의 '먼저 하는 통일' 모습을 그린 작품이다.

김일성종합대학 교수 일행의 탈북행렬에 끼어든 남로당 총책이자 북한 외무상 박헌영의 외손녀와 빨치산 지도자의 손자 등이 겪는 고난의 모습들이 이 작품의 줄거리를 이루며 적나라하게 담겨져 있다. 탈북과정에서 발생한 살인사건과 빨치산 지도자 이훈상의 사망 미스터리를 추적하는 정대성 작가의 민족애를 미스터리 형식으로 녹여냄으로써 긴장과 흥미의 끈을 놓을 수 없게 한다.

1990년대 중반 이후 북한 주민들은 기근으로 인한 아사(餓死)와 억압적 반인권 탄압에서 벗어나기 위해 목숨을 걸고 탈북을 시작한다. 그들의 탈북 동기와 고난의 행로를 보면 실존문학 차원에서 작품을 다루어야 함에도 불구하고 직시하는 눈높이와 동떨어진 현실의 기존 문학의 경향을 볼 때, 굳이 앙가쥬망(참여문학)을 들먹이지 않더라도 작가의 발품과 한 땀 한 땀 치밀하고 성실한 자료수집으로 쓰여진 『평양 누아르』는 작가의 사회적 사명과 역할이 무엇인가, 한번쯤 돌아보게 하는 작품이다.

『평양 누아르』는 살인마가 된 빨치산 후손 사내의 정체를 통해 1950년대 초 남한 빨치산 지도자의 최후를 둘러싼 북한 권력층의 음모와 배신과 빨치산 역사를 조망하고 있다. 정다운 작가는 오늘날 3대 세습체제의 출범을 계기로 삼아 북로당계와 남로당계의 권력암투가 빚은 어두운 그림자를 현재 시점으로 끌고 와서 과거와 현재를 관통하는 반민족적 분열적 요인을 꿰뚫어 보고, 오늘을 살고 있는 우리가 민족의 통합을 위해 무엇을 할 수 있을까, 하는 올바른 방향성을 작품을 통해 보여주고 있다.

『평양 누아르』는 남북 관계에 깊은 관심을 가진 정대성이라는 작가가 북한 주민을 위해 지하잡지를 발행하는 탈북 여류 작가의 소개로 만나게 된 북한 연락책으로부터 김일성대학 한 역사 교수 일행의 탈출 비망록을 입수하여 일행의 행적을 추적하기 시작하는 것으로 서사가 전개된다. 이 작품의 주인공인 작가는 이 비망록을 통해 북한 체재의 엘리트인 김일성대학 교수가 노 작가를 만난 자리에서 김정은의 3대 세습을 비난한 것이 도청되어 반동분자로 몰리게 되자 탈북을 결행하게 되었음을 알게 된다. 하지만 예상치 못한 변수들에 의해 교수의 구상이 좌절되고 사건이 엉뚱한 방향으로 전개되는 과정을 추적하며, 그 과정에서 일어난 살인사건의 범행을 깊이 있게 분석하고 있다. 작가는 이런 사건에 접하면서 단순한 비망록 독자의 입장을 넘어 차츰 참여 관찰자가 되어 사건에 빠져 들어간다.

탈북한 교수 가족과 일행은 삭막한 고비사막을 횡단하는 동안 각자의 출생 배경에 대한 놀라운 사실을 알게 되고, 중국 공안에 체포되어 얼렌하우트로 압송도지만 북한 특수부대 출신 탈북 사내의 도움으로 탈출한 후, 라오스 루트를 염두에 두고 쿤밍으로 간다. 하지만 그들은 쿤밍 여관에서 북한의 '개탕치기'의 일환으로 강행된 여관 폭발로 많은 사람이 죽임을 당하게 된다. 이 참사를 알게 된 작품의 화자인 작가 정대성은 드디어 참여 관찰자에서 사건에 직접 뛰어들어 범인을 쫓는 사건 당사자가 된다. 자유를 찾아 사선을 넘어 온 이들의 말로가 너무 비참하고 애통했기 때문이었다.

정대성 작가는 여관 폭파범인 박대홍을 추적하기 시작하며 줄거리는 이어진다. 이후 작가는 박대홍 역시 잘못된 시대의 오도에 의해 희생자가 된 것이라는 사실을 알게 된다. 그리고 그리웠던 탈북 작가 최지영을 만나 남남북녀가 더불어 '먼저 하는 통일'을 할 것을 다짐하며 서사의 막을 내린다.

한민족의 분열과 대립을 가슴 아프게 지켜 본 정다운 작가는 그동안 10여 년에 걸쳐 발표한 단면들을 통해 미약하나마 한민족이 당면한 오늘의 현실에 대한 관심을 끌어 보려 했으며 (소설집 『동토의 탈주자들』), 이후에도 깊은 관심을 가진 남북문제 천착 끝에 결과물로서 이 작품을 세상에 내놓았다.

『평양 누아르』에 등장하는 남부군 사령관 이현상은 1953년 9월 17일 밤 지리산 빗점골 너덜바위에서 군 토벌대에 의해 사살된 것으로 결론이 내려졌었다. 그러나 이 결론을 둘러싸고 지금까지도 풀리지 않고 있는 몇 가지 의문점과 이현상과 박헌영, 이현상과 김일성 간의 미묘한 관계에서 작품의 모티브를 가져오게 된다. 따라서 작가는 역사적 사실을 바탕으로 하였지만, 작품의 성격상 빨치산 지도자 이훈상과 관련된 내용 중 많은 부분을 '작가적 시점'에서 창조했다.

과거 독립투쟁 세력의 분열과 오늘날 통일 주장 세력의 분열 양상은 어딘지 모르게 닮은꼴의 공통분모를 가지고 있다. 지나간 역사와 현재의 남북 분단 상황을 자세히 들여다보면 밖으로 내세우는 주장과 명분은 나라를 구하고 민족의 활로를 찾는다지만 실은 민족세력과 공산주의세력의 권력다툼이 기저에 흐르고 있다. 그러나 냉혹한 현실적 눈으로 보면 안타깝게도 현재도 이러한 분열의 세력다툼이 계속되고 있음을 볼 수 있다. 우리는 정다운 작가의 『평양 누아르』를 통해 그가 말하고자 하는 큰 틀에서 역사의 흐름을 꿰뚫어 보고 한반도의 명운 전도에 접근하지 않으면 안 될 것이다.

하지만 이제 분단의 역사가 길어지면서 문단에서조차 남북문제에 대한 관심과 접근을 거의 찾아볼 수 없게 됐다. 이제는 현 시점에서 남북문제라면 마치 식상한 메뉴처럼 되어버린 것이다. 첨예한 남북문제는 아직도 현재 진행형인데… 우려하지 않을 수 없다.

앞서도 말했지만, 굳이 앙가쥬망 (참여문학)을 들먹이지 않더라도 작가의 역사적, 사회적 사명과 역할이 무엇인가를 한번쯤 돌아보게 한다. 이런 측면에서 정다운 작가의 이번 작품은 '빨치산 문학'의 이정표에 큰 획을 그었다 할 수 있겠다.

참고문헌

〈이현상 관계〉

이근성, 남한 빨치산의 총수 이현상의 최후, 월간 중앙, 1988. 9월호

김산, 여자 빨치산, 1988. 10.

이기형, 빨치산 사령관 이현상, 월간 말, 1989. 1월호, 2월호

이태, 이현상―그 처절한 삶과 죽음의 수수께끼―, 학원사, 1990. 10.

장인성, 빨치산 이현상 산중 처 하수복 살아있다, 통일한국, 평화통일연
　　구소, 1990. 4

노가원, 내가 이현상을 사살했다, 월간 말, 1992. 3월호

이기봉, 빨치산의 진실, 1992. 6.

유기수, 문학 따라 나그네 길, 1994. 2.

유기수, 벽소령 가는 길, 1994. 4.

홍정자, 평양에서 만난 남부군 사령관 이현상의 딸 이상진, 월간 말,
　　1995. 7월호

우종창, 산중처는 살아 있었다―지리산 빨치산 총사령관 이현상 남한 내
　　혈육(아내와 아들) 추적기―월간조선, 1996. 7월호

빨치산 李鉉相의 딸, 동아일보, 횡설수설, 2000. 6.14

차길진, 빨치산 토벌대장 차일혁의 수기

장백일, 한국 현대문학 특수소재연구, 2001. 2.

손석춘, 마흔아홉 통의 편지, 2005. 7.

안재성, 이현상 평전, 실천문학사, 2007

오세영, 빨치산과 토벌군의 지리산 대혈투—남북 모두에 버림받은 이현
　　상, 최후를 맞다, 신동아, 2010년 8월호

〈빨치산 관계〉

이병주, 지리산, 1985. 6.

조정래, 태백산맥, 1986. 10.

이 태, 남부군, 1988. 7.

정충제, 실록 정순덕, 1989.

권운상, 녹슬은 해방구, 1989. 2.

김찬정, 비극의 항일 빨치산, 1992. 12.

노가원, 남도부, 1993. 7.

정지아, 빨치산의 딸, 2005. 5.

정원석, 북위 38도선, 2006. 9.

이숙의, 이 여자, 이숙의, 2007. 8.

장관호, 남도 빨치산, 2008. 6.

박찬두, 장군의 후예 1, 2, 3—마지막 빨치산 사단장 황의지, 2013. 2.

〈공산주의 운동과 김일성, 박헌영 관계〉

이명영, 김일성 열전, 1974. 12.

백상창, 민족의 한, 김일성 정신분석과 우리의 길, 1978. 8.

박갑동, 박헌영, 1983. 3.

박용배, 빨치산에서 수령까지, 1994. 10.

파냐 사브쉬나, 1945년 남한에서, 1996. 3.

손석춘, 박헌영 트라우마, 2013. 6.

A. 기토비차, B. 볼소프, 1946년 북조선의 가을, 2006. 4.

임경석, 박헌영 평전, 2004. 4.

안재성, 경성 트로이카, 2010. 7.

조선희, 세 여자, 2018. 3.

허근욱, 내가 설 땅은 어디냐

허근욱, 운명의 숲

〈항일운동과 한민족 디아스포라 관계〉

이이령, 일제 36년, 제2장 흑하사변, 8. 선혈의 흑하, 1981

박영석, 한 독립군 병사의 항일전투―북로군정서 병사 이우석의 사례―, 1984. 3.

김산·님 웨일즈, 아리랑, 1984

이정규, 이관직, 우당 이회영 약전, 1985. 11.

님 웨일즈, 아리랑 2, 1986. 3.

홍범도 장군의 전투 경로와 소련에서의 만년생활, **레닌기치**, 1989, 4월 11일. 작가 김기철의 홍범도 일대기 기사 보도.

김사량, 노마만리, 1989. 6.

김준엽, 장정, 나의 광복군 시절 상, 하, 1989. 8.

이해동, 만주생활 77년―일송 선생 맏며느리 이해동 여사 수기 난중록 ―, 1994. 10.

정동주, 까레이스끼, 또 하나의 민족사, 1995. 2.

소련은 살아 있다, 정철훈, 1995

허 은, 아직도 내 귀엔 서간도 바람소리가―독립투사 이상룡 선생의 손
부 허은 여사 회고록―, 1995. 10

장준하, 돌베개, 1996. 6.

김학철, 격정시대 1, 2, 3, 2006. 11

김중생, 취원창, 2001. 8.

박규원, 상하이 올드데이스, 2003. 8.

김중생, 험난한 팔십인생 죽음만은 비켜갔다, 2013. 5.

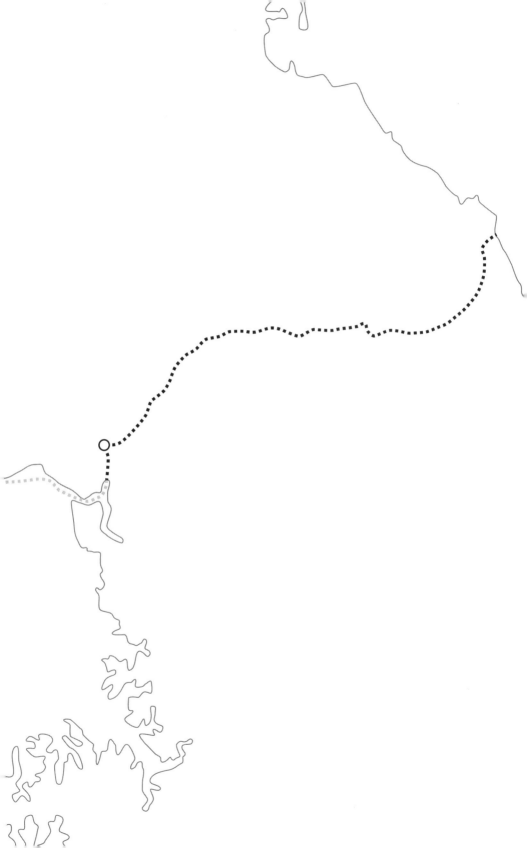

평양 누아르

정다운 지음

발 행 처 · 도서출판 **청어**
발 행 인 · 이영철
영　　업 · 이동호
홍　　보 · 천성래
기　　획 · 남기환
편　　집 · 방세화
디 자 인 · 이수빈 ∣ 김영은
제작이사 · 공병한
인　　쇄 · 두리터

등　　록 · 1999년 5월 3일
(제321-3210000251001999000063호)

1판 1쇄 발행 · 2021년 1월 20일

주　　소 · 서울특별시 서초구 남부순환로 364길 8-15 동일빌딩 2층
대표전화 · 02-586-0477
팩시밀리 · 0303-0942-0478

홈페이지 · www.chungeobook.com
E-mail · ppi20@hanmail.net
I S B N · 979-11-5860-922-1(03810)